친애하는 개자식에게

친애하는   개자식에게

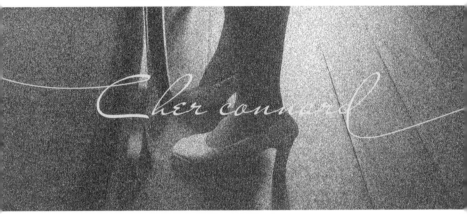

Cher connard

데팡트 장편소설   김미정 옮김

비채

차례

오스카

참담함의 기록

파리에서 우연히 레베카 라테를 봤다. 그 배우가 그간 맡아온 캐릭터가 머릿속에 차례차례 소환되어 다시 상영되었다. 위험하고, 치명적이며, 연약하고, 애처롭다가도, 때론 영웅적이기까지 한 여자. 얼마나 숱한 나날을 레베카와 사랑에 빠졌던가. 무수히 많은 사진이, 허다한 집을 거치며, 얼마나 많은 침대 머리맡을 장식했던가. 얼마나 많은 나날을 그 사진을 보며 꿈꾸었던가. 그런데 끝으로 치달은 한 시대의 비극적 은유를 목도한 것이다. 절정에 이른 여인의 유혹이란 얼마나 매혹적인 것인지 무수한 소년들이 레베카를 통해 입문했는데, 지고의 아름다움이 완전히 몰락해버렸다. 단지 나이 때문만은 아니다. 레베카는 살이 올랐고, 전혀 신경 쓰지 않은 옷차림에 피부 상태도 엉망이었다. 칙칙하고 수선스러운 캐릭터 같았다. 그야말로 난장판. 사람들 말로는 레베카가 젊은 페미니스트들에게 아이콘 같은 존재라고 한다. 비참한 이들의 대표 격으로는 여전히 강력한 셈이다. 그래서 얼마나 충격받았느냐고? 전혀. 언짢은 기분으로 소파에 구겨져 비기의 노래 '힙노타이즈'를 무한히 반복해 들을 뿐.

레베카

친애하는 개자식에게.

인스타그램에 올린 글 봤습니다. 어깨에 똥을 싸지르는 비둘기보다 당신이 나은 게 하나라도 있을까요? 역겹고 불쾌하기 짝이 없군요. "왈왈왈, 나는 누구의 관심도 받지 못한 허접한 머저리입니다. 사람들 주목을 받고 싶어 칭얼거리는 개새끼입니다." SNS에 영광을 돌려야겠네요, 아주 잠시나마 유명세를 누렸을 테니. 내가 당신에게 답장을 쓰는 게 그 증거입니다. 당신도 분명 아이가 있겠죠. 당신 같은 놈들은 생식 활동에 목숨을 걸더라고요. 혈통이 끊기는 게 상상이 안 가죠? 사람을 많이 만나다 보니 알게 된 건데, 멍청하거나 딱할 만큼 쓸모없는 사람일수록 혈통을 이어야 한다는 집착에 시달리더군요. 당신 아이들이 트럭에 깔렸는데 손도 쓰지 못한 채 당신이 무력하게 고통받는 모습을 지켜보게 되기를, 눈알이 튀어나오는 장면과 고통에 찬 비명이 매일 저녁 당신을 찾아가기를 간절히 바랍니다. 당신에게 바라는 건 그 정도로 충분해요. 자, 그럼 엄한 비기는 건들지 말고 그냥 두세요. 한심한 인간 같으니.

오스카

의도적으로 신랄하게 쓴 글이었습니다. 변명하자면 당신이 읽을 줄은 진심으로 생각하지도 못했습니다. 어쩌면 마음 깊은 곳에서는 읽었으면 하고 바랐는지도 모르겠어요. 하지만 진짜로 읽으리라고는 생각하지 않았습니다. 죄송합니다. 게시글과 댓글은 전부 지웠습니다.

어쨌든 당신 글도 적의가 가득하네요. 처음 읽었을 때는 충격받았습니다. 그다음 반응은, 솔직히 말하자면 꽤 재미있었다고 해야겠네요.

제가 누구인지 설명하고 싶습니다. 당신이 앉아 있던 브르타뉴 거리 테라스 자리에서 테이블 몇 개 건너편에 있던 사람입니다. 말을 걸 용기도 없으면서 끈질기게 당신을 보고 있었죠. 그런데 제 얼굴을 보고도 당신이 아무것도 떠올리지 못하자 수치심을 느꼈습니다. 나서지 못하는 제 소심함도 싫었고요. 그렇지 않았다면 당신에 관해 그토록 비열한 글을 쓰지 않았을 겁니다.

그날 당신에게 제가 코린의 막내 남동생이라고 말하고 싶었습니다. 그게 당신에게 어떤 기억을 불러일으킬지 모르겠네요. 당신과 누나는 80년대에 친구 사이였죠. 오스카 제이야크는 제 필명입니다. 실제 이름은 오스카 조카르예요. 우리 가족은 모리스 바레스 광장 윗동네에 살았습니다. 제 기억으로 당신은 칼리에 살았죠. 다뉘브라고 불리는 건물에요. 당신은 종종 우리 집에 놀러 왔습니다. 저는 집안의 막내였고, 멀리서 당신을 몰래 지켜봤을 뿐 직접 이야기한 적은 손에 꼽을 정도로 적었습니다. 제 장난감 자동차 레이싱 트랙 앞에 있던 당신 모습이 기억나네요. 그때도 당신의 관심사는 어떻게 해야 자동차가 탈선하는지 제게 보여주는 것뿐이었습니다.

당신에게 초록색 자전거가 한 대 있었죠. 경주용 남성용 자전거요. 또 알뒤리브르 서점에서 가방 한가득 음반을 훔치기도 했고, 어느 날에는 제게 데이비드 보위의 〈스테이션 투 스테이션〉을 주기도 했습니다. 그 음반이 두 개였던 거죠. 덕분에 저는 아홉 살에 보위의 음악을 들었습니다. 그 음반은 아직도 소중히 간직하고 있습니다.

그후 저는 작가가 되었어요. 당신만큼 유명하진 않지만 썩 괜찮은 인기를 누렸습니다. 오랫동안 당신의 메일 주소를 갖고 있었습니다. 주소를 저장해둔 이유는, 당신을 주인공으

로 한 일인극 희곡을 쓰고 싶어서였습니다. 연락을 취할 용기
는 한 번도 내지 못했지만요.

그럼 안녕히 계십시오.

레베카

이봐요, 그딴 사과 집어치워요. 일인극도, 그 밖에 다른
것도요. 전혀 관심 없으니까. 무슨 확신에서 그랬는지 몰라
도 그런 고백을 늘어놓겠다고 우리 사이의 연결고리를 들먹
거리다니 더욱 화가 치밀어 오릅니다. 내가 나를 대상으로 한
온갖 모욕을 다 알고 있어야 한다는 듯이 구는군요. 평범하기
짝이 없는 당신의 삶에는 아무 관심이 없습니다. 당신의 작품
도, 당신과 연관된 모든 일에도 마찬가지입니다. 단 하나, 당
신 누나를 제외하고는요.

당연히 코린을 기억합니다. 오랜 세월을 잊고 지냈지만,
이름을 보자마자 기억의 서랍을 열기라도 한 듯 선명히 떠오
릅니다. 코린의 방에서 탁자 대용으로 쓰던 썰매에 카드를 펼
치고 카드놀이를 했죠. 겉창을 열어둔 채 내가 어머니에게서
몰래 훔쳐 온 담배도 피웠고요. 가족 중 당신의 방에 가장 먼
저 전자레인지가 생겨서, 그걸로 녹인 치즈를 비스킷에 올려
먹기도 했습니다. 보주로 코린을 만나러 간 일도 생생합니다.

시골 오두막에서 코린은 혼자서 말을 돌봤어요. 난생처음 바에 들어갔을 때도 코린과 함께였습니다. 우리는 바에서 거리낌 없는 태도로 핀볼 게임을 했어요. 평생 그걸 해온 사람들 흉내를 내면서요. 코린에게 오토바이가 한 대 있던 게 기억납니다. 그때 나이를 감안하면 분명 개조된 전동 자전거였겠죠. 코린은 빨간 포장의 던힐 담배를 피웠고, 레몬 반 개를 넣은 물을 마셨습니다. 이따금 동독 문제나 마거릿 대처의 정책 등 당시 내 주변 누구도 관심 갖지 않던 일을 이야기했어요.

낭시에서 보낸 어린 시절이 끔찍이도 싫었기에 그곳 생각은 거의 하지 않고 지냈어요. 그 시절이 딱히 그립지도 않고요. 그런데 젊은 시절을 생각할 때 몇 가지나마 괜찮은 추억이 떠오른다니 놀랍기만 하네요.

코린에게 전해주세요, 인터넷에 이름을 검색해보기도 했는데 아무것도 안 나왔다고. 결혼을 해서 성이 바뀌었기 때문이겠지만요. 나 대신 꼭 안부를 전해주세요. 당신에 대해서는, 솔직히 죽든지 말든지 알 바 아니지만.

오스카

누나는 SNS 계정을 만든 적이 없어요. 기술을 싫어해서라기보다는 사람에게 관심이 없는 소시오패스에 가까워요.

당신이 우리 집에 왔을 때가 기억나네요. 얼마 후 당신은 영화계 스타가 되었고, 바로 그 사람이 우리 부엌에 앉아 오스카 시상식을 십오 분간 같이 보다 가리라고는 상상도 못 했습니다. 당시에 그런 명성은 아무나 가질 수 있는 게 아니라 선택된 소수의 사람만 가능한 것이었으니까요. 우리 동네에서 그런 유명인이 나왔다는 게 말도 안 되는 사실로 느껴졌습니다. 당신의 존재를 몰랐다면 감히 첫 소설을 출간해줄 편집자를 찾을 용기도 못 냈을 겁니다. 가족과 친구들이 틀렸다는 증거가 바로 당신이었어요. 저도 꿈꿀 권리가 있다고 알려주었으니까요. 당신에 관해 비열한 글을 쓴 건 정말이지 머저리 같은 짓이었습니다. 당신 말이 맞습니다. 당신의 관심을 끌기 위해 선택한 지극히 초라한 방법이었어요.

같은 학교를 다닌 것도 아닌데 당신과 누나가 어떻게 친구가 되었는지 모르겠습니다. 초등학교 입학 즈음 둘이 즐겨 한 놀이는 커다란 골판지 상자로 인형 아파트를 짓는 일이었죠. 야심만만한 시도였고, 상상력이라곤 일절 없는 우리 어머니조차 누나 방이 엉망진창이 되어도 불평하지 않고 내버려두셨지요. 수요일마다 당신은 아파트 재료인 신발 상자를 한가득 들고 우리 집에 왔어요. 바비인형을 넣기에는 천장이 너무 낮아서, 당신과 누나는 거실 진열장에 놓인 어머니의 수집품 인형을 꺼내기에 이르렀죠. 평소 애지중지하던 브르타뉴와 세비야, 알자스 전통 인형이 장난감 아파트에 들어가 있는 걸 발견하면 솔직히 어머니가 분노에 차서 한바탕 잔소리를 늘어놓으리라 생각했습니다. 제가 그날을 생생하게 기억하는 이유는 어머니가 화를 내는 시늉조차 못 했기 때문입니다. 기쁨이 원칙을 누른 경우였죠. 어머니는 "호들갑 떨지 마"라고 하셨지만, 당신의 인형을 다시 플라스틱 원통형 케이스에 정리하기 전에 골판지 장난감 아파트 앞에 쭈그리고 앉아 "세상에, 어떻게 이렇게 만들었지"하며 고개를 설레설레 저었어요. 아파트 형태에 대해선 한마디 하셨지만 당신이 생각하는 바가 얼굴에 그대로 드러났죠. 우리 남매가 어머니를 미소 짓게 하는 경우는 흔치 않았습니다. 그런데 당신은 어머니의 언짢은 기분을 돌려놓았죠. 그 후로 어머니는 텔레비전의 작은 화면에 당신이 나올 때마다 같은 회상에 잠겼습니다. "골판지 아파트에 인형을 집어넣겠다며 2층에서 전통 인형을 전부 갖고 내려왔을 때도 레베카는 전혀 주눅 들지 않았어. 그 어린 나이에도. 이미 얼마나 예뻤는지 몰라!"

당시에 저는 밀 보른 카드 게임조차 할 줄 모르는 나이였지만 당신이 아름답다는 사실만은 알고 있었어요. 어느 여름이 끝나갈 무렵 그걸 여실히 깨달았지요. 개학을 며칠 앞둔 시점, 우리 집에 온 당신이 이렇게 말했거든요. "우리 커피 타 올까?" 그날 이후로 인형놀이는 끝났습니다. 당신은 성장한 거죠. 알아보기 힘들 만큼 많이 변했습니다.

레베카

햇병아리 작가님, 짐작했겠지만 "나는 어디로 튈지 모르는 시한폭탄 같은 사람이에요" 하고 알려주거나, 자신이 꽤 알려진 사람임을 내게 각인시키려고 애쓴 인간이 당신이 처음은 아니에요.

하지만 그따위 야비한 언사로 나를 모욕한 다음 "우린 같은 동네에 살았고, 함께한 추억도 있다" 같은 넉두리를 하며 단번에 대화를 이어갈 정도로 대담한 사람은 처음이네요.

이런 상황에서도 바보짓을 하다니 존경심이 들 정도군요. 그래도 핵심은 변할 게 없습니다. 당신이 하는 잡소리를 전혀 신경 쓰지 않을 거라는 점 말입니다. 당신 누나에게 애정 어린 안부만 전해주길. 코린은 굉장한 친구였습니다.

오스카

누나가 여자를 좋아하는 성향이라는 걸 그때 당신이 알았는지 모르겠습니다. 당시에는 그 이야기를 한 적이 없거든요. 거친 성격이고, 또래 친구보다 덩치가 크고 뚱뚱한 건 알았어요. 자신을 꾸미려는 노력을 전혀 하지 않는 점이 제겐 이상해 보였죠. 하지만 그로부터 특별한 결론을 내리진 않았습니다. 몇 년이 흘러 어느 8월, 부모님이 스페인으로 여행을 떠나서 고양이를 돌보러 부모님 집에 간 적이 있습니다. 한 여름이었고, 파리에 살던 누나도 집에 왔었어요. 부모님 집에 딸린 작은 마당을 쓰고 싶었던 거죠. 누나는 복숭아나무 그늘 아래 수건을 깔아놓고, 그곳에서 책을 읽거나 시디플레이어로 음악을 들으면서 오후를 보냈어요. 이따금 우리는 차를 끌고 수영장에 갔습니다. 휴가 기간에 딱히 친밀한 시간을 가진 것은 아닙니다. 둘 다 서로 간섭하지 않고 각자 하루를 보냈죠. 어느 날 차고에서 누나가 '매드맥스' 삼부작 비디오를 찾았습니다. 우리는 거실에 자리를 잡고 겉창을 닫은 후, 시원한 맥주를 홀짝이면서 영화 속 멜 깁슨을 보았습니다. 영화 한 편이 끝나고 다음 편을 틀기 전, 저는 살짝 취해 누나에게 당시 만나던 여자 이야기를 꺼냈습니다. 그 친구에게 싫증이 났는데 헤어질 용기가 안 난다고 털어놓았죠. 누나는 그런 행동이 익숙한 듯 저를 비난하지 않고 이야기를 들었습니다. 저는 이런 이야기를 했습니다. 개한텐 억지로라도 전화해야 해, 안 그러면 야단법석을 떨거든, 실은 그 친구가 일하고 있을 때가 좋아, 함께 있으면 질식할 것 같아, 권태로워, 그건 조금 불길한 신호지. 관계를 끝내면 될 텐데 제가 무엇을 두려워하는 건지 이해할 수 없었습니다. 우리가 함께 사는 것도 아니었거든요. 실은 그녀를 떠나면 제가 평생 독신으로 살까 두려웠던 것 같아요. 영영 혼자 지내느니 지긋지긋한 여자친구라도 있는 편이 낫다고 생각한 거죠. 하지만 그걸 소리 높여 말할 엄두가 안 나 누나는 이럴 때 남자들과 어떻게 해결하느냐고 물은 겁니다. 제가 알기로 누나는 한 번도 애인이 있던 적이 없었어요. 별로 놀라운 일은 아니었죠. 예쁜 편도 수더분한 타입도 아니었으니까요. 저는 누나를 무서워하는 편이었고, 다른 남자들도 그럴 거라고 생각했습니다.

누나는 주저하지 않고 대답했어요. 나는 여자들과 말썽이 생기지. 그런 식으로 커밍아웃을 한 거죠. 누나는 삼 년 전부터 파리에 살고 있었어요. '우리 누나가 동성애자구나'라고 생각은 했지만 현실감이 없었어요. 레즈비언이라는 단어는 내 사전에서 모욕조차 아니었으니까요. 누나를 지칭하는 온갖 경멸 섞인 표현을 알지만 '레즈비언'은 머릿속에 떠오르지 않았습니다. 그런 여성이 정말로 존재하는지 생각한 적도 없었어요. 관련 지식이 전무하던 거죠. 누나는 누구에게든 떠벌린다면 머리통을 부숴놓겠다고 경고하더군요. 고자질 같은 건 하지 않는다고 답하자, 누나는 그건 맞는 말이라고 응수했어요. "넌 입 다무는 법을 알지, 내가 가르쳤으니까"라며 낄낄대고 웃었죠. 저는 웃지 못했는데, 어릴 때면 누나 가까이만 가도 바로 따귀 세례가 날아왔거든요. 그래서인지 누나가제 앞에서 만족스러운 목소리로 이야기할 때보다, 진심으로후회스러운 일을 털어놓는 게 더 편안하게 느껴졌습니다.

'매드맥스' 3편을 틀고 보는데 갑자기 불편한 감정이 올라왔습니다. 그런 불행이 우리에게 떨어지다니 말도 안 되는 일로 보였죠. 누나가 매력이라곤 전혀 없는 추하고 뚱뚱한 여자인 것과, 레즈비언인 것은 완전히 별개의 일이죠. 누나를 생각하니 마음이 아팠습니다. 파리에서 누나의 삶을 떠올려봤어요. 길거리에서 돌을 던지는 사람, 역겨운 존재 취급하며 코앞에서 빈정거리는 사람, 구역질 난다며 해고하는 고용주까지. 누나가 며칠 후 파리로 돌아가는 기차를 탈 때까지 우리는 그에 관해서 한마디도 하지 않았습니다.

우리의 비밀은 평생 안고 가야 하는 수치스러운 일이라고 여겼습니다. 일 년 반이 흘러, 크리스마스를 보내기 위해 보주에 있는 본가에 가족들이 모였어요. 엄청나게 먹고 마셨습니다. 저는 누나와 숲속으로 산책을 나갔습니다. 누나는 이모에게 빌린 주황색 장갑을 끼고 추위에 코가 빨개진 채였어요. 전나무숲 한가운데서 바보짓을 하며 연신 웃는 누나를 보는데, 누나가 경멸 어린 말투로 말했습니다. "이성애자들은 쪼잔하기 짝이 없어." 요즘에야 누구나 그 단어를 쓰지만, 당시엔 그 말을 누가 입 밖에 내는 걸 처음 들었습니다. 품위 있고 신중하던 누나의 커밍아웃 시절은 지나갔습니다. 누나는 이제 부치로서 '정치적 주체'의 삶을 살고 있어요. 아무튼, 전나무숲에서 우리는 파카로 몸을 휘감은 채 샴페인 한 병을 땄습니다. 누나는 그걸 병째 들이마셨죠. 희희낙락 즐거워하는 모습에 어안이 벙벙했습니다. 제 생각엔 누나가 전나무숲 한 가운데 무릎을 꿇고 자신도 평범한 삶으로 되돌아가게 해달라고, 정직한 남자를 만나 아이를 낳게 해달라고 빌어야 했는데요. 가족에게 인정받는 결혼, 자동차 담보 대출을 내게도 허락해달라고 비는 게 맞았을 텐데요. 하지만 누나는 그러지 않았습니다. 저는 잔을 비운 다음 술기운을 빌려 질문했습니다. "누나 인생에서 여자를 만난 일이 한 번만 있지는 않았겠지?" 누나는 주머니에 손을 찔러 넣고는 "당연히 아니지, 이성애자 사이에서는 인기가 없지만 레즈비언 시장에서는 샤론 스톤과 맞먹는다고" 하고 답했습니다. 그 대답에 저는 적잖이 동요했습니다. 우리는 어린 시절부터 사람을 유혹하는 능력이 형편없었습니다. 그날 이후, 누나가 암흑 한가운데 저를 버려둔 채 손을 놓아버린 기분이었습니다. 혼자 자유롭게 햇볕이 내리쬐는 해변으로 떠난 것 같았죠. 누나는 무언가를 발견했지만, 제 손에는 아무것도 없었습니다.

우리는 집으로 돌아오는 길에 꽤나 헤맸습니다. 누나는 레즈비언의 정체성을 드러내고서 너무 기뻤는지 오래도록 감정에 젖어 있었습니다. 누나의 말에서 저는 무언가를 포착했어요. "나도 우리 가족을 닮고 싶던 적이 한 번도 없어." 당시에 저는 기자를 꿈꾸면서도 식탁에서 한 번도 그 이야기를 꺼내지 못했습니다. 가족들이 하나같이 어떤 반응을 보이리라 예상할 수 있었거든요. 코웃음을 치거나 눈알을 굴리며 딴청을 피웠겠죠. "꿈을 꿔도 하필, 눈이 왜 그렇게 높은지" "아니, 우리가 너한테 뭘 기대하길 바라니?" 따위의 말들. 중산층은 월급쟁이 신세를 면치 못한다느니, 적성에 맞는 일이 아니라 밥벌이를 위한 직업을 가져야 한다느니 하는 푸념들. 우리 가족에게는 본분에 맞게 행동하는 것이 무엇보다 중요했습니다. 집으로 향하면서 직감적으로 느꼈습니다. 누나가 다른 가족이나 이웃 여자들이 가는 길을 따르지 않기로 한 것은 이러한 해방의 욕구와 연관이 있다는 걸요.

이후에 저는 지금까지 누나가 겪어온 변화를 하나하나 따져보았습니다. 청소년기에 여자친구가 몇 명 있었답니다. 하지만 그들은 누나와 비밀리에 연애하면서도 기회만 생기면 남자들과 데이트를 했다고요. 그 탓에 집에 처박혀 마음고생을 진탕 하며 역겨운 사랑의 고통을 남몰래 해소하려고 노력했답니다. 저는 그 여자들이 누구인지 알아요. 그들은 패자에게 일말의 연민도 갖지 않습니다. 그 시절 레즈비언은 패자보다도 더 최악이었고, 그들은 존재할 장소가 없었어요. 인습적 여성성의 링 위에 레즈비언은 글러브를 끼고 오를 수조차 없던 거죠.

누나는 대학입학 자격시험을 치르자마자 파리로 갔어요. 대학에 등록하고 소소한 아르바이트를 하며 지내다가, 헬스클럽에서 전일제로 일하는 접수대 아르바이트를 구한 이후로 대학 수업은 등한시했어요. 직장에서 만난 여자와 사랑에 빠졌고, 그게 누나의 진지한 첫 연애였습니다. 둘은 굉장히 많은 일을 같이했어요. 전시회와 영화관과 공연장을 다니고, 주말에는 노르망디 여행도 갔습니다. 그러던 어느 날 여자친구가 누나에게 자신의 결혼 소식을 알렸습니다. 누나는 여자친구의 결혼식 들러리를 서주었습니다. 흰 웨딩드레스를 입은 그녀를 마지막으로 안아주었지요. 누나에게도 마음이 있을 테니, 결혼식 날 가슴이 찢어지는 듯한 아픔을 느꼈으리라 생각합니다. 이후 모든 게 바뀌었습니다. 헬스클럽은 문을 닫았고, 누나는 실업자가 되어 몇 달 동안 술집을 배회했습니다. 바로 그곳에서 누나는 그 모든 상황을 바꿀 한 여자를 만납니다. 그 여자가 누나에게 이런 말을 했대요. 우리 부모님은 좋든 싫든 내가 레즈비언이라는 걸 알아, 나는 부모님을 곤란하게 했고 그 사실을 달가워하지 않는 모든 사람을 힘들게 했지. 둘은 동거를 시작했어요. 레즈비언이 다니는 바를 같이 다녔고, 누나는 점점 정치성을 띠기 시작했습니다. 외양이 변하고 여성성을 드러내는 외적 신호를 모두 제거했어요. 긴 머리, 액세서리, 세련된 구두, 화장 등 전부를요. 애초부터 일반적인 여성의 레퍼토리를 어설프게 차용한 것들이라 누나의 외모에 어울리지 않았습니다. 진즉 내던져야 했을 자질구레한 가지들이었죠.

　제 딸이 태어나면서 저와 누나의 관계가 변화를 맞았습

니다. 누나는 자기 말을 들어주는 사람 앞에서 열변을 토하는 경향이 있었거든요. 가족이라는 구역질 나는 신경증적 집단 수용소를 이어갈 생각이 없다, 이성애자 여성에 비해 레즈비언이 우월한 건 존재하기 위해 어머니가 되어야 한다는 압박을 받지 않는다는 점이다 등등……. 그만큼이나 열정 넘치는 진지한 태도로 고모 역할을 했죠.

누나는 딸에게 어떤 경우에라도 의지할 수 있는 사람이 되었습니다. 딸 이름은 클레망틴이에요. 성격이 무던한 편은 아니고, 오히려 다른 사람을 힘들게 하는 데 선수죠. 하지만 고모 집에서 이 주간 머물러야 한다는 말을 듣고도 싫은 내색을 안 하더군요. 전 아내 레오노르도 다른 사람을 무시하는 경향이 있는데, 누나 말은 선뜻 잘 듣거든요.

누나는 지금 툴루즈 근처에 살고 있어요. 낡기는 했어도 집이 넓어서 클레망틴이 따로 지낼 방을 하나 내어주었죠. 아이를 그곳에 며칠 혼자 머물도록 두고 오던 날이 지금도 생생히 떠오릅니다. 아이에게서 멀어졌을 때 산책로 끝에서 유턴해서 다시 데려와야겠다는 생각까지 했거든요. 하지만 레오노르는 우리가 계획한 휴가 일정을 취소하자고 하지 않았어요. 전적으로 누나를 믿은 거예요. 레오노르가 옳았습니다. 누나에게 당신이 안부를 묻더라고 전하겠습니다. 아주 좋아할 겁니다.

레베카

혹시 함께 대화 나눌 친구가 없어요? 코린의 안부를 물을 틈도 없었는데 나한테 일대기를 적어 보냈네요. 다행스럽게도 이야기는 재미있었습니다. 메일을 읽느라 오후가 다 가 버렸네요.

아뇨, 코린이 여자를 좋아한다는 걸 눈치채지 못했습니다. 이야기를 들으니 어떻게 몰랐나 반성하게 되네요. 청년문화센터에서 탁구를 칠 때가 생각나요. 반바지 차림에 탁구채를 든 코린이 거기 있는 팀을 전부 무릎 꿇렸어요. 돌이켜보면 그때 코린은 레즈비언의 특징을 극대화한 캐리커처처럼 보였습니다만, 진짜 그러리라고는 생각하지 못했습니다. 당시 주변에 게이는 몇 명 있었습니다. 하지만 80년대였고, 내 눈에 여자들은 전부 이성애자로 보였죠. 그게 다입니다.

코린이라면 내 마음에 들었을 거예요. 이제야 그렇게 생각하는 것일 수도 있지만. 코린에게는 무언가 특별함이 있어서 그 앞에서라면 결코 웃어 넘길 수 없었을 겁니다. 세상에나, 당시 상황은 전혀 모호하지 않았네요. 지금 생각해보니 코린의 행동도 선명했어요. 코린은 나를 공주처럼 대했고, 그 시절 나는 그 단어가 그저 베스트프렌드 정도의 의미라고 생각했습니다. 내가 이따금 섬세하게 행동하지 못했을 가능성도 있어요. 만일 그랬다면 코린에게 사과를 전해주겠어요?

코린에게 내가 좋아했던 수많은 남자 이야기를 털어놓은 것이 생각납니다.

우리 어머니와 코린의 어머니는 가이거 사에서 함께 근무했습니다. 어머니는 공장에서 오래 버티지 못했습니다만 그 인연으로 코린을 알게 되었죠. 내 기억에서 당신이 사라져 버렸다니 이상하네요. 오스카라는 이름은 흔하지도 않은데 말이죠. 당신의 존재는 잊었지만 코린과 당신이 살던 집은 생생히 기억합니다. 현관문으로 들어가면 왼쪽에는 작은 부엌이, 맞은편에는 거실이 있었죠. 코린의 방은 오른쪽 통로 맨 끝이었고요. 집은 모리스 바레스 광장 위쪽에 있었어요. 그 시절 사람들은 동네 이름을 지을 때 유머를 잃지 않았던 것 같아요. 우리 가족은 캘리포니아에 살고 있었죠. 빈정거리려는 의도가 아니라면 대체 누가 동네 이름을 그렇게 지을까요. 어린 시절을 향한 그 어떤 향수도 없긴 하지만, 아이들이 자라기에 나쁜 동네는 아니었던 것 같아요. 우리 집에는 나만의 공간이 없어서 고통스러웠습니다. 정말 그랬어요. 오빠가 둘 있었는데, 그 덕에 집에서 소음이 끊이지 않았거든요. 오빠들이 내뿜는 짐승 같은 기운 때문에 우리 아파트는 동물 우리나 다름 없었습니다. 그래서 코린네 집에 놀러 가는 게 좋았어요. 코린은 자기 방이 있었고, 부모님은 보통 계시지 않았죠. 집은 언제나 고요했습니다. 그 동네를 정말 좋아했어요. 우리가 지낸 그 공간이 변변찮은 곳이라 생각한 적은 한 번도 없었습니다.

이제 타인의 시선으로 우리가 어린 시절을 보낸 집들을 바라봅니다. 궁금하지는 않았어요. 빈곤과는 달라요. 다만 방치된 시절이었죠. 아무도 신경 쓰지 않는 장소에서 성장기를 보낸 거예요.

낭시에 있는 고등학교에 입학했을 때 새로 사귄 친구 몇 명은 시내 중심가에 있는 널찍한 아파트나 신축 단지의 근사한 주택에 살았어요. 나는 우리 집에 있을 때만큼이나 그 친구들 집에서도 불편함을 느꼈어요. 친구 부모님이라고 더 나을 게 없었거든요. 딱 봐도 어머니들은 알코올 문제가 있고, 아버지들은 거드름을 피우는 머저리 같은 부류였습니다. 부끄럽다는 생각은 한 번도 하지 않았습니다. 그 짧은 기간에 나는 열다섯 살이 되었고, 우리 집에선 누텔라가 아니라 형편없는 저가 브랜드 상품을 산다는 걸 알아도 아무렇지 않았습니다. 머릿속에는 단 하나, 이 시골구석을 벗어나 파리나 런던의 콘서트장에 가는 생각밖에 없었어요. 뮤지션과 사는 삶을 꿈꿨죠. 그러니 에르메스 스카프를 하고 쇼핑몰 테라스를 지나가는 작달막한 여자가 내 마음을 흔들어놓을 리는 없었습니다. 내가 떠나고 싶던 건 그 모두였으니까.

오스카

부유한 친구들이 어떻게 사는지 아랑곳하지 않았던 건 당신의 외모가 괜찮았기 때문이었을 겁니다. 열다섯 살 아이에게 아름다움은 부유함을 능가하니까요. 여자아이만큼이나 남자아이에게도 통용되는 진실이거든요. 어린 소녀는 외모로 인한 결과를 스스로 통제하지 못하거나, 매력적이라는 이유로 주변에서 자신을 깎아내린다고 느낄 수 있습니다. 그걸 어떻게 이용해야 할지 모를 수도 있어요. 반면 잘생긴 남자아이에게 세상은 모조리 그의 것입니다. 청소년기에, 자학에 익숙한 제가 보기에 제 가까운 친구들은 언제나 빛이 났습니다. 외모로 인해 그들이 모든 방면에서 누리는 우월감은 어이가 없을 지경이었죠.

저는 학교에서 우등생이었습니다. 그건 가난한 아무개와 마찬가지로 못생긴 아무개였다는 말이지요. 부모님이 성적이 떨어지는 걸 용납하지 않았기에 늘 꽤 자랑할 만한 성적을 받았습니다. 누나도 저도 마찬가지였어요. 학교에 다닐 기회가 있었고 이후에는 괜찮은 직업을 가지리라 예상했으므로, 우리가 해야 할 최소한의 노력은 좋은 성적을 받는 것이었습니다. 저는 열심히 일하면 사회적 지위가 올라갈 거라 믿은 마지막 세대입니다. 2008년의 경제위기가 우리의 노력에 즉각 찬물을 끼얹었었지만요.

어머니는 우리에게 부족한 건 하나도 없다고 입버릇처럼 말했습니다. 늘 힘든 처지에 있는 이들과 우리를 비교했기에, 읽고 쓰는 법을 배우기도 전에 우리 집이 행복한 환경이라고 주입받았습니다. 그러니 소니 워크맨이나 리바이스 청바지를 갖고 싶다고 말하는 건 꿈도 꾸지 않았죠. 부모님은 제가 정신이 나갔다고 생각할 테니까요. 중학교에 들어가서 랩 음악의 존재를 알게 되었죠. 예전에 절 가르친 선생님에게 늘 검은 가죽점퍼를 입고 다니는 불량배 아들이 있었어요. 일 년을 유급했고, 징역을 살고 나온 큰형이 있었습니다. 그 사람이 제게 엄청난 영향을 미쳤어요. 큰 키에 금발, 오만하고 폭력적인 성격이었지만 저를 아꼈습니다. 그는 컴필레이션 음반 〈랩퍼티튜드〉를 사서 퍼블릭 에너미, 에릭 비, 라킴 같은 뮤지션의 음악을 들려주었습니다. 단번에 그 음악에 매료되었어요. 육 개월 후에는 신작 음반을 들려주는 쪽은 제가 되었습니다. 돈을 모아야겠다는 생각이 절실해진 것도 바로 그 순간부터였고요.

출간한 첫 소설이 어느 정도 성공하자 즉시 당신의 메일 주소를 찾아봤습니다. 당신을 주인공으로 한 책을 쓰고 싶었거든요. 그러다 우연히 도서전에서 필리프 지앙을 만났어요. 굉장히 친절한 사람이더군요. 그는 무대에 올릴 희곡을 쓰는 일이 작가에게 경제적으로 도움이 된다는 말을 했습니다. 저는 단번에 당신을 떠올렸습니다. 제 세대의 남자 대부분은 당신을 열렬히 좋아했으니까요. 게다가 저는 어릴 때 당신을 알고 지냈기에 더욱 마음이 각별했습니다. 사람들은 이런 말을 하는 저를 허언증 환자 취급했습니다. 제 말이 진짜라는 걸 증명할 만한 사진 한 장 없었으니까요. 제가 만들어낼 대사를 당신이 실제로 말하는 상상을 해보았습니다. 무엇보다 당신이 말할 때의 목소리와 리듬을 좋아했거든요. 그러다가 새롭게 사귄 작가 친구들 사이에서 저는 어떤 사실을 깨닫게 됩니다. 그들 가운데 운전면허 시험 응시료를 내기 위해 여름 내내 공장이나 오상 그룹에서 일해야 했던 사람은 드물다는 사실을요. 한번은 저와 같이 시나리오를 쓴 또래 영화감독에게 이런 이야기를 들었습니다. 여름철 고급 호텔 접수대에서 딱 한 번 일한 적이 있는데, 진짜 지옥 같았다고요. 그 예외적인 경험이 자신을 다른 이보다 더 의식 있는 존재로 만들어주었고, 저 같은 사람을 제대로 이해하게 도와주었다고 합니다. 그러한 이유에서 저는 당신을 위한 작품을 열렬히 쓰고 싶던 겁니다. 나와 닮은 사람에게 다가가고 싶다는 열망을 느낀 셈이죠.

프로젝트에 대해 전하고 싶어서 당신 에이전트에게 연락했습니다. 작품을 다 쓰고 나서 다시 논의하자고 하더군요. 그게 십여 년 전의 일입니다. 저는 결국 작가로 데뷔했고, 텔레비전에 얼굴을 비출 정도로 알려졌으므로 불가능한 일을 해냈다고 믿어 의심치 않았습니다. 이후에 유튜브에 진출한 어린 친구들을 만날 일이 있었어요. 그때 그들에게서 저의 오만한 모습을 발견했습니다. 우리는 쥐꼬리만 한 유명세에 아주 쉽게 도취됩니다. 유명해졌다고 해서 우쭐거리며 으스대거나, 원래의 자신보다 더 나은 존재가 되었다고 믿어도 되는 건 아니죠. 하지만 여기저기에서 나를 알아본다는 인상을 받고, 화제의 중심이나 선망의 대상이 된다고 생각해보세요. 사회적 성공은 그렇게나 허망한 것임에도 정신을 지배해버립니다. 성공은 아기 코끼리 같아서 항상 영양을 공급해주고, 돌봐주고, 바깥바람도 쐬어주고, 즐거움도 제공해주어야 합니다. 공감을 먹는 괴물이 된 거죠. 아침에 잠에서 깨어 집을 나오면 래퍼 오렐상이 노래하죠. "넌 정말 멋져." 모두가 당신에게 무언가를 원하고, 전화번호를 낚아채고, 같이 다니길 원하고, 피자를 사달라고 하거나 사진을 찍어달라고, 당신이 콘서트에 와줘야 한다고 말합니다. 엿 같은 상황이죠. 그로 인해 행복해하는 사람을 본 적이 없습니다. 대신 지랄 맞은 삶을 사는 사람은 주변에 한 트럭은 됩니다. 당신 에이전트에게 제 프로젝트를 이야기하면서 이 정도 실력을 지닌 젊은 작가가 자신이 관리하는 배우에게 관심을 가지면 굉장히 좋아하리라고 생각했습니다. 그 자리에서 저녁식사 자리가 마련되고, 작품 집필에 들어가라며 제게 시골 별장 열쇠를 건네줄 거라고 기대했다니까요.

　당신 에이전트 덕분에 저는 당연히 해야 할 일에 착수했습니다. 몇 줄 정도 써 내려갔어요. 장기 복역을 마치고 나온 여자. 어둠의 세계에서 살아온 여자들의 수많은 증언록을 읽었습니다. 그중 한 사람의 말이 기억에 남더군요. 여자 죄수에겐 면회 오는 사람이 없다고요. 그러고 보니 '아내가 감옥에 있어, 내가 매달 면회를 가지' 같은 말을 하는 남자를 한번도 본 적이 없다는 사실을 깨달았습니다.

　결국 그 작품을 완성하지 못했습니다. 다른 많은 작가처럼, 제가 그런 유의 사람이더군요. 해야 할 일을 질질 끌면서 하지 못하는 작가 말입니다. 인터넷은 집필을 방해하는 요인입니다. 이제부터 일하겠다며 프로그램을 열었다가도 오 분 후면 몰래 포르노를 보는 겁니다.

　지금은 휴대전화로 바보 같은 게임을 하며 하루를 보냅니다. 제가 말하는 하루는 그야말로 종일을 의미합니다. 아침 9시경에 첫 해시시 담배를 한 대 말고, 음반을 틀고, 라디오를 틀거나 팟캐스트를 뒤적거리며 시간을 죽입니다. 식사 시간이 될 때까지요. 이미 해시시를 많이 한 상태라 자주 잠에 빠져들고, 오후 5시에나 일어나 첫 맥주를 마십니다. 맥주 기운 탓에 외출하고 싶거나 혹은 사람을 만나 계속 술을 마시고 싶어지는데 이건 상황이 잘 맞아야 가능하고, 대개 해시시를 무한 반복해서 피우거나 몇 시즌이나 되는 드라마를 지칠 때까지 봅니다. 드라마가 차례차례 재생되는 동안 여전히 노닥거리면서요. 하루에 예닐곱 시간을 그렇게 보내는데, 휴대전화는 끄나풀처럼 매주 제 앞에서 저의 시간을 마구 흔들어댑니다. 아까 바보 같은 게임이라고 말한 건 진짜 형편없는 게임이라는 의미입니다. 휴대전화로 하는 무료 게임이죠. 미션을 수행해야 하거나 웅장한 그래픽아트로 꾸려진 어마어마한 세계가 아니에요. 전혀요. 거지 같은 게임이죠. 휴대전화를 도난당한다면 그걸 되찾으러 갈 때 창피할 정도로 가소로운 수준입니다. 제가 끝까지 한 게임으로는 캔디크러시가 있는데요, 물론 보너스 게임을 하려고 돈까지 지불했습니다. 말 그대로 호구인 거죠. 가끔은 게임이 제 뇌에 코카인과 다름없는 효과를 내는 것처럼 느껴집니다. 그 말이 사실이라고 해도 믿겠어요. 휴대전화 액정을 뚫어져라 보면서 세 시간을 보내는 것보다 더 마음이 편안해지는 일은 없거든요.

고도로 발달한 두뇌의 소유자들은 우리를 가능한 한 오래 온라인에 머물게 하려고 악착같이 연구하나 봅니다. 그야말로 중독의 과학인 거죠. 삶을 개선하고 인터넷 환경을 덜 파괴적으로 만들 방법을 고안하거나 적은 공력으로 더 편히 노동하는 웹 활용법을 고민할 수도 있을 텐데, 사람들이 가능한 한 오래 좀비놀이를 하며 온라인에 머물도록 만드는 데 재능을 온통 쓰고 있습니다.

저는 일을 질질 끌며 다음으로 미룹니다. 영감의 고갈과는 별개의 문제입니다. 머릿속에는 정확한 대사, 구체적 장면이 있고, 쓰고 싶은 것이 무엇인지도 압니다. 하지만 실제로는 다른 걸 하는 거예요. 대단히 흥미로운 일을 하는 것도 아닙니다. 즐거운 일을 도모하지도 않아요. 설명하기 어렵네요. 작가라는 직업이 짜증 나는 점은, 친구들은 하루 두세 시간 정도 휘파람을 불며 허튼소리를 두들기면 제 일과가 끝난다고 생각한다는 겁니다. 그 친구들에게 글쓰기라는 장치는 우직함을 요구한다고, 글쓰기는 어려운 일이고 시간을 전부 바쳐야 한다고, 고집스럽게 시도하는 방법밖에 없다고 설명하는 건 불가능합니다.

그리하여 출소 후 십오 년의 시간이 흐른 파리를 재발견한 여인 이야기를 아직 쓰지 못했습니다. 질질 끌며 미루고 있습니다. 이번에는 조금 다른 일로 완전히 막혀버렸습니다. 최근에 소설을 한 편 출간했는데 모두들 작품이 아니라 저라는 사람에 대해 떠들어댑니다. 제가 미투 논쟁에 휘말렸거든요. 제 최대의 적이라도 저와 같은 수난을 당하지 않기를 바랍니다. 세상 모두가 그 일을 알고 있는 듯한 인상을 받습니다. 그래서 당신에게 이야기하는 겁니다. 그 일을 알고 나면 답장을 안 할지도 모르겠네요. 그래도 괜찮다고는 말하지 못하겠습니다. 하지만 그런 사람이 당신이 처음은 아니니까요.

조에 카타나

당신을 후려치는 내 손에 관한 기록

몇 년 전부터 페미니즘 블로그를 운영하고 있습니다. 악의에 찬 공격과 살해 및 강간 운운하는 협박, 내 신체 사이즈를 들먹이는 짓거리나 지능 수준이 한탄스러운 댓글은 익숙합니다. 당신들이 쏟아내는 남성적 분노에 익숙하다는 말입니다.

그럼에도 지금껏 실명을 언급한 적이 없었습니다. 그런데 오스카 제이야크라는 이름을 입 밖에 낸 후부터 믿을 수 없을 정도로 많은 항의 글이 쏟아지더군요. 나와 그 사이에 있던 실제 사건을 이야기한 것뿐인데도, 그들은 나의 관점이 테러 행위라고 말합니다. 내가 느낀 감정이 틀렸다고요. 사람들은 내게서 언어를 빼앗아 그를 대변합니다. 몇 달 동안

스토킹을 당하다 보면 어느 순간 더는 내가 누구인지 알아볼수 없어집니다. 그때의 나는 영원히 사라졌고, 예전의 모습으로 다시 돌아갈 수 없다는 것을 인정하는 데에만 몇 년이 걸리죠. 일상을 영위하는 일이 두려워지고, 완전히 다른 사람이 되어버린다는 의미입니다. 누군가 당신의 약점을 들쑤시고 다니고, 그걸 찾아내서 당신을 무너뜨렸다는 수치심. 그러한 수치심이 얼마나 쉽게 만들어지는지. 그런데 누구도 거기에 관심이 없습니다. 나는 이렇게 말하고 다녔습니다. 스스로를 방어할 방법이 없었다고요. 다른 이들에게 충고하기도 했습니다. 만일 그런 일을 겪게 되면 당장 그 자리를 뜨라고요. 가능한 한 빨리. 나는 수치심의 주체가 바뀌어야 한다고 생각합니다. 시시한 이야기를 허풍 떨며 늘어놓은 건 바로 당신입니다. 내가 아니라요. 그리고 당신들의 분노가 내 결정에 확신을 줍니다.

　"참을 수 없다"라고 내가 말하면 사람들은 "네가 그 문을 열기 전까지는 다 괜찮았어"라고 합니다. 내 몸을 욕구의 방정식에 강제로 욱여넣고서 다 괜찮았다니. 내게 허락된 것은 오직 몸뿐, 목소리가 아니었습니다. 그 장면에 필요하다는 이유로 남자 주인공의 욕망의 대상에 불과한 아름다운 여자가 되었죠. 내가 느낀 것을 이야기하려 하면 사람들은 귀를 닫았습니다. 내게 입 다물라고 강요한 사람들이 다 남자는 아닙니다. 여자도 있었어요. 그 여자들은 내가 겪은 일이 전혀 새로운 일이 아니고, 그동안 다들 잘 넘겨왔다고 말합니다. 우리보다 앞선 세대의 여성들은 지난 몇백 년간 이런 사안을 품위 있게 관리할 줄 알았다고요. 하지만 나는 그 여성들이 자신의 수치심을 갉아먹었으며, 불면을 대가로 미소를 얻었다고 말하렵니다. 확신할 수 있는 건 이거예요. 여성에게 쾌락의 행위를 강요하는 모든 남성은 가부장제의 권위에 본능적으로 굴복하는 것이며, 그 권위의 최우선 규칙은 쾌락의 영역에서 우리 여성을 소외시키는 것입니다. 우리는 아주 어린 나이부터 이러한 구조의 일부가 되기를 강요받아왔습니다. 우리에게 족쇄를 채우는 것은 가부장제 군인의 임무입니다. 여성이 혼자 조용히 쾌락을 즐기려고 하면 그들은 세계의 질서가 자신들이 구축한 대로 흘러가지 않을까 봐 겁을 집어먹습니다. 아주 오래되고 막연한 두려움, 그것이 바로 검은 대륙입니다. 여성의 성욕은 검은 대륙이라고 불렸는데, 그것을 만들어내고 구성하는 관행이 드러나지 않도록 하는 것이 중요했기 때문이죠. 근친상간, 강간, 속박, 스토킹. 여성의 욕구를 방해하는 조건을 침묵시키기 위해 모든 방법이 동원되었습니다. 오늘날 우리가 폭로하는 사건은 단순한 우연의 결과가 아닙니다. 여성의 몸은 난도질되어야 하므로 전쟁터에 강제로 소환되었습니다. 우리가 이를 거부했다는 사실마저도 쇼의 일부를 이룹니다. 우리는 투우장에 끌려온 황소나 다름없어요. 황소와 마찬가지로 관리받고 몸단장을 해야 합니다.

우리의 유일한 목표는 어떤 기회도 허락되지 않는 서커스에서 죽음으로 내몰리는 것입니다. 가부장제는 생산력과 지배 권력이 벌이는 쇼입니다. 그들은 살인자를 보호하고, 의례의 아름다움을 의식해 군중이 살인자에게 환호하는 것을 허용했습니다. 여자를 강간하되, 끝내주게 해내는 이를 우러러보는 것, 그것이 가부장제의 핵심입니다. 어리석고 잔혹한 방편을 통해 권력을 무릎 꿇리는 일이기도 합니다. 즉 실제 권력이 없는 폭력이라 할지라도, 그것이 당신이 두려워하는 것을 제압할 수 있음을 확인하는 것이죠.

하지만 오늘, 나는 침묵을 깨고 나온 여자들의 곁에 서 있습니다. 당신은 나를 찾아내고 위협하고 모욕할 수 있어요. 하지만 아무것도 변화시키지 못할 겁니다. 우리는 납처럼 무거운 뚜껑을 들어 올립니다. 수치심을 느끼는 주체가 바뀌어야 합니다. 고등학교 남학생이 자신을 빨아주는 여학생 사진을 온라인에 포스팅하면, 언젠가 그의 이름이 공개적으로 알려지고 수모당하리라는 사실을 알아야 합니다. 여자아이들에게는 오럴섹스 하는 자신을 부끄러워하지 말라고 가르쳐야 합니다. 좋아하는 남자와 쾌락을 즐기는 사진이 온라인에 올라갔다고 해서 여자아이들이 자살을 생각하는 것은 비정상적인 일이에요. 교수형당할 각오를 해야 하는 쪽은 여자를 끌어내리기 위해 남성 우월론적 특권을 이용하는 이들입니다. 기막히게 빨아주는 여자에게 경의를 보내며 줄지어 기다려야 마땅할 텐데, 그들은 우리가 남자와 자고 싶어한다고 비난합니다. 그들을 거부하기라도 하면 사태는 최악으로 치닫습니다.

문제는 숱한 고소 중에서도 내가 한 고소인데, 상대는 침묵과 은폐로 일관하는 중입니다. 내 목소리는 당신을 쓰러뜨릴 눈사태를 이루는 눈송이 하나에 불과합니다. 하지만 나는 발언권을 가지고 목소리를 냅니다. 매일 출근할 때마다 속이 메스꺼운 느낌을 받았어요. 구역질을 느끼는 상황 자체에 구역질 내면서도 어쨌든 출근했습니다. 통제할 수 없는 내 안의 분노가, 그것을 제대로 표현하지 못하는 내가 수치스러웠습니다. 직장에 있는 남자가 모두 나쁜 놈은 아니었지만 모든 남자가 공모자였습니다. 그것은 불문율이었죠. 공적 공간은 사냥이 이루어지는 장소입니다. 모두가 사냥에 나서지는 않지만, 모두가 사냥이 일어나는 걸 방치했습니다. 그 안에 스스로 머저리라고 뼛속 깊이 확신하는 내가 있었습니다.

나는 학위를 보유했고, 괜찮은 연수 경력이 있었으며, 부지런하고 정확하며 일을 빨리 배우는 노동자이기 때문에 그 출판사에 채용되었습니다. 하지만 또한 젊고 날씬하고, 옷도 센스 있게 입고 손톱 손질도 잘하고, 윤기 나는 긴 머리에 커다란 눈과 새하얀 피부를 가진 탓에 채용되기도 했을 것입니다. 취업 시장에서 내가 뽑힌 이유는 젊음 덕이기도 했으니.

그 사람 앞에서 어떻게 처신해야 할지 도무지 알 수 없었습니다. 말을 더듬고, 뒤로 물러서고, 시선을 피하고, 사무실을 나가고, 택시 문을 바라보고 앉고, 무릎을 딱 붙이고, 얼굴이 빨개진 채 쓴웃음을 짓고, 일찍 자리를 뜨고, 손을 빼내고, 벽에 바싹 붙어 지나가고, 플랫슈즈를 신었습니다. 그가 취하면 부러 사무실 주변을 달렸고, 그 사람은 그걸 이상하다고 여겼죠. 그가 내 몸을 만지작거릴 땐 이를 꽉 물었고, 어느 날 저녁엔 자리를 박차고 뛰쳐나오기도 했습니다. 초라한 토끼처럼 전속력으로 튀어나왔습니다. 곤경에 처한 내가 울면서 자리를 떠나는 걸 목격한 이들도 있지만 무엇이 문제인지 아무도 몰랐습니다. 그들은 그저 상황만 목격했을 뿐입니다. 마초 작가와 어린 홍보 담당자를요.

오스카가 한밤중에 전화했기에 잠드는 시간이 두려웠습니다. 출장을 가면 그가 내 호텔 방문을 두드렸기에 잠드는 시간이 두려웠습니다. 일하러 가기 전에 구토를 일삼았지만 아무 일 없는 것처럼 웃으며 출근 인사를 했어요. 소리를 지르면 그의 흥분을 가라앉힐 줄도 모르는 히스테릭한 여자가 되었을 테고, 싫은 표정을 지으면 노력할 깜냥도 안 되는 프로답지 못한 직원이라는 말이 나왔을 테죠. 소리 지르고 싶지만 아무 소리도 낼 수 없는 악몽에 갇혀 있는 기분이었습니다. 침묵 속에서 아우성쳤습니다. 주변 사람들은 상황을 안주 삼아 떠들어댔으며 내가 굽히고 들어가기를 기대했어요. 그는 내 마음에 들려고 애쓰고 있었고, 나는 그를 애타게 만들고 있었습니다. 우리는 각자 자기 역할을 맡고 있었어요.

지금 와서 그는 그 일이 나를 그 정도로 무너뜨릴 줄은 꿈에도 몰랐다고 말합니다. 그 말의 진짜 의미는 자신을 대단하게 여기지 않는 유일한 사람이 나였다는 뜻이죠. 알코올의 존증인 마초 작가는 동부 지역 제강소 실업자의 아들로 태어났고, 천재로 불렸으며, 성깔 있는 노동 계급 출신이라면 으레 그러리라고 기대하는 모습 그대로 행동했습니다. 그는 괜찮은 판매 부수를 자랑하는 잘나가는 작가였어요. 그런데 상황이 악화되며 판매량이 떨어지자 그는 과하게 불평을 늘어놓았습니다. 윗선에서는 홍보 담당자를 바꿀 수 있다고, 당신 같은 위대한 작가와 계약을 파기하지 않을 거라며 그를 달랬습니다. 내가 그 사실을 알게 되었으나 오스카 제이야크는 내 거취가 어떻게 될지 전혀 신경 쓰지 않았습니다. 그에게 이 이야기를 하려고 돌아왔습니다. 결국 나는 어디에서도 다시 자리를 얻지 못했습니다.

우리는 똑같은 소리를 하는 수천수만 명의 직원이며, 그들은 이런 일은 식은 죽 먹기로 웃어넘기는 수천수만 명의 사장입니다. 그들은 우리에게 "그에 대해선 들은 바 없네"라고 말합니다. 그들은 화제를 바꾸지 않아요. 그들은 옛날이 더 나았다고 말하기 위해 죽어서 이미 묻힌 페미니스트들을 소환합니다. 페미니즘조차 그들 소유라는 얘기예요. 엉덩이에

손이 올라와서 고소한다면 착한 시몬*이 아닙니다. 아니, 시몬, 벨 에포크 때가 좋았지. 강간당한 사람은 침묵하고, 못생긴 여자는 벽에 바싹 붙어 다니고, 레즈비언은 자신을 숨기고, 원치 않은 아이를 밴 하녀는 어디론가 내몰려 죽어가던 시절. 지배당하는 이들이 그러한 지배를 용납하던, 이제 다시 돌아올 수 없는 좋았던 옛 시절 이야기.

남성 해방은 일어나지 않았습니다. 당신들의 상상력은 굴종적이에요. 누군가 '지배'에 대해 이야기하면 당신은 지배를 위해서만 발기합니다. 누군가 전쟁터에 나가 복무하라고 말하면 당신은 공기나 물보다 무기가 더 중요하며 무기야말로 인류의 소금이라고 답합니다. 사람들이 사장을 공격하면 당신은 공포에 질립니다. 그리고 서둘러 사장을 변호하러 나섭니다. 당신이 하는 일이 바로 그런 짓입니다. 사장에게 마음대로 굴 권리를 다시 쥐여주기 위해 앞다투어 나서는 것. 당신들이 우리에게 하는 이야기를 듣고 있습니다. 당신의 사슬에서 자신을 해방시키지 않겠다는 그 말. 하지만 당신은 결국 시대적 흐름에 등을 떠밀려 우리 여성의 사슬을 끊어내게 될 겁니다.

* 《제2의 성》을 쓴 시몬 드 보부아르를 가리킴.

레베카

'집적댈 만한' 여자를 고르면서 좀 멍청했나 보죠? 머리 좋은 소시오패스는 본능적으로 괜찮은 희생양을 판별할 줄 아는데, 비뚤어진 나르시시스트인 당신은 그 방면에선 재주가 없나 봅니다. 출판사에서 일하는 하고많은 젊은 여성 중 당신이 찾아낸 사람이 페미니스트 포지션으로 온라인에서 유명해졌으니 말이에요.

징징거리지 좀 말아요. 그 사람이 경찰서로 달려간 것도 아니잖아요. 요즘 여성들이 경찰서를 별장처럼 여기고 툭하면 드나든다고 생각하는 모양인데요. 조에 카타나, 그 사람은 자기 의사를 표현한 것뿐이에요. 당신이 그에게 한 일을 정확히 이해할 수는 없지만, 그로 인해 그 사람이 힘들었다는 것 정도는 알겠네요. 그건 정당한 투쟁입니다. 여기저기에서 당신이 좌파에 속한다고 말했던데요. 그렇다면 지금껏 발언권을 가지지 못한 이들이 자기 생각을 말할 수 있게 된 걸 좋게 생각해야죠.

그리고 어떤 형태로든 주목받는 건 좋은 일이에요. 구닥다리 옛날 말 같을 수도 있고, 나도 경험상 심한 모욕을 당하는 게 얼마나 불쾌한지 알고 있습니다. 하지만 그건 사실이에요. 우리 같은 공인은 인도 위 말뚝 같은 거예요. 사람들이 당신에게 무언가를 걸어둘 수 있고, 오줌을 싸고, 등을 기대고, 추모하거나 구토할 수도 있습니다. 다들 하고 싶은 대로 합니다. 중요한 것은 당신의 말뚝이 그들이 지나가는 거리에 있다는 사실이죠. 증오가 일정 수준에 이르면 자연스레 다시 호감가는 사람의 범주로 이동할 거예요. 인터넷의 문제는 이런 겁니다. 당신에게 호의적인 사람들은 당신을 찍어 누르려고 하는 사람들에 비해 온라인에서 떠벌리려는 욕구가 크지 않아요.

그렇지만 분명히 해두죠. 당신이 이렇게 긴 편지를 쓴 이유가 나의 공개적 옹호를 받고 싶어서라면 차라리 나가서 죽어버리세요. 당신 같은 멍청이를 변호하겠다고 훌륭한 페미니스트 대중을 분노에 떨게 만드는 일은 결코 없을 테니까요. 당신은 작가니까 글을 쓰는 수밖에 없습니다. 여기저기 인터뷰에서 구시렁거리는 걸 봤습니다만, 어느 지면이든 사실관계에 대한 당신 입장을 게재한 건 보지 못했습니다.

조에 카타나는 무척 흥미로운 인물이네요. 그 사람이 인기를 얻는 이유를 알 것 같습니다. 이 세대 젊은이의 특징은 쉽사리 불안에 휩싸인다는 거죠. 그런데 이 사람은 그런 자신을 내보이는 걸 조금도 부끄러워하지 않는군요.

그러면 왜 안 되겠어요. 뚝심 있는 모습에 비하니 내 모습이 더 부끄러워지네요. 우리 세대는 "페미니즘은 안 돼, 그건 골로 가는 길이야" 같은 말을 들을 때마다, "걱정 마세요, 아빠, 나의 사소한 문제로 다른 사람을 난처하게 만들지 않을게요"라고 대답했지요. 주위에서 여성들이 하나둘 좌절하는 걸 보았습니다. 품위 있는 침묵 속에서 행해진 일들이 우리 발을 꽁꽁 묶어놓은 겁니다.

나는 그 게임이 나에게 유리하게 돌아간다고 생각했고, 열광적으로 즐겼습니다. 남자를 좋아하기 위해 억지로 노력할 필요도 없던 게, 그들이 자신을 좋아하게 만들었거든요. 그런데 지금 나는 거의 오십이 다 되었어요. 남자들이 나를 이전만큼 좋아하지 않는 건 문제가 아닙니다. 그보다는 남자들에게 매력을 덜 느낀다는 점이 문제이지요. 당신들은 흔들리지 않고 굳건히 길을 가지 못합니다. 언제나 돌봐주고, 안심시키고, 이해해주고, 도움을 주거나 관리해줄 사람이 필요하지요. 남자 하나를 부양하는 데 너무 많은 노력이 들어요. 젊은 여성들 말이 맞습니다. 당신들의 남성성은 너무 취약합니다.

자, 그것 말고도 당신은 일인극 집필과 글을 쓸 수 없는 작가의 장애물 이야기를 늘어놓으며 나를 지치게 했어요. 지금보다 열 살 어릴 때까지만 해도, 정말 아무나 연락을 해서 아무거나 같이 하자며 제안해댔습니다. 당신 같은 부류의 남자들은 거부당한 경험이 한 번도 없는 것 같더군요. 당신이 어떤 어려움을 맞닥뜨렸는지, 그로 인해 같이 일하자는 제안이 요즘 거의 들어오지 않는다느니 하는 말을 시시콜콜 알려주지 말라는 소리입니다. 편히 말하자면, 나는 조용히 지내고 있습니다. 쉬는 시간이 아주 많죠. 라틴어 같은 사어를 배울 수 있을 정도로 시간이 아주 많습니다. 나는 배우입니다. 타인의 관심을 먹고살아요. 그 사실을 초연하게 받아들이고, 그게 이 업계가 돌아가는 게임의 규칙임을 이해합니다. 하지만 내 어깨에 기대 울겠다고 달려오지는 마세요. 당신이 나를 위한 작품을 쓰지 못한다면, 그건 집중력 문제입니다. 오십 세는 주연을 맡기엔 나이 들었다고 보는 게 맞겠지만, 은퇴하기엔 젊은 나이지요. 한탄에 젖어 살고 싶지는 않습니다. 당신도 알다시피 나는 공개적으로 그런 모습을 보인 적이 없습니다. 그래요, 그게 게임의 규칙이니까요. 영원히 지속되리라 생각한 시간이 이미 지나갔지만 불평하지는 않아요. 적어도 아름다운 풍경을 모두 즐겼으니까요. 앞으로 나를 바보 취급하지 말길 바랍니다. 당신이 나를 위한 작품을 쓰지 않은 건, 어떤 연출가라도(사립 극장이든 국립 극장이든 상관없어요) 44 사이즈 옷을 입는 배우나, 비디오테이프 녹화기가 뭔지도 모르는 어린 여자와 일하라고 조언할 것임을 알아서겠지요. 그게 맞든 틀리든 알고 싶지도 않아요. 나는 아직도 내 이름을 걸고 공연장 하나를 관객으로 꽉 채울 수 있어요. 대중이 나를 보는 게 지겨운지 아닌지 내 알 바 아닙니다. 내 나이대 여성을 주인공으로 한 작품을 쓰지 않기로 결정한 건 대중이 아니니까요. 거기에 작용하는 또 다른 권력이 있는 거죠.

당신의 애끓는 하소연에 실소가 나왔습니다. "더는 아무 말도 할 수 없다, 사소한 일로 계약이 파기되는 일을 겪고 있다, 우리 문명과 문화에 이 무슨 저주란 말인가!" 계약이 파기되는 게 진짜 무슨 뜻인지 알고 싶어요? 내 또래 여자 배우들과 이야기해보세요. 나는 아직은 기회를 잃지 않고 비교적 완만하게 내리막을 경험하고 있어요. 하지만 우리에게는 대부분 삼십대부터 이런 고통이 시작됩니다. 반면 업계 풍토에 대해 연대감을 갖는 남자 배우는 지금껏 못 봤어요. 여성을 위해 번거로운 일을 해야 한다면 그들은 그게 무엇이든 달가워하지 않습니다. 예컨대 레스토랑에서 마주쳤을 땐 우리에게 배역이 돌아가지 않는 소외된 상황을 안타까워할지도 모르죠. 하지만 그들은 우리를 위해 노력해본 적이 없어요. 이런 말을 해볼 생각조차 안 했을 겁니다. "이번 영화에서 스무 살짜리 어린 여자와 섹스 신이 있군요. 나는 쉰이니 또래를 캐스팅해주시오. 그들도 실업자 신세는 면해야 할 테니." 제

작자들이 나이 든 여자 배우를 가련한 패배자로 여긴다는 걸 그들도 알고 있어요. 한번은 에이전트에게 물어봤어요. "왜 남자 배우가 연기하는 그런 역할은 나한테 안 들어오죠? 얼핏 봐도 지금 프랑스 영화에서 야성미 넘치는 역할을 맡은 배우들 70퍼센트보다 내가 더 적합한데⋯⋯." 그 말에 에이전트가 웃겨서 넘어가더군요. 하지만 농담이 아니었어요. 불한당 같은 인물에 애정이 있었거든요. "살면서 내내 그런 남자와 가까이 지냈고, 그 인물이 어떠한 모습을 보여야 하는지 잘 안다고요. 머리를 흐트러뜨리든 말든 내 나이가 되면 두려울 게 없어요. 반면 점잔 빼는 그 남자들은⋯⋯." 하지만 내게는 그런 요청 자체가 안 들어와요. 나만 그런 게 아니라 다른 여자 배우들도 그렇죠. 내가 스포트라이트의 중심에 있었을 때, 그게 다 외모 때문이란 걸 알고는 있었어요. 오십이 되고 나니 누드 신, 주인공이 침대에서 다 벗은 채 전화를 받거나 샤워하는 장면, 터키식 목욕탕에서 수다 떠는 장면을 나한텐 안 주더군요. 이제 감독과 '그런데 이 여자는 왜 식물에 물을 주기 전에 옷을 다 벗는 거죠?' 같은 말을 하며 옥신각신하는 대신, 초조한 마음으로 시나리오를 읽고 싶어 기다리는 거죠. 내가 영화 촬영 현장과 연극 무대를 오가며 평생을 보낸 사실 같은 건 대중의 관심사가 전혀 아니라는 사실을 몰랐던 거죠. 그동안 내가 어떤 활동을 했는지, 대중과 어떤 관계를 구축했는지도 마찬가지로 그들의 관심 밖이었고요. 어떤 측면에서는 영화계도 나와 함께 발전하리라고 생각했지만 그런 일은 일어나지 않았습니다. 그래서인지 조에 카타나의 글을 읽었을 때, 내 일부는 그녀의 신랄한 어조를 흉하다고 여긴 반면 또 다른 일부는 그녀가 옳다는 걸 알겠더군요. 아무 일도 하지 않으면 아무것도 바뀌지 않으니까요.

당신 세대는 SNS에 사적 메시지를 숨김없이 드러내는 경향이 있죠. 당신의 판단력을 완전히 신뢰할 수 없어서 글로 확실히 남깁니다. '메일 내용을 어디든지 게시한다면 눈 뽑힐 각오를 하는 게 좋을 겁니다.' 타블로이드 신문 가십란을 찾아보세요. 내가 전 애인 대부분과 우호적 관계를 유지하고 있다는 걸 알 수 있을 겁니다. 나는 위험한 남성성을 뽐내는 이들을 좋아했죠. 그러니까 "눈 뽑힐 각오를 하는 게 좋을 겁니다"라는 말은 비유적 표현이 아니라 협박이에요. 내 주변에는 복싱선수, 바이커 갱단, 용병 같은 사람이 많습니다. 그들이 당신을 찾아내서 작은 숟가락으로 당신 눈알을 파낼 겁니다. 당신이 가장 예상치 못한 순간에요.

오스카

저를 공개적으로 지지해주기를 바라며 메일을 쓴 건 아

닙니다. 박람회장에서 함께 와플을 먹는 우리의 셀카 사진을 포스팅한다고 해서 추락한 내 이미지가 좋아지지는 않을 테니까요. 그런 행동은 분명 당신에게 폐가 될 테고요. 오명은 씻기지 않은 채로 말이죠. 나는 프랑스인 절반의 증오 섞인 집중포화를 받고 있습니다. 부당한 일입니다. 이런 경험을 누구도 하지 않기를 바랍니다. 오래전 그 홍보 담당자를 좋아했습니다. 이제 구글에 제 이름을 검색하면 제가 유치원 휴식 시간에 아이들을 강간한다고 나올 겁니다.

혼자라는 사실을 뼈저리게 느꼈습니다. 모든 걸 잃었고 이제 어디에 매달려야 좋을지 알 수 없기에 당신에게 메일을 쓰는 겁니다. 술은 한 방울도 마시지 않았고, 코카인이나 엑스터시를 단숨에 들이켜거나 해시시를 피우지도 않았습니다. 이 주째 이어지는 불면증을 쫓으려고 수면제를 먹지도 않았습니다. 제가 어린아이처럼 연약한 상태라고 느끼기에 당신에게 메일을 쓰는 겁니다. 과거를 고백하는 일이 나로서는 빌어먹을 일상을 짊어지는 것보다 그나마 덜 괴롭기 때문에요.

브르타뉴 거리 테라스에 앉아 있는 당신을 본 그날, 저는 NA 모임*에서 막 나온 참이었습니다. 그 이야기를 하는 게 쉽지 않지만 할 수밖에 없군요. 저는 늘 술이나 마약에 취하지 않는 사람을 경멸했습니다. 진짜 남자라면 위스키를 마시

---

*   Narcotic Anonymous, 마약중독자들의 회복을 위한 프로그램으로, 단약 유지에 도움을 주고받기 위해 정기적으로 모이는 비영리적 자조모임.

고, 마리화나를 피우며, 코데인* 시럽을 들이마시고, 코카인을 잔뜩 흡입합니다. 기름진 고기를 먹고, 웨이트 트레이닝을 하고, 정치적 올바름 따위는 무시하지요. 진정한 남자라면 스스로 무너지는 느낌을 받지 않죠. 매춘부가 그가 항문에 손을 넣었다고 고발하는 일 따위는 십 년은 흐른 뒤에야 밝혀지기 때문입니다. 저는 진정한 남자 리스트의 거의 모든 기준에 이르지 못하고 낙오합니다. 저는 허약하고, 새 모이만큼 먹으며, 극단적 건강염려증 환자이고, 트위터에서 제 이야기가 좋게 회자되기를 기꺼운 마음으로 기다리느라 잠을 자지 못합니다. 괜찮은 남자의 활동 리스트 중 그나마 좋은 점수를 받은 유일한 활동이 마약중독이었습니다. 빌어먹을 따분한 지식인과 저 사이에 다른 점이 그것 하나였죠. 다양한 마약에 중독되었다는 정체성을 생각보다 더 소중히 여기고 있었습니다. 결국 저에겐 그것밖에 남지 않았고요.

극복해야 한다는 걸 본능적으로 알고 있습니다. 이유는 스스로도 납득하지 못하지만요. 이미 일어난 일을 다시금 검토해보면 저는 언제나 그걸 되풀이했고, 언제나 마지막 장면은 똑같습니다. 집에 돌아가는 순간, 궁지에서 벗어날 유일한 기회는 마약을 끊는 것임을 매번 깨닫죠.

미투 논쟁이 수면에 올라오기 몇 주 전, 경고를 받은 적

---

* 아편제제의 일종.

이 있었습니다. 라디오 방송국에서 편집자 카텔과 마주쳤는데, 어떤 남자 작가를 대동하고 왔더군요. 방송국 입구에서 주머니에 있는 금속 소지품을 꺼내놓다가 마주쳤죠. 함께 있는 모습을 보면서 둘이 이미 잤을지도 모른다고 생각했습니다. 작가치고 남자 몸이 괜찮았거든요. 푸른 눈에, 어렴풋이 선원 분위기를 내는 브르타뉴 출신 남자였어요. 아무 관계가 아니라면 카텔이 왜 프랑스 퀼튀르 방송국에 그 남자를 데려왔겠어 하고 생각했죠.

함께 승강기를 기다리고 있을 때 카텔이 제게 건너편에 있는 옹드 바에서 잠깐 보자고 하더군요. 방송을 위해 루이스 칼라페르트의 책 몇 단락을 막 읽은 참이었습니다. 노동 계급 작가가 나오면 사람들은 항상 저를 떠올려요. 그 말인즉슨 아주 드문 일이라는 거죠. 저녁에 특별한 일정이 없었기에 좋아, 기다릴게, 하고 대답했지만 뭔가 문제가 있다는 걸 직감했습니다. 카텔과 저는 친밀한 사이는 아니었어요. 지방 도서전에서 여러 차례 만난 게 다인데, 우리 둘 다 언제나 늦게까지 마시는 술꾼 무리에 끼어 있었죠. 알코올의 강력한 특징은 일단 취하고 나면 자신이 마지막에 괜찮은 사람으로 남으면 큰일이라도 나는 것처럼 그야말로 진상 엘리트가 되게 한다는 것이죠. 카텔과 저는 잘 맞기는 하지만 둘이서 커피를 마시자고 할 정도까진 아니었습니다. 그 초대에는 어떤 의도가 있었죠. 카텔이 성적인 의도로 접근한다는 건 거의 가능성이 없어 보였는데, 저와는 다른 세계 사람이거든요. 알려진 바로는 카텔은 장관이나 텔레비전에 얼굴을 비추는 언론인 등 요직에 있는 인물과 연애를 했으니까요. 카텔을 덮치려면 최소 공쿠르상 정도는 수상해야 할 겁니다. 다시 말해, 카텔과 섹스한다면 굉장히 흥분되는 일이겠지만 그런 일은 일어나기 힘들다는 거죠. 리옹에서 추리소설 박람회가 열린 날, 저는 카텔이 세심하게 고른 헐렁한 옷 아래 있는 굉장한 가슴의 존재를 포착했습니다. 가슴을 드러내지 않았기에 훨씬 근사했죠. 그런 경우는 꽤 드물었으니까요. 성적 매력을 부각할 수 있는 몸매 좋은 여성이 그게 드러나지 않도록 최선을 다하는 상황 말이죠. 아무튼 착각은 하지 않고 기다렸습니다. 아마 어느 공장 노동자의 경험을 다룬 책을 출간하는데 서문을 부탁하려는 거겠지 하면서요.

저는 옹드 바를 잘 알았습니다. 방송국에 일찍 도착하면 주로 거기서 기다리거든요. 혹은 방송이 제대로 진행되지 않아 기분이 가라앉았을 때, 택시를 타기 전 기운을 차릴 필요가 있을 때 가 있는 곳이기도 합니다. 카텔은 바에 도착해서도 입을 꾹 다물고 창밖으로 지나가는 자동차와 사이클 선수만 바라보다가 결국 말을 꺼냈습니다. 짊어지고 있기 무거운 가방을 바닥에 툭 떨어뜨리는 듯한 태도였습니다.

"말해야 하나 망설였는데, 좋아하는 친구니까 말하는 거야. 소문이 쫙 퍼진 거, 이미 알고 있지?"

도무지 무슨 이야기인지 모르겠더군요. 얼빠진 제 얼굴을 빤히 보다가 카텔이 이어 말했습니다. "네 첫 번째 홍보 담당자 조에 기억하지?" 전혀 민감할 게 없는 이야기라서 즉시 대답했습니다. "물론. 내가 진짜 좋아하던 직원이야. 책홍보 작업을 놀랄 만큼 잘해줬거든." 카텔의 얼굴에 난처한 기운이 퍼지더군요.

"그 사람 지금은 출판사 일을 그만뒀어. 회사를 나가자마자 바로 블로그를 개설했는데, SNS에서 영향력 있는 페미니즘 블로그야." 잘됐네, 그렇게 생각했을 뿐 더 할 말은 없었어요. 그 순간을 더 누렸어야 했는데 그땐 몰랐습니다. 그때가 공포에 떨지 않고 '페미니즘'이라는 단어를 들은 마지막 순간이었거든요.

"아직 책을 출간하지는 않았어. 하지만 뭔가 준비하고 있더라. 그러니까 미투 논쟁 같은…… 출판계에선 그 방면에서 뒤처져 있는 게 사실이야." 그 이야기가 다른 사람과 관련된 거라고 여전히 믿으며 잠잠히 카텔의 말을 들었어요. 누군가 머저리 짓을 했구나 하고 말이죠. 어쨌든 우리 주변에는 당황스럽기 그지없는 사건이 생기니까요. 그런데 제가 무슨 말이든 해주길 카텔이 기다리고 있더군요. "업계에서 말이 돌면 치명적이지" 따위의 미덥지 않은 소리를 억지로 하는데, 카텔은 그제야 제가 자기 이야기를 전혀 알아채지 못하고 있음을 깨달았습니다. "오스카, 조에는 너와 있던 일을 쓰려고 하는 거야." 저는 실소를 터뜨렸습니다. 둘 중 무슨 불만이든 표출해야 하는 쪽이 있다면 미안하지만 그건 저였으니까요. 우울한 사건을 다시 들춰내어 창피당하고 싶지 않지만, 조에에게 열렬히 빠졌던 것은 사실입니다. 조에에게 거부당하고 실의에 빠지기도 했습니다. 제 인생에서 하나의 사건이었죠. 저는 곳곳에서 소울메이트처럼 느껴지는 여성을 발견하지만, 그들은 저를 잘못해서 찻잔에 떨어진 구역질 나는 벌레 취급했죠. 카텔은 제게 설명해줄 필요가 있었어요. 조에가 정신적 피해를 호소할 예정이라는데, 예전에 제가 조금 끈질기게 치근덕거린 일 때문인 것 같았습니다. 책이 출간된 시점이었고, 길어 봐야 삼 개월이었죠. 무엇이 되었든 간에 조에에게 무언가를 억지로 강요한 적은 한 번도 없었습니다. 그보다는 남자아이처럼 조용히 굴었어요. 여자에게 거절당한 경험이 자주 있었기에 그랬죠. 테이블 아래에서 수음하거나 지방 호텔 방에서 나이트가운을 다 벗은 채 거드름을 피우지도 않았으며, 여자 쪽에서 직설적으로 요청하지 않는 한 거칠게 벽으로 밀어붙이지도 않았습니다. 제가 한 최대한의 열정적 행위는 작별 인사를 하다가 딱 한 번 뺨이 아닌 입술에 입을 맞추려 한 일입니다. 조에가 눈부시게 아름답다고 생각했고, 함께 시간을 보내고 싶어 안달이 났거든요. 저를 원하지 않던 여자와 사랑에 빠졌던 걸까요? 분명히 그랬을 겁니다.

굴욕을 느끼고 마음이 상한 나머지 제가 그를 귀찮게 했을까요? 그건 분명 아닙니다. 하지만 그날 저녁 카텔을 통해 알았어요. 지난 몇 달 동안 조에가 제가 '자기 커리어'를 망가뜨렸다고 불평하고 다녔다는 사실을 말이죠.

카텔은 종업원을 향해 손짓하더니, 우리 앞의 술잔 두 개 위로 손가락을 올려 원을 그리는 제스처를 취하더군요. 난처한 기색이 역력했어요. 제 반응이 기대와 전혀 달랐으니까요. 저는 사실을 부정하지는 않았습니다. 카텔이 말하길, "문제는, 오스카, 무슨 일이 일어났는지 기억하는 사람이 꽤 많다는 거야. 그 여자가 울음을 터뜨린 적이 많았어. 기자나 다른 홍보 담당자, 동종업계 종사자에게 속내를 털어놓기도 했단 말이야. 일이 그런 식으로 지속되면 안 되니까 출판사를 떠나야 한 건 그쪽이었고. 네 소설이 잘 팔리는 상황이었으니 출판사에서 너를 내쫓지 않은 거지. 그 사람은 능력이 있는데도 다른 회사에 취직할 수 없었어. 그래서 사람들에게 그 일을 말하고 다녔겠지. 조에가 너를 비판하는 글을 올린다면 그쪽 입장이 추가된 버전이 나올 거야." 저는 대답했습니다. "조에가 일을 왜 그만뒀는지는 기억이 잘 안 나. 그리고 우는 모습을 난 한 번도 못 봤는데." 카텔의 목소리가 심각해졌죠. "넌 네 책 성공을 축하한답시고 말처럼 마셔만 댔잖아. 술 마시는 것 말고 네가 뭘 했지? 분명 넌 아무것도 기억 못 하겠지. 하지만 그 사람이 이야기했다고. 어느 저녁 네가 그 사람을 사무실 구석으로 몰아넣고서 원하는 대로 하지 않으면 자살할 거라고 협박했다며. 겨우 그곳을 뛰쳐나왔다더라. 오스카, 겨우 도망쳐서 빠져나온 거라고, 네가 미치광이처럼 소리 지르는 동안. 회사 사람들이 다 봤대." 저는 결코 그렇게 행동하지 않았습니다. 아니, 어쨌든 그 일을 전혀 기억하지 못합니다. 문제는, 그 사건을 떠올리면 엄청난 수치심이 밀려들기 때문에 많은 것이 의식 수준까지 도달하지 못한다는 겁니다. 그게 무엇이든 그녀에게 강요하려고 했기 때문에 수치심을 느낀 게 아닙니다. 열렬한 사랑에 빠졌다고 조에에게 고백했는데, 전혀 들으려고 하지 않아 수치심을 느낀 거죠. 그리고 그런 시나리오는 저에게 익숙합니다. '여자를 후리고 다니는' 그런 사람은 아니거든요. 말리기도 전에 카텔이 세 번째 잔을 시켰습니다. "비슷한 일을 겪었다고 털어놓을 사람이 주변에 많아. 난 그렇게 거슬리진 않았지만, 나한테만 해도 몇 번이나 야릇한 농담을 던지면서 우리가 이러저러한 관계라고 떠들고 다녔잖아. 그런 짓거리가 이젠 통하지 않는다고." 카텔의 허황된 소리를 더 듣기 힘들었습니다. 카텔은 제게 일어난 일을 즐기고 있었어요. 미투 논쟁은 매춘부들의 복수였죠. 그들이 하는 말을 듣지 않고는 넘어갈 수 없는 시대라니. 염병할 일이었습니다. 저는 종업원에게 계산서를 가져다 달라고 신호했습니다. 카텔의 기분이 상한 걸 느꼈기에 장광설을 끊으려고 했습니다. 저는 고맙다고 말하고서 택시에 탔습니다.

택시 기사는 나이 지긋한 남자였는데, 내부에 유분 냄새가 풍겼습니다. 삼바를 틀어놓고 있었어요. 창문 너머로 센 강이 펼쳐지고, 저는 에펠탑이 나오기를 기다렸습니다. 에펠탑을 가까이에서 보는 건 늘 좋았거든요, 특히 밤에요. 그 사건은 실체 없는 가짜라며 스스로 설득시키려고 애썼습니다. 말단 직원의 경력을 누가 신경이나 쓸까요? 조에의 부모가 딸을 위해 릴에 있는 사립학교 등록금을 내주었을 테니, 실망할 사람이라면 부모가 유일했을 겁니다. 그냥 일이 적성에 맞지 않던 거겠죠. 그게 전부였을 겁니다. 조에가 사건을 수면에 올린 건 부모에게 자기변호를 하기 위해서라는 게 제 추측입니다. 실제로는, 아마 모두 동의하겠지만, 사소한 블로그를 홍보하기 위해 미투 유행을 이용하고 싶던 거겠죠. 집에 돌아와서도 여자친구 조엘에게 저는 아무 말도 하지 않았습니다. 종이 두 장을 겹쳐 대마초를 크게 말아 피우는데, 위스키 석 잔을 스트레이트로 마시고 피우려니 속이 메스껍더군요. 겨우 몸을 이완시키고 나니 다른 생각이 떠올랐습니다. 진상을 알아보기 위해 인스타그램에 조에의 이름을 검색해봐야겠다 싶었습니다. 팔로워 10만 1000명. 가슴 깊은 곳에서 구역질 나는 감각이 일었습니다. 너무 익숙하게 잘 알고 있는 감각. 순수한 두려움 말입니다.

다음 날이 되니 불길한 예감을 어느 정도 떨쳐버릴 수 있었습니다. 그러다가 동네 프랑프리 마트에서 프랑수아즈와 마주쳤습니다. 수비드 샐러드를 살까 말까 망설이고 있었죠. "늘 샐러드를 사는데 정작 먹지는 않아. 그래도 냉장고에 푸른색이 있으면 기분이 좋단 말이지. 기분만 위하기에는 대가가 크지만." 저는 프랑수아즈에게 더 일반적이고 가격이 저렴한 샐러드로 타협하라고 제안했습니다. 하지만 말을 들으려고 하지 않았죠. "다른 샐러드는 역해 보여. 잣이랑 파마산 치즈가 들어간 이걸로 해야겠다. 이건 먹을 것 같아……."

프랑수아즈는 담배에 찌든 걸걸한 목소리로, 옛날식 노조 활동에 대해 빈정거리며 성을 내는 부류에 속합니다. 오랜 페미니스트이지만 음담패설에 맞서 방어적으로 나오는 부류가 아니라, 오늘날 물러터진 사람과 달리 흔들리지 않는 견고한 나무 같은 사람이죠. 그녀와 함께 있으면 매순간 사람들을 웃게 할 수 있습니다. 프랑수아즈는 우리 집 건너편에서 바를 운영합니다. 늘 늦게까지 열려 있기에 마지막으로 가볍게 한잔하러 자주 그곳에 들릅니다. 교사인 아버지 밑에서 자란 탓에 빅토르 위고의 작품을 다 외우고 있고, 혈중알코올농도가 올라가면 자발적으로 시를 낭송하기도 합니다. 우리 어머니와 나이가 같고, 저를 '작가님' 혹은 '착한 애송이'라고 부르면서 어떤 기대나 환상도 없이 끈질기게 치근거립니다. 아무리 술에 취했을 때라도 똑똑히 표현할 기회 앞에서는 늘 제정신으로 있죠. 프랑수아즈는 저에게 품위 있는 페미니즘의 화신, 위선적으로 변하기 전의 페미니즘을 대표하는 사람이죠.

샐러드 코너 앞은 약간 서늘했는데 프랑수아즈를 마주쳐서 반가웠습니다.

"한잔할 시간 돼요? 심란한 일이 생겼는데 당신 의견을 듣고 싶어서요."

"물론이지. 우리 집에 가자는 말이지? 안 그래도 매트리스를 못 옮겨서 도움이 필요했어. 좌골신경통 때문에 혼자서 할 수가 없거든."

저는 제안을 받아들였고 같이 계산대로 이동했습니다. 이미 기분이 어느 정도 나아진 상태였어요. 손에 맥주를 들고 제 등을 토닥이는 프랑수아즈의 모습이 그려졌습니다. 저를 약탈자로 혼동한 그 여자를 뉴런이 하나밖에 없는 멍청이 취급하겠죠.

집의 좁은 승강기 앞에 도착할 때까지 함께 걸으며 프랑수아즈에게 전날 알게 된 사건을 자세히 들려주었습니다. 그러는 동안 생각이 얼추 정리되더군요. 집에 도착하니 커다랗고 칙칙한 가구가 좁은 거실을 채우고, 니코틴에 절어 누렇게 변한 오래된 대형 커튼이 쳐져 있었습니다. 텔레비전 바로 옆에는 복을 부르는 중국식 고양이가 카를 마르크스 청동 동상과 나란히 자리잡고 있었죠. 벽에는 노티 나는 가구와 어울리지 않는 바스키아 전시 포스터가 붙어 있고, 벽을 따라 책 더미가 쌓여 있었습니다. 프랑수아즈가 그 정도로 책을 많이 읽는지 몰랐습니다. 프랑수아즈는 곧바로 매트리스를 교체해달라며 저를 냅다 떠밀었는데, 꽤나 힘이 드는 일이었습니다. 그런 운반 작업이 익숙하지 않았거든요. 프랑수아즈는 제가 그렇게 간단한 일도 절절매는 모습을 보며 유감스러워했습니다. 그러고 나서는 태블릿을 꺼내더니, 저한테 헌 매트리스를 집 밖에 내려다 놓으라고 한 다음 조에에 관한 기사를 읽더군요. 저는 매트리스를 내놓느라 승강기에서 진땀을 흘렸고, 인도가 쓰레기장이라도 되는 양 잡동사니를 버리는 그가 양심적이지 않다고 생각했습니다.

다시 올라올 때까지도 프랑수아즈는 한껏 진지한 표정으로 기사를 집중하여 읽고 있었습니다. 그러더니 제게 와서 앉으라는 신호를 보냈어요. 저는 냉장고에 맥주가 있는지 물었고, 프랑수아즈는 커피만 있다고 대답했습니다. 장을 보러 다시 내려가는 건 내키지 않아 그냥 기다렸습니다. 이곳에 온게 슬슬 후회되었습니다. 그제야 우리가 한낮에 만난 적이 거의 없다는 사실을 깨달았죠. 프랑수아즈는 검지와 중지로 턱을 쓰다듬으면서 마침내 진단을 내놓았는데, 이제껏 한 번도 본 적 없는 무척 유능한 표정을 하고 있었습니다.

"사건을 요약해볼게. 너는 그 사람한테 반했어. 상냥한 성격에 비난받을 행동은 하지 않았지. 너는 진짜 괜찮은 남자인데, 어떤 미친년이 너를 엿 먹이려고 이야기를 지어냈다는 말이지? 여기서 첫 번째 문제는 그게 너희 업계에서 여자를 괴롭히는 모든 강간범이 똑같이 떠들어대는 레퍼토리라는 거야. 너희 같은 작가들은 그저 결백하다고만 하는데, 한편에는 무수한 피해자가, 다른 한편에는 자신이 맞닥뜨린 게 뭔지 이해하지도 못하는 문제적 남자들이 있어. 두 번째 문제는, 이게 가장 중요한 건데, 조에 카타나가 한 유일한 바보짓은 블로그를 운영한다는 거야. 나조차도 블로그가 낡아빠졌다고 생각하니까. 그걸 제외하면 이 젊은 여성은 전혀 지나친 구석이 없어. 그녀는 젊고, 젊은이들은 멍청하지. 그건 사실이야. 하지만 전반적으로 그녀는 아주 기민하게 대처하고 있어. 정색할 거 없어, 오스카. 네 기분이 좋아질 말을 해주지 않는다고 해서 자리를 박차고 나가지는 않을 거지……. 우리는 바에서 만나 벌써 몇 해를 알고 지냈어. 너는 호감이 가는 남자야, 맞아. 내 경우에는 같이 있으면 즐겁지. 내가 젊었을 땐 자기비하가 여성을 위한 신성한 의무였어. 그건 이미 지나갔다는 말이야. 그러니까 최선을 다해 먼저 솔직한 사과 편지를 쓰는 게 좋을 거야. 실추된 명예를 회복시키기 위해 무얼 하면 좋을지도 물어보고."

"내가 사과를 해요? 무엇에 대해서요?"

"그건 네가 고민해봐야지……. 예를 들어 작가인 너의

면책권을 마음껏 휘둘러 여성 직원을 괴롭히는 결과가 벌어진 일에 대해? 그걸 제대로 고민한다면 오스카 제이야크가 여자 가슴에 환장하네 마네 하는 신경을 쓰지 않고 다들 아침마다 출근을 잘하겠지."

"당신한테 난 한 번도 그런 말을……."

"안 했지, 그래도 이런 말을 한 적은 있어. 네 기억이 수시로 구멍이 뻥뻥 뚫리고 흐릿해진다고 말이지."

"프랑수아즈, 난 당신을 투사나 아주 정치적인 사람으로 생각했는데요. 쌔고 쌘 구닥다리 정숙한 엄마가 아니라고요."

"미안하지만, 풋내기 양반, 난 평생을 최저임금 생활자로 살았어. 일자리를 구한 것만으로 운이 좋다는 얘기를 듣는 사람이었지. 정확히 말할 수 있는 건, 문제가 생기면 중요하지 않은 익명의 사람이 해고된다는 거야. 내 앞에서 네 이야기를 털어놓으면 나는 공감을 해주지. 너는 엔터테인먼트 회사 중역이나 마찬가지거든. 당신들 중역의 방식을 익힐 만큼은 나도 충분히 어울렸지."

"그런 식으로 생각하고 있다니 얼이 빠질 지경이네요."

"원하는 만큼 놀라시든지. 하지만 네 이야기는 내가 익히 아는 레퍼토리대로 흘러가고 있어. 그런 이야기를 골백번은 들었거든. 모든 술주정뱅이가 하는 이야기지. 어떻게 착하디 착한 아내가 어느 날 이성을 잃고 남편들이 폭력을 휘두른다고 말하는 걸까? 문제의 그 착한 아내, 입 주변이 멍투성

61

이인 그 여자를 실제로 마주친다면 왜 그녀가 홀로 그런 일을 벌였는지 그제야 의구심이 들겠지. 네 이야기는 충분히 들었으니까 솔직히 말할게. 네 말은 도무지 말이 안 돼."

"실은 당신에게는 선택권이 없잖아요, 불쌍한 프랑수아즈. 그 여자들이 당신을 겁줬기 때문에 무리가 말하는 대로 동조하고 있는 거겠죠. 내 눈에 당신은 늘 무모하고 허세가 득했는데, 술을 안 마시니 그냥 다른 사람하고 똑같네요. 겁에 질린 양 같아요."

의기소침한 기분으로 자리에서 일어났고, 프랑수아즈는 매트리스를 옮겨주어 고맙다고 말했어요. 현관문까지 배웅 나온 눈에 연민의 빛이 보이자 따귀를 한 대 날리고 싶은 기분이 치밀어 올랐습니다. 오해받고 늑대 소굴에 던져진 게 원망스러웠습니다. 진즉에 알았어야 했어요. 이제 어린 나이가 아니므로 술집에서 알게 된 친구와는 적절한 시간에 적절한 상태에서 만나야 한다는 걸 말이죠. 현관문 앞에서 제 눈을 똑바로 응시하던 프랑수아즈가 말했습니다.

"술 그만 마셔. 다른 것도 전부 그만둬."

"됐네요, 어르신, 이틀간 술 좀 안 마셨다고 동네방네 떠들어대며 성가시게 하지 말아요."

"너 그러다 진짜 골치 아파질 거야. 마약중독만 벗어나도 너한테 기회가 있을 텐데. 경우에 따라서는 피해를 최소화하면서 그 사건을 넘어갈 수도 있고. 그런 기세로 계속 나간다면 안 봐도 뻔하네. 비장한 척 굴다가 자기 운명을 한탄하는 세상 얼간이들처럼 무너질 거야."

작별 인사도 하지 않고 저는 승강기에 올랐습니다. 속으로 오랜 친구를 늙은 정신병자 취급을 하면서요. 설교를 퍼붓던 그 뻔뻔한 인간을 죽여버리고 싶을 정도였습니다. 집에 돌아와서 차갑게 해둔 샴페인 한 병을 땄고, 빅 엘의 〈더 빅 픽처〉 앨범을 스피커에 연결해 틀었습니다. 두 시간 뒤엔 친구들과 바에 앉아 있더군요. 그렇게 연거푸 이틀 밤을 하얗게 지새웠습니다. 그러고 나니 기분이 나아졌어요.

며칠 후, 어느 이류 작가에게 첫 문자 메시지를 받았습니다. 자신은 무슨 일이 있어도 저를 지지한다는 내용이었죠. 곧바로 무슨 일이 시작되었는지 납득했습니다. 아직 조에 카타나의 글을 읽지 않은 상태였어요. 한 번도 읽은 적은 없지만, 주변에서 말하는 걸 너무 많이 듣다 보니 이미 속속들이 아는 것 같은 기분이었습니다. 다른 문자 메시지도 속속 도착했습니다. 각각의 지지가 흡사 비수처럼 느껴졌어요. 숭배를 보내던 사람에게 동정받는 것보다 더 비참한 일도 없으니까요. 그 자리에서 생각했죠. 괜찮아, 아무 상관 없어. 견딜 수 있으리라고 믿었습니다. 컴퓨터 전원을 켜지 않고 책을 읽었어요. 휴대전화 스크롤도 내리지 않았습니다. 한 번 둘러보긴 했어요. 하지만 확신하고 있었습니다. 이 일이 잘 지나갈 것이고, 트렌드에서 다른 무언가가 제 이슈를 밀어내고 자리를 차지하리라 생각했죠.

주간지 〈마리안〉에 조에의 과민함을 빈정거리는 어조의 기사가 실렸습니다. 기사는 바이러스처럼 퍼져 나갔죠. 이러한 인터넷의 광란 상태는 사람들이 자기 SNS에 무엇이든 계속 포스팅하고 다른 사람들과 '공유'한다고 부르는 행위로 몰고 갑니다. 광기에 이끌려 '돌로 때려 죽이기' 행사에서 돌 하나를 던지고서 그걸 '공유'한다고 하는 거죠. 집 안으로 가상현실이 물밀듯 들어오기 시작했어요. 그것이 문 아래로 흘러들어 쌓이는 걸 지켜보면서 갈피를 못 잡고 헤맸습니다.

혼자라는 느낌에 사로잡혔습니다.

알고 지내는 사람은 많아요. 친구가 없는 거죠. 꽤 오래전부터 친구라고는 알코올 아니면 대마초, 그것도 아니면 렉소밀이거든요. NA 모임에서 '제품'이라고 부르는 것이죠. 계절별로 선호도가 달라지지만 어쨌든 모든 제품은 제 친구입니다.

작가는 권력이 전무한 직업이에요. 그런 이유로 수많은 작가가 시간을 들여 인맥을 쌓으려고 노력하거나, 글을 쓰는 일보다 텔레비전이나 라디오에서 비평 아르바이트를 많이 하는 걸 봤을 겁니다. 저는 글쓰기에 절대적으로 시간을 쏟아야 한다고 생각하는 사람이라, 그게 멍청한 짓이라고 봅니다.

그러니 저를 완전히 파괴하는 일은 주방 벽의 바퀴벌레

를 짓이기는 것만큼이나 간단하죠. 오늘 저는 그 유명한 백인 남성의 화신이 된 겁니다. 대학생, 변호사, 프로듀서 여성 모두가 저를 죽이겠다고 손톱 관리를 포기하고 인터넷 앞에 모여들었습니다. 조에를 통해 자신들의 특권이 거론되는 걸 제쳐둘 수 있는 좋은 방법을 발견한 셈이죠. 그래서 더욱 씁쓸했습니다. 제가 이룬 것이나 그 자리까지 온 것을 스스로 자랑스러워했다는 사실이 참으로 부끄러웠습니다. 우리는 같은 동네 출신이니까, 저희 같은 사람은 문학계에서 이름을 빛내지 못한다는 걸 저만큼이나 잘 알겠지요.

그러다가 프랑수아즈에게서 전화가 왔습니다. 제 사기를 북돋우며 쉰 목소리로 위로하더군요. "그 자리에서 망연자실한 감정을 느꼈겠지. 하지만 다 지나갈 거야. 기쁠 때도 있고 슬플 때도 있지. 아무튼 다 지나가는 일이야. 다음에 쓸 책을 생각하라고." 전화를 끊고 나니 전보다 훨씬 진정된 느낌이었습니다. 그 후에 프랑수아즈 집을 나설 때 들은 조언이 떠올랐습니다. "술 그만 마셔." 당시에 저는 코카인의 효과가 몸에 퍼진 상태라 불안으로 몸이 부서질 것만 같았습니다. 이제 프랑수아즈가 저를 진심으로 걱정한다는 묘한 직감에 따라 다시 그에게 전화했습니다. 세 시간 후에 프랑수아즈는 저를 데리고 NA 모임에 갔습니다. 그게 첫 모임이었어요. 아무도 제게 무슨 일이 일어났는지 캐묻지 않는 유일한 장소가 그

곳이었죠. "약을 그만하고 싶은 마음이 간절하다"라고 말한 순간, 그들은 저를 일원으로 대해주었습니다. 몇 주간 사람들에게 배척받는 기분으로 지내고 있었는데, 이 적당한 거리감이 소중하게 다가왔습니다.

술을 끊었습니다. 그다음 대마초를 끊었고. 그다음 코카인을 끊었습니다. 모두가 코카인을 하는 장소에는 일부러 가지 않았습니다. 요즘은 외출도 자주 안 합니다. 조금은 마법같은 생각을 믿게 되었어요. 이 상태를 유지하면, 그 일도 지나가리라는. 그러니까 프랑수아즈 말이 맞아요. 언젠가 다시 술판을 벌이고 바보 같은 짓을 할지도 모르겠지만, 확실한 건 지금은 아닙니다.

레베카

아침에 당신이 보낸 메일을 읽으면서 당신 친구 프랑수아즈는 남에게 충고하는 대신 자기 일이나 신경 쓰는 편이 낫지 않을까 하는 생각을 했습니다. 하지만 다시 생각해보니 그렇게 나쁜 일은 아니네요. 남자들의 우둔함과 알코올 소비량의 상관관계는 과소평가되고 있어요. 당신은 언제나 노력했지만 환각 상태에 빠진 탓에 여자들을 귀찮게 굴었다는 식으로 둘러댈 수 있었겠죠. 전략적으로는 너저분한 변명이지만 주장할 만은 하죠. 그러니 잘했어요, 프랑수아즈.

어쨌든 내 지론은 마약 앞에서 무너지는 사람들은 하루 빨리 약을 끊는 편이 좋다는 것입니다. 주변에 그런 사람이 천지인데, 그건 그들의 전문 분야가 아니에요, 끊는 게 맞죠. 나의 경우는 좀 달라요. 제법 잘 조절하거든요. 약을 하지 못하는 상황이 되면 유감스러울 거예요.

내게 처음으로 마약을 주사한 남자는 나처럼 어렸죠. 우리는 열일곱 살이었어요. 나중에 그 사람을 다시 본 적도 없어요. 내가 무슨 짓을 하는지 알았고, 헤로인에 손대면 평생 거기에 매일 거라는 경고도 들었습니다. 그 순간 헤로인이 내 인생을 바꾸어놓을 것이며 내게 필요하다는 걸 알아챘죠. 결국 스무 해를 호된 대가를 치러야 했습니다. 당신도 알 테지만 그 일로 나는 유명해졌죠. 마약중독을 끊게 도우려고 앞장섰던 내 친구들, 남편들, 애인들, 에이전트나 감독 그 누구도 나는 신경 쓰지 않았습니다. 1980년대에는 코카인과 보드카에 뇌가 절여진 남자들도 상대가 하얀 약을 한다는 걸 알면 가차 없이 판단했거든요. 마약중독에도 어떤 위계질서가 있던 거죠. 알코올과 코카인은 권장되었어요. 반면 헤로인은 당장 끊어야 하는 것이었죠. 기괴한 상황이었어요. 적어도 오늘날은 사람들이 건강에 신경을 쓰니까, 붉은 고기나 담배조차 참지 못하는 경향이 있죠. 이런 식이니 명백하죠, 짜증나는 세대예요.

그런 시간을 거쳐 누군가 나를 유명한 NA 모임에 데려갔습니다. 딱히 나쁜 기억이 있지는 않지만, 익명의 마약중독자라는 이름이 가리키듯 그곳은 나를 위한 모임은 아니었습니다. 나는 익명의 존재와는 거리가 머니까요. 그게 이십 년 전 일이에요. 우리는 모두 헤로인 때문에 그곳에 모였죠. 방탕하게 지내는 사람들이었습니다. 모임이 끝날 때쯤에는 참석자 열 명 중 여덟이 내게 와서 마약 거래를 제안했어요. 재미있게 노닥거리긴 했지만 다시는 모임에 나가지 않았습니다. 어쨌거나 마약이 큰 즐거움을 주는데 그만둬야 하는 이유를 모르겠더군요.

그러는 사이 사회가 이전보다 훨씬 성실한 분위기로 바뀌었다고 들었습니다. 내가 아는 사람은 심지어 NA 모임을 통해 크랙*을 끊었다고요. 그 기억이 아직도 강력하게 남아 있습니다. 헤로인은 크랙과 비교하면 트위터와 문학의 관계 같아요. 전혀 다른 부류죠. 사실 허세를 부리려고 하는 얘기예요. 사실, 진짜 약쟁이들은 자신을 아무것도 아닌 존재로 느끼고 싶어서 마약을 합니다. 헤로인이나 크랙을 하면서 그저 인간이 아무것도 아닌 존재에 지나지 않음을 잊지 않으려고 하죠. 그런 존재가 되어 온 천하에 말하는 겁니다. 당신은 스스로 괜찮다고 믿습니까? 그렇다면 착각하고 있는 겁니다. 스스로를 해체하고 현실감각을 내다 버림으로써 타인에게 그

---

* 코카인에서 추출하여 농축한 마약의 일종.

들을 혐오한다고 말하는 셈이죠. 간신히 버티고 서 있기 위한 비장한 노력들. 요가를 하느니 죽는 게 낫겠다는 사람들.

이제는 헤로인을 끊었습니다. 어느 날부턴가 진절머리 나더군요. 사랑에 빠진 남자가 약을 하는 걸 싫어했어요. 그에게 거짓말을 하거나, 평소처럼 행동하면서 다른 모든 걸 제쳐두고 헤로인으로 달려드는 대신, 정말로 끊었어요. 그게 첫 시도는 아니었지만 이번에는 다시 약에 손대지 않았습니다. 사진 속 내 모습을 봤어요. 몇 년 동안 내 몸은 호리호리했고, 자연스럽고도 위엄 있는 무관심한 태도를 갖추고 있었어요. 그런데 서서히 얼굴이 건조해지고, 시선은 텅 비고, 안색이 창백해졌어요. 몸에도 더는 헤로인이 받지 않았죠. 서커스 같은 짓을 하는 데 지치기도 했습니다. 국경을 넘어 다른 나라에 갈 때마다 호텔에서 딜러가 나를 기다리고 있는지 확인하는 그런 일 말이죠. 나는 다른 것으로 넘어갔다가, 결국 다른 곳에 도착했습니다. 좋아하던 마약을 필사적으로 끊고 그다지 즐기지 않는 환각제로 대체했어요. 엉터리가 되는 기분이었죠. 왜 그런 일을 했는지 설명하기도 힘들 정도입니다. 하지만 마약을 아예 끊는 건 생각하고 있지 않아요. 내가 그걸 얼마나 즐기는 인간인지 늘 자각하고 있거든요.

인터넷에서 읽었어요. 술을 퍼마시고 자판을 두드리고

먹고 떠돌아다니는 게 당신 작품 속 인물들의 특징이라더군요. 부코스키와 헤밍웨이 스타일이죠. 틀린 말은 아니에요. 당신 말대로 당신이 지닌 유일한 남성적 특성이겠죠. 작가는 얼마간 역동적인 남자다움과 양립하기 어려운 직업이긴 해요. 당신 일이라는 게 과장하는 일에 아주 가깝잖아요. 만일 당신이 가게를 열고는 검소하게 절제하는 사람이 되었다고 알린다면 많은 이들이 실망할걸요. 사람들은 스스로를 망가뜨리는 사람을 좋아해요. 그걸 지켜보는 게 흥미로우니까요. 예술가가 약에 취해 망가지기를 멈추면 재능도 같이 사라진다는 신화를 믿고 싶어하죠. 나는 그런 건 믿지 않습니다. 마약중독에서 벗어나지 못했지만 진짜 한심할 정도로 변한 친구가 한 트럭은 있으니까요. 나이가 들어가면서 지루한 사람이 되는 건 맞아요. 만일 마약이 그 부분에서 무언가를 바꾸어주는 효능이 있었다면, 이미 널리 알려졌겠죠. 예술가 대부분에겐 서너 가지의 이야깃거리가 있는데, 일단 그걸 다 다루었다면 다른 활동으로 변화를 주는 편이 나을 거예요.

늙어가는 친구들을 지켜보면서 더욱 혼란스러운 기분을 경험합니다. 지금 당신 눈엔 그게 잘 안 보이겠지만, 언젠가는 하나의 성찰이나 몸짓, 멀리서도 알아볼 수 있는 실루엣이나 걷는 방식을 포착하게 될 겁니다. 당신 친구 중에 나이 든 사람들이 있겠죠. 노화가 당신 일이 되면, 거울을 피하는 법 같은 걸 언제든 배울 수 있어요. 하지만 가까운 이들이 노쇠해지는 일은, 당신 세계를 이루었던 것을 당신이 잃어버렸다는 반박할 수 없는 증거입니다. 친구들은 자신만의 매력이나 지혜, 유머, 호기심으로 당신 마음을 사로잡았던 사람이니까요. 나는 옷가지에 그다지 흥미가 없고, 언제든 즉시 쓸 수 있는 돈을 확보하고 있는 게 좋아요. 집으로 사람을 초대하는 건 좋아하지 않고, 집에 가구도 몇 점 없을뿐더러 책도 소장하고 있지 않습니다. 나라는 존재는 나를 둘러싼 사람이 전부인 셈이에요. 내 인생에 주목할 만한 구석은, 내가 전적으로 감탄하며 우러러보던 사람이 내 주변에 있었다는 것입니다. 내 성공이 바로 그것이었죠. 그것이 내게 필모그래피보다 더 많은 부분을 차지했어요. 나를 유효하게 만든 것, 전용기도 없고 개인 소유 저택도 아닌 집을 대신한 것, 내 삶이 특별하다는 증거가 내 곁의 친구였다는 말입니다. 맞아요, 우리가 가는 곳마다 빈 술병과 일회용 주사기와 구멍 난 플라스틱 병들이 있었습니다. 우리는 착실한 학생이 아니었으니까요. 한순간에 무너져내리기 전까지는 그랬습니다. 나이의 역사에는 어떤 정의도 존재하지 않습니다. 어떤 이는 오십 세에 쓰러집니다. 우리가 동경하던 성격적 특징은 왜곡되고, 오만함은 회한으로 변하며, 유머에는 요실금 환자의 지린내가 나고, 매력은 변질되어버립니다. 청소년기의 변화와 비교할 수 있겠으나 더 비참하죠. 목소리가 변하지 않고 그대로이거나 사유의 융통성이 그대로인 사람은 거의 없습니다. 오랜 친구들을 보석처럼 간직하세요. 여전히 함께 있을 때 편한 사람을요. 점점 뚜렷한 존재감을 드러내는 소수의 사람들이 있을 겁니다. 더 지혜로워지거나 더 흥미로워지거나 더 관대해진 사람들이죠. 끔찍한 난파 사고의 생존자라도 되는 양 곁에 그들을 잡아두세요.

내가 아는 한 우아하게 나이 든 마약중독자는 없습니다. 키스 리처드 같은 사람이 주변엔 없어요. 내가 여전히 좋아하는 사람은 전부 이 업계를 떠났습니다. 나만 빼고요.

그러니까 당신 나이에 마약을 끊는 건 나쁜 생각이 아니라는 얘깁니다. 당신네 작가들은 조로한다고들 하죠. 문학이, 그러니까 당신들이 투신하는 문학이 현재 어떤 환경에 처했는지 나야 알 수 없지만, 하나같이 척박한 환경일 겁니다. 남자들은 서른이 되기 전에 탈모가 오고, 손가락에 털이 나고, 여성들의 리비도에 전면전을 선포하기라도 하듯 일부러 옷을 엉망으로 입죠.

환각 상태는 익스트림 스포츠나 마찬가지입니다. 모든 정체성을 폭발하고 싶은 강한 욕구가 필요하죠. 젠더, 계급, 종교, 인종. 반대로 당신이 갈망하는 그것은 지금껏 성공적으로 쌓아 올린 체면을 거의 저버린다는 의미입니다.

내 눈에 당신은 작가의 사명에 과한 의미를 부여하고 있어요. 그게 아니라면 글 쓰는 일이 그렇게까지 고통스럽지 않을 텐데 말이에요. 당신의 책이 그렇게나 중요할지 몰라도,

그만 좀 투덜거리세요. 카뮈나 주네, 졸라나 파솔리니 같은 작가가 편안하게 살다 가진 않았잖아요. 빅토르 위고가 《파리의 노트르담》을 출간했을 때 당시 상류사회가 전적으로 그 작품을 추앙해주었다면, 그거야말로 믿을 수 없는 일이에요. 위고가 충분히 버텨온 일이라면 당신에게도 분명 괜찮을 겁니다. 그는 사람들의 혹평을 받았지만 한탄하는 데 시간을 보내지 않았어요. 조용히 살고 싶었다면 사륜마차 속에서 지방 촌구석의 후작 부인에게 무도회가 얼마나 좋았는지 알려주는 편지 따위나 썼겠죠. 사람들이 당신 면전에 침 뱉는 걸 원치 않는다면서 지금 당신은 개판 오 분 전인 작가 행세를 하고 있네요. 일어난 일을 받아들이고 남자답게 대처하는 게 좋지 않겠어요?

오스카

아침에 휴대전화로 기사를 보는데, 야후 뉴스에 '문학계 미투 운동, 오메르타*의 종식'이라는 대문짝만한 헤드라인과 제 얼굴이 올라와 있더군요. 읽고 싶지 않았지만 대략 훑어보았고 기사 아래 게시된 댓글도 보았습니다. 저는 엄청난

---

*　마피아 사이에서 절대 복종과 침묵을 요구하는 행동 강령으로, '침묵의 계율'이라는 별칭이 있음.

비난과 질타의 대상이 되었습니다. 악몽에서 깨어났다고 생각하자마자 다시 시작된 겁니다. 요즘은 그나마 어느 정도 잠을 잘 수 있었는데 말이죠. 그 일이 일어난 뒤부터는 선잠이 드는가 싶다가 불현듯 불안이 밀려와 저를 깨웁니다. 모든 사람의 안줏거리가 된 상황을 버티기가 힘들어요. 외부의 타격으로부터 제가 너무 취약하다는 당신 말도 이해가 됩니다. 실제로 저를 머저리 취급하는 사람에게 언제나 동의하고 있으니까요. 지금 이런 말을 할 수 있는 사람이 당신밖에 없습니다. 제 주변 사람들 앞에서는 아무것도 신경 쓰지 않는 듯 행동하고 있어요. NA 모임에서 차례가 돌아왔을 때도 심지어 그 이야기는 하지 않았습니다. 저의 나약함이 지독히도 부끄럽습니다. 더 정확히 말하자면, 제가 지금껏 성취한 것을 스스로 자랑스럽게 여긴 일조차 부끄럽습니다. 우리 집안 분위기로는 자신의 성공을 만끽한다는 건 꼴값짚은 일이 맞습니다. 스스로를 어떤 존재라고 여기고 있었는지. 도대체 무엇을 확신하고 있던 걸까요!

마치 십 년 동안 마세라티를 끌고 다녀서 그 차를 운전하는 게 얼마나 멋진 일인지 더는 만끽하지 못하다가, 결국 사고를 낸 기분입니다. 라디에이터에서 연기가 피어오르고 타이어도 펑크 난 차를 끌고 이제야 시내로 들어왔는데, 완전히 부랑자 꼴인 거죠. 저를 좋아하는 사람들은 저 때문에 곤란해지겠죠. 그러고 보니 당신이 이런 이야기는 꺼내지 말자고 했군요. 제가 그들을 실망시킨다는 사실이 너무 가슴 아픕니다. 제 현실이 조금씩 폭로당하는 기분입니다. 사람들이 저를 축하해주기라도 하면 저는 늘 그게 부당하다고 느꼈어요.

고생스러운 삶을 산 위대한 작가 리스트를 읽고 꽤 웃었습니다. 당신의 독서량이 그렇게나 대단한지 몰랐습니다. 장 주네 그리고 카뮈는 같이 이야기해보고 싶더군요. 하지만 다른 작가들…… 당신이 인용한 다른 작가들에게는 이입하지 못했습니다. 칼라페르트에 대해서 말해주세요. 부코스키도 좋습니다. 아니면 비올레트 르뒤크나 마르그리트 뒤라스에 대해 말해주세요. 단, 어릴 때부터 사람들이 중요하다고 누누이 강조한 그런 작가들 이야기는 사양합니다. 우리는 같은 동네 출신이잖아요. 제가 어느 부분에서 취약하다고 느끼는지 모른다고 하지는 마세요.

레베카

체면이 깎일까 봐 두려워하는 것, 그것이야말로 부르주아가 맞습니다. 경멸을 담은 의미로 말하는 겁니다. 우리가 예술가니까 사랑받고 싶다고 말하는 건 헛소리예요. 나는 배우입니다. 사람들이 나를 찾지 않으면 사라질 겁니다. 그렇긴 해도 솔직하게 말하건대, 나는 한 번도 대다수의 사랑을 인생의 우선순위에 둔 적이 없습니다. 나는 아무 어린아이들에게 사주고 싶은 탄산음료가 아니잖아요. 그렇다고 시민 다수의 환심을 사서 표를 얻어야 하는 대선에 출마하지도 않을 거고 요. 사람들에게 내가 파는 건 솔직할 수 있는 용기일 거예요. 그게 당신 마음에 들든 말든, 명확하게 나 자신으로 존재하는 것. 내가 비중 있는 배역에 다른 사람보다 많이 캐스팅된 이유는 몸매나 대사 전달력 때문이 아닙니다. 세상 사람들과 전혀 다른 대담함 때문이죠. 나는 미움받을 위험을 무릅쓰고 행동해요. 그게 내 일의 일부거든요. 모습 그대로를 내보이는 걸 두려워하면 강한 인상을 남길 수 없어요. 그런 건 당신을 무력하게 하는 상황이 아니에요. 층계참에서 만난 이웃이 당신을 유명 인사 취급하지 않았다며 의기소침하다니요. 출신지를 내세우거나, 부모님 직업을 언급해서 스스로를 희생자 취급하며 당신의 나약함을 정당화할 수도 있어요. 하지만 알다시피 그건 변명에 지나지 않아요. 부유한 집 아이들이 꼭 당신 같아요. 오늘날은 모두가 자신을 홍보하려고 합니다. 미관상 일관된 메시지, 주문 고객에게 맞춤한 그런 메시지를 생산하려고 하는 거죠. 진실이 무엇인지는 아무도 신경 쓰지 않아요. 그저 상대를 유혹하는 거죠, 민폐는 끼치지 않으면서. 당신은 당신의 예술이 진지하게 받아들여지기를 원하지만 다른 이를 거스르거나 위험에 빠지는 상황은 원하지 않는군요. 그 말의 의미는 잉크병에 영감이 고갈되었다는 게 아닙니다.

그리스도의 면류관을 원하면서도 이마에 상처가 나서도 안 되고 십자가를 져서도 안 된다는 말과 같아요. 도발에 호의적인 사람은 이 세상에 없습니다. 오늘날은 모두들 좋은 소리만 듣고 싶어하죠. 모두들 착실한 학생이 되기를 원합니다. 교실 구석 난방기 옆에 앉아, 헛소리를 지껄이며 주변을 난장판으로 만드는 얼간이는 오늘날엔 인기가 없죠. 프레베르의 시에 나오는 열등생은 새로운 옷을 입어야 할지도 모르겠어요. 사람들은 기업에서 쓰는 언어밖에 모르니까요. 진지함, 책임감, 고위직의 관점, 최고 수치의 기록. 우리가 견뎌야 할 유일한 도전은 권력을 가진 이에게서 나오죠. 하지만 위에서 내려오는 도전은 흥미롭지 않습니다. 난장판은 아무것도 모르는 애송이 손에서 시작해야 즐거운 일이 되는 겁니다.

나는 80년대 출신입니다. 스무 살부터 십 년간 지나온 그 시대가 나를 형성했습니다. 그 시절의 전체적인 분위기는 데탕트*, 긴장 완화의 시기였어요. 누군가 바보 같은 이론을 들고 와서 선동을 시작하면, 의자에 서둘러 올라가 큰 소리로 거창하게 떠들어대는 사람이 있고, 한편에는 언제나 그걸 흥미롭게 받아들이는 청중이 있었어요. 오늘날 SNS의 작동 원리와 정반대였죠. 소수파 성향일수록 더욱 중요하게 보였거든요. 우리는 '좋아요'를 구걸하지 않았습니다. 정반대였죠. 머저리 짓을 해서 미움받으려고 애썼어요. 그게 매력적이라

* 적대 관계의 진영이나 국가 사이의 긴장이 풀려 화해 분위기가 조성되는 상태.

고 여겼으니까요. 당신에게 일어난 일에도 적용해보시길. 모퉁이 슈퍼마켓에서 찬사받는 것보다 그편이 더 흥미롭지 않겠어요?

오스카

그 시절에 당신은 이미 난폭한 구석이 있었어요. 제가 당신을 방해한다면서 등에 펀치를 날렸죠. 그럴 때면 참담했어요, 당신을 열렬히 좋아했으니까요. 우리의 어린 시절은 오늘날 젊은이들 시대와 굉장히 달랐습니다. 우리는 실망스러운 일을 평범하게 넘겼죠. 부모님은 집에 잘 계시지 않았어요. 그들은 젊어서 우리 남매를 낳고도 자신만의 일상이 따로 있었습니다. 저를 돌보는 일은 종종 누나 차지였죠. 누나가 핸드볼을 하러 가면(누나는 핸드볼 실력이 뛰어났는데 당신이 기억하는지 모르겠네요) 저는 초등학교 1학년 때부터 집에 혼자 남겨졌어요. 그 시절 모두가 그렇듯 그걸 평범하게 넘겼습니다.

제게는 열두 살짜리 딸이 있어요. 어느 수요일 오후 클레망틴을 혼자 내버려둔다면, 아내는 경찰을 불러서 무책임한 아빠를 아이와 격리해달라고 요청할지도 모릅니다. 딸은 저희 집 바로 아래편에 내려주는 버스를 타는데, 친구들에게는 제가 자기를 아프가니스탄 노새 취급하는 것처럼 이야기하더군요. 그 나이에 저는 놀러 나가기 위해 통블렌에서 8킬로미터 거리를 자전거로 달렸는데 말이죠. 그때는 부모님을 안심시키는 용도의 휴대전화도 없었고, 부모님은 걱정할 생각도 안 했어요. 제가 남자라서 그런 건 아니었습니다. 딸 나이에 누나가 무단 외출을 하다가 부모님에게 잡힌 적이 있어요. 누나는 폐쇄된 역을 돌아다니던 중이었는데 하필 그곳은 남자아이들이 모여서 비닐봉지에 든 본드를 흡입하던 장소였죠. 부모님은 본드에 대해서까지는 알지 못했습니다. 하지만 딸이 무단 외출을 했다는 이유로 정신과 의사에게 상담받을 생각은 하지 않았어요.

누나와 저는 일곱 살 터울이기 때문에 열두 살의 누나에게 일어난 일을 이야기하려면 상상이 가미될지도 모릅니다. 어쩌면 누나에 대한 풍문에 가까울 겁니다. 누나는 모든 면에서 저보다 뛰어나서, 저는 늘 누나가 앞서 성취한 일들을 들으며 자랐습니다. 제가 열한 살 때 누나는 집을 나갔어요. 이후에 우리가 다시 얼굴을 볼 때마다, 누나는 내가 좀 늦된 건 아닌지 걱정된다고 했죠. 학교에서 맞고 다닌다는 소문을 듣고는 걱정하며 이렇게 물었어요. "네가 얼마나 멍청한지 아니까, 당연히 그럴 것 같더라." 아주 어릴 때 누나는 〈엑소시스트〉나 〈스카페이스〉 같은 영화를 보여주었습니다. 그게 어린 저를 얼마나 고통스럽게 만들지 몰랐던 거죠. 저는 잔뜩 겁을 집어먹었어요, 그게 답니다. 그 후로 누나는 침대 아래

숨어 있다가 자러 들어온 제 발을 슬쩍 잡고, 텅 빈 집에 비명이 울려 퍼지면 낄낄거리며 좋아했죠. 누나와 좋은 추억을 공유한 적이 한 번도 없습니다. 그러고 보니 아직 누나에게 당신 소식을 전하지 못했습니다.

그런데 클레망틴과 또래 친구를 볼 때면 그 아이들이 우리 때보다 더 행복한 어린 시절을 보내고 있는지는 잘 모르겠더군요. 적어도 우리 땐 어른들이 우리에게 무슨 말을 해줄지 알고 있었죠. 뒤에서 이십 시간 내내 지키고 있진 않았지만, 그들은 확신에 차서 말했습니다. 학교에서 좋은 성적을 받으면 좋은 직업을 갖게 될 거야. 어른들은 굽히지 않고 그런 태도를 고수했고, 우리는 그 말을 믿었어요. 지금 어른들은 열두 살짜리 남자아이에게 무슨 말을 할 수 있죠? 딸에게 저는 무슨 이야기를 해줄 수 있을까요? 사진을 더 공들여 찍으면 팔로워가 늘어날 거야, 밤 10시 이후엔 메일에 답장하지 마, 가방 싸는 법을 배워둬, 집을 버리고 도시를 떠나 피난길에 오를 땐 충분한 시간이 주어지지 않거든……. 그 아이가 어떤 삶을 살게 될지 제가 뭘 알 수 있을까요? 우리에게 노출된 현실의 위험이 커질수록, 아이들을 꼼꼼히 보호할 수밖에 없습니다. 역설적 사실이죠. 이런 격차가 무척 그로테스크하게 느껴집니다.

앞으로 클레망틴이 살아갈 세상을 뭐라고 이야기해야 할지 모르겠습니다. 다리 아래 난민 대피소를 마주칠 때면 아이에게 이렇게 말합니다. 저 사람들도 삶이 있고 집이 있었는데, 최소한의 돈마저 떨어져 이 자리에 머물게 되었을 거라고요. 이런 말도 해주죠. 아마 언젠가 우리 역시 그런 식으로 생판 모르는 나라로 떠나야 할 수 있다고. 아이가 그런 설명을 듣고 무얼 할 수 있을지는 모르겠습니다. 학교 수업을 따라가기 위한 정확한 안내조차 제대로 해주지 못하고 있거든요. 오늘날 부모는 아이의 과제도 도와줘야 합니다. 그 역시도 예전과는 완전히 다르지요. 클레망틴은 어른이 지켜보지 않으면 노트를 펼치지도 않습니다. 그러면 저는 금방 화가 나 씩씩거리죠. 어떻게 설명해야 할지도 모르겠어요, 아이는 공부를 잘하는 편이 아닙니다. 그런 방식으로 행동하고 싶지 않지만 분노는 저보다 훨씬 빠르고 힘이 세더군요. 저는 소리를 지르고, 아이는 울고, 그 장면을 외부에서 바라보는 기분이 들 때마다 비참해집니다.

아이가 태어난 해에 술을 끊었습니다. 지금 그때를 다시 생각해봅니다. 저는 레오노르를 무척 사랑했어요. 그 사람도 당시에 꽤 술을 마셨지만 임신 소식을 알자마자 금주해야 했기에 저 역시 근사한 선언을 했습니다. 나도 당신과 함께 술 안 마실게. 열 달 정도 그걸 고수했어요. 금주가 상상과 다르다는 걸 이해하기엔 충분한 시간이었죠. 저는 금주가 다이어트나 운동을 시작하는 일이나, 담배를 끊는 것과 비슷하다고 생각했습니다. 고결하지만 무리한 결정 말이에요. 그 결정들은 저의 정체성에 어떤 영향도 미치지 않았습니다. 어떤 의미로는 습관을 하나 만드는 것에 지나지 않았죠. 하지만 곧바로 깨달았습니다. 술을 마시지 못하면 전부를 잃는다는 것을요. 자신이 보일 수 있는 최상의 모습을 떠나보내야 한다는 것을요. 저는 울적해서 술을 마시거나, 싸움을 좋아하는 사람이 아니었습니다. 긴장을 풀려고 술을 마시고, 술을 먹고 장난을 치면서 저와 다른 사람들의 바보짓을 즐거워하는 쪽이었죠. 집에 있을 때면 이틀 연속 술을 마시지 않는 날도 많았어요. 반대로 친구 집에 저녁식사를 하러 가는 날이면 꼭 한 잔은 마시고 오려고 했지요. 제가 얼마만큼이나 불안에 시달리는 예민한 비관주의자인지 모르고 있었습니다. 실제로 음울했어요. 저는 의기소침한 남자였던 겁니다. 금주를 하면, 이전의 자기 모습, 그리고 그토록 좋아하던 술친구들, 모든 일이 벌어지던 장소, 밤, 모든 게 일어날 수 있을 것 같은 그 독특한 감각을 다 잃어버립니다. 술을 마시지 않으면 저녁 8시쯤 무슨 일이 일어날지 뻔히 눈에 보입니다. 세 시간 후 침대에 누울 것이고, 상황을 바꿀 만한 새로운 무언가를 경험할 기회는 거의 갖지 못하겠지요.

깜깜한 어둠 속에서, 얼음장 같은 강물을 따라 표류하는 불안정한 보트에 혼자 남은 아이가 된 것만 같았습니다. 저 멀리 강기슭에 한창 축제를 즐기는 사람들이 보였어요. 서로 가까이 붙어 웃으면서 교제하고 살아 있다는 사실에 행복해하는 듯했습니다. 클레망틴이 태어났을 때 저는 신경쇠약 비슷한 증상을 겪었어요. 물론 한 달은 잘 버틸 수 있었습니다. 아기의 탄생은 허리케인에 비견되는 사건이거든요. 하얗게 지새운 밤에 이어지는 뒤치다꺼리와 수유 시간, 초반에는 밤이 너무 길었습니다. 우리는 아이를 갖는 일이 실제로 어떤 뜻인지 이전에 듣지 못한 거죠. 진짜로 무슨 일이 일어나는지 아무도 말해주지 않았거든요. 나중에야 저는 부모들이 그걸 다 잊어버리기 때문이라는 사실을 깨달았습니다.

술 마시는 자아를 되찾기 위해 외출한 어느 저녁, 황홀한 밤이 되리라고 확신했으나 실망하고 말았습니다. 술은 피로감만 안겨주었고, 코카인까지 몸에 들어가자 으드득으드득 이가 갈렸어요. 취기가 오르자 온몸의 감각이 텅 비어버렸죠. 아무리 환각 상태라고 해도 스스로 좆됐다는 생각을 했어요. 하지만 술을 놓아버리지는 않았습니다. 기회가 생기면 기를 쓰고 외출했고, 점차 강렬한 쾌감을 느끼는 즐거움이 돌아왔습니다. 어쨌든 다시 습관을 들이게 된 거죠.

십이 년 후, 저는 다시금 술을 끊었습니다. 차이가 있다면 그사이 마약과 한바탕 사랑을 나눈 역사가 빛을 잃었다는 겁니다. "환각 상태에 빠지게 하는 기관이 고장 났다"라는 말을 들은 적 있어요. 그 일이 일어난 거죠. 마약을 복용하면 효과가 있기는 하지만, 본질적으로 그것은 저를 울적하게 합니다. 비참한 상태로 새벽에 게워내야 하죠. 파티는 이제 끝난 겁니다. 어쨌든 지금 이 파티도 그렇습니다.

레베카

당신 누나가 가출했다는 일화를 읽으면서 진홍빛 강의 물비린내가 훅 끼쳐오는 느낌이었습니다. 비닐봉지가 떠오르네요. 안에 든 파스탈리 본드를 흡입하던 기억도요. 대형마트에서만 팔아서 자전거를 타고 그곳까지 갔었죠. 임대아파트 두 채 사이에는 여기저기 정체를 알 수 없는 구역이 있었습니다. 텅 빈 농장이나 버려진 기차의 객차를 쏘다녔어요. 뫼르트 강가에서 술을 마시기도 했어요. 우리를 지켜보는 사람은 하나도 없었습니다. 우리는 거머리의 먹이가 되었죠. 걸을 때면 시끄럽게 소음을 냈습니다. 벽돌과 높이 자란 풀 사이로 독사가 오르락내리락했는데, 달려들까 봐 겁났거든요.

참 이상한 일은, 우리가 편지를 주고받은 후로 그곳에 나쁜 기억만 있지는 않다는 사실을 깨달았다는 겁니다. 그동안은 과거를 찬찬히 응시할 여유가 없었어요. 늘 과도하게 일에 치여 살았죠. 영화 촬영만으로도 이미 부담이 상당했습니다. 당신을 전적으로 옭아맨 것도 언제나 인생의 단 몇 개월이잖아요. 어떤 사람은 그런 일로 마모되고 녹초가 됩니다. 영화 찍는 일에 지배되어 집이나 일상생활을 덜 중요한 것으로 방치해야 하는 상황에 결국 신물을 내죠. 나의 경우에는 언제나 그걸 즐겼어요. 어떤 면에서 영화가 성공할지 말지는 전혀 신경 쓰지 않아요. 배우에게 중요한 건 여행하는 거예요. 매 촬영은 우리 안에 하나의 세계를 만드니까요.

하지만 나의 시간을 차지하던 것이 영화뿐만은 아니었습니다. 나는 끊임없이 사랑에 빠졌거든요. 지금은 사랑을 하지 않으면서 그만큼 시간을 보내고 있다는 게 놀랍네요. 타인에게 덜 매혹적으로 보이는 건 괴롭지 않아요. 누군가를 열렬히 원하는 일이 줄어들고, 헛돌면서 시행착오를 경험하는 일이 줄었다는 게 힘들죠.

어떤 사랑은 의존성 강한 마약과 비슷한 면이 있습니다. 파멸에 이를 때조차도 그만두지 못했죠. 충실하게, 용감하게, 끈질기게 계속하면 다시 처음으로 돌아갈 수 있다고 스스로 설득하는 거예요. 모든 것이 특별했던 그때로요. 이성은 이제 빌어먹을 끝에 이르렀다고 외치지만, 감정은 이 사랑에 더 머물러야 한다고 명령합니다. 나는 항상 나와 비슷한 남자를 만나왔어요. 그들은 구멍처럼 텅 빈 나를 채워주고 싶어했고, 그게 가능하다고 믿었죠.

만약 어떤 남자가 삼 주 정도 데이트를 한 뒤 "미안하지만 요즘 너무 바빠서 더 만나기 힘들겠어요"라고 말한다면, 미래의 어느 날 우리가 유독한 관계가 될 일도 없겠지요. 관계의 유독성은 절망에 빠진 두 영혼이 만나는 데에서 기인합니다. 이 이야기는 내가 겪었던 일이에요. 온갖 말썽을 일으키며 나를 망가뜨릴 남자와 함께 머무는 방법은 아주 다양합니다. 내 경우는 강렬함에 대한 욕망이 문제였죠. 나를 가장 고통스럽게 바닥까지 끌어내린 남자는 전부 내가 가장 사랑하던 이들이었어요. 다시 말하자면 나는 위험에 이끌린다는 얘기겠지요. 나는 위협받는다는 느낌이 들지 않으면 지루함을 느끼고 다른 남자에게 떠나버립니다. 이런 역학관계에는 관계의 핵심이 와장창 깨지는 순간이 등장합니다. 결국 추한 모습만 남게 되죠. 하지만 자신이 틀렸다는 걸 인정하고 싶지 않기 때문에 떠날 수가 없습니다. 다시 한번 말하죠. 어떤 일에서 벗어나고 싶다면 사태를 있는 그대로 인정해야 합니다. 다른 사람과 이야기할 때마다 창밖으로 던져버리겠다며 위협하던 개자식과 함께한 장면들이 얼마나 비참했는지를요.

그건 교육의 문제예요. 어린 시절 나는 가장 아름다운 죽음은 사랑에 의한 죽음이라는 말을 반복적으로 들으며 자랐어요. 여성에게 그보다 더 비극적인 운명도 없다고요. 죽도록 고통받는 어머니가 되는 운명을 빼면요. 모성애에서 사람들이 숭배하는 것은 언제나 불행이니까요. 환한 즐거움은 거기 없죠. 연인 사이에도 비극적인 죽음이 중요했죠. 남자와 섹스하는 걸 즐긴다는 뜻은 죽을 준비를 하고 있다는 뜻이에요.

남성에게 살해당하는 여성이라는 개념은 무리 없이 받아들여집니다. 단지 그들이 여성이라는 이유만으로요. 아주 어리거나 아주 나이가 많은 여성은 이야기가 달라요. 그 말인즉슨, 성욕이 활발한 연령대의 여성은 남성에 의해 희생될 수 있다는 생각이 잘 받아들여진다는 겁니다. 기혼 여성이든, 어머니이든, 착한 동생이든, 사춘기 때부터 칠십오 세에 이르기까지 누구든 피해자가 될 수 있음을 받아들인다는 말이죠. 내 생각에 그 이유는 단지 그 사람이 성적 대상이 될 수 있기 때문이에요. 사회는 살해를 묵인하고 있어요. 물론 그런 행위를 처벌은 하죠. 하지만 그에 앞서 사회가 묵인한다는 사실이 중요합니다. 살해 행위보다 더욱 강력한 행위죠. 자기 아내든 모르는 여성이든 막론하고 그렇습니다.

남성에게 살해당한 여성의 자리에, 고용주에게 살해당한 직원을 넣고 상상해보세요. 여론은 급격히 강경해질 겁니다. 이틀에 한 번꼴로 직원을 살해한 고용주의 뉴스가 보도된다고 생각해봐요. 다들 말하겠죠, 상황이 도를 넘었다고요. 사람들은 분명 교살당하거나 칼에 찔려 죽거나 총에 맞아 죽을 위험을 무릅쓰지 않고 이를 명확히 비난할 수 있을 겁니다. 이틀에 한 번꼴로 직원이 고용주를 죽였다고 해볼까요. 나라 전체가 뒤집어질 겁니다. 대문짝만하게 헤드라인이 실리겠죠. 고용주는 세 건의 고소장을 제출했고 접근 금지 명령을 얻어냈으나, 직원이 집 앞에서 기다리고 있다가 면전에서 총을 쏘았다. 이제 그 사건의 피해자에 여성을 대입해본다면 여성 살해가 얼마나 광범위하게 용인되고 있는지 깨달을 수 있을 겁니다. 물론 남성이 당신을 죽일 수도 있습니다. 그러면 그 문제는 바로 수면으로 올라오겠죠. 우리 모두 알아요. 나는 죽을 마음은 없었지만, 하드코어 마약과 폭력적인 남자들 그리고 속도 내는 걸 열광적으로 좋아했어요. 러시안룰렛 게임을 하라고 추천받은 것과 비슷하죠. 하지만 사람들은 남자 문제보다는 센 마약 문제를 더 많이 걸고 넘어지며 설교해댔죠.

행동거지를 삼가라는 경고를 많이 듣긴 했어요. 하지만 원하는 대로 살아서 즐거웠죠. 나는 늘 폭력적이고 위험한 남자에게 이끌렸어요. 그런 나이는 눈 깜짝할 새에 지나가죠. 이십대 여성들을 만나면 말해주고 싶어요. 그 시절을 마음껏 즐기라고요. 이십 년 후에는 그런 절대적인 즐거움이 없거든요. 저도 꽤나 예뻤습니다. 미모를 겨루는 게 올림픽처럼 경쟁이 되기 이전 이야기입니다. 예전에 사람들은 자신에 대해 의문을 갖는 일이 드물었습니다. 그저 즐겁게 지내려고 했죠. 남자들은 머리가 돈 것처럼 행동했고, 여자들도 그랬어요. 그 시절엔 다들 행복했어요. 지금 젊은 여성들을 보면 미친 듯한 일정표대로 움직이는 것 같아요. 그들은 자신을 레고 블록처럼 조각조각 나눠서 생각하죠. 엉덩이, 코, 발, 허리, 허벅지 안쪽, 머릿결, 치아, 대음순, 가슴, 쇄골, 속눈썹을 분리해서 생각하는 거죠. 그들을 안심시켜주고 싶어요. '너는 만화 주인공이 아니야. 너의 매력은 풀기 어려운 대수학이 아니야. 걱정하지 마, 시간을 낭비하지 마. 현명하게 사용해. 근사한 기억을 수집하길. 돈도 허투루 쓰지 말고 잘 모아야 해. 난돈에 관해 충분히 고민하지 않았는데 그게 유일하게 후회로 남거든. 그 밖엔 위험을 무릅쓰며 살았고, 산산이 망가지기도 했어. 그게 내 역사야. 위험과 엮이지 않고는 사랑하는 법을 몰랐거든.'

그런데 지금에 이르러 내게 무척이나 새로운 문제가 제기된 셈입니다. 열정은 더는 원할 때 진열장에서 꺼낼 수 있는 게 아니었습니다. 지금은 나를 끌어당기는 게 없어요. 빛나는 것도 없고 나를 뒤흔드는 것도 없습니다. 나는 백만 번이라도 홀로 하는 사랑으로 고통받거나 죽는 편을 택할 거예요. 버림받거나 배신당하거나 창피를 당하거나 학대받는 편을 택할 거예요. 권태에 빠지는 것보다 그 어떤 상처라도 받는 편을 택할 겁니다.

오스카

몇 년 전 어느 스페인 가수의 무대를 본 후 그 여자에게 미친 듯이 빠져들었습니다. 저보다 열 살 많지 않았다면 다가

89

갈 엄두를 내지 못했을 겁니다. 그녀는 딴 데 가서 알아보라 며 저를 거절했습니다. 제게서 매력을 찾아야 할 만큼 절박한 상태가 아니었던 거죠.

그 이야기를 꺼낸 이유는 영화에 출연하지 못하는 여자 배우에 관해 얼마 전 당신이 쓴 내용이 기억났기 때문입니다. 제가 한 번도 생각해보지 않은 주제였습니다. 영화에 크게 기 대하는 게 없거든요. 저는 사십대를 넘어선 여성을 선호하는 편입니다. 그들을 좋아하는 건 아무 기억도 떠오르지 않아서 인 것 같습니다. 우리 어머니는 저를 끔찍이 사랑하는 부모 가 아니었어요. 어릴 때도 청소년 시기에도 성인이 되었을 때 도 마찬가지였죠. 친구들 상황과 제 상황을 자주 비교했는데, 제 눈에 비친 어떤 어머니들은 아들과 사랑을 하는 것 같았습 니다. 청소년기와 성인기의 남자에 대한 대상화가 유쾌한 일 이라도 되는 것처럼 행동했어요. 심지어 자기 어머니와 자고 싶어하는 건 남자아이라는 식으로까지 말합니다. 제가 보기 에 아이를 탐하는 쪽은 언제나 어른입니다. 하지만 아들의 입 장에서는 불평할 만한 어떤 틈도 허용되지 않습니다. 이제 열 다섯 살이 된 남자아이는 어머니에게는 오직 자기밖에 없는 데, 다른 모든 남자가 어머니를 함부로 한다는 걸 깨닫고 낙 담합니다. 항의하거나 불평할 수도 없습니다. 그리고 어머니 가 가진 유일한 기쁨을 앗을 수 없게 됩니다. 순수하기 그지 없는 위대한 사랑에 숨이 막히더라도요. 알다시피 그건 모성애니까요. 너그럽기 그지없는 그 사랑은 모성애니까요. 아들들은 어머니의 욕망의 대상이 되어 집에 갇혀 있습니다. 어머니들은 자신이 원한 것을 갖지 못했으며, 앞으로도 그럴 것입니다. 유일하게 금지된 것이 있다면 아들의 성기니까요. 그 외에는 어떤 것도 그들의 열의에 제동을 걸지 못합니다. 그런데 이십 년의 세월이 흘러 소년이 성인이 되었을 때, 어머니 나이의 여자와 사랑에 빠지고 나서야 마마보이는 충격에 휩싸입니다. 어머니에 대한 기억에서 기인한 불안에서 벗어날 수 없던 거죠. 반면 어머니들이 저지르는 그런 행동을 아버지들이 하는 걸 사람들은 허용하지 않습니다. 식사 자리에서 어머니가 아들의 페니스 크기에 대해 소곤거리는 걸 내가 얼마나 자주 들었는지 상상도 못 할 겁니다. 저는 딸이 하나 있습니다. 딸이 어릴 때 기저귀를 갈아주었죠. 아기의 몸은 믿어지지 않을 만큼 신비롭습니다. 하지만 초대받아 저녁식사를 하는 자리에서 면전에 대고 사랑스러운 새끼 고양이 같은 딸 이야기를 꺼내는 경우는 한 번도 못 봤습니다. 그랬다가는 아주 따가운 눈초리를 받겠죠. 모든 상황이 이렇게 불가피하게 변하기 전, 사람들이 페미니즘을 논하는 걸 한 번도 들어보지 못한 나 같은 시골뜨기조차 내 딸의 몸이 내 것이 아님을 항상 유념하고 있었습니다. 그걸 공개적으로 언급할 권리가 없다는 사실을요. 반면 사람들은 모성애라고 불리는 이 무서운 탐욕에 대해 어떤 제한도 두지 않습니다. 남자아이들이 어려운 고비를 넘기도록 방치할 뿐 어떤 도움도 주지 않습니다. 아이들은 어머니의 집착에 대해 행복하다고 말하도록 강요받습니다. 노화가 일어난 어머니의 피부에 혐오감을 느끼고, 나를 보는 시선이 느껴질 때마다 불행해지고, 무능력자의 슬픔이 나를 뒤흔든다는 걸 인정하는 일은 지극히 폭력적인 경험일 테니까요. 저는 어머니의 초상화조차 보고 싶지 않습니다. 그런 까닭에 남자들은 때가 되면 다른 여자에게 그 이야기를 합니다.

아무튼 저희 어머니는 제게 관심이 별로 없었습니다. 사람들은 모성애를 당연한 것으로 간주하더군요. 하지만 제 어린 시절 사진을 보면 어머니가 이해됩니다. 제가 예쁜 아이는 절대 아니었거든요. 어릴 때의 저는 빈티 나는 입에 불쑥 튀어나온 귀, 볼륨 없는 곧고 떡 진 머리카락과 교활한 작은 눈을 가진 아이였어요. 멋이라고는 찾아볼 수 없었죠. 어른의 비위를 맞출 줄 몰랐고 나서서 우는소리를 했습니다. 청소년이 되었을 때 어머니는 제 방에서 나는 냄새 때문에 집 전체에 악취가 풍긴다고 불평하면서 일터에서 돌아오면 대대적으로 창문을 열어젖혔죠. 저는 지독한 늙은이라는 욕 한번 못했습니다. 어머니가 맞긴 했어요, 씻기 싫어해서 악취가 나던 건 사실이었거든요. 열다섯 살이 되자 저는 하루에 네다섯 번씩 자위를 했고, 방 곳곳에 동그랗게 말린 휴지 뭉치가 굴러다니게 놔두었어요. 혐오감이 이는 광경이었죠. 어머니의 관심을 거의 받지 못해 분명 괴로웠던 것 같습니다. 사람들은 여성에게 본능적으로 모성애가 있다고 기대하잖아요. 자식이 어떻게 생겼든지 간에요. 저희 어머니는 저와 함께 있을 때도 머릿속으로는 다른 생각을 했습니다. 저는 어머니를 성가시게 했고, 적의는 전혀 없었습니다. 제가 거리에서 어머니의 행동이 제 기본권을 침해하는 행동이라고 소리 질렀다면, 사람들은 아마 제 편을 들었을 겁니다. 어머니는 자기 아이를 사랑해야 하니까요. 어디서 이런 개념이 비롯했는지 모르겠습니다. 아이를 잘 보살피는 것만으로 이미 힘든데, 어떻게 사랑까지 기대할 수 있었을까요.

어머니와 저, 우리 사이에는 사랑이 없었습니다. 그러니 그 사랑을 그리워할 리도 없었지요. 그렇다고 학대받은 것은 아니었어요. 저를 돌보지 않은 것은 아니니까요. 부모님은 학교 통지표에 사인해주고, 저를 여름 캠프에 보내고, 열이 나면 즉시 의사를 부르고, 생일에는 카넬로니*를 준비해주었죠, 제가 가장 좋아하는 요리였거든요. 누나에게도 마찬가지였습니다. 불평등하다는 생각이나 부당하다는 감정은 느끼지 않았습니다. 우리의 유일한 소원은 어른이 되어 부모님 집을 떠나는 것이었죠. 우리의 진짜 인생이 여기 아닌 다른 곳에서 시작할 수도 있다는 걸 알았거든요. 가족이라는 지붕 아래서는 끊임없이 구속받았으니까요. 어떻게 보면 일도 마찬가지

* 속을 넣은 굵은 마카로니.

입니다. 의무의 연속이죠. 가족을 형성하는 서커스에 비해 일은 덜 비정상적이지만요. 적어도 우리 부모님은 당신들의 만족을 위해 우리에게 기대를 걸거나 정체 모를 자기 정체성의 공백을 채우려고 하지 않았습니다. 오늘날엔 남자아이들이 부모의 괜찮은 이미지를 보여주기 위한 중요한 액세서리로 소모되는 모습이 많이 보이더군요.

레베카

망설이다 묻습니다. 당신은 지독한 멍청이인가요, 아니면 절반은 천재인가요? 그 경계가 때로 종이 한 장 차이거든요. 당신 이론에 너무 많은 비약이 있어서 동의할 수는 없지만 도발적인 점은 높이 삽니다. 수 킬로미터 떨어진 거리에서 서로 메일을 주고받는 일에 익숙해졌으니 이제 말할 수 있겠어요. 미투 논쟁을 둘러싼 엄청난 위기를 겪는 와중에 당신이 한 최선의 행동은 내 외모를 지적하는 일이었죠. 그걸 알고 나니 참 웃겼습니다. 섬세한 작가인 것치고는 당신은 참 어리석은 구석이 있어요. 그 점이 묘하게 매력적입니다.

어머니 이야기를 했죠. 사람들은 항상 아이의 양육 방식에 대해 트집을 잡는 경향이 있습니다. 어머니가 아이와 과도하게 붙어 있거나 혹은 충분히 곁에 있지 않는다, 아이를 너무 싸고돌거나 혹은 어머니 본인만 생각한다, 아이를 과잉보호하거나 혹은 방치한다. 이런 말이야말로 기만입니다. 어머니들은 자신이 할 수 있는 걸 하는 건데요. 다른 관점에서 보면 아버지들도 그렇지요.

우리 어머니는 오빠 둘을 아꼈습니다. 어머니 눈에는 나보다 오빠들이 더 중요했던 거예요. 그 반대인 척 가장하지도 않았습니다. 그게 정상이라고 생각했으니까요. 하지만 분명히 말하자면 그런 경향은 자식을 애인처럼 대한다든지 음탕한 생각을 품는 것과 아무 상관이 없습니다. 어머니가 오빠들 페니스 이야기를 하는 것도 들은 적이 없습니다. 그저 어머니는 아들을 가졌다는 사실에 더 가치를 두는 사람이던 거죠. 그런 까닭에 어머니는 그런 현상을 뒤엎거나 반박할 이유를 찾지 않았습니다. 우리가 말할 수 있는 최소한의 사실은 우리 어머니에게는 페미니즘을 공부할 기회가 없었다는 것이죠. 어머니는 이를테면 일류 핀업걸이었어요. 그녀 주변엔 지지리 고생하는 남자뿐이었죠. 그들은 일터에서 고생했고, 감옥에 들어가 고생했고, 실직 상태에 있을 때도 고생했어요. 그들이 신봉하는 논리가 무엇이든지 간에 그들은 피똥을 싸며 고생했고 어머니는 그걸 알았어요. 그 고통을 완화하는 것이 자신의 의무라고 생각했죠. 어머니 입장에서는 딸인 나에게 자신처럼 살라 가르치는 게 당연했어요. 필요한 경우엔 몇 번이고 따귀를 때리며 가르쳤죠. 어머니는 내가 그 자리에 있는 이유가 남자들을 보살피기 위한 것이라고, 평생을 데스크 안 내원처럼 살아야 한다는 생각을 내게 심어주려 했습니다. 오빠들은 그걸 당연한 일로 여기는 경향이 있었어요. 동네 불량배들이 자기 누이를 감시하고 공포 분위기를 조성하는 걸 보며 그 흉내를 내려고 했어요. 내 머릿속은 하나의 생각이 지배하게 됩니다. 남자를 만들자. 오빠들이 나를 잠잠히 놓아두는 최선의 방법은 그들을 겁줄 만한 남자를 만나는 것뿐임을 즉각 이해했죠. 폭주족이든, 외국인 용병이든, 복싱선수든, 열다섯 살의 나는 좋은 남자란 우리 오빠들이 감히 귀찮게 굴 수 없는 남자임을 안 거예요.

당신이 들려준 가수 이야기에 꽤 마음이 아팠습니다. 상처 주고 싶지는 않지만, 자신이 돋보이는 외모의 소유자가 아니란 걸 납득할 정도로 충분히 나이를 먹지 않았나요. 보잘것없는 남자가 운을 시험해보려고 접근하는 것만큼 끔찍한 일이 없거든요. 나이 드는 일에서 가장 굴욕적인 부분이죠. 호감을 표시했는데도 전투기가 당신의 게임 상공에 들어오지 않을 때, 놀랍기도 하고 상처가 되기도 하겠죠. 그래도 당당하게 받아들이세요. 상처받은 자긍심을 드러내듯 말이죠. 어쨌든 멋지게 퇴장할 수 있어요. 그 순간에는 가슴 아프겠지만, 과거에 아름다운 외모를 자랑하던 여성에게는 그런 모습이 놀라운 반전일 겁니다. 그 이상한 방식 또한 게임의 일부라는 걸 당신은 알고 있습니다. 반면 다소 장황하고 행동이 서툰 평범한 남자가 운을 시험해보겠다며 매달린다고 해보죠. 그때 그 여자는 상황을 잘못 판단한 쪽은 그가 아니라, 실수의 파장을 잘못 판단한 자신임을 깨닫고 질겁할 겁니다. 진짜 끔찍한 상황이죠. 당신이 장황하다는 뜻이 아니에요. 당신을 공격할 생각은 없어요, 정말입니다. 그 스페인 가수와 같은 기분을 느끼고 있습니다. 그 사람이 어떤 사람이든, 아무리 침울하고 멍청한 사람일지라도 그 여자가 딱하다는 생각이 듭니다. 젊었을 때는 가능성이 전혀 없는 남자가 작업을 걸어올 때, 주변을 둘러보며 눈을 마주치기만 해도 됩니다. 동석자들은 흥미가 인다는 눈빛을 보이겠죠. '저 사람 자기가 뭐라고 생각하는 거지?' 하고 묻는 듯한 시선을 만날 수 있을 겁니다. 모두가 낄낄거릴 만한 화제죠. 가끔은 존경스러울 정도였습니다. 그 정도로 어떤 남자들은 추호의 의심도 하지 않으니까요. 하지만 언젠가는 별 볼 일 없는 남자가 들러붙어도 주변의 시선이 하나같이 '저 둘 잘 어울릴 것 같아'밖에 없는 순간이 와요. 당신은 테이블 아래로 주먹을 꼭 쥐고 들끓는 진짜 감정을 숨기기 위해 조소하는 듯한 미소를 장착하게 될 겁니다. 싸늘한 혼돈이 찾아오겠죠.

조에 카타나

복수의 천사

욕설과 협박 메시지만 도착하는 건 아닙니다. 다들 걱정하는 것 같아 말씀드립니다. 나를 지지해주는 여러분의 메시지는 굉장히 소중합니다. 어떤 이들은 내가 쓴 글을 읽고 페미니스트가 되었다고 알려주기도 하는데, 그럴 때면 신기하기도 하고 정신을 못 차릴 정도로 기분이 좋습니다. 그런 이야기는 정말 기뻐요. 계속해볼 만한 가치가 있다는 의미니까요. 어떤 분들은 조언을 들려주기도 합니다. 페미니즘을 시작한 주창자들에게 신탁을 받으러 페미니즘의 산 정상에 가까이 다가가고 있는 것만 같습니다. 여러분 가운데 한 분이 질문을 던졌고, 그에 대해 굉장히 진지하게 고민했는데요. 프랑스 힙합과 페미니즘을 같이 즐기는 자신의 취향을 어떻게 조율할 수 있는가 하는 질문이었습니다.

그에 대해 제가 뭘 알 수 있을까요? 그 질문은 하찮지 않습니다. 답변도 결코 단순하지 않습니다. 우리에게 길잡이 같은 존재인 리디아 런치의 음악을 들어보길 추천합니다. 반드시 들어보세요. 그녀는 노래합니다. "'페미니즘'에 대해 말하는 것은 '성가신 일'을 이야기하는 것과 같다. 당신은 어떤 성가신 일에 대해 말하고 있는가, 무엇을 위해서 그러고 있는가? 명확히 밝혀야 한다. 당신이 페미니스트라면 누구를 지지하는가?"

오드리 로드를 지지하는 페미니스트라는 말은 캐서린 매키넌을 지지하는 페미니스트가 아니라는 말입니다. 우리는 '누구를 지지하는지' 언급해야 합니다. 나는 밸러리 솔라나스를 지지하는 페미니스트입니다.* 그녀가 쓴 SCUM** 선언문은 나를 뒤흔들었어요. 헤져서 더 입을 수 없는 외투를 벗어버리듯 수치심을 던져버렸습니다. 선언문을 읽고서, 유순하고 무던하며 타협적이고 늘 죄책감을 느끼는 여성성이 내게서 마법처럼 사라졌습니다. 고마워요, 밸러리. 나는 밸러리 솔라나스에게 조언을 구합니다. 그녀와 함께라면 오렐상이나 라 푸인 같은 래퍼와도 조화를 이룰 수 있고, 페미니즘을 항

---

*   오드리 로드는 퀴어, 질병, 장애, 흑인 정체성 등 교차성을 탐구한 미국의 페미니스트 작가, 캐서린 매키넌은 포르노그래피 반대 운동을 하는 미국의 페미니스트 법학자, 밸러리 솔라나스는 앤디 워홀 총격 사건의 범인으로 유명한 미국의 래디컬 페미니스트를 가리킴.

**   Society for Cutting Up Men, 남성제거 결사단체.

상 편안하게 받아들일 수 있습니다. 솔라나스 자체가 너무 많은 문제를 제기하는 인물이라, 모르몬교도들과의 관계가 끊어질 우려도 하지 않게 될 겁니다. 솔라나스는 까다롭기는 해도 제한적이지는 않습니다. 그 안으로 무리 없이 들어갈 수 있을 겁니다. 페미니즘이라는 달리기를 위해 신는 운동화라고 생각하세요. 그걸 신으면 어디로든 달릴 수 있고, 그 무엇도 당신을 가로막지 않을 겁니다.

어느 래디컬 레즈비언이 메시지를 보낸 적도 있습니다. 나보다 스무 살이나 연상이었죠. 그 사람은 나를 자기 편으로 끌어들였고, 결국 우리는 잘 맞는 사이가 되었어요. 그 사람은 내게 SNS를 탈퇴하라고 말합니다. 너를 보호해. 책을 출간하면 되잖아, 온라인에서보다 서점에서 사람들은 불안을 덜 느낀다고. 그리고 말했죠. 네 글을 읽으려고 트위터 계정을 개설했다가 한 시간 후에 탈퇴했어. 머릿속에 다 죽여버리고 싶다는 충동이 치밀어 오르더라. 아무튼 계속 말합니다. 널 보호해야지, 온라인 세상에서 빠져나와.

하지만 나는 온라인을 기반으로 하는 활동가입니다. 위험하긴 하죠. 신경 쓰지 않습니다. 나는 이곳에서 내 생각을 퍼뜨리고, 응답하고, 대변하고, 사람을 만납니다. 오스카 제이야크라는 개자식처럼 자기 작품이 전통 시장 분야에 속한다는 이유만으로 스스로 중요한 자리를 차지한다고 착각하며 끝맺고 싶지 않습니다. 그는 매대에 가소로운 이름을 올려놓은 일 외에 다른 어떤 것도 신경 쓰지 않습니다.

래디컬 레즈비언인 내 친구는 자신이 모니크 비티그*를 지지하는 페미니스트라고 말하더군요. 그러면서 제가 이성애자라는 게 얼마나 비극인지 모른다고 덧붙였습니다. 페니스는 빨라고 있는 게 아니라 절단하라고 있는 거라면서요. 나는 대답했어요. 유감이네, 그 기관이 남자의 유일한 쓸모라고 생각하는데. 집과 직장과 거리에서 남자들은 우리를 귀찮게 하는 것 말고는 생산적인 일을 하지 않잖아. 하지만 침대에서는, 몇몇은 정말 할 수 있는 한 최선을 다한단 말이지. 그러니 절대 잘라내선 안 돼. 심지어 그 방면에 엄청난 능력이 있는 남자도 알고 있거든.

친구는 응수합니다. 네가 여자들과 하는 섹스를 경험하지 못해서 그래. 그러고는 윌리엄 버로스에 대해 이야기합니다. 스물여덟 살이던 아내의 머리에 총알을 박아 사살한 비트 세대 작가죠. 그는 취해서 저지른 사고라고 주장했죠. 솔라나스가 남자를 증오한 것처럼 윌리엄 버로스도 여자를 증오했으나, 그가 진짜 살인자의 편에 서 있었다는 점에서 가벼이 넘길 수 없었죠. 그런데 그 사실은 은폐되었습니다. 윌리엄 버로스는 솔라나스의 이름을 거론하지 않았어요. 남자들이 쓰는 역사에서 여자 이름은 사라진다는 걸 알았거든요. 하지

---

* 정치적 체제로서의 이성애를 비판하고 해체적 글쓰기를 실천한 프랑스의 페미니스트 작가.

만 그는 솔라나스의 아이디어를 가져가서 방향을 뒤집었습니다. 그는 번식을 위해 여성이 필요하지 않은 사회를 꿈꿨죠. 이야기를 하던 친구가 낄낄거리면서 덧붙였어요. SF 속 세계가 아니라면 인간종의 번식을 위해서는 여성의 몸을 빌릴 수밖에 없는 데 말이야 하고요.

친구가 윌리엄 버로스의 인터뷰를 발췌해서 보냅니다. 버로스는 이렇게 밝히고 있습니다. "우리가 사랑이라고 부르는 것은 여성의 성이 저지른 사기이다. 남자들의 성관계 목표는 사랑과는 아무런 관련이 없으며, 그보다는 인정에 가깝다." 여기에 모든 게 담겨 있다고 친구는 말합니다. 여성에 관한 음모론에 가까운 생각 말입니다. 하급 직원은 항상 고용주 뒤에서 은밀히 음모를 꾸밉니다. 그렇기에 여성에게 지워진 짐은 여성의 책임이 됩니다. 피의자는 언제나 희생자인 척합니다. 연대가 불가능하다는 생각을 퍼뜨립니다. 그 사이에 '인정'은 있을 수 없다고요. 그들에게 여성은 이상한 성이자, 적에 해당하는 성별입니다. 반대의 경우는 성립하지 않습니다. 문제는 여기 있습니다. 우리를 '인정하기를' 거부하는 사람들과 어떻게 함께 살아갈 수 있을까요?

오스카

조에 카타나가 제 이야기를 그만하면 좋겠습니다. 이름을 거론할 때마다 제게 알려주는 개자식들이 주변에 있거든요. 방심한 순간 끈질기게 달라붙죠. 영화 〈에일리언〉에 나오는 괴물이 떠오릅니다. 점액으로 뒤덮인 크리처가 제 몸에 접붙어 골수를 빨아 먹고 있어요. 제발 저를 잊기를 바랄 뿐이에요. 왜 그런 식으로 집착하는지 도무지 이해가 안 갑니다. 자신이 만난 모든 남자를 통틀어 어떻게 제가 가장 불쾌한 사람이 된 건지도 모르겠습니다. 아마도 심리적 전이가 있었겠죠. 그 사람에게 고통을 준 멍청이가 따로 있을 텐데, 그 책임을 저에게 돌리고 있어요.

왜인지 모르겠지만 당신에게 솔직하게 말하고 싶습니다. 최악의 사실은 아직도 조에가 저를 좋아하기를 바란다는 겁니다. 말도 안 되는 거 알아요. 학교에서 난폭한 친구에게 괴롭힘당하면서도 그와 친구가 되기 위해 사실상 뭐든지 하는 아이가 떠오르네요.

조에에게 반했을 때, 그 감정은 형편없는 스타 작가의 허세가 아니었습니다. 자기 물건을 아무렇게나 놀리고 다니며 왜 여자들이 안 넘어오지 고민하던 게 아니었어요. 제 책이 나오는 출판사에서 일하는 여자 직원들을 선정적으로 바라본 적이 한 번도 없었습니다. 제가 만나는 기자나 그 밖에 다른 어떤 여자도 마찬가지였고요. 저는 여자친구가 있었고, 사이도 좋던 시기였으니 말썽을 일으킬 필요가 없었습니다. 저는 여자를 밝히는 남자가 아니에요. 귀찮게 따라다닌다고 해서 마음을 살 수 없다는 사실을 잘 알고 있어요. 늘 머릿속에 사랑에 대한 생각이 있긴 합니다. 언제나 하는 생각이에요. 가능한 한 로맨스가 동반되는 사람을 곁에 두고 싶긴 합니다. 보통은 저만의 판타지로 간직하는 편입니다. 하지만 조에와는 서로 마음이 통하고 있다 느꼈고, 그쪽 역시 그 마음을 알아차렸다고 생각했어요. 그런 분위기로 흐른 데에는 첫 소설을 출간한 기쁨에 도취된 것도 관련이 있었어요. 제 책과 세계를 연결해주던 여성과 사랑에 빠진 것은 우연이 아닙니다. 조에는 온갖 기분 좋은 소식을 제게 알려주었습니다. 끊임없이 전화해서 스케줄이 비었는지 묻고, 집 바로 아래 택시를 댄 채 저를 기다리고, 몇 시간 동안 제 앞에서 제 이야기를 했어요. 물론 그게 당시 그녀의 업무였죠. 하지만 저는 단단히 착각하고 그녀에게 빠졌습니다. 그녀의 배려, 제게 일어난 모든 일을 향한 열광적 반응이 일의 일부임을 이해하지 못한 겁니다. 제멋대로 흥분했습니다. 그녀가 예쁘다거나 매력이 있다는 생각조차 하지 못했어요. 그야말로 제 인생의 운명이라고 생각했거든요. 그녀를 전적으로 신뢰했어요. 그녀의 잘못 때문에 제가 나락으로 추락하리라고는 상상조차 못 한 거죠.

저는 조심했습니다. 모든 사안에 대해서요. 지금 이 자리에서, 이 일을 한다는 것이 얼마나 큰 특권인지 똑똑히 알고 있습니다. 저는 노동 시장에서 자존심을 굽히며 일하지 않아도 됩니다. 아침에 일어날 때마다 그 사실을 떠올립니다. 저는 마주치고 싶지 않은 사람을 단 한 명도 보지 않고 하루를 보낼 수 있으니까요. 물론 분에 넘치는 사치입니다. 절 내쫓을 수 있는 사람은 없어요. 모든 일이 벌어진 그 출판사에서조차 책에서 제 이름을 뺄 수 없고, 미투 논쟁에 걸려들지 않을 만한 다른 남자 작가로 대체할 수도 없습니다. 저는 저에게 의미 있는 무언가로 인생을 채울 수 있습니다. 그럴 수 있는 사람은 흔치 않을 겁니다.

그 삶이 언제든 무너질 수 있다는 걸 알고 있었습니다. 특권을 부여받지 않고 태어난 우리는 이것이 운명의 호의임을 알고 있죠. 언제든 끊어질 수 있다는 것도요. 거기엔 특별한 책임이 따르기 마련입니다. 당연한 것은 하나도 없어요. 열다섯 살 무렵 집에 집행관이 찾아왔어요. 아버지의 빚 때문이었죠. 덩치 좋은 불한당이나 사회적 문제 케이스가 자아내는 페이소스 따위는 없었고, 회계에 미숙한 중산층 남성의 초라함만 있었죠. 안 그래도 빠듯한 월급인데 몇 달간 지속된 아버지의 실직 상태는 너무 버거웠어요. 우리 집에선 아주 작은 실수로도 바닥부터 다시 시작해야 했어요. 아버지 나이가 많아질수록 다시 시작하기도 어려워졌고요. 월급쟁이에게 사회적 인맥은 존재하지 않습니다. 낙오하면 그걸로 끝입니다. 어머니의 월급은 충분하지 않았습니다. 저는 아버지의 세계가 무너지는 걸 지켜보았어요. 그것은 아주 서서히 이루어졌습니다. 제 상태가 아주 불안정하며 모든 게 일시에 멈출 수도 있음을 알고 있습니다. 실수를 저지를 권리조차 없다는 걸요.

그래서 저는 매사에 신중한 사람이 되었습니다. 쏠쏠한 돈 앞에서 정신을 못 차리는 착실한 노동자가 되었습니다. 처음 받은 고액수표는 최저임금의 네 배에 해당하는 금액이어요. 일을 처음 시작할 땐 최저임금으로 계산해서 받았거든요. 추리소설을 썼습니다. 두 달 만에 서둘러 대충 완성했습니다. 돈이 되는 일이었거든요. 돈을 얼마간 모은 뒤에는 신중하게 주의를 기울였습니다. 세금 납부도 신경 썼어요. 납부를 거른 적도 없고, 실수하지도 않았습니다. 어떤 부도덕한 거래도 수

락하지 않았습니다. 그렇게 사람이 살 만한 곳에 거주하게 되었어요. 제때 집세를 낼 수 있었죠. 정치인들과 저녁식사 자리는 거절했습니다. 기념패도 제안이 오는 즉시 거절했어요. 언제나 화이트컬러 마피아들에게서 거리를 유지했는데, 체면을 유지하는 측면에선 최악이었죠. 마약 딜러, 불한당, 매춘 알선자들과의 우정에서 거리를 뒀습니다. 인터넷에서도 실수가 될 만한 일은 안 했어요. 솔직히 말하면 초반에는 발산할 데가 필요해서 가명으로 계정을 하나 만들까 하는 유혹을 느꼈습니다. 일을 시작한 초기에 몇 년간 기껏해야 불쾌하거나 약간 모욕적인 메일을 보낸 게 다였고, 그 후에 제 메일함에서 나온 모든 것이 잠재적 법정 증거로 쓰일 수 있으며, 시답지 않은 농담도 나중에 맥락이 사라지면 폭탄으로 작용할 수도 있음을 인지했죠.

카페 테라스에서 또는 식당이 문 닫는 시간에 대화를 나눌 땐 주의했습니다. 휴대전화 카메라로 촬영된 영화가 상영되는 걸 보고서, 히죽거리며 마음껏 농담할 수 있는 안전한 공간이자 잠긴 문은 집뿐이라는 사실을 깨달았거든요. 교제하는 사람도 신중히 골랐습니다. 점잖은 부르주아적 언어습관을 갖추지 못한 유대인 혐오자, 동성애 혐오자, 강간범, 인종차별론자에게서 거리를 뒀습니다. 심지어 젊은이들과 가까워질 때조차 그랬죠.

제가 중산층이라는 자각이 이렇게 속삭였습니다. 넌 소

설과 칼럼을 써서 밥벌이를 하잖아. 네 책이 해외에 소개되면 외국 체류 경비도 지원받지. 단 비행기에서 몸가짐을 조심해. 신분을 보증할 만한 것도 챙겨. 저는 그렇게 했습니다. 편집증이 찾아오더군요. 환각제를 피워댔어요. 외부를 경계하는 사고가 더 심해졌습니다.

당시에 저는 여자에 관해서는 돌아보지 않았습니다. 연애 관계도 관리해야 한다고 생각하지 못했죠. 그런 측면을 신경 써야 한다는 걸 상상조차 못 한 거죠. 그 위험을 보지 못한 거예요. 반면 여자를 제외한 모든 문제를 고민했습니다. 세무문제, 극우파, 흑인, 유대인, 트위터에 대해서는 겁을 집어먹으면서도요! 위험이 어디 존재하는지 알지 못한 겁니다.

여성들이 괜찮게 지낸다고 생각했어요. 남성이 흥미를 느끼는 것이 여성에게도 늘 좋은 것이라 여기는 세계에서 자랐기 때문입니다. 솔직히 말해서 여성들도 나름의 일조를 했습니다. 외모를 단장하고 텔레비전에 등장하고, 남자들의 농담에 웃어주거나 늘 멋있다고 칭찬하고, 남성성을 과시하는 이들을 좋아했습니다. 최고 권력자 주변에 얼씬거리고, 약자를 대할 땐 친절했으며, 불쾌한 일을 곱씹지 않았습니다. 저에게 여성들은 인생의 좋은 측면을 의미했어요. 솔직히 그들이 분노하고 있다는 사실을 알아차리지 못했습니다.

사랑에 빠진 대가가 그처럼 혹독하리라고 어떻게 의심이나 할 수 있었을까요? 미투 운동의 바람이 불기 시작했을 때 저는 멀리서 지켜봤습니다. 그 영향이 제게도 미칠 거라고 꿈에도 생각 못 했습니다. 제가 다른 남자보다 나아서가 아니라, 여자들이 저를 좋아하지 않는다고 믿었고 거기 익숙해졌기 때문이었습니다. 저는 실패를 거듭하는 사람이었어요. 그게 누가 됐건 억지로 강요한 성관계가 기분 좋을 거라고 기대조차 하지 않았습니다. 제 환상에 부합하지 않을뿐더러 저는 그럴만한 사람도 아닙니다. 여자와 제가 서로에게 열광하는 관계, 그녀에게 끝내주는 키스를 하고, 그녀는 마약처럼 제게 중독되는 그런 관계를 좋아합니다. 제가 꿈꾸는 환상이죠. 고결하진 않더라도 법적으로 문제가 있는 건 아닙니다. 손이 닿지 않는 곳에 있는 여성을 꿈꿀 뿐이죠. 지금껏 원하던 여자와 사귄 적도 없고, 저를 진심으로 원한 사람과도 제가 원하던 관계를 맺지 못했습니다.

　　저는 그녀를 강간하지 않았고, 몸에 손을 대지 않았으며, 제 것으로 만들겠다며 협박하지도 않았습니다. 그녀를 해고하라고 요청하지도 않았어요. 요즘 그녀는 자기를 해고하지 않으면 제가 자살하겠다며 협박했고, 그게 통제 불가능한 상황이라 출판사에서 그런 결정을 내렸다고 떠들고 다닙니다. 그건 거짓입니다. 온라인의 모든 욕설이 저를 강간범에 구역질 나는 새끼, 음탕하기 짝이 없는 놈으로 간주하고 있어요. 평생 남을 겁니다. 저는 책을 출간해서 먹고살지만, 이 문제를 담당할 변호사를 고용할 정도의 여유는 없습니다. 온갖 오

명이 평생 제 이름을 따라다니겠죠.

다른 남자들은 압니다. 제가 아무 짓도 안 했으며, 그저 덫에 걸린 피해자임을요. 자신에게는 그런 일이 일어나지 않기를 기도하지만, 어느 누구든 덮칠 수 있다는 사실 또한 알고 있어요. 그것이 무엇을 의미하는지도 압니다. 저는 직업적 성공을 거두었지만, 여자들이 자고 싶어하지 않는 불쌍한 놈이 되어 있어요. 레드카펫 위 젊은 여자 배우를 쫓아다니지 않았음에도 그렇습니다. 저는 저와 비슷한 위치에 있는 사람을 만나려고 했어요. 커리어를 시작한 홍보 담당자 같은. 그녀가 회사를 그만둔 후에는 연락하지 않았습니다. 모두들 그러지 말라고 충고했거든요. 제게 기회가 없음을 깨달았어요. 그녀는 회사 복도에서 저와 마주치느니 회사를 옮기는 편을 택했으니까요. 그래서 더 조치를 취하지 않았습니다.

그 일로 여자친구를 잃었습니다. 그 전에도 관계가 늘 쉽지는 않았습니다만, 그녀에게는 제 편에서 상황을 참고 견딜 마음이 없었습니다. 지금 생각하니 그녀가 제 컴퓨터 비밀번호를 알아내, 휴대전화에서 나누는 왓츠앱 대화를 실시간으로 읽었다는 의심이 듭니다. 상황을 눈치채는 데 시간이 걸렸어요. 늘 귀가하기 전에 민감한 메시지를 철저히 지웠지만 컴퓨터로 다른 사람에게 쓴 내용을 읽을 수 있었겠죠. 의심과 질투가 심한 사람이었거든요. 그녀가 더 어렸을 때 어떤 남자가 자신을 두고 바람을 피웠대요. 그 기억 때문에 저를 믿지 못하고 의심했습니다. 제가 해명해도 믿지 않았죠. 그녀를 배신할 만한 일 자체가 드물어서 거짓말을 한 적이 거의 없었음에도 말입니다. 그건 선택과는 전혀 무관한 일이에요. 기사화를 노리고 달려드는 여자가 있고, 열혈 독자인 여자도 있으며, 저와의 관계가 자기 책을 출판하는 데 도움이 되리라고 생각하는 타산적인 여자, 자신을 뮤즈 삼아 다음 책을 쓸 거라고 믿는 여자가 있어요. 저의 사회적 지위에 이끌리는 여성들이죠. 하지만 그런 이들과 서로 좋아하는 경우는 극히 드뭅니다. 이미 경험해봐서 하는 말입니다. 아내 몰래 바람을 피운 적이 있습니다. 일이 굉장히 잘 풀리던 시기였는데, 금세 피곤해지더군요. 여자들은 그런 건 아랑곳하지 않습니다. 그들이 얼마나 끈질긴지 모릅니다! 자신이 미치도록 그러고 싶으니 저는 무조건 수락해야 한다는 걸 전제로 깔고 시작한다니까요. 우리 집에 눌러앉아 있다가 문이 닫히자마자 옷을 벗는 여자도 있었습니다. 사실상 저는 아무것도 요구하지 않았어요. 섹스할 게 아니라면 호텔 방에 여자를 들이면 안 된다는 걸 배웠죠. 아무리 그쪽에서 고집을 피우거나 승강기에 몰래 따라 들어오더라도 말이죠. 요컨대 저를 유혹한 여자들은 진심으로 저를 원한 게 아니라는 말입니다. 아무튼 약혼녀가 끔찍한 시기에 제가 여기저기 보낸 메시지를 읽은 게 틀림없어요. 그 이유로 저를 떠날 결심을 했다고 생각합니다. 잔인

한 처사였지만, 이상하게도 그 일로 저는 무너지지 않았습니다. 저는 홀로 있고 싶었습니다.

지금 저는 그러고 있습니다. 주변에 아무도 없이, 완벽하게 홀로 있습니다.

레베카

시종일관 약해빠진 척 좀 그만해요. 듣고 있으면 피로가 몰려와요. 진심입니다. 그 일에 관한 한 더는 당신을 동정할 수 없어요.

당신이 말한 것보다 훨씬 더 일을 엉망으로 만들었네요. 친구 프랑수아즈가 그렇게 지적해주었는데도 머저리처럼 신뢰하지 못했고요. 조에 카타나가 십 년 후에나 그 일을 거론하게 하려면 특별한 일이 일어나야 할 겁니다. 그 사람은 바보가 아닌 것 같거든요. 엿 먹이려고 모든 걸 지어냈다면 당신이 자신을 강간했다고 말했겠죠. 밤마다 불면증에 시달리며 얼마나 고통스러웠을까요! 당신 인생을 날려버릴 의도를 갖고 있다면 분명 다른 방식으로 행동했을 거예요. 강간으로 고소하면 증거불충분으로 석방되더라도 무척 힘겨운 한 해를 보낼 테니까요. 당신의 명성은 짓밟혀 더럽혀지겠지요.

피해자의 말을 신성시할 생각은 없어요. 여성들도 이따금 거짓말을 합니다. 양심의 가책을 느끼건 말건, 그게 정당하다고 생각하건 말건 상관없이 말이죠. 하지만 날조를 일삼는 피해자는 미미한 반면, 남성 인구 중 강간범 비율이 얼마나 되는지 알고 나면 당신들 남성의 퇴락을 스스로 환기할 수밖에 없을 겁니다. 그런데도 친구 중에 강간범이 있어도 자신은 아니니까 그러한 비난이 정당하지 않다고 생각하다니, 남성들에 대한 분노를 감출 수 없습니다. 그 지점에서 뭐랄까…… 아무리 너그러운 마음을 가져보려고 해도 당신들을 동정하는 일은 쉽지 않습니다.

페미니즘의 물결은 뒤늦게 나를 덮쳤습니다. 오랫동안 나와 페미니즘을 논하는 것은 베르나르 아르노*와 자본주의에 대해 토론하는 일이나 마찬가지였어요. 페미니즘에 쏟아지는 비판의 목소리를 이해하면서도 그 안에서 본질적 미덕을 발견하긴 했습니다. 카트린 드뇌브와 브리지트 라에가 '유혹할 자유'를 말하며 미투 운동 반대 청원을 했을 때**, 나는 새로 사귄 페미니스트 친구들에게 말했어요. 여성 여러분, 진정하세요. 카트린과 브리지트 두 사람은 물론 원래 시스템이

---

* 세계 최대 명품 제조사인 LVMH의 창립자.

** 영화배우 카트린 드뇌브와 포르노배우 출신 라디오 진행자 브리지트 라에 등 백 명의 프랑스 여성이 참여한 미투 운동 반대 서명. 미투 운동이 마녀 사냥으로 변질되었다고 주장했으며, 특히 '여성 일부는 강간당할 때 오르가슴을 느낀다'라는 브리지트 라에의 발언으로 논란이 일었음.

견고하니까 어떤 변화도 있어서는 안 된다고 생각하겠죠. 그들이 뭐라고 한들 무슨 상관이죠? 내 경우를 생각해보면, 나이가 많으니 가부장제를 향한 비판에는 쉽게 공감할 수 있어요. 하지만 이십 년 전의 내가 모니크 비티그 이야기를 들었다면 당장 잡아들여야 하는 거 아니냐고 응수했겠죠. 다들 실없는 소리로 넘겼을 거예요.

크레테유 여성영화제에서 저의 회고전이 열렸어요. 거기서 열광적이며 관대한 여성 관객들을 만났습니다. 대다수의 평론가보다 내가 걸어온 여정을 잘 알고, 내 커리어에 대해 한 번도 시도된 적 없는 훌륭한 이론적 비평을 할 수 있는 이들이었죠. 여자 배우로서 처음으로 참담한 실망에 젖어 있던 시점에 그 일이 일어났습니다. 그래요, 마흔다섯이 다가오기를 초조하게 기다렸어요. 애타게 원하던 배역이 다른 여자 배우에게 돌아가는 걸 봤습니다. 그 일을 늦은 나이에 경험했다고 해서 고통이 덜하진 않습니다. 오히려 그 반대죠.
젊은 여성 관객들이 십 분 가까이 서서 내게 찬사를 보내는 모습을 지켜보았습니다. 그리고 내 나이대 여성들이 보내는 외부 반응에 내가 얽매여 있었음을 깨달았어요. 다시 말해 남자가 없어도 별일이 아니고, 돈이 없어도 그리 중요하지 않으며, 최고의 자리에 있지 않아도 괜찮습니다. 시대가 바뀌었어요. 해외와 지역 여성영화제의 초대에 기꺼이 응하면서 깨달은 점이 바로 그것입니다. 서른 살 이하 여성들은 오직 여성들만의 공간을 요구합니다. 그에 따라 완전히 무가치한 것, 겉만 번드르르한 것이 자연히 줄어듭니다. 이들은 전혀 결핍을 느끼지 않습니다. 그렇게 시간이 흐름에 따라 나 역시 진화했어요.

그전까지는 페미니즘을 중요하게 여기지 않았습니다. 영화계와 공연계를 막론하고 어디에서도 화제의 중심을 차지하지 않았거든요. 80년대와 90년대에 내가 겪은 페미니스트들의 방식에는 불쾌한 면이 있었습니다. 그중 몇몇은 여성 대상화에 대해 정신이 아득해질 정도로 불편해했어요. 반면 나는 역할 성격상 영화 포스터에서 언제나 반쯤 노출한 모습으로 등장했기에, 이따금 시사회 현장에서 나를 밀어내는 사람도 다섯 명쯤 있었어요. 그들은 내가 그 자리에 존재하지 않는 듯 굴었죠. 다른 자리에서 그 여성들은 나를 저격하는 기사를 내걸었어요. 내가 수위 높은 정사 장면을 촬영해서 그들을 불쾌하게 만들었기 때문이었죠. 그때 엄청난 비난을 받았어요. 하지만 지난 삼십 년간 프랑스인들은 그 페미니스트들의 이야기에 귀를 기울이지 않았기에, 그 일로 심하게 동요했다고는 할 수 없습니다.

내가 페미니즘과 관련이 있다고 느끼지 못했습니다. 영화계 중심에서 미투 운동이 시작되었을 때 나의 첫 반응은 어느 자리에서나 이렇게 말하는 것이었습니다. "와인스타인 씨는 나와 있을 때는 완벽한 신사처럼 행동했어요." 바보는 아니었으므로 그 문제에 관해 발언해달라며 TF1 방송국에서 요청했을 때는 거절했습니다. 하지만 사석에서는 거기까지였어요. 칸 영화제에서 여자 배우들이 잘못 처신하는 걸 수도 없이 지켜봤거든요. 그들은 와인스타인이 어떤 사람인지 알아챘고, 그가 머무는 객실 번호를 알아내려 들었죠. 그런 행동을 알았기에 바로 공감할 수 없던 거예요. 조에 카타나가 옳아요, 기괴한 건 주변 사람들입니다. 몇십 년간 와인스타인은 영화계의 왕처럼 군림했습니다. 수많은 여성이 그에게 다가가기 위해 필사적으로 노력했을 뿐 아니라, 영화 배급업자들 역시 젊은 여자 배우를 전선으로 내보내는 걸 보았습니다. 그들은 자신들이 무얼 하는지 잘 알고 있었습니다. 그에 대해 비난하는 사람은 하나도 없었죠. 커리어를 쌓지 못한 부모들이 어린 딸을 희생시키려고 하는 모습을 보았습니다. 그런 사람들은 하나같이 비슷해요. 그가 왕좌에서 추락하는 순간 소리 소문도 없이 사라집니다. 그에게만 해당되는 일은 아니에요. 누구든 곤경에 처하면 그런 상황에 놓이죠. 그전에는 그누구도 "선생, 당신이 하는 일은 범죄입니다" 하고 말할 생각조차 못했으면서요.

처음으로 사귄 친구가 있었어요. 와인스타인과 있을 때 겪은 이야기를 들려주었죠. 친구와 있을 때도 와인스타인은 언제나 완벽한 신사처럼 행동했습니다. 그러던 어느 날 그가 한 손으로 그녀의 멱살을 쥐고 몸을 들어 올리더니 폭력적으로 벽에 밀어붙였습니다. 다행히 방송국 국장이 구해줬대요. 때마침 그들이 있던 구석 자리로 코카인을 흡입하러 왔거든요. 그녀가 저녁식사를 하러 테이블로 돌아가서 사무실 남자들에게 자신이 방금 겪은 일을 이야기했는데, 그들은 그녀가 입은 원피스를 언급하면서 낄낄거렸다고 합니다. 그녀도 따라 웃었고요. 이야기를 들으면서, 나는 진심으로 유감이라고 말했습니다. 친구는 나도 그런 일을 겪은 적 있는지 물어보더군요. "아뇨, 이 일을 하는 삼십 년 동안 그런 문제는 한 번도 없었어요"라고 답하자 그녀는 이렇게 말했죠. "그럴 것 같았어요. 당신이 사귀는 남자들은 진짜 무섭게 생겼거든요."

그런 식으로 생각해본 적이 없었어요. 진심으로 내 행동이 나무랄 데 없어서 모두가 나를 잘 대해줬다고 생각한 겁니다. 하지만 그녀 말이 맞았습니다. 내가 사귄 남자들은 불한당이었고, 누구도 그들에게 덤벼서 무릎이 작살나는 상황을 원치 않았죠. 게다가 그 유명한 나의 나무랄 데 없는 행동은 내가 영화계에서 어느 정도 큰 역할을 담당하는 배우임을 감안한다면 어려운 일도 아니었죠. 영화 제작자의 사무실에 있을 때 나는 내가 하급직원의 위치라고 느끼지 않는다는 말이죠. 그들은 내가 출연 계약서에 서명하기를 간절히 바랐고, 내가 만족하도록 최선의 노력을 다했거든요.

친구와 나눈 대화가 특별한 깨달음을 안겨주었어요. 배

우 일을 하면서 만난 여자 친구들이 몇 있어요. 배우뿐 아니라 분장사, 무대감독, 캐스팅 담당자, 어시스턴트 들이요. 그들 누구나 이야기할 만한 사건을 겪었으나 내게는 일언반구도 없었습니다. 가끔은 몇 주 동안 같이 생활했는데도 말이죠. 그래서 나는 태도를 바꾸었습니다. 바른 몸가짐이 상황을 변화시킨다는 믿음을 버렸죠. 이어서 깨달은 또 한 가지 사실은, 기회를 잡으려 자신을 파는 바보 같은 여자들조차(이전에는 그들이 하는 짓은 동정받을 가치가 없다고 여겼어요) 자신을 위해 항의할 권리가 있다는 점입니다. 배역을 따내기 위해 누군가와 잠을 자고도 결국 역할을 맡지 못한 여자를 누구도 동정하지 않습니다. 그건 부당합니다. 잠을 자는 데 성공한 여성들은 특별한 매력이 있는 이들이죠. 분명 그들에게 찬탄을 금치 못했을 겁니다. 내가 나쁘게 평가하긴 했어도 그들은 그저 게임에 참여했을 뿐이죠. 게임의 규칙을 만들어내지는 못했지만요. 할 수만 있다면 그들도 내가 이 업계를 겪어온 방식으로 통과하는 편을 택했을 겁니다. 갓 성인이 되어 찍은 데뷔작으로 국제적인 성공을 거둔 것처럼요. 그들은 과도하게 사랑스럽고, 과도하게 미소 지으며, 어떤 선택권도 없습니다. 천재적인 여자 감독들이 투자자를 향해 어린아이처럼 아양을 떠는 장면을 보기도 했습니다. 그들은 절대 바보가 아니고, 돈을 위해 몸을 파는 사람도 아닙니다. 단지 영화계에서 일하고 있고, 그게 전부입니다.

당신 친구 조에가 잘 설명한 것처럼 이 흐름에는 각양각색의 모습이 존재합니다. 성가신 사람, 멍청한 사람, 어리석은 사람, 뛰어난 사람 등 모두가 있죠. 내가 이해한 여성들과, 나에게 호감을 갖는 여성들 곁을 지키려고 합니다. 모두들 이런 관계에서 만족을 얻을 수 있어요. 나는 극도로 개인주의적이고, 최고의 엘리트 집단에 속하는 사람이었죠. 하지만 배우 일을 하며 나이를 이길 수 없음을 확인했어요. 제작자와 텔레비전 방송국과 배급업자와 영화관 대표에게 억지로 일을 달라고 할 수 없어요. 나이 들었다는 이유만으로 업계에서 사라지는 것은 너무 치욕적이죠. 하지만 그에 대해 아무 책임이 없다는 걸 잘 알고 있기에 부끄럽지 않습니다.

나는 조에 카타나의 언어를 듣는 법을 배웠습니다. 그것은 분노하는 여자들의 언어입니다. 오 년 전 나는 페미니스트 선언문을 열 줄도 채 읽지 못했어요. 그 여자들은 나약한 게 분명하다고, 스스로를 피해자로 삼는 건 나약한 사람들이나 하는 짓이라고 생각했죠. 하지만 최근 폐경이 나를 완전히 초토화시켰죠. 그리고 혼자서는 아무것도 바꿀 수 없는 엿 같은 상황에 빠졌을 때 목소리를 내야 한다는 사실을 깨달았습니다. 다른 사람들이 '나도 그래' '네 말을 듣고 있어'라는 말을 건넬 수 있도록요.

당신도 마찬가지예요, 젊은 친구. 나는 당신 말을 듣고 있어요. 당신 같은 젊은 남자들이 귀여워요. 어떤 이들은 한

때 나를 행복하게 했어요. 지금도 마음에 맺힌 게 없죠. 상당
수는 지금도 나와 좋은 관계를 유지하려고 합니다. 내 나이대
남자들만 그런 게 아니에요. 사람들이 내게 더는 일을 제안하
지 않아서 힘들긴 해도, 나이 든 남자가 내게 연애의 마음을
품지 않는 건 그리 대수롭지 않습니다. 나 역시도 그들이 전
혀 흥미롭지 않으니까요.

　나는 젊은 남자들, 전투기처럼 투지 넘치는 이들을 많이
좋아합니다. 자기 확신이 강하고 균형 잡힌 몸매와 불한당 같
은 태도, 맹렬한 쾌활함이 실린 시선을 갖고 있죠. 머리는 좋
지만 잘생기지 않은 이들은 나 같은 여자들에게 늘 유감스럽
다는 어조로 말합니다. "아름다움은 사라지죠." 지성과 재능
은 그렇지 않는 것처럼 말이죠. 내 나이대 남자들은 외모가
바랬을 뿐만 아니라 짜증을 돋우는 데 선수입니다. 뭐 거기에
대해선 이미 말한 적 있죠. 내가 그 문제에 집착한다고 생각
하겠네요.

　아무튼 나는 듣고 있습니다. 당신을 이해하고요. 불쾌한
사건이 생각지도 못하게 찾아왔겠죠. 차츰 익숙해질 겁니다.

오스카

투덜거리는 게 아닙니다. 그런데 저에게 일어난 일을 잊

는 유일한 순간은 NA 모임에 가 있을 때뿐입니다. 보통은 강제로 가야 합니다. 그곳에 가기 전, 이번에도 효과가 없을 것이고 애써도 소용없다고 단단히 생각하고 있었습니다. 그런데 제 생각이 틀렸어요. NA 모임에 참여해본 사람들 말로는 처음 석 달은 매일 한 번씩은 모임에 참석해야 한다고 했습니다. 죽었다 깨어나도 못 한다고 생각했죠. NA 모임의 좋은 점은 참석자의 케이스가 까다로운 경우밖에 없다는 것입니다. 충고를 들을 때마다 '죽었다 깨어나도 못 해'라고 생각하는 사람들을 위한 프로그램인 거죠. 결론적으로 저는 날마다 NA 모임에 참석하고 있습니다. 거기 앉아 있으면 지방의 어느 바에 둘러앉은 기분이 들기도 합니다. 사람들은 저를 기다리지 않고, 저는 원할 때 참석하며, 누가 참석할지 알 수 없습니다. 알려진 얼굴과 짜증을 돋우는 사람, 허튼소리를 지껄이는 사람과 호감을 주는 사람이 섞여 있고, 시간이 지나면 그게 변하기도 합니다. 마음에 든다고 생각한 사람에게 진절머리가 나거나, 얼간이라고 생각한 사람이 감동 어린 말을 하기도 하거든요. 그렇게 관점의 변화를 겪습니다. 이따금 제 마음에 드는 여자가 참석할 때가 있어요. 그럴 때면 살짝살짝 보면서도 너무 부담을 주지 않으려고 무척 신경 씁니다. NA 모임의 '여자를 후리고 다니는 남자' 리스트에 들어가고 싶지 않거든요. 그렇게 된다면 견딜 수 없을 것 같습니다. 그래서 한 세션이 끝날 때도 그 여자들과 이야기를 나누려 하지 않습니다. 내 안에 일어난 로맨틱한 욕망과 거리를 두는 겁니다.

이전에 한 번도 간 적 없는 NA 모임에 갈 때면 소심해집니다. 사춘기 직전의 아이가 된 것처럼 수줍어하죠. 부서지기 쉬운, 청소년기에나 느끼던 감정이 솟아오르는데, 제게는 낯선 감각입니다. 제가 소심하다는 걸 이전에는 미처 인식하지 못했습니다. 열다섯 살 후로 불안정하다고 느낄 때면 언제나 위스키를 주문했어요. 심지어는 불안정하다고 느끼기도 전에 이미 환각 상태로 들어가게 해주는 것을 찾아 헤맸습니다. 그게 하루를 더 흥미롭게 만들어주었죠. 권태와 갑갑함과 수치와 슬픔에서 벗어나는 치료제이자, 즐거운 사건을 기념하고 긴장을 풀고 영감을 찾고 노스탤지어를 몰아내는 방식이었습니다. 밍밍한 일상에 맛을 더하는 타바스코 소스 같은 장치입니다. 평생 모든 것을 그런 식으로 대응하며 살았습니다. 환각 상태가 문제를 일으키면, 다른 마약으로 대체하거나 함께 약을 하던 사람을 교체했죠. 스스로를 한 번도 소심한 남자로 생각하지 않았어요. NA 모임에서 제가 그렇다는 걸 발견한 셈이죠. 제가 겁이 많다고 생각한 적도 없었습니다. 사람들이 제안하는 어떤 마약이든 복용했으므로 스스로를 저돌적인 타입, 가미카제 대원처럼 무모한 사람, 언제든 터질 수 있는 수류탄이라고 믿었죠. 하지만 마약에 취하지 않으면 모르는 사람이 북적이는 방에 들어갈 때마다 심장이 쿵쾅거리는 사십 대 남자임을 이제야 시인합니다.

오늘 날씨가 좋아서 아침 8시쯤 걸어서 NA 모임에 갔습니다. 그 시각의 파리는 진짜 황홀합니다. 생모르 거리의 교회에 도착하니, 문 앞에서 모임원들이 기다리고 있었습니다. 열쇠를 가진 남자가 시간 맞춰 오지 못했더군요. 몇 사람이 인사를 했는데, 저는 계속 휴대전화를 보면서 그들이 나를 알아본 것인지 아닌지 속으로 생각하고 있었습니다. 거기 모인 사람들은 꽤 이상했어요. 외부에서 보면 우리 모임은 풀기 힘든 수수께끼 같았을 겁니다. 저 무리는 무슨 공통점으로 모였을까. 어려 보이는 흑인 여자아이, 귀에 딱 붙은 헤드폰, 뒤로 잘 빗어 넘긴 반질반질한 머리, 내성적인 표정, 베이지색 터틀넥에 커다란 도금 귀걸이. 육십대 여성, 밝은 눈 색깔, 하얗게 센 머리카락, 근사한 새 운동복. 제 눈에 정신 나간 여자처럼 보였지만 모임에서 발언할 때 보니 발음은 명확하고 목소리는 온화했어요. 선입견과는 전혀 달랐습니다. 제 나이대의 남자도 하나 있었어요. 잘생긴 얼굴에 머리는 매우 짧고, 손이 곱고 주걱턱이었어요. 요령이 좋은 남자이거나 게이가 아닐까 생각했는데 이야기를 들어보니 자신을 과신하는 개자식에 불과했어요. 어떤 흥미도 일지 않았습니다. 악당 같은 얼굴에 뚱뚱한 체격을 지닌 오십대 아랍 남자는 징역을 몇 년 살고 나온 사람 같았습니다. 그런데 그가 속내를 털어놓자 제가 상상한 난폭한 사람과는 거리가 멀었어요. 명민한 머리에, 촌철살인의 신랄한 말솜씨와 간결한 표현력을 갖추고 있었죠. 그는 프로그램을 자기 주머니 속처럼 훤히 알고 있어서 단계별 과제에 대해 완벽히 설명해주었습니다. 좌중을 웃기기도 했어요. 살인을 저지를 만한 얼굴이었음에도 누구도 그를 두려워하지 않았습니다. 지나치게 멋을 부린 이십대 남자도 있었어요. 젠더 구분을 넘어서는 수려한 외모가 어떤 사람이든 멍하게 만들 정도였습니다. 그를 보며 생각했죠. 저런 얼굴을 가진 사람은 분명 세상으로부터 고립된 기분을 느낄 거라고. 나직한 목소리로 말하는 동안 그는 손을 가만 놔두지 못하고 배배 꼬았어요. 현재 고생스럽게 지내고 있는데도 머릿속에는 약을 하고 싶다는 생각밖에 없다고 했습니다. 그는 전 재산을 잃은 상태였어요. 그는 자신이 수치스럽다고 이야기했습니다. 그 대목에서 저는 세션을 멈추고 "제정신이에요? 그런 근사한 얼굴을 하고 어떻게 자신을 싫어할 수 있죠?" 하고 묻고 싶었습니다. 또 얼굴이 무척 하얀 곱슬머리 여자가 있었습니다. 치열이 고르지 않고, 이상한 니트 차림에 짧지도 길지도 않은 괴상한 머리를 하고 있었습니다. 하지만 세션이 진행되자 명석함이 빛을 발하더군요. 그녀는 모임에 감사 인사를 하고서 자신이 지금껏 어떻게 살아왔는지 이야기했어요. 부드러운 분위기가 주변을 감화시켰고, 그녀가 방 전체를 환히 밝히고 있다고 느꼈습니다. 체격이 커다란, 추한 외모를 가진 늙은 남자 차례가 되었을 땐 속으로 생각했습니다. '내 이야기를 털어놓을 수는 있겠지만 이 사람들과 공통

점은 없어 보이는데.' 그 남자는 정말 무기력해 보였습니다. 그런데 그가 입을 열어 얼마 전 고향 알제리에서 뵙고 온 아버지 이야기를 털어놓자 깜짝 놀라고 말았습니다. 종일 맥주만 마시는 아버지를 구원해주고 싶지만 그게 얼마나 불가능한지에 관한 이야기였죠. 저는 심하게 동요했습니다. 저 역시 술은 아니지만 체념한 듯한 아버지의 슬픔에서 당신을 구해줄 수 있다면 좋을 텐데 하고 생각했거든요. 저로서도 불가능했던 일이었지만요.

오 분마다 자리에서 일어나 커피를 채워왔어요. 자리를 지키고 있을 수 없었습니다. 세션 초반, 평소처럼 언제나 동일한 텍스트를 읽는 사람들을 보며 생각했어요. '이번에도 안 될 거야, 이게 마지막 기회겠지만. 이곳에서도 곧 내가 설 자리는 없음을 깨닫는 순간이 오겠지.' 발언권을 얻기 위해 손을 든 첫 번째 사람은 은행 지점장 같은 인상을 풍겼습니다. 좋지 않은 목소리에 너무 나직하게 말해서 이야기를 들으려면 애를 써야 했습니다. 그는 이렇게 말했습니다. "만나서 반갑습니다. 제가 겪고 있는 일을 감당하기 위해서 여러분의 지지가 간절히 필요합니다. 큰딸의 상태가 좋지 않습니다. 병원에 입원해 있는데 자살하고 싶어해요. 저는 평생 딸을 피했고, 가능한 한 아이 돌보는 일을 회피해왔습니다. 약을 하고 싶어서 그랬다고 할 수 있겠지만 실은 그 반대에 가깝습니다. 아이들을 돌보는 일을 피하고 사이가 나쁜 아내 생각을 하지 않으려고 약에 빠져 지낸 겁니다. 지금 저를 덮친 죄책감은 그나마 참아낼 수 있지만, 딸과의 관계를 단념해야 하는데 그것이 전적으로 제 잘못이며 돌이키기에는 너무 늦었음을 깨닫고 나니 고통스럽습니다. 제가 아버지의 자격을, 부녀 관계를 다 망쳐버린 거죠. 저의 회한과 혼란스러운 심정을 큰 소리로 말하려면 여러분의 지지가 꼭 필요합니다." 그러고 나서 목멘 소리로 이렇게 말을 맺었습니다. "제가 이야기를 하고, 여러분은 듣고서도 판단하지 않는 이 상황이 기적 같습니다. 저는 그럴 만한 사람이 아니거든요. 그래도 사태를 바로잡으려는 노력은 하지 않고 잘못만 곱씹기보다는 할 수 있는 최선을 다하고 싶습니다. 그 힘을 얻기 위해 지금 이곳에 왔습니다." 그 말을 들으며 제가 눈물을 흘리고 있음을 깨달았습니다. 깜짝 놀랐죠. 사실 머릿속으로는 이런 생각을 하고 있었거든요. '나하고는 상관없는 일이잖아, 여긴 내가 있을 데가 아니야.' 그런데 제 마음은 완전히 다른 말을 하고 있었죠. 적잖이 충격받았어요. 제가 사람들 앞에서 운 적이 없다는 사실조차 떠오르지 않았습니다. 집이나 학교에서 울면 안 된다고 아무도 금지한 적 없어요. 사람들 앞에서 울지 않아야 한다고 어디에서 배웠는지도 모르겠습니다. 제 옆에 앉아 있던 여자가 저를 보며 미소를 지었는데 '진정해요'라든가 '그냥 받아들여요' 같은 말은 하지 않았습니다. '제가 책을 한 권 썼는데 편집자를 좀 소개해줄 수 있나요' 하고 묻지도 않았습니다. 그녀도 마음이 울컥해서 미소를 지어준 것이었죠. 그 행동이 조금도 거슬리지 않았습니다. 특히 요즘 같은 시기엔 어떤 사람이든 경계하게 되는데요. 상대가 호의를 베풀면 그들의 진짜 동기가 무엇일지 항상 자문하거든요. 하지만 그날 아침, 저는 게임의 규칙을 그냥 받아들였습니다. 순환하는 호의가 존재하고, 그 호의는 게임의 일부라는 사실을요. 값없이 받는 것이죠. 저는 손을 들었지만 참석자가 너무 많았기 때문에 결국 제 이야기는 하지 못했습니다. 하지만 그건 중요하지 않았습니다. 낯선 이가 발음하는 단어, 이를테면 실업, 틴더, 집, 일, 치과 의사, 이웃, 포르노, 과당, 분노 같은 단어 하나하나가 마음에 와닿았어요. 마치 제가 그들과 동시에 그걸 말하고 있는 것처럼요. 저는 끝날 때쯤에 제 단계를 알렸는데, 이미 NA 모임에 참석한 지 삼 주차에 접어들고 있을 때였습니다. 아무것도 하지 않으려 했으나 그럴 수 없었습니다. NA 모임에 나가야겠다는 생각을 꿈에도 하지 못했었지요. 프랑수아즈와 함께 첫 모임에 참석했을 때도 모든 중독을 끊겠다는 생각은 하지 않았습니다. 상황이 진정될 때까지 한동안 술은 자제하겠지 정도였죠. 누군가 이런 말을 한 적 있어요. "마약을 끊는 유일한 방법은 애초에 시작하지 않는 것입니다. 그걸 이해하는 데에 몇 년이 걸렸습니다." 그때는 낄낄거리며 웃어 넘겼는데, 지금은 머릿속에 또렷이 박혀버렸습니다. 자, 여기까지가 지금 저의 상태입니다. 이제는 누군가 저를 칭찬하거나 축하 인사를 전해도, 그걸 기만으로 받아들이지 않고 진심으로 기뻐합니다. 몇몇은 조에 카타나와 저 사이에 일어난 일을 알고 있습니다. 그들은 실제로는 별 신경을 쓰지 않습니다. 자기와 관련 없는 일이거든요.

레베카

당신이 한 발 내딛는 과정에 감탄했어요. NA 모임은 하루의 끝에 떠나는 여행 같은데요. 그곳에 참석할 마음을 먹기까지 용기가 필요했을 겁니다. 하지만 조에와 동료들이 당신의 노력을 높이 살 것 같진 않네요. 그들은 어쨌든 무슨 일이 있어도 인터넷에서 자신을 표현하는 사람들이니까요. 어떤 주제든지 간에 대화를 나누거나 화해하거나 손을 내밀려고 온라인에 접속하는 건 아닙니다. 무엇보다 인터넷은 짜증을 분출하는 곳이에요. 자신의 복잡한 생각을 표현하고, 논쟁에 응답하는 옛날 방식으로 인터넷을 사용하는 사람을 가끔 만날지도 모르지만, 보통 온라인 활동은 광신주의 그 자체입니다. 일단 자신이 윤리적으로 옳은 편에 서 있다고 믿는 사람은 반대편 진영의 사람을 처단하는 걸 합당하다고 여깁니다. 당신의 방법을 회의적으로 지켜봤어요. 새로운 친구들이 생겨서 굉장히 즐거워 보이는데, 그러한 상황에 찬물을 끼얹고 싶지는 않습니다. 심지어 당신이 불평을 늘어놓는 걸 그만 둔 상황에서 말이죠. 그러던 중에 당신 이야기를 전해 들었습니다. 코린이 전화를 했거든요. 쉬지 않고 말을 해대는 통에 완전히 나가떨어졌어요. 당신이 내 왓츠앱을 알려준 덕분에 코린이 내게 메시지를 보냈고, 나도 곧바로 답장했습니다. 그 자체로도 꽤나 신기한 일이에요. 모두에게 답장하기 힘들만큼 나는 엄청나게 많은 메시지를 받거든요. 나는 에이전트를 두고 있고, 내가 그를 고용한다는 의미는 나의 사소한 연락 문제를 그가 담당하는 게 정상이라는 거지요. 당신에게 고마운 게 딱 하나 있어요. 우리 언제 만날까요 하는 질문을 한번도 하지 않는다는 것. 일하러 나가는 경우를 제외하면 나는 외출을 별로 좋아하지 않습니다. 함께 일하는 경우가 아니라면 사람과 같이 있어서 뭐가 좋은지 이해가 안 됩니다. 스몰토크나 일상의 사교적 행위가 지루합니다. 코린에게 내가 곧바로 답한 건 그야말로 선물 같은 일이었죠. 그런데 코린의 어투에서 내가 유명인인 걸 신기해하면서도 그런 세계를 참아내지 못하는 기색이 느껴지더군요. 요란하게 허물없는 태도를 보이며 자신은 다른 팬과는 다르다, 바보 같은 사람이 아니다, '비천한 신분'이 아니라고 상기시키고 싶어하는 말투였죠. 그냥 내버려뒀어요. 그런 식으로 시작한 관계는 잘되는 법이 없다는 걸 경험으로 알거든요. 코린이 유명한 사람과 문제를 겪었다 해서 일일이 감정을 들어줄 수는 없습니다. 그녀를 진정시키기 위해 나를 포기할 생각도 없습니다. 나를 공적 인물과 떼어놓는 일은 불가능하거든요. 나의 두 가지 자아를 모두 받아들이거나 혹은 아예 신경을 꺼야 합니다. 그러는 편이 일을 그르치지 않았을 거예요. "널 만나고는 싶은데 나도 자존심이 있고, 여자 배우를 경계하게 되더라고." 그녀의 말에 그냥 꺼지라고 했죠. 어떤 이름 없는 배우와 무슨 일을 겪었는지 모르겠지만, 나는 전설로 인정받는 사람입니다. 코린이 유명인과 교류할 수 없다면 나를 그냥 가만히 두는 게 맞겠죠.

코린과의 통화는 단 오 분이었지만, 당신이 그동안 말도 안 되는 소리를 했다는 사실을 알 수 있었습니다. 듣기로는 당신은 반항적인 록커 성향의 작가처럼 행동하고 싶어서 술을 살짝 즐기는 사람이 아니던데요. 사회적으로 문제 있는 사람에 가깝더군요. 주변 사람을 창피하게 만들기도 했고요. 당신은 환각 상태를 견디지도 못하면서 계속 취해 있으려고 고집하는 타입입니다. 우리는 같은 부류는 아니에요. 나는 마약을 하기에 최적화된 사람이죠. 과학자들이 왜 나를 연구 대상삼아 부르지 않는지 의문스러울 정도죠. 그 정도로 몇십 년간 마약을 했지만 거기에서 무리 없이 잘 빠져나옵니다. 내 경우엔 소심함이나 부끄러움에서 벗어나기 위해 약을 하는 게 아닙니다. 내게서 환각 상태라는 의치를 빼도 나는 어디서든 똑같이 여유롭고 자신감 넘칠 겁니다. 그저 권태에서 도망치는 중입니다. 매사가 너무 느리게 흘러갑니다. 에이미 와인하우스의 다큐멘터리를 봤는지 모르겠는데, 단약이 진행되는 상태에서 콘서트를 끝낸 후 그녀는 절망감에 고통스러워합니다. "약 없이는 아무런 즐거움도 느낄 수 없어." 그 말을 정확히 이해합니다. 촬영할 때 나는 약을 전혀 하지 않습니다. 카메라 앞에서는 모든 게 보이고, 그러다가 결코 사용할 수 없는 컷이 나오기도 하니까요. 아무리 대기하며 오랜 시간을 보낸다고 할지라도 촬영은 엄청나게 밀도 있는 유일한 순간입니다. 전혀 권태를 느끼지 못해요. 하지만 그 외의 시간은 마약 없이는 전혀 즐겁지 않습니다. 나 같은 사람에게만 해당되는 일은 아니에요. 퇴역 군인이나 매춘부 중에도 마약중독자가 많습니다.

중독. 단어의 어원을 인터넷으로 검색해봤습니다. "중세 시대에 'addictus*'라는 단어는 맹세를 끝까지 지키지 못하고 약속을 어긴 사람을 지칭하는 말로, 주인에게 속한 존재로 간주되었다." 주인에게 속한 존재는 여성 혹은 노예, 타인의 선한 의지에 의존하여 살아가는 시민의 단계까지 지위가 강등되었다는 뜻으로, 자신의 이익은 고려하지 않고 타인의 이익을 위해 봉사해야 하는 상황에 놓인다는 의미였습니다. 그러므로 중독된다는 것은 언제나 자신의 전적인 권력을 포기하는 방식이라고 할 수 있을 겁니다. 자신의 우선권을 망가뜨

---

*   '바친, 헌신한'이라는 의미를 지닌 라틴어.

리기. 약속을 지키거나 빚을 갚을 수 없는 상태로 스스로를 몰아가기. 아기는 요람에서부터 부모에게 빚을 물려받는다고 생각합니다. 아기가 자라 먼 훗날 DNA의 메시지를 이해하는 시기가 오면, 아버지가 자장가를 불러주는 사람이었는지, 아니면 어머니를 때리고 가정을 파괴하는 사람이었는지는 그렇게 중요하지 않다는 사실을 깨달을 겁니다. 당신이 물려받은 이야기가 관건이죠. 나는 어떤 약속을 저버렸기에 중독자가 될 만했는가? 그 질문은 내가 어떤 배신을 물려받았는가에 가깝습니다. 부르주아의 관점에서 보면 그것은 내가 살아온 삶을 초월합니다. 부자들은 자신들의 소박한 가족사에 열렬한 애착을 가지고 있죠. 우리가 중독에 빠져드는 과정은 역사적이고 정치적인 맥락과 늘 맞닿아 있습니다. 그것은 우리가 빚이 있다는 걸 인정하는 방식인 동시에 빚을 제거하는 방식이기도 합니다. 아마도 내가 사용하는 언어가 나의 호흡을 방해해서, 엄청난 양의 마약을 스스로 주입함으로써 그 언어를 뱉어내는 겁니다. 혹은 마약을 통해 인식을 끊어버림으로써 나를 둘러싼 어른들의 수치심을 쫓아버리려는 건지도요. 상황을 잠시 떠나고, 간신히 빠져나오는 겁니다.

나는 내가 시간 엄수를 잘하고 예의 바르며 신뢰 가는 착한 직원, 착한 아내, 착한 어른이 되는 일을 불가능하게 만듭니다. 시스템에 신뢰 가는 사람이 되는 일을 불가능하게 합니다. 그 점에서 저는 결함이 있죠. 나를 착취하는 일은 어렵습니다. 나는 나쁜 군인이거든요. 좋은 군인은 처방받은 마약을 섭취합니다. 폭력과 마약은 비슷합니다. 국가의 손에서는 합법적이지만 개인의 손에서는 범죄가 되죠. 의사가 처방한 마약을 복용하면 나는 합법적인 마약중독자가 됩니다. 그런데 마약중독자는 항우울제 치료를 받으라고 설득하기가 가장 힘든 이들입니다. 우리가 정신과 의사의 합법적 마약에 의존한다면, 의사가 권장한 마약을 삼킨다면, 우리는 착한 노동자입니다. 경제적으로도 훌륭한 주체입니다. 환각 상태의 가장 밑바닥에 깔린 생각이 바로 그겁니다. 당신의 나라를 거부하기. 당신이 쓰는 언어를 거부하기. 정직한 여성이 되기를 거부하기. 당신 어머니가 열심히 일하던 공장을 거부하기. 당신 증조부가 알 수 없는 죽음을 당한 참호를 거부하기.

마약중독자는 하지 않을 일을 약속하는 사람입니다. 내일 참석하겠다고 해놓고 가지 않거나, 아이를 데리러 학교에 가겠다고 해놓고 나타나지 않거나, 일을 하겠다고 해놓고 전화를 받지 않는 것이죠. 결국 그곳에서 뽑아낸 날것의 진실은 어릴 때 부모와의 관계에서 들은 바와 딴판입니다. 부모에 대한 부르주아적 집착은 정신분석학적 집착입니다. 특권층과 부르주아가 소유한 부가 세상을 잠시 제쳐놓을 수 있는 권력임을 확인하기 위한 절망적인 노력이죠. 부르주아 아이의 침실 벽은 너무 두꺼워서 세상의 소문이 통과하지 못합니다. 세상의 악취도, 폭탄이 터지는 소음도요. 부르주아 아이의 침실 벽은 너무 두꺼워서 어머니가 달콤한 자장가만 불러준다면 아이는 자신을 둘러싼 세계에서 보호받습니다. 제기랄. 마약 중독자가 된 아이가 경찰서에 와서 죗값을 치를 때, 사람들이 그의 부모를 떠올리는 경우는 극히 드뭅니다. 부모가 자식을 사랑하지 않았을지라도, 자식이 부모를 성가시게 굴었을지라도, 너무 부담스럽거나, 부모를 실망시키거나, 못되거나 추한 자식일지라도요. 그가 감방에서 이제 막 발견한 진실은 정치적 진실입니다.

격변의 시기에 종종 그렇듯이, 인간은 빠르게 다시 사로잡힙니다. 약탈자들이 폭동 주변을 배회합니다. 문제는 단지 하나의 마약에 굴복하는 것도, 다시 유일한 해결책의 노예가 되었다는 것도 아닙니다. 우리는 어둠에 머무는 지배자, 그러니까 경찰, 돈세탁, 마약 밀매, 국경, 마피아, 감옥이라는 불필요한 폭력과 파국적인 연쇄 부패에 굴복하는 것입니다. 자유와 위안과 기쁨과 경험을 찾아다니다가 기적적 해결책으로 보이는 마약을 취하는데, 결국 다크웹에서 비열한 작자들의 배를 불려주는 꼴이 되는 셈이죠. 마약중독자들의 말로는 항상 야만적 처벌, 방치된 교정 시설, 독방 감금으로 이어질 겁니다. 자기 시민권의 실제적인 말소인 거지요. 자신을 구성하는 모든 것의 말소. 환각에 빠진 사람은 자신에 대해서도 타인에 대해서도 들으려고 하지 않습니다. 감히 그의 진실을 말하자면 이런 겁니다. 나는 나 자신을 좋아하지 않으며, 타인도 좋아하지 않는다. 수갑을 차고 감옥에서 심문받는 그 사람 곁에는 그의 혈통이, 그의 언어가, 그의 민족이, 그의 지역이 있습니다. 거짓말을 고집하고 조종당하고 모욕받고 의심받고 비난받는 것도 바로 그 혈통, 언어, 민족, 지역입니다. 마약 중독자를 형사재판에 회부한 정부는 이 사실을 알고 있습니다. 마약법이 무엇보다 경제적 존엄성과 연관된 법이라는 사실을요. 존엄성을 박탈당한 이와 존엄성을 부여받는 이가 있죠. 대마초 소매상은 형사범에 해당합니다. 대마초는 공동체에 도움을 주고, 유용하기도 하고, 아무에게도 손해를 끼치지 않는데도요. 하지만 아무 도움도 못 되고 사회를 망가뜨리기만 하는 막강한 주주들의 돈세탁에 이용됩니다. 누군가는 영예를 얻고, 누군가는 감옥에 가죠.

시간 여행을 통해 마약과 친구처럼 지내던 십 년 전으로 거슬러 올라가고 싶습니다. 환각 상태가 무언가에 도움이 되던 시기였죠. 당시 나는 과하게 성실하고, 아이에 대해 노심초사하는 부모가 된 것처럼 행동했죠. 아이가 상처받거나 문제를 혼자서 해결하지 못할까 봐 겁을 먹고 아이를 보호하려 했습니다. 야수의 머리를 한 나의 악령을 상상합니다. 늙은 복서의 머리. 우려를 자아내지만, 악령의 카리스마적인 면이 나를 보호합니다. 악령은 권태와 수치심과 슬픔과 소심함과 번뇌와 취약함을 자신이 처리하겠다고 말하죠. 머지않아 현실은 동화에서처럼 다루기 쉬워집니다. 악령은 매혹적입니다. 그렇지 않으면 그에게 인생을 바치지 않았겠죠. 하지만 지금은, 내가 악마 들린 사람 같았다고 이야기하는 편이 맞겠네요. 거기엔 아무런 의미도 없습니다. 알고 있어요. 이제는 약에 취해 있어도 권태를 느낍니다. 그럼에도 또 약을 합니다. 약에 취하고 싶어하는 내 일부는, 한 지역이 나라 전체에서 권력을 잡으려고 투쟁하는 것과 비슷합니다. 그런 지역은 자치권을 따내려 투쟁하는 대신, 전국에 영향력을 미치려고 투쟁합니다. 독재적인 존재죠. 하지만 그것 역시 나의 나라입니다. 어쨌든 나의 전투이기도 하고요.

마약은 까다롭지 않은 일탈이기도 합니다. 흡연하거나 코로 흡입하거나 주사를 놓거나 삼키는 일탈이죠. 싼값으로 쉽게 얻는 일탈입니다. 어떤 머저리라도 환각에 취할 수 있습니다. 다시 약에 취하기 위해 용기가 필요하지도 않거든요. 마약이 자신보다 훨씬 힘이 세기 때문입니다. 그러니 쉬운 반항이 되어버립니다. 결국 이 반항은 현재의 권력이 아닌 다른 힘에 복종하기로 결정한다는 의미입니다. 본능에 복종하기, 정의에 복종하기, 혹은 자신의 욕망에 복종하기. 반항은 아버지에게 늘 하던 거죠. 아버지는 내 사장이 아니잖아요. 유일한 상사가 아니에요. 아버지의 말은 절대적이지 않아요.

그런데 당연하게도, 마약에 복종할 때 우리는 그걸 소개해준 사람의 말에 복종합니다. 돈세탁하는 은행의 말에 복종합니다. 우리는 또 다른 시스템의 일부가 되어, 실제로는 언제나 정상에 위치한 똑같은 남성성에 복종하는 것입니다. 하나의 폭력이 다른 폭력으로 옮겨가고, 변함없이 똑같은 어리석은 짓이 우리를 짓이겨놓습니다.

나는 정해진 길을 벗어나 일탈을 간절히 꿈꿉니다. 방향을 바꿔 다른 길로 접어들기를, 확실하지 않은 길에 서기를 간절히 바랍니다. 홀로 권태에 시달리고 있어요. 교외 부르주아 집 정원에 잘 심긴 잔디가 된 기분을 느끼고 있습니다. 나의 괘종시계를 고장 내고 싶은 욕망에 시달립니다. 훌륭한 정신은 너무 피곤해요. 요컨대 요가를 하느니 죽어버리는 게 낫다는 이야기입니다.

오스카

그야말로 우리 모두의 전투인 거네요. 중독에서 벗어나는 일은 쉽지 않습니다. 그것만은 분명하죠. 저의 평정심도 깨져버립니다. 어제 누군가 한 말을 인용할게요. "돌풍이 불면 뭔가에 홀린 듯한 기분이 듭니다." 조금 혼란스럽지만 날이 서고 긴장한 상태는 마약중독자의 전형적인 모습이에요. 끔찍하거나 황홀한 모험에 발을 들일 준비가 되어 있어요, 그게 무엇이든 말이죠.

제 느낌도 그렇습니다. 돌풍이 불어오고, 뭔가에 홀린 것만 같아요. 문자 메시지와 메일, 수많은 자극이 한꺼번에 쏟아지는 상황은 재앙에 가깝습니다. 제가 파헤쳐진 것 같고, 도무지 집중할 수 없으며, 사소한 일로도 산산조각 나거든요.

전날 밤, 초대받아 간 저녁식사 자리가 끝나고 나왔을 때 비가 쏟아졌습니다. 차가 들어올 수 있는 정문 바로 앞에서 우버를 불렀고, 곧바로 과묵한 기사가 운전하는 검은색 대형 택시가 도착했습니다. 그는 음악을 틀지 않았고, 좋아하는 라디오 채널이 있는지 묻지도 않았어요. 기진맥진한 그의 얼굴을 보는데, 아무 말도 걸지 않아주어 고마웠습니다. 저는 얼이 빠져 있었습니다. 식사 자리에서 술을 마시지 않아서 기분이 좋았어요. 주머니에서 해시시 만 것을 꺼내는 사람이나 마약 딜러를 부르자고 하는 사람이 없었기에 안도감을 느꼈습니다. 출판계에서 꽤나 비일비재한 일인데 그 자리에는 술만 있었습니다. 술을 마시고 싶지 않다는 의사를 미리 알리며 흐뭇한 기분을 느끼려고 했는데, 아무도 제게 이유를 물어보지 않았습니다. 사실은 스스로에게 만족감을 느끼지 못했어요. 피로감과 이상할 정도로 진이 빠지는 감각에 시달리고 있었습니다. 술을 마시지 않은 상태로 집에 돌아오려니요.

저녁식사 내내 저에 관해 묻는 사람이 단 한 명도 없더군요. 그 공간의 가장자리 장식이 된 것만 같았습니다. 흔히 이야기하는 노동 계급 탈주자 콤플렉스와는 아무 상관 없는 얘기입니다. 저는 생선 요리용 나이프와 포크가 무엇인지 잘 알지 못합니다. 술은 어떤 잔으로 마시고, 음식마다 어떤 나이프를 사용하는지 몰라 혼란에 휩싸이죠. 물론 호텔 전문학교를 나왔는지 보려고 저를 초대한 게 아니라는 사실은 압니다. 설사 제가 '맛있게들 드십시오' 같은 말을 하더라도 대사의 아들이 아니라는 건 모두 알고 있고요. 이 새로운 환경에서 어떤 코드가 작동하는지 저는 감이 없습니다. 어디까지 신경 써야 하는지 모르겠어요. 식사 자리에서 음주벽을 부려서 좋은 점은 미친 듯이 퍼마시는 사람들이나 화장실에 자주 가는 사람 가까이에 갈 수 있다는 겁니다. 술을 마시거나 화장실에 가는 행동은 계급이 다른 사람들이 한데 섞이도록 해줍니다. 저는 거나하게 취하면 외향적으로 행동했기에 환영받는 손님이 될 수 있었습니다. 그런데 주변에서 잊지 않고 제가 노동자의 아들이라는 사실을 짚어주더군요. 작가로 활동한 지 십 년이 된 지금도 말입니다. 제 소설을 다룬 모든 기사에서 같은 경향을 확인할 수 있을 겁니다. "재능 하나만으로 이 자리까지 도달했다"가 아니라, "그는 특권층 출신이 아니다, 이색적이지 않은가?"를 중요한 정보로 다룹니다. 제가 구현한 예외는, 특권층은 어떤 궤적의 결과가 아니라 출생지에 따른다는 규칙을 확인해주는 선에서만 허용되는 것이지요. 사람들은 탐욕스러운 표정으로 종종 제게 묻습니다. "그런데 작가님은 이제 부르주아 계급 아닌가요?" 기자가 유도신문을 던질 때 왜 그렇게 늘 반은 자신만만하고 반은 취조하는 어조인지 모르겠습니다. 호텔 조식이나 캐시미어, 디자이너의 안락의자를 좋아하는 취향을 뒤늦게 배워 어색해하는 것이 제 탓인 양 말입니다. 자본주의의 불평등과 작동하지 않는 사회적 상승 사다리에 대해 제가 반드시 개인적인 답변을 내놓아야 하는 것처럼 말입니다. 대답을 못 하면 "너도 사치에 환장하잖아, 이 위선자 새끼"라고 빈정거리면서 궁지에 처한 제 코를 납작하게 만듭니다. 저도 물론 그들이 말하는 사치를 꽤나 좋아하지만, 제 눈에는 그들이 세상의 선망을 사고 싶어서 멈추지 않고 확인하는 것처럼 보입니다. 그러기 위해서 그토록 거대한 비참을 만들어낼 필요가 있는 거지요. 우리가 그들을 부러워한다는 걸 확신하기 위해, 가난한 이의 선망 없이 부자의 행복은 완전하지 않으며 소멸할 뿐이기에 그렇습니다. 그런 화제에 대해 그들과는 굳이 이야기하려고 하지 않지만, 사치스러운 생활에서 단연 으뜸으로 꼽는 점은 아침마다 굳이 기상하지 않아도 된다는 점입니다. 마음이 내키면 다시 자리에 누워 아침 내내 책을 읽어도 되죠. 이런 삶에서 제가 관심을 두는 건 매년 초에 받는 수표책 잔고입니다. NA 모임에 나간 후로 제가 쓴 상담비 액수를 기입할 때마다 싫은 내색을 하는 자신을 발견합니다. 저는 아파트를 구매한 적도 없습니다. 자동차도 사지 않았습니다. 딸 학비를 위한 적금도 만들지 않았습니다. 제가 지불해야 하는 금액은 전부 내고 있습니다. 저는 상점에서 물건을 살 때 가격을 확인하지 않습니다. 그게 저의 사치라고 할 수 있죠. 그걸로 저는 충분합니다. 하지만 언젠가 하나하나 정산해야 하겠죠. 일 년간 얼마나 많은 코카인을 했고, 얼마나 많은 술집을 다니고, 창녀에게 돈을 썼는지, 그러니까 환각 상태에 빠지기 위해 제가 얼마나 많은 비용을 들였는지 말입니다. 돈에 대해 이제 막 갖게 된 생각을 이야기하려는 게 아닙니다. 제가 사랑이나 우정, 일과 관련된 온갖 사건을 망쳐버린 이유가 늘 무언가에 취해 있었기 때문이라는 이야기입니다. 딸과 더 좋은 관계를 만들 수도 있었을 텐데 그러지 못했어요. 저는 상냥하던 조에와의 관계를 망쳤고, 호된 대가를 치르게 되리라고 느끼고 있어요. 저보다 나이가 많은 프랑수아즈는 정확히 그걸 포착한 거죠. 제가 낮에 술을 마시지 않은 상태였다면 그런 식으로 행동하지도 않았을 겁니다. 저는 소심한 인간이거든요. 사십 년이나 흘러서 자신의 모습을 발견하다니 참 이상한 일이에요. 저는 막 성인이 된 남자아이처럼 수줍음이 많습니다.

곤란한 처지에 놓인 후에야 난관에 봉착한 저를 도와줄 사람이 없음을 실감하고 있습니다. 최근 들어 제가 사람들 무리에 동화되고자 순응하는 노력을 조금도 기울이지 않았음을 깨달았습니다. 만약 무리에 속해 있었다면, 그들은 할 수 있는 온갖 수단을 동원해 무시무시한 유능함을 발휘하여 조에의 입을 다물게 했을 겁니다. 하지만 현실에서 저를 보호하기 위해 전화를 걸어준 사람은 없었습니다.

레베카

며칠 전부터 상드린이라는 친구가 우리 집에 머물고 있어요. 다른 사람을 집에 들이는 걸 좋아하지 않습니다. 친구가 있겠다고 고집을 부려서 그냥 내버려둔 거죠. 그러는 편이 서로 멀어지는 것보다 덜 피곤한 일이니까요. 잠도 제대로 못 자고, 허리 위쪽에 통증도 느껴지고, 머리를 절레절레 흔들면서 하루하루 보내고 있습니다. 끔찍한 기분이라 상드린을 참아낼 만한 여유가 없습니다.

우리는 열일곱 살부터 알고 지냈고, 같은 해에 파리에 왔어요. 클럽 뱅두슈에서 열린 지저스 앤드 메리 체인의 콘서트에서 만났습니다. 둘 다 그런 곳 출입은 처음이었는데, 속물 기질이 있던 우리는 거기가 한물갔다고 생각해서 공연이 끝나기도 전에 빠져나왔습니다. 늙은이 천지에 과하게 고상한 취향, 어릿광대와 머리가 텅 빈 사람들에게 전혀 매력을 느끼지 못했거든요. 그런 경멸의 감정을 공유하며 우리는 친구가 되었습니다. 우리는 친구에게 식욕억제제를 훔쳐서 밤새 같이 파리를 걸으며 열일곱 살의 일상을 나누었습니다. 상드린은 보는 이를 압도할 정도로 아름다웠어요. 높이 솟은 광

대뼈, 색이 연해서 금속에서나 보이는 광택이 느껴지던 초록
빛 눈, 가느다란 손가락과 하얗고 길쭉한 손까지, 세상의 것
이 아닌 듯한 아름다움을 소유하고 있었어요. 그때 상드린은
어깨 패드가 달린 흰 재킷에 선원들이 쓰는 모자를 착용하고
있었는데, 그레이스 존스에게 완전히 빠져 있던 시기라 그랬
던 것 같아요. 훗날 시간이 흐른 뒤 그날의 거리를 다시 방문
해서 과거에 대한 온전한 감각과 어떤 환희에 붙잡히기도 했
었죠. 그 순간을 떠올리는 것만으로 눈물이 차오르는 걸 보니
그날 밤으로 돌아갈 수 있기를 바라고 있었나 봅니다.

　　우리는 근사한 두 개의 피조물이자 탈주병이었고, 함께
하며 엄청난 힘을 발휘했어요. 우정은 꽤 오래 지속됐고 퍽
행복했습니다. 로맨틱한 위대한 사랑이 줄 수 있는 모든 장점
은 가지되, 소유욕은 덜했기에 그랬겠지요.

　　지금은 우리의 관계를 뭐라 기술해야 할지 모르겠네요.
상드린과의 관계를 내 쪽에서 여러 차례 끊어냈습니다만 담
쟁이덩굴처럼 잘라내면 다시 자라났어요. 상드린은 다른 사
람에게서 원하는 걸 얻어내는 방법을 알아요. 불도저처럼요.
　　상드린은 듣는 상대를 전혀 신경 쓰지 않고 말하는 경
향이 있어요. 나에게 마약 이야기를 할 때는 이런 식입니다.
"어린 시절에 현실에서 우리를 분리하는 법을 배워야 했어.
그걸 못 해서 어른이 된 지금까지도 현실이 고달플 때마다 거

기서 벗어나려고 맨날 같은 전략을 사용하잖아. 저절로 닫히는 서랍처럼."

　　어린 시절에 살던 집을 떠올립니다. 나를 둘러싼 과격한 육체들에 대해 이야기하자면 한정된 공간에서 버틸 수밖에 없는 맹수 사이에서 살아가는 것 같았습니다. 다섯 명이 생활하기에 아파트는 너무 협소했고, 다른 가구로 시야가 꽉 막혀 있었기에 하늘 끄트머리라도 보려면 눈을 쳐들어야 했거든요. 어린 시절로부터 도망치는 법을 배웠지만 나의 감정으로부터 도망친 것은 아니었다고 생각합니다. 부모의 슬픔으로부터였죠. 슬픔은 불안정과는 다른 겁니다. 아이는 일상적 고통을 기꺼이 받아들이면 그것이 자신을 집어삼키거나 산 채로 질식시키리라는 걸 즉시 깨닫습니다. 상드린은 이제 술도 마시지 않고 당분도 섭취하지 않는다고 말하더군요. 담배는 아직 피우지만 빠른 시일 내에 끊을 거라고 했어요. 자신에 대한 과도한 요구. 우리 각자를 작은 기업체처럼 관리하는 거죠. 상드린은 아직 커피를 마십니다. 그리고 그걸 자책하죠. 한번은 자신이 도넛을 한 개 먹었다는 소리를 하면서, 자신을 크랙을 구하기 위해서라면 뭐든 할 준비가 된 마약중독자처럼 묘사하더군요. 지금 상드린의 정신 상태는 쿠바의 관타나모 감옥과 흡사합니다. 그런 식으로 생각하며 버텨낼 수 없는 사람은 아마 없을 거예요. 곤봉을 휘두를 때마다 발목을 조준하는 사이코패스 간수의 그림자가 어른거리는 감옥이잖아요.

그녀는 "나는 인생에 더욱 의욕적으로 참여하고 싶었어, 내 한계와 욕망에 대해서도 더욱 정직하고 싶었고"라고 말했습니다.

상드린의 삶은 특별할 것 없이 흘러가고, 모두가 그녀의 욕망을 무시합니다. 내 생각에 그런 행동은 내면의 어린아이를 착취자에게 내준 행위나 마찬가지입니다. 자신이 사디스트임을 아무렇지 않게 인정하는 사람이 아닌 이상 "그 더러운 작은 주둥이를 닥치게 해주지" 같은 말을 대놓고 하지는 않을 겁니다. 대신 그는 심리치료사의 논조나 교훈 섞인 말을, 교육자와 훌륭한 판사의 논증을 적극적으로 활용합니다. 착취자는 일련의 형벌을 가하기 위해서 그를 범인으로 만들어냅니다. 명석하다고 해서 친절한 것은 아닙니다.

상드린의 존재를 습관처럼 받아들이긴 했지만 점점 성가신 일이 되어가고 있었습니다. 아마도 나는 약에 취하는 방식으로 어린 시절 주변 어른들의 은근한 기대에 부응하는 것 같습니다. 내가 거기 없었다면 그들의 인생은 참으로 단순했을 테니 말입니다. 그들은 마침내 딸을 얻어 기쁘다는 듯이 행동했지만 아무런 확신도 없었습니다. 딸이 있든 아니든 우리 아버지는 불한당이었으니까요. 내가 보기에 그는 꽤 많은 돈을 벌었지만 집 밖에서 멋대로 다 써버렸습니다. 나는 셋째였고, 그 말인즉슨 어머니에게 무척 성가신 존재라는 의미였죠. 우리 가족의 연대기를 정확하게 다시 쓴다면 나는 잉여의 존재가 맞습니다. 내 출생을 기점으로 아버지는 전방위적으로 어머니를 속이는 걸 그만두고 자신을 위한 새 여자를 찾았습니다. 모든 게 붕괴한 상황에서 나는 또 하루의 잠 못 이루는 밤, 휴가를 축내는 존재, 어딘가에 끼워 넣어야 하는 침대, 준비해야 할 학용품, 챙겨야 할 식사가 되었습니다. 나는 문제 그 자체였어요. 걸음마를 떼기도 전에 새아버지가 우리 인생에 들어와 친아버지 역할을 했어요. 그러나 어머니에게 세 아이라는 짐이 없었다면 두 사람이 함께 사는 일이 훨씬 더 행복했으리라는 걸 알았습니다. 그러니 약에 취하면 부모님의 소원을 실현해주는 셈이에요. 아무런 소리도 내지 않고, 나라는 불을 꺼뜨린 채 내가 자리에 없는 것처럼 행동하거든요. 무슨 의미인지 당신도 이해할 겁니다. 당신이 내게 들려준 이야기를 생각해보면 말이죠.

상드린은 쉬지 않고 말합니다. "일상적 스트레스를 와인 한 잔으로 잠재우는 대신 고통의 뿌리를 마주해야만 해." 그녀는 이 말에 빠져 있습니다. 말도 못 할 만큼 성가시죠. 나는 속으로 중얼거립니다. 근데 네 아들은 감옥에 있고, 너는 늙고 혼자인 데다 너를 담당하는 사회복지사는 손꼽히는 비열한 여자잖아. 네 인생의 유일한 성공은 남쪽 지방의 그나마 위험하진 않은 동네에 싼 임대아파트가 있고, 그 집 창문에서 나무가 보인다는 것뿐이잖아. 나는 상드린의 말을 거리를 두고 듣습니다. 마지못해 몸을 곧추세우고 말이죠. 착한 여자의 바보짓은 항상 자신에게 가차 없는 법이죠. 편안하게 생각해, 널 위로해줄 것을 찾아, 네가 느끼는 감정에 귀 기울여, 고통의 뿌리를 들춰봐, 그걸 돌봐야 해, 초록 식물을 네 것인양 돌보는 거지, 그럼 책임감이 생길 테지, 거기서 만족을 느껴야 할 거야. "있잖아, 우리 아이가 징역 칠 년을 받았어, 이 기회에 내게 허락된 모든 즐거움을 모두 금지해야겠어." 스스로 양심의 재판을 열어 억지로 끌려다니기. 있는 그대로의 현실을 지우려는 그 고결한 움직임은 아마도 무언가의 우위에 서려는 필사적 시도일 겁니다.

반면 환각 상태에 빠진다는 건 나를 다른 생각에 연결하는 행위입니다. 내 안의 문을 열어두는 것이죠. 바깥에서 먼지가 들어와도 그냥 내버려두는 거예요. 시장에서 관심을 돌리고, 즐거움을 찾을 수 있는 곳이라면 어디에서든 즐거움을 얻기. 상드린은 고집스럽게 말합니다. "너를 파괴시키는 것에서 위안을 찾는 게 바로 중독이야." 그러면 나는 대답하죠. "내게 위안을 주는 것을 파괴하지 않는 선에서 하는 거지." 그게 내 솔직한 생각이 아니라 그저 자신을 엿 먹이고 싶어서 내뱉은 말임을 알기에 상드린은 내 뺨을 올려붙이고 싶은 기분이 들 겁니다. 단약 시도에 대해 그녀가 이러쿵저러쿵 욕하는 걸 들으면서 반박할 만한 새로운 생각을 떠올립니다.

제대로 빗질하지 않고 땋아 올린 머리처럼, 결국 꼬여버린 이 오랜 우정에 대해 내가 무얼 할 수 있을지 모르겠습니다. 유쾌하거나 불쾌한 기억에 애정 섞인 죄책감이 한데 얽혀 있죠. 이 거울에서 내가 무얼 보려는지 더는 모르겠어요. 너무도 난해하니까요.

우리는 한때 자매 같았습니다. 그 유명한, 내가 선택한 가족이었죠. 같은 사람과 교류하면서 우리는 동시에 마약에 빠졌습니다. 매일 얼굴을 봤어요. 어느 날 이 단짝 친구가 오디션이 열린다는 소식을 전해주었죠. 그때는 돈밖에 생각하지 않던 시절이었고, 상상도 못 할 인생이 기다리고 있을 거라 생각했지만 그게 영화가 될 줄은 몰랐습니다. 솔직히 말하자면 내가 무엇을 기대했는지도 잘 모르겠네요. 순전히 우연히 시작한 일이었어요. 모든 게 전복되는 경험이었죠. 하지만 나와 상드린 사이에 문제될 건 없었습니다. 우리에겐 마약이라는 연결고리가 있었고, 함께 약에 취하는 걸 광적으로 좋아한 덕분에 무척 밀착되어 있다고 느꼈거든요. 그녀는 내 단짝이었고, 어딜 가든 함께했습니다. 상드린의 경이로운 외모 덕에 내가 파티나 촬영장에 친구를 혼자 남겨두어도 누구도 그녀를 거북하게 만들지 않았어요.

나는 인생에서 친구라고 할 만한 사람을 많이 만들지 못했습니다. 이따금 유명인들이 이름을 알리기 전 자신의 모습을 싫어해서 옛날 인연을 끊어낸다는 거짓된 이론이 나오지만 결코 그렇지 않습니다. 명성은 폭탄과 같습니다. 주위에 공허를 만들어내지요. 당신이 너무 많은 자리를 차지하면 그건 거북한 일이 되죠. 결국은 비슷한 처지의 사람과만 가까워집니다. 하지만 사람들은 상드린의 이름을 기억했고, 내가 주변에 있을 때조차 그녀에게 흥미를 가졌습니다.

화창한 어느 날, 상드린은 자칭 화가라는 한 머저리에게 완전히 빠졌고, 함께 캐나다에서 살겠다며 떠났습니다. 그들은 집을 한 채 샀습니다. 그 후로는 실내장식이나 주방에 관해서만 줄창 이야기했어요. 나는 상드린을 잊어갔죠. 그 뒤에는 아들을 하나 낳았습니다. 그러고는 전화를 하면 육아 이야기만 하더군요. 상드린의 번호가 뜨면 받지 않았습니다. 그녀가 만난 남자는 사기꾼이었어요. 둘 사이는 불행하게 끝났죠. 결국 팔에 아들을 안고 돌아왔고, 아이 아버지는 증발했어요. 그녀를 그리워하지 않았지만 상드린이 우리 집 문을 두드렸을 때 얼마든 머물라고 대답했죠. 몇 달간 이탈리아로 떠날 예정이라 상드린에게 아파트 열쇠를 맡겼습니다. 상드린은 일 년을 머물렀습니다. 나는 엄청나게 일이 많았고, 심지어는 파리에서 촬영할 때는 호텔 방을 달라고 요청하기도 했어요. 당시에는 문제가 되지 않았습니다. 가끔 집에 들를 때면 상드린은 자기 아들을 재운 뒤 내가 마약 딜러에게 전화하기만을 기다렸죠. 우리는 여전히 함께 즐겼지만, 그 시간은 항상 나를 낙담시켰습니다. 번번이 내 친구들과 내가 출연한 영화, 우리 업계를 비방했거든요. 그녀는 내심 나를 탓하고 있었습니다. 우리는 그것에 대해서는 이야기하지 않았습니다.

다행스럽게도 상드린은 다시 형편없는 남자를 만나 그 사람 집에서 살겠다며 나갔습니다. 순식간에 나이가 들더군요. 이제 음악도 듣지 않았고, 다큐멘터리 영화도 보지 않으며, 친구도 만나지 않았습니다. 우리가 어렸을 때 그토록 두려워하던 어른의 인생에 젖어든 거죠. 두 번째 만난 남자가 암으로 사망하자 망연자실한 상태에 빠진 그녀를 간신히 지탱해주어야 했습니다. 이번에는 눈물 콧물을 펑펑 흘리면서 우리 집에 나타났고, 아들은 이제 가장 가까운 친구가 되어 있었어요. 두 사람은 절망의 한 쌍이었습니다. 아이는 성장했고 지금은 감옥에서 칠 년 형을 살고 있습니다. 피해자 없는 강도짓에 비해 무거운 형량이죠. 하지만 빌어먹을 돈이 문제인 겁니다. 상드린의 아들은 세련되지는 않지만 묘하게 매력적인 구석이 있습니다. 건장한 체격에, 나름대로 야성을 가지고 있죠. 몸에 타투를 좀 새기면 개성적인 분위기가 날 텐데, 친구의 아이에게 함부로 간섭해서는 안 되죠. 사실 이미 시도한 적 있는데 상드린이 안 좋아하더군요. 어쨌든 그 아이는 여러모로 준비가 덜 된 아이였어요. 어떤 멍청한 녀석이 "같이 은행을 털자. 나한테 계획이 있어"라고 말했고, 멍청하게 그 말을 따른 거죠. 아이는 지금 빌팽트에서 형을 살고 있습니다. 그 뒤로 상드린은 내내 우리 집에 머물렀습니다. 저녁 내내 신세 한탄을 하거나 자신이 어떻게 마약을 안 할 수 있는지 설명하면서 시간을 보냅니다. 그러다 밤이 오면 얼굴에 한 줄기 기쁨의 빛이 어리고, 이내 "우리 전화해볼까?" 하고 내게 말을 겁니다. 예외적인 경우라고 꼭 덧붙이면서요. "사고를 좀 전환할 필요가 있거든."

보통은 그녀에게 기쁨을 제공합니다. 요청을 듣자마자 마약 딜러에게 전화를 걸죠. 하지만 어제저녁엔 당신이 말한 NA 모임이 떠올랐습니다. 그래서 상드린에게 전부 다 끊었다고 대답했어요. 거짓말이라는 걸 알면서도 내게 소변 검사까지 요청할 수는 없었겠죠. 그녀가 극도로 실망하는 게 보여서 하마터면 생각을 고쳐먹을 뻔했으나 그러지 않았습니다. 약에 취하고 싶은 마음이 간절했지만 상드린과 같이 하고 싶지는 않았어요. 이전에는 한 번도 그런 생각을 한 적이 없어요. 어쩌면 당신 덕분에 해묵은 문제에 대한 해답을 발견했나 봅니다. 다음번에는 그녀에게 머물 집을 알아보려면 다른 사람에게 전화해보라고 할 거예요.

오스카

당신 친구 상드린 이야기는 제게 시사하는 바가 있네요. 최근 빗질하다 빠지는 머리카락처럼 우수수 친구를 잃고 있거든요. 나와 가까운 사람들이 하나같이 함께 술을 마시거나 마약을 하는 관계에 얼마나 치중되어 있는지 이번에야 깨달 았습니다. 같이 소비할 대상이 없으니 다들 만남을 부담스러 워하더군요. 누나에게 전화가 왔습니다. 당신 이야기를 하고 싶어하더군요. 누나가 당신에게 다시 연락을 시도했고 성공 했음을 알아차렸어요. 당연해요. 누나는 짜증나긴 하지만 매 력적인 사람이니까. 우리가 메일을 주고받는 사이라는 건 말 하지 않았습니다. 우리는 불신에 토대를 둔 관계를 맺고 있죠.

프랑스 남부의 어느 집 거실에서 당신에게 메일을 쓰고 있습니다. 육 개월 전에 인터넷으로 예약한 곳이죠. 굴뚝에 불을 피우는 게 정말 큰일이군요. 흰 연기만 모락모락 피어오 르고 있습니다. 불을 다시 지피려고 신문지를 얼마나 많이 구 겨 넣었는지 모릅니다. 이비자의 어느 수영장에서 바캉스를 보내는 딸 사진을 인스타그램으로 보고 있습니다. 아이에겐 어떤 반짝거림도 느껴지지 않아요. 이렇게 메마른 아빠라니 정말 유감스럽습니다. 제 맞은편에는 다소 어수선한 책장이 있습니다. 근사한 장정의 밥 딜런 책, 음반 몇 장, 타센 출판 사의 전문 서적 몇 권, 오래된 인테리어 잡지가 있습니다. 하 얀색 업라이트 피아노 위쪽 벽에는 폭포를 따라 걷는 티베트 승려 무리를 찍은 총천연색 사진이 걸려 있어요. 저는 피아노 를 연주할 줄 모릅니다. 음악을 들을 줄 아는 귀를 가졌으면 하고 바랐지만요. 심지어 리듬감도 없습니다. 이곳은 꽤 오랫 동안 사람이 방문하지 않은 분위기가 납니다. 누군가 이용은 하지만 수시로 드나드는 사람은 없어 무기력한 분위기를 풍깁니다.

이 지역은 바람이 너무 거세다는 느낌이 듭니다. 하지만 여자친구였던 조엘은 카마르그*를 열광적으로 좋아했죠. 입구에 가방을 내려놓자 어느 저녁의 선명한 이미지가 떠올랐습니다. 조엘이 침대에 다리를 꼬고 앉아 태블릿으로 미리 찾아둔 집을 스크롤하며 보여주었죠. 그녀는 체형에 비해 엄청 큰 진한 장밋빛 스웨트셔츠를 입고 있었는데, 앞면에 눈송이가 총총 박혀 있었죠. 저는 그 제안에 꽤 쉽게 설득당했습니다. 집이 예뻐 보였거든요. 소설 홍보 마무리와 딱 맞아떨어진 시점이라는 것도 계산에 넣었고요. 저는 '그러면 홍보 마감일이 생기는 셈이겠군' 이런 생각을 한 거죠. 빌어먹을 스캔들의 중심에 있지 않았다면 지방 사인회와 도서전, 팟캐스트 출연과 학교 강연회 등 작가에게 제안할 수 있는 허다한 홍보 활동을 하며 구 개월을 보내기도 하니까요. 조엘은 프랑스 탁구 연맹에서 일하고 있었어요. 그땐 조용히 휴가를 보낼 수 있는 시점이었습니다. 그곳에서 책에 빠져 지내고, 날이 화창하면 다시금 종일 섹스를 하고 싶어질 수도 있을 거라고, 이번만은 긴장을 풀고 느긋하게 휴식을 취할 테니까, 그런 상상을 했습니다.

곧 빌릴 집 사진을 보며 행복에 빠져들었던 때를 떠올리

---

*　프랑스 남부 프로방스알프코트다쥐르 주에 있는 습지대.

다가, 조엘과 나는 완전히 다른 부류의 사람이었다는 생각을 합니다. 아직 우리에게 아무 일도 일어나지 않았던 때였죠. 공개적으로 비난받기 전의 일이었고요. 조엘은 그녀의 진짜 얼굴을 보여주지 않았습니다. 잘나가는 작가의 곁은 지키고 싶지만, 그 작가에게 나쁜 상황이 덮쳤을 때 옹호하지는 않는 타산적인 여자의 얼굴이었죠. 주먹으로 방문을 때려 부수거나 하지도 않았는데, 조엘은 그날 밤새 자신이 경찰서에 갈 거고 무슨 일이 일어나는지 똑똑히 보라며 소리를 질러댔습니다. 제가 얼마나 개자식인지 확실히 해두겠다며 협박했지만, 저는 그녀를 개 같은 창녀 취급하지 않았습니다. 그날 고래고래 고함을 지르며 싸웠기 때문에 이웃과 마주칠까 두려워 이후로는 엘리베이터를 못 타겠더군요. 조엘은 결국 경찰서에 가지 않았습니다. 가방을 챙겨 나가지 못해 이 주 후에 소지품을 챙기러 집에 돌아왔죠. 각자의 이야기 속에서 이 장면을 묘사한다면 이렇게 말할 수 있겠네요. 공동의 삶을 구성하던 물건들의 분리라고. 그 일화를 저는 견딜 수가 없습니다.

육 개월 전만 해도 저는 위스키를 마셔대고, 단짝 친구는 코카인이었으며, 여자친구는 피임약 복용 중단을 고민하고, 담당 편집자는 제 소설이 대박 날 거라고 확신하고 있었는데요. 만일 그때 제 기분이 어떠냐고 물었다면 저는 이렇게 대답했을 겁니다. 여기까지 온 게 진심으로 자랑스럽다고. "믿을 수 없지만 우리가 해냈습니다I can't believe we made it" 따위의 바보 같은 말을 했겠죠.

하지만 오늘 저녁 저는 얼어붙은 거실에 혼자 있습니다. 나스의 '더 메시지'를 듣고 있는데 피울 것도 마실 것도 없습니다. 마음을 바꾼다고 해도 차를 렌트해두지 않아서 어둠이 내려앉은 외딴 마을을 걸어가는 게 상상이 안 됩니다. 저녁 늦게까지 연 술집이 많을 것 같지도 않고요. 지금 제가 어디쯤인지 모르겠습니다. 길을 잃었다는 느낌이 들었을 때 당신에게 편지를 쓰고 있습니다.

여기는 오디오가 아주 훌륭합니다. 오래된 아티스트의 갱스터랩을 주로 듣고 있어요. 그 음악에 빠지기 시작한 건 제가 어릴 때였습니다. 저는 그때에서 조금도 앞으로 나아가지 못했어요. 미국 음악을 듣는 프랑스인이고, 흑인 아티스트 음악을 듣는 백인이죠. 불법적인 일에 연루된 적이 한 번도 없으면서 죄수의 음악을 듣는 타입인 거죠. 저는 제 글쓰기를 의심하면서 종일 시간을 보내기에 자기도취적이고 날것인 음악을 듣습니다. 갱스터랩은 드랙 퍼포먼스와 비슷합니다. 조엘은 드랙퀸을 다룬 방송 프로그램을 열렬히 좋아했습니다. 그녀와 같이 루폴의 방송을 보다가 그걸 알게 되었습니다. 갱스터랩이란 권력에 의해 깔아뭉개진 사람들이 그 권력을 공연하는 겁니다. 가난한 이와 버림받은 이에게는 금지된, 신성하다고 여겨지는 기표의 집합을 점령하는 유희의 방식입니다. 어렸을 때부터 이 음악을 들어왔기에 갱스터랩이 말하는 바가 무엇인지 알고 있습니다. 결국 모든 것은 퍼포먼스예요. 노예의 후손이 주인의 속성, 즉 화려한 차, 대저택, 아름다운 의상, 의존성 강한 마약, 동성애혐오, 여성혐오, 샴페인, 과시하기 위한 보석을 취할 때, 갱스터랩은 승자에게 영광을 돌리지 않아요. "별거 아니네" 아니면 "나도 당신들만큼 해낼 수 있어"라는 말을 하죠. 권력을 비난하지 않으면서 권력의 상징을 취함으로써 그것이 얼마나 쓸모없는지를 드러내는 겁니다. "별거 아니야" 아니면 "너만큼 해낼 수 있어"라는 말을 하죠. 그는 힘을 과시하지 않고, 숭배의 대상들을 자기 것으로 만들어 그를 구식으로 만듭니다. 미국 흑인이든 유럽 룸펜프롤레타리아트*든 아이들이 랩에 입문할 때 늘 똑같은 이야기가 작동합니다. 노예를 매질하는 쪽은 다섯 세대가 흐른 후 자신을 욕되게 하는 것이 무엇인지 결코 자문하지 않습니다. 수치를 느끼는 쪽은 속박된 사람입니다. 타투처럼, 이마에 새겨진 표식처럼 지워지지 않는 얼룩으로 남습니다. 그걸 어떻게 처리해야 하는지 아무도 모르지요. 우리는 항상 우리에게 가해진 악행을 용서하도록 노력합니다.

조엘과 집을 예약한 그날 저녁을 강박적으로 떠올립니다. 당신의 선택이 옳았노라고, 집은 사진에서만큼 매혹적이

---

* 자본주의 경제체제에서 질병, 실업 등으로 의욕을 잃고 노동 계급에서 탈락한 극빈층.

더라고 편지를 쓰고 싶은 마음이 간절합니다. 그녀가 아쉬워하고 있는지 궁금하고, 그 일이 그녀를 슬프게 만들지 궁금합니다. 최근 몇 주 동안 저는 이별을 잘 받아들이고 있다고 믿었습니다. 이별이 진짜가 아니라고 확신했기 때문입니다. 우리가 다시 만날 거라고, 새로 시작할 거라고 생각했습니다. 지금 이곳에 혼자 있으면서 제가 그녀를 얼마나 아꼈는지, 함께 겪은 일과 둘이서 세운 계획에 얼마나 애착을 갖고 있는지를 깨닫습니다. 저는 언제나 똑같은 일을 저지릅니다. 뒤돌아볼 때에야, 향수에 의해 기억이 재편될 때에야 비로소 아름다움을 느낍니다. 모든 것이 그렇게 쉬이 와해되리라고는 상상하지 못했습니다. 마치 인생의 틀이 가벼운 섬유로 만들어져서 실 하나를 잡아당기기만 해도 모든 것이 소리 하나 없이 내려앉는 듯합니다.

　밤마다 잠을 이루지 못합니다. 미칠 듯이 술을 마시고 싶습니다. 창문에 이마를 대고서, 눈이 주변에 적응되어서 나무 형태를 분간하게 되는 순간을 기다립니다. 저는 암흑이 두렵습니다. 내내 도시에서 살아서 그렇습니다. 혼자 있는 것도 꽤 오랜만입니다. 조엘과 같이 지낼 때는 저를 가만히 내버려두지 않는다고 그녀를 원망했어요. 나만의 공간이 필요하다고 직접 말하지는 못했습니다. 그러면서도 저의 침묵에 대해 그녀 탓을 하던 거죠. 친구를 저녁식사에 초대했다며 원망하기도 했습니다. 집중하는 시간을 방해했다며 말이죠. 조엘의 부모님이 그녀를 보러 올 때 역시 그랬습니다. 그녀가 매일 저녁 드라마를 볼 때 저도 같이 보았고, 그것 역시 집중력을 흐트러뜨렸습니다. 그렇다고 이런 말을 할 용기는 없었어요. 며칠간 여행 좀 다녀올게. 그 말을 할 때마다 그녀를 속이고 있다는 걸 아니까요. 나중에야 저는 가책을 느꼈습니다. 또 다른 사건들과 뒤이어 일어난 새로운 사건들에 대한 회한이 뒤섞여 있습니다. 뒤얽힌 시간대 속에 마그마가 흘러내리며 저를 주저앉힙니다. 아, 그런데 제 집중력을 방해해야 할 조엘이 이 자리에 없네요.

레베카

나는 한 번도 차인 적이 없습니다. 배신이나 학대는 당해봤지만 누군가 나를 버린 적은 없어요. 사랑에 관한 한 나는 닌자 같은 존재예요. 내가 좋아하는 건 연애가 시작되는 순간입니다. 남자들은 내게 싫증을 느낄 시간이 없는데, 그땐 내가 이미 다른 남자와 있거든요. 몇 달 전 옛 애인의 눈에서 어떤 형태의 무관심을 읽었죠. 나에겐 한 번도 일어난 적 없던 일입니다. 나는 사람들이 잊지 못하는 여자거든요. 버림받는 일이 어떤 과정으로 이루어지는지 전혀 모릅니다.

조금 전에 어느 여자 감독의 집에서 미팅을 했습니다. 아파트는 클리시 대로에 위치해 있었어요. 그야말로 궁궐 같더군요. 맨 꼭대기 바로 아래층인데, 진짜 정원이라고 할 만한 야외 정원이 테라스에 조성되어 있었습니다. 감독은 이십 년 전부터 그곳에 살고 있다고 설명하더군요. 나는 카펫이나 가구의 역사에 흥미를 느낀 적이 한 번도 없고, 식물을 돌보는 일도 생각해본 적이 없었습니다. 하지만 다른 사람들의 집에 가면, 그들의 모습대로 하나의 공간을 창조하려는 의지가 마음에 듭니다.

감독을 보면서 그녀가 나보다 훨씬 더 나이를 먹었다고 생각합니다. 나이로 치면 실은 나보다 열 살 아래입니다. 나는 머릿속으로 여전히 나이를 받아들이지 못하고 있습니다. 그녀가 뭘 마실 거냐고 물었어요. "당신이랑 같은 것으로요"라고 대답했는데 그녀가 설레는 어조로 답하더군요. "와인을 새로 따기엔 너무 이른 시간이죠." 나는 당신을 생각했어요. 술 마시는 걸 좋아한 적이 없어요. 전혀 새로울 게 없는 일이거든요. 하지만 금주가 만나는 사람을 실망시키는 일임은 분명합니다. 그들이 제안하는 환대 어린 포옹을 거부하는 일이죠. 뺨에 입을 맞추며 인사하려고 할 때 고개를 돌리는 일처럼요. 그것은 거절입니다. 그 지점에서 우리의 캐릭터가 서로 어긋납니다. 당신은 타인의 허가를 받으려고 애쓰다가 그걸 받지 못하면 그들을 혐오합니다. 당신의 생존이 거기에 달려 있다고 느끼기 때문이죠. 나의 경우는 솔직하게 거리낌 없이 대놓고 그들을 경멸하죠. 그것이 알코올과 헤로인의 차이점이고, 우리 각자가 선택한 산물인 거죠. 젊은 시절부터 헤로인에 빠져 살며 알코올이나 수면제 같은 합법적 마약을 복용하는 사람뿐 아니라, 강도가 약한 마약을 좋아하는 사람들을 무척이나 경멸했습니다. 그건 인간의 손길을 좋아하며 쫓아다니는 개를 지켜볼 때 고양이가 느끼는 혐오감과 같죠.

　감독은 내가 이렇게 대답하기를 바랐을 겁니다. "좀 있으면 정오잖아요, 한 병 딸까요?" 그녀에게 그 말은 무척 간단한 방식으로 이렇게 말하는 것이니까요. 우리 친구 해요, 함께 좋은 시간 가져보죠. 하지만 나는 그녀의 친구가 아닙니다. 이 미팅이 끝난 후에 그럴 것 같지 않지만, 우리가 함께 일한다면 그녀를 감독으로서 존중할 수 있을 겁니다. 그녀는 자신이 원하는 바를 잘 파악하고 있다는 평판을 얻고 있어요. 몇 주 동안은 그녀가 만든 상상의 세계에 따를 수 있습니다. 하지만 술을 마시면서 그녀의 고뇌를 위로해주려고 그 자리에 간 게 아닙니다. 그녀의 문제, 그녀의 비행, 그녀의 유머 그게 뭐든 저와는 상관없는 문제입니다.

　내 나이대 여성 중 마약중독자가 아닌 이들은 대부분 알코올의존자입니다. 저와 다른 습관을 가진 여자들을 관찰해서 알게 된 결과입니다. 그들은 저녁 6시에 와인을 권하면 아무렇지 않게, 조용히 거절합니다. 식전주로 나오는 술까지 거절하는 이들은 열에 아홉은 다른 것에 중독되어 있습니다. 나이가 어린 경우라면 다이어트 때문일 수도 있지만, 서른다섯 살이 넘어가면 대개는 덜 합법적인 마약에 중독되어 있다는 신호였습니다.

감독이 자기 프로젝트에 대해 말해주었습니다. 이야기를 듣는 동안 영화가 나를 향한 권태기에 접어들었다는 생각을 합니다. 영화는 나를 욕망하지 않고, 나 같은 나이와 체격과 특징을 가진 여자 배우와 무얼 해야 할지 모른다는 느낌입니다. 나 역시 영화에 권태를 느끼고 있습니다. 내가 모든 걸 빚지고 있는, 나에게 너무 많은 것을 준 영화계를 향해 나는 앵글과 조명을 바꿔버렸습니다. 변화에 내가 가장 놀라고 있습니다. 이런 방식의 결별을 겪은 적이 있거든요. 특별하고 상상도 못 하던 기대와 근사한 약속이 이어지다가, 어느 날 문득 깨닫는 겁니다. 마법은 씨가 말라버렸다는 걸요. 진짜 그랬습니다. 더는 없습니다. 몇십 년간 똑같이 유지되어온 특별한 우정도 경험했습니다. 그런데 어느 날, 그 사람을 방치한 채로 시인해버렸죠. 이제 지겨워, 너와 있을 때도 외로워, 넌 반짝거리던 매력을 다 잃어버렸어, 우리 우정은 다 녹아버리고 남은 게 없어. 그 일이 바로 영화를 향해서도 일어난 거예요. 그 미팅이 있기 전까지 나는 영화를 향한 애정이 식었음을 가늠하지 못하고 있었습니다. 나는 어떤 프로젝트에 대해 열광적인 반응을 부러 가장하지 않는 배우입니다. 감독이 말하는 걸 듣고 있었어요. 일거리가 필요하기 때문에 그 자리에 있다고 생각했죠. 감독은 대화를 시작하자 거의 바로 내 몸무게를 언급했습니다. 똑바로 정신을 차릴 수 있게 시동을 걸어주더군요. 대화 초반부터 역할을 맡으려면 10킬로그램을 감량해야 할 거라고 말했어요. 나는 솔직하게 말해줘서 고맙다고 하고는, 잽싸게 그런 건 문제가 안 된다고 확실하게 답했습니다. 얼마간은 그런 이야길 기다렸다는 듯이 행동한 거죠. 그녀와, 생각할수록 형편없는 그 역할에 대해. 형편없다고 한 이유는 어머니 역할이었기 때문입니다. 그런 종류의 역은 다시는 맡지 않겠다고 다짐했거든요. 그런데 내 아들 역으로 물망에 오른 배우들 이름을 들으니 기분이 좋아졌습니다. 같이 촬영하고 싶은 배우들이었어요. 감독과 젊은 남자에 대한 취향이 완벽히 일치하더군요. 하지만 그들의 어머니 역이라니, 이런 낭비가 어디 있는지! 미팅에서 감독을 만나기 전에 시나리오를 읽지 않았습니다. 그쪽에서 내가 요리하는 장면이 있다고 미리 알려주었죠. 설거지하는 내 모습을 보여주기 위해 영화에 출연할 마음은 없습니다. 나는 주부들이 어떻게 과자나 케이크를 준비하는지 감상하러 영화관에 가지 않거든요. 그런 건 신경도 안 씁니다.

감독은 체중 이야기로 돌아가서 내가 생각해둔 특별한 다이어트 방법이 있는지 친근한 척하며 작게 물었습니다. 다이어트 비법에 빠삭하다는 듯이 굴었지만 정작 자신은 20킬로그램 정도는 더 나가 보였죠. 나는 구토하는 방법을 쓸 거라고 했어요. 안타깝지만 헤로인을 다시 하기엔 내가 너무 늙었다는 말도 빠뜨리지 않았습니다. 그녀는 웃었지만, 내 대답에 충격을 받은 동시에 매료된 듯 보였습니다. 나는 말했죠. "나와 다른 여자 배우 사이의 유일한 차이점이라면 나는 그 이야기를 한다는 거죠. 하지만 내가 어디서든 칫솔을 소지하고 다니는 유일한 사람은 아닙니다." 그녀는 "호흡할 때 냄새가 안 나게 하려고요" 하며 동의한다는 표정을 지었습니다. 하지만 냄새 때문이 아니에요, 치아를 부식시키는 산 때문이죠. 여자 배우가 체중을 유지하는 방법에 대해 그녀가 무지하다는 걸 그때야 알았습니다. 그녀가 체중을 감량할 수 있느냐고 물었을 때 곧바로 "그럼 당신은요, 뚱뚱보 감독님?" 하고 응수하지 않았던 걸 후회했어요. 엄청난 성욕을 일으키는 남자들을 잔뜩 데려다두고 다림질 받침대 앞에 나를 그저 세워둘 작정이라면, 영화에서 그들과 잠을 잘 게 아니라면, 내 몸매는 도대체 왜 상관하는 거죠? 수치스러운 일입니다. 내 얼굴에 따귀를 날리는 사람에게 친절하게 대답하다니 말입니다. 하지만 호의는 아니었습니다. 속으로는 젊은데 못생겼고, 짧은 다리와 퉁퉁한 무릎, 기름진 머리카락과 번들거리는 피부, 콧구멍이 다 들여다보이는 짧은 코, 평범하기 그지없는 눈을 갖고 살아가는 이 불쌍한 여자의 삶을 동정했거든요. 그러나 간절히 일이 필요했기에, 감독에게 다짜고짜 솔직할 수 없음을 알기에 상냥하게 대답했습니다. 그녀는 아무 잘못도 없는데 나는 내가 처한 입장 때문에 그녀를 원망했습니다. 십 년 전이었다면 그 감독을 만나기를 거부했을 테고 이런 질문은 애초에 생기지 않았을 겁니다.

정확히 그 순간 모든 영화계가 이 장면 하나로 압축된다고 생각했어요. 다이어트를 언급한 행동은 자신에게도 우호적이지 않은 권위에 그녀가 굴종하고 있음을 확인하는 일이었습니다.

그녀에게 이런 말은 하지 않았습니다. "지금 여기서 뭘하는 건지 모르겠네요. 당신 같은 감독을 아는데 진짜 피곤한 타입이죠. 내가 이미 보여준 것과 다른 면모를 필름에 담으려는 사람들 말이에요. 적절한 다른 사람을 찾아보거나 당신이 원하는 것을 가진 사람을 찾아보세요. 있는 그대로의 내 모습이 아닌 다른 걸 시키려고 찾아오지 마세요. 물론 재미있는 작업이 될 수도 있겠죠. 당신이 〈벤허〉를 리메이크하고 내가 벤허 역을 맡는다면요. 내가 그런 역할을 맡은 걸 아무도 본적 없으니까요. 하지만 일은 그렇게 되지 않는 답니다." 감독은 나에게서 중년 여성의 슬픔을 촬영하고 싶어합니다. 하지만 그것은 진실한 모습이 아닙니다. 그녀는 있는 그대로의 내 몸을 원하지 않고, 파이프로 크랙을 피우는 내 삶을 들여다보려고 하지도 않습니다. 그녀가 원하는 건 절반의 진실입니다. 진실이라고 부를 수 있는 것 중 감당할 수 있는 부분만을 원합니다. 나를 성가시게 하고 부자연스러운 권력을 행사하고 싶어합니다. 결국 그녀가 원하는 것은 메이크업 아티스트나 헤어 스타일리스트 비용을 들이지 않고 조명 작업을 대충 끝 내도 된다는 확신입니다. 피부를 촬영할 때 주름 내보이는 걸 두려워하지 말라는 의미가 바로 그 뜻입니다. 내가 그 빌어먹을 영화에서 추하게 나올 거라고 말하면서, 자기 영화를 급진 적이라고 평하길 바랄 테지요.

그 감독을 실망시킨 건 아무렇지도 않아요. 단언할 수 있습니다. 그런데 당신 생각이 났어요. 내가 평정심을 유지할 수 있는 건 문제적 배우로 이미 소문난 덕분이기도 합니다. 좋건 싫건 간에 입증해야 하는 게 전혀 없죠. 업계 사람 누구나 내가 마약을 하는 걸 알아요. 마약을 얼마나 하는지 자세히 알고 싶어서 묻는 사람은 없습니다. 나는 어떤 오라를 풍기고 있고, 그게 그들 마음에 들거든요. 록스타의 면모라고 하더군요. 그들을 대신해 위험을 감수하는 듯한 모습인 거죠. 내가 하는 짓을 지켜보면서 나를 통해 불순종하는 기분을 대리로 느끼는 것 같습니다.

오스카

당신에게 평범한 여성의 역할을 맡기려고 하다니, 참으

로 부조리한 느낌입니다. 햄스터 역할을 위해 호랑이를 찾아간 것과 마찬가지니까요. 그렇지만 당신이 말한 것과 반대로, 그것은 환각 상태와 어떤 관계도 없습니다. 관객이 백성인 나라에서 당신은 엄청난 힘을 가진 늑대거든요. 마약을 했느냐안 했느냐와 상관이 없어요. 당신을 떠난 남자가 없었다는 말은 그리 놀랍지 않습니다. 며칠 동안 저는 잘 지내지 못했습니다. 누나가 제 머릿속을 이상한 생각으로 혼란스럽게 헤집었거든요.

"중독에서 다 회복되었으면 가족들에게 보여주세요." NA 모임에서 들었던 금언 같은 말을 지겹게 되풀이하는 중이에요. 가족에게 위로와 보호를 요청하는 일은 구현 불가능한 계단 그림 같습니다. 그릴 수는 있지만 실제로 존재할 수는 없는 매혹적인 각도의 건축물처럼요. 그런 건축물은 눈길을 끌다가 놓아버리고, 끝내 머릿속을 엉망으로 흩뜨려놓습니다. 이번 주 초에 누나에게 전화를 했어요. 누나가 다시 문자 메시지를 남겼거든요. 십 분 정도 문제없이 대화가 흘러갔고 저는 우리 관계가 괜찮아질 수 있지 않을까 기뻐했습니다. 어머니가 요즘 한창 행복한 시기를 보내고 있다기에 말했죠. "누구를 만나고 있나 보지." 어머니는 요새 페이스북을 활발히 하는데, 다들 그게 노년을 위한 틴더라고 농담하잖아요. 그러자 누나는 칠십대 이성애자 여성이 남자와 잘 지낼 가능성은 없다고 선언하듯 말했습니다. 누나는 VIP로 불리는 사람을 동경하지 않는 듯 굴었지만, 실은 당신과 좋은 관계를 회복하는 데에 집착하고 있다는 걸 알아차렸습니다. 그 사실을 깨달으니 불편했습니다. 어쩐지 통화 내내 호의적으로 굴더라니요. 저는 한 달 넘게 술에 손을 대지 않았다고 말했어요. 웬일인지 이번에 누나는 제가 다시 술에 빠질 거라며 예측하지 않았습니다. 대화는 순조롭게 시작되었지만 항상 똑같은 패턴으로 빠집니다. 상대를 물 먹이는 방향으로 갔다가 모든 게 파괴되는 식이죠. 누나에게 마음이 열리자 제 상황을 설명했어요. 낯선 집에서 격렬한 외로움을 느끼고 있다, 밤이되면 불안 발작으로 공허한 마음에 빠진다고 말했죠. 동시에 무슨 짓을 하는지 자문하다가, 모든 걸 빼앗긴 절제된 상황에 깊은 만족감을 느낀다고도 했습니다. 제게 일어난 사건을 직면하게 해주니까요. 제게 일어난 최악의 상황에 집중하다가 무언가를 깨달았습니다. 저를 옹호하는 듯 보이는 글들이 실은 굉장히 해롭고 고지식한 사람에게서 나오고 있음을 알고는 실소를 금치 못했습니다. 그들이 차라리 제 케이스에 관심을 가지지 않으면 했어요. 그 이야기를 하는데 묘하게도 코린이 멀게 느껴졌어요. 실의 다른 쪽 끈을 잡고 있다가 놓쳐버린 기분이 들었습니다. 그런데 누나가 말하더군요. "조에 카타나가 모욕당한 건 진짜 구역질 나는 일이야." 저는 대답했어요. "구역질 나는 건 그 사람 이야기를 누나가 나에게 하는 거지." 어떤 직감이 말 그대로 섬광처럼 오더군요. 감이 왔어요. "혹시 둘이 아는 사이야?" 내가 물었죠. 누나의 목소리가 경직되었습니다. "페미니스트로 지낸 지 삼십 년이니까. 조에 카타나에게 메일을 보냈어. 그 사람에게 쏟아지는 공격이 얼마나 폭력적이었을지 알고 나니 지원이나 지지가 필요할 거라 생각했어. 혼자가 아니라고 알려주고 싶었어. 더욱 중요한 것은 그 말이 너와 나 사이에도 해당된다는 거야."

NA 모임에서 분노에 대해 많이 성찰했습니다. 상황이 뜻과 다르게 전개되거나 공격받는다는 느낌이 들 때, 제가 격분하거나 열받는 방식을 생각하는 거죠. 저는 삶의 복합성을 거부하려고 모든 것을 파괴하던 사람이었습니다. 제 인생에서 극적 사건이 줄어들기를, 상황이 더는 악화되지 않기를, 다른 사람들과 관계를 회복할 수 있기를 바랐습니다.

누나의 말로 인해 회복중이던 모든 문제의 고삐가 풀려버렸습니다. 이런 사람에게 마음을 털어놓았다고 생각하니 미칠 듯한 배신감과 자괴감이 밀려왔습니다. 고래고래 소리를 질렀어요. 가장 가까운 이웃집이 500미터는 떨어져 있으니 소리를 질러도 아무에게도 방해가 되지 않겠다 생각했죠. 누나를 비열한 머저리 취급을 했습니다. 잠시 둘 사이에 침묵이 흐르다가, 곧바로 서로 소리를 질러댔습니다. 누나가 제게 알코올에 전 특권층 개자식처럼 행동하더니 사람들 공격에 놀란 멍청이가 되었다고 말하는 걸 얼핏 들은 것 같습니다. 뒤이어 전에 만나던 여자친구가 누나에게 제가 자신을 강간했다고 말했다는 이야기를 듣자, 완전히 꼭지가 돌았어요. 빌어먹을, 왜 제 전 애인들은 하나같이 다 누나와 마음이 맞는 거죠? 저는 전화를 끊었습니다. 누나에게 반박할 모든 논거를 헤아리며 밤을 보냈죠.

휴대전화를 껐습니다. 그러고 나서 집의 인터넷 접속도 끊었어요. 간단했죠. 평온함이 필요한 상태입니다. 마음을 진정할 수 있도록요. 쏟아지는 해로운 정보를 읽으며 하루를 시작하지 않고 있습니다. 최선의 선택이죠. 일종의 디톡스예요. 중독은 상상력의 결핍이기도 합니다. 뭔가를 멈추기 시작하면 다른 것도 멈추고 싶다는 마음이 일어납니다. 그러므로 중독에 대한 디톡스라고 할 수 있겠네요. 그렇게 되면 새로운 책에도 집중할 수 있겠지요. 저의 이야기를 제가 본 그대로 이야기하려고 생각중입니다. 오랫동안 자전소설을 쓰고 싶었습니다. 추리소설이라면 쓸 만큼 썼습니다. 존재하지 않는 이야기를 상상하는 일은 너무 힘듭니다. 저에게 일어난 일에 대해 이야기하고 싶어요.

복도에는 루이페르디낭 셀린의 문고본 책이 빼곡히 들어차 있습니다. 한 권도 도둑맞지 않은 채로요. 어쩌면 이 집은 지금껏 누군가에게 쓰인 적이 없고, 그런 이유로 제가 그토록 격렬하게 버려진 기분을 느끼고 있는지도 모릅니다. 저는 셀린을 좋아하지 않습니다. 그의 글은 편협하고 활력 없고 허세 가득하며 부르주아를 감동시키기 위해 쓰였거든요.

청소년 시절《밤 끝으로의 여행》을 읽었습니다. 그 책이 세기를 통틀어 가장 중요한 작가의 것임을 알지도 못했죠. 초반부는 충격적이었지만 갈수록 내용이 엉망이 되는 듯해 끝까지 읽지 않았습니다. 시간이 흘러 문학계에 들어온 저는 셀린이 누구도 범접할 수 없는 위치에 있음을 발견했습니다. 전형에 얽매이지 않는 스타일리스트, 천재적 발명가라는 걸요.

작가는 축구선수와 다릅니다. 프랑스 축구팀 선수들이 어떻다고 생각하든 그들의 선발에는 객관적 이유가 존재합니다. 프랑스의 푸른색 유니폼을 입은 선수 가운데 얼간이는 지금까지 한 번도 본 적이 없습니다. 문학은 완전히 다릅니다. 그 책에 경도된 부잣집 아들 세 명이 그를 천재 작가라고 떠들어대면 끝납니다. 그래서 저는 셀린을 찬양하는 사람들을 싫어합니다. 비할 데 없는 그의 문체를 언급할 때, 그들이 찬양하는 것은 언제나 권력에 대한 복종입니다. 그 권력은 극우파에 속한 것이고요. 복종에 대한 취향은 극우에 동조하는 파시스트와 같은 겁니다. 셀린은 공쿠르상을 목적으로 노동자의 언어를 흉내 냈습니다. 부르주아들이 상상하는 대로 노동자의 모습을 재현했다는 이야기입니다. 무기력하고, 거칠고, 무절제하고, 유대인을 혐오하고, 제대로 사랑할 줄도 모르는 사람으로요. 나중에 저는 그가 쓴 반유대주의 소책자를 읽고 파리 문학계가 셀린에게 호의를 갖는 이유를 납득했습니다. 권력을 위한 전복의 징후, 바로 이 점이 그들을 흥분시켰죠. 정치적으로 올바른 담론이 지배하던 험난한 몇십 년을 견뎌온 이들에게, 셀린은 검열당해 삼켜야 했던 불평을 노래하게 했습니다. 한동안은 공개적으로 인종차별적 개새끼가 되는 일이 용납되지 않았으니까요. 저는 루이스 칼라페르트를 좋아하고, 셀린을 혐오합니다. 모든 예술가가 존경받을 만한 자격이 있다고 생각하지 않습니다. 어떤 작가는 잘못된 행동에도 불구하고 나락에서 부활합니다. 칼라페르트의 작품은 과거 검열을 당하고 금서가 되었고, 그게 전부입니다. 사람들은 그를 기억하지 못합니다. 그들은 같은 대우를 받지 못했습니다. 한쪽은 노동자로서 노동자를 위해 작품을 썼습니다. 다른 쪽은 권력자의 혀처럼 굴었습니다. 하지만 그가 숭배하던 대상은 그는 영원히 이해하지 못할 역사적 변화로 인해 끝이 났죠. 저는 셀린을 경멸합니다. 책에서 그 이야기도 분명히 하게 될 겁니다. 지금 저는 적이 더 필요하니까요.

레베카

나의 동료에게,

아직 그 시골집에 머물고 있어요? 아니면 파리로 돌아왔나요? 곧 당신이 악의에 찬 댓글을 마주할 위험 없이 휴대전화 스크롤을 내릴 수 있을 것 같다는 생각이 들어요. 거의 텅 빈 기차에서 메일을 씁니다.

바르셀로나에서 내 영화의 회고전이 열린다고 해서 왔는데 모든 일정이 취소되었어요. 갑자기 도시가 봉쇄되었습니다. 에이전트가 기차표 한 장을 구해주었습니다. 공항은 완전 패닉 상황이라고 하더군요. 기차로는 여섯 시간이 걸립니다. 비닐장갑을 낀 사람과 마스크를 착용한 사람도 보였어요. 나는 술과 담배, 손 소독제를 가방에 가득 채워서 오는 길입니다. 들기로는 파리에 물건이 동난 것 같아서요. 일주일 만에 사람들은 이 사태 외에 다른 생각은 하지 않는 것처럼 보입니다. 사람들 말로는 파리 역시 봉쇄되었다고 하지만, 내게는 과장된 반응처럼 들립니다. 영화 스태프가 촬영을 멈추거나 에이전시가 문을 닫는 모습을 상상하기가 힘듭니다. 삶은 어떻게든 끊어지지 않고 조금씩 이어질 겁니다. 바르셀로나에서 십 년 만에 처음으로 텅 빈 람블라 거리를 보았습니다. 그곳이 그렇게 아름다운 거리라는 걸 그동안 잊고 있었습니다. 어쩌면 예전처럼 일상이 흘러가지 않을 수도 있겠다는 생각이 들었습니다. 기자인 친구와 통화를 했는데 파리 전 구역을 봉쇄할 예정이라고 하더군요. 친구는 불안해하며 실소를 내뱉었어요. 나는 그에게 걱정하지 말라고, 통행 제한은 어렵지 않겠느냐고 말했어요. 거리로 나가는 것까지 막을 순 없지 않을까 생각해요. 이런 기이한 분위기가 싫지는 않습니다. 나처럼 전형적인 상황에 잘 적응하지 못하는 사람은 극단적 상황에서 묘하게 안정감을 느낍니다. 환경이나 관점의 변화에는 흥미로운 지점이 있으니까요.

이 진창에서 당신 생각이 납니다, 멍청한 나의 친구. 당신도 긴장을 풀었으리라고 생각해요. 악명 높은 코로나 바이러스는 당신의 미투 논쟁도 뒤덮어버릴 정도니까요.

오스카

어제 일주일에 한 번 집 청소를 하러 오는 이웃집 부인이 저녁 늦게 현관문을 두드렸습니다. 집을 비워야 한다고 하더군요. 무슨 이야기를 하는 건지 바로 이해할 수 없었습니다. 그녀는 폴란드인인데, 저와 나이가 같다고 알고 있어요. 서툰 프랑스어를 구사하죠. 저는 아직 이 주 정도 임대 기간이 남았다고 설명했습니다. 그녀의 표정을 보고 나서야 뭔가 제가 모르는 일이 벌어지고 있음을 알아챘습니다. 꺼둔 휴대전화를 켜자 재난의 규모를 알 수 있었습니다. 음성 사서함에는 메시지가 가득 찼고, 왓츠앱에도 수십 개의 메시지가 와 있었습니다. 얼이 빠질 수밖에 없는 내용이었죠. 당신의 메일도와 있었어요. 저는 부인을 안심시키기 위해, 프랑스어가 모국어가 아닌 이들과 소통할 때 쓰는 좀 이상한 프랑스어를 썼어요. 동사 변형을 하지 않고 무질서하게 나열하는 식으로 말하니 비로소 짐을 싸겠다는 내 말을 알아들었습니다.

마지막으로, 인터넷에 접속하니 온 세상이 바이러스 이야기를 하고 있었습니다. 오지에서 평온하게 지냈구나, 위험을 피했던 거구나, 그렇게 생각했습니다. 나라가 봉쇄되어 엄청난 소용돌이를 겪고 있던 와중에요! 이 별장의 주인이 조금 있다가 도착할 거라고 하더군요. 정원을 사용하고 싶다고요. 사태가 얼마나 오래 지속될지 궁금할 뿐입니다. 황급히 짐을 챙겨 나왔어요. 그래도 택시가 여기까지 태우러 왔다는 걸 다행스럽게 여기고 있습니다. 택시 기사와 오래전부터 서로 알고 지낸 사이인 것처럼 대화했습니다. 사안이 너무 공포스럽다 보니 모두가 일종의 연대감을 느낀 것이겠지요. 역은 텅 비어 있었지만 기차는 운행중이었습니다. 님에서 파리를 잇는 구간 기차에 승객이 서른 명가량 있었습니다. 완전히 탈진했다는 듯 미소를 주고받았어요. 사람들은 서로 이야기를 나누었습니다. 어떤 여자 승객은 병원에서 일하는데 아이들을 돌볼 수 없는 상황이라 아버지 집으로 데려가는 길이었고, 어떤 남자 승객은 부모님 댁에 갔다가 그들과 함께 지낼 수 없음을 깨닫고 집으로 돌아가는 길을 택했으며, 또 다른 여자 승객은 남자친구에게는 아무 설명도 하지 못하고 사랑하는 다른 사람과 함께하기 위해 떠났다고 하더군요. 제가 임대한 집에서 인터넷을 끊은 상태로 지냈다는 이야기를 꺼내자 사람들은 폭소를 터뜨렸습니다. 저는 기꺼이 이야기를 계속했는데, 말하는 사이 이야기는 점점 더 흥미롭게 진화했습니다. 폴란드인 아주머니가 등장하는 장면과 휴대전화를 다시 켜면서도 상황을 믿지 않던 모습을 살짝 과장하기도 하면서요.

기차에서 클레망틴에게 전화를 걸었는데, 제 딸은 웃기지 못했습니다. 걱정하고 있었다고 말하더군요. 제 이야기를 믿지 않고, 별로 신경 쓰지 않는다는 태도였습니다. 저는 그럼 무슨 일이 일어났다고 생각했느냐고 집요하게 물었습니다. 그러자 딸이 조용히 대답하더군요. "하긴, 아빠는 완전히 취해서 무슨 일이 일어나는지조차 이해하지 못했겠지." 충격을 받았습니다. "한 달 동안 술을 한 방울도 안 마셨어, 알코올의존자 취급하지 마라. 넌 좀 과장이 심해"라고 대답했죠. 아이는 "그럼, 그럼요, 아빠"라고 지겹다는 투로 대답했어요. 전화를 끊으며 화가 치밀었습니다. 레오노르가 세뇌시킨 게 분명합니다. 딸이 왜 제가 라디오에서 나오는 말도 못 알아들을 정도로 취해 있으리라 생각하는지 이해할 수 없습니다. 왜 자신에게 거짓말한다고 의심하는지 모르겠어요. 엄마가 뒤에서 몰래 불신을 심은 게 아니라면 말이죠. 아이에게 본때를 보여주기 위해, 집에 돌아가면 곧바로 술을 마시러 가야겠다는 생각이 들었습니다.

그런데 NA 모임에서 딸이 못된 말을 해서 재발했다고 말하는 제 모습을 상상하게 되더군요. 그러고 나서 깨달았어요. 이전에는 알아채지 못했는데, "술을 안 마셨어"라고 다른 사람에게 말할 수 있다는 것만 해도 의미 있는 일이었죠. 그러면 그곳 사람들은 열렬히 칭찬해줄 겁니다. 저는 이런 집단적 리추얼이 다소 나약한 것이라고 생각해왔습니다. 하지만 의미 있는 일이었습니다. 얼마 전 NA 모임 도중 아이 돌보는 상황을 가능한 한 피한다는 남자가 떠올랐습니다. 그 말을 들었을 때는 그를 판단하는 마음이 들었고, 속으로 진짜 딱한 인간이구나 생각했습니다. 동시에 저로서는 고백할 수 없는 대단한 이야기를 그가 하고 있다는 사실도 깨달았습니다. 저는 한 달 넘게 클레망틴을 돌보지 않고 있었습니다. 갖은 변명을 대며 아이를 돌볼 차례가 오면 이리저리 피해다닙니다. 그런 저를 비난하는 아내를 원망하면서요. 그녀가 저를 떠나지 않았다면 지금 이러고 있지도 않을 테니까요. 딸을 돌보는 일이 두렵습니다. 둘이서 함께 뭘 하면 좋을지 도무지 모르겠어요.

알고 있다시피 파리는 텅 비어버렸습니다. 인터넷에서 모두가 떠들어대는 이미지보다 더 좋은 걸 상상하지 못하겠어요. 아포칼립스 영화의 배경 말입니다. 기이하게도 시적이기도 합니다. 꿈 속 같기도 하고요. 불안하기보다 놀라움을 자아내는 광경이에요. 건물 로비에서 소독용 알코올 냄새가 진동합니다. 집에 도착하니 한 번도 경험하지 못한 침묵이 집 안을 메우고 있더군요. 다른 집 아이들이 계단을 오르내리는 소리가 전부였죠.

레베카

무엇보다도 나를 가장 사로잡은 건 우리가 변화하는 속도, 그리고 현실의 유동성이에요. 상상할 수 없던 일이 보통이 되어버렸잖아요. 내가 아는 한 여자는 엄청난 재산을 상속받았어요. 그녀는 자기 영지인 섬으로 휴가를 떠났습니다. 자기와 만나달라며 나를 초대했어요. 페이스타임을 하는데 그녀는 이국적인 과일 바구니 앞에 앉아 있고, 주위로 야자나무가 보였습니다. 내가 생각한 지옥의 모습이 네게는 천국의 한 모퉁이구나. 나는 그렇게 말했습니다. 그 말에 그녀는 폭소를 터뜨렸지만, 바이러스 때문에 의기소침해 있다는 걸 알 수 있었죠. 그 친구의 아버지는 제약업계 거물이었습니다.

그 후로, 대다수 프랑스인이 좁은 아파트에 복닥복닥 살고 있는 현실에서 작가 두 명이 평소 휴가를 보내는 별장으로 떠난 걸 두고 사람들이 분노를 뿜어내는 반응을 접하고 있습니다. 유사시에는 도로에서 두 시간 운전한 일이 굉장한 차이를 만들어낸다는 듯이 말입니다. 그런데 내 생각은 이래요. 최상위 계층을 미워하지는 않는 이러한 편집증적 열기가 이 상하다고요. 그저 당신의 이웃, 언제든 자신이 그 자리에 있을 수도 있는 그런 사람만 골라가며 증오합니다. 진짜 안전지대에서 보호받는 사람들이 아니라요.

라디오와 텔레비전을 꺼버렸습니다. 아무짝에도 소용없다고 생각해요. 아포칼립스는 심지어 눈길을 끄는 면도 없어요. 이번에는 내가 인터넷을 멀리하고 있습니다. SNS를 둘러볼 때면 경찰이 된 것 같은 기분이 듭니다. 아니면 이부자리만 조금 흐트러져도 참지 못하는 걱정 많은 노부인이 된 것 같기도 합니다. SNS가 내게 미치는 영향을 별로 좋아하지 않습니다. 정신적 과민증을 불러 일으키거나, 친구들이 말하는 것을 무례하고 멍청한 방식으로 따라가야 하니까요. 바그너의 음악을 볼륨을 한껏 키워 듣습니다. 이웃들은 감히 불평하지 않습니다. 어쨌든 그게 나인 거죠.

에이전트가 파리를 떠나기 전 우리 집에 식료품을 채워주러 들렀습니다. 몇 시간의 교통체증을 뚫고서요. 진정한 대탈출 같았죠. 나는 몇 달 동안 현금카드가 없는 상태거든요. 그래서 그가 바로 아래 식료품 가게를 거덜 내어 우리 집을 채워준 거죠. 코카콜라와 중국풍 수프를 많이 채워두었으니 집에 붙어 있을 수 있을 겁니다. 에이전트 말로는 기자들이 삼 개월간 돌아다닐 수 있는 통행증을 받았다고 하더군요.

그렇게 오랫동안 집에 갇혀 있어야 한다니 믿을 수 없습니다. 그는 떠나면서 지폐 한 다발을 주고 갔습니다. 마틴 스코세이지의 〈좋은 친구들〉의 한 장면 같았습니다. 나는 매일 물건을 사러 내려갑니다. 다른 것보다도 호기심에 이끌려 그러는 거죠. 걷는 걸 싫어하는 내가 한없이 긴 산책을 하고 있습니다. 특히 밤에요. 도시 하나의 규모만 한 영화 세트장을 걷는 기분입니다. 길거리에 십대 아이들이 보이지 않습니다. 청소년들이 도시를 다 빠져나갔다 해도 믿을 겁니다. 아니면 허다한 실없는 일을 위해 이 상황을 활용하는 중이거나요. 마약 딜러들은 산책을 하기 위해 개까지 빌려서 집에 마약을 배달해줍니다. 인간의 적응력이란 진짜 놀랍지 않나요! 딜러들을 공공서비스 부서장으로 승진시켜야 하지 않을까요. 그러면 모든 일이 더 잘 돌아갈 텐데요. 어쨌든 저녁이 오기 전에는 주문을 끝내야 합니다. 저녁 7시면 배달을 마치거든요. 그들에게 마스크도 살 수 있습니다. 근무 시간을 엄수하면서 마약을 사야 한다니 기분이 별로네요.

딜러에게 우리 집을 사무실처럼 생각하고 일을 보면 어떻겠느냐고 제안할까 했습니다. 지금은 예산이 충분하지 않지만, 우리는 관계가 상당히 좋거든요. 오랫동안 알고 지냈기에 그는 나를 신용할 만한 사람이라고 인정할 겁니다. 하지만 실제로는 제안하지 않았어요. 마음이 초조하긴 합니다. 당신이 "난 요즘 깨끗해요"라고 야단법석 떠는 게 살짝 거슬려요.

도전 정신을 자극하고 있습니다. 나는 꽤 경쟁심이 강한 편이에요. 스포츠를 좋아하지 않아서 유감이죠. 챔피언 기질이 있거든요.

오스카

제 왓츠앱에서 잘 모르는 사람이, 아마도 NA 모임 사람인 것 같은데 줌을 활용한 비대면 모임 링크를 공유해주었습니다. 집에 돌아온 날 저녁에 그중 한 모임에 들어갔어요. 난장판이나 다름없었는데, 다들 줌이 어떤 방식으로 작동되는지 몰라서 그랬던 듯합니다. 제 줌 화면에 몇 개의 창이 뜨고 활발히 활동하는 모습을 지켜보았습니다.

그들은 텅 빈 바에 모인 사람들 같았어요. 하얀 벽지의 사무실에 있는 노부인, 기숙사 방에서 접속한 여학생, 배경 화면을 아무거나 띄워놓고 침대에 누워 있는 남자, 시골 정원에 있는 남자, 주방 식탁 쪽의 세네갈 남자, 천으로 된 접이식 의자에 앉은 금발의 미녀, 뒤로 빼곡히 책이 꽂힌 응접실에 있는 유명한 남자 배우까지. 그 모습이 제 마음을 움직였습니다. 사람들은 자기 순서가 되면 봉쇄 상황이 자기 삶에서 어떤 의미인지 말하기 시작했습니다. 어떤 이들은 두려움과 분노를 느꼈고, 또 다른 이들은 안도감을 느끼기도 했습니다.

당신이 해준 이야기가 생각난 대목이었습니다. 프레임 가장자리에 있는 게 익숙해지면, 그 프레임이 파괴되어도 오히려 편하게 받아들인다는 말이었죠. 어찌할 바를 모르겠다고 생각했는데 이 사람들이 모여든 온라인 공간이 저를 받아들여주더군요. 저로서는 봉쇄 상황이 오히려 일을 좀 더 수월하게 만드는 느낌이었습니다. 저녁식사 자리에서 술을 참지 않아도 되고, 화장실을 오고 갈 때 눈에 띄지 않으려고 노력할 필요도 없으며, 알코올이 들어 있지 않은 메뉴를 주문하려고 고민하지 않아도 되고, 공연 후 백스테이지 초대를 거절하지 않아도 됩니다. 유혹으로부터 멀어진 겁니다. 또 고마운 일은, 이 사람들이 마약 딜러처럼(당신 말에 따르면 믿어도 되는 사람들이죠) 일주일도 안 되어 또 다른 방식으로 모임을 진행하는 방법을 궁리해냈다는 겁니다.

이제 날마다 컴퓨터를 켜서 그들과 만납니다. 같은 NA 모임에 있던 작가에게 전화했어요. 저를 도와줄 후원자*가 필요했거든요. 침체된 분위기에서도 단계별로 과정을 기록하고 싶었습니다. 그 작가에게 한 사람을 소개받았습니다. 그는 봉쇄 기간 동안 저의 후원자가 되어주기로 했고, 자신의 단계별 회복 노트를 사진 찍어 보내주기도 했습니다. 그런 사람을 처음 만났습니다. 아직까지도 저에게 맞서는 조직적인 활

---

* NA 모임에서 진행하는 단약을 위한 열두 단계의 과정을 모두 경험하여, 다른 모임원을 도울 수 있는 사람.

동 앞에서 얼어붙는 상황이거든요. 이런 지원을 경험해본 적이 없다고 속으로 생각했죠. 그 모임은 인스타그램의 정반대에 위치했다고 할 수 있습니다. 남자든 여자든 자신의 약함과 무력함, 슬픔을 털어놓기 위해 모여들고, 서로 지배하려고 하지 않으며, 상부상조를 약속하고 실제로 그렇게 하죠. 살면서 만난 남성적 연대에는 언제나 대가가 따랐습니다. 그들 무리에 끼려면 자신이 괜찮은 사람이고 행실이 좋으며 무언가를 해낼 능력이 있음을 보여야 하죠. 거친 사람이고, 난봉꾼이며, 돈을 잘 벌고, 자본도 넉넉하고, 아름다운 여자도 있어야 하죠. 남성 사이에는 연대가 있기는 하지만 교감은 존재하지 않습니다. 반면 NA 모임에서는 매일같이 약함을 드러내지만 일그러진 조소를 마주한 적이 없습니다. 혼자인 게 두렵다고 말합니다. 지금 진창을 헤매고 있고, 저를 경멸하는 모든 이들과 타협을 멈추지 않으며, 매일같이 자신의 생각 앞에서 머뭇거린다고 말합니다. 그런 고백 후에 신랄한 말을 던지는 사람은 아직 없었습니다.

제 후원자는 약간 괴짜인데, 사람들은 그가 석기시대에서 현대로 곧바로 내동댕이쳐진 것 같다고 표현합니다. 그는 이십 년간 약을 끊었고, 온갖 동지 의식을 경험했답니다. 그가 야간통행금지에도 불구하고 열리는 불법 모임에 대해서 알려줬는데, 그곳에 가는 건 거절했습니다. 저는 소독제를 집 곳곳에 잔뜩 발라두고, 우유를 사러 외출했다 들어오면 문손

잡이도 소독합니다. 바이러스로 우울해진 사람 중 하나가 된 거죠.

첫 번째 단계에 관한 글을 쓰고 있습니다. 사람들이 '제품'이라고 부르는 마약과 저 사이에는 아주 긴 목록이 있습니다. 이 일이 다시금 마약에 취하고 싶은 기분이 들게 할까 봐 두려웠습니다. 하루하루를 모임으로 시작하는 건 효과가 좋습니다. 잠재의식에 뚜렷하게 작용하니까요. 자세히 설명할 수는 없지만 마약 생각을 잊고 있습니다. 제기랄, 지금까지 살면서 그 생각을 끊지 못했는데 말이죠.

레베카

불굴의 바이킹족 피가 흐르는지 바이러스에 지지 않고 있습니다. 지금껏 살아오면서 겪은 모든 일로 몸이 일등급 자가치유 공장이 된 게 틀림없어요. 그렇다고 길거리에 송장이 쌓이는 풍경을 본 세대까지는 아니지만요. 하지만 다른 사람이 겪는 두려움을 이해하고, 그 마음을 존중합니다. 이 시스템 안에서 모두가 나처럼 십오 년을 주인공으로 살아보거나, 20그램의 크랙을 갖고 있지는 않을 테니까요. 우편집배원은 마스크 없이 일을 하더군요. 그는 내 친구인데, 영화광이기도 해요. 프랑스 영화는 좋아하지 않지만 내가 출연한 영화는 예외죠. 내 출연작 전부가 환상적이래요. 아무튼 그에게는 마스크가 없고, 낙담한 모습이 확연히 보입니다. 이제 우리 집 부엌으로 들어오지도 않고 미안한 미소를 짓고 있거든요. 그가 말하길 우체국 사무실은 개방되어 있고, 창구 직원도 마스크가 다 떨어진 상황이라고 합니다. 경찰에게도 마스크가 없어요. 텅 빈 거리를 거니는 경찰을 봤을 겁니다. 차 한 대에 넷이 함께 타서 일하고 있습니다. 보호 장비도 없이요. 질병에 내몰린 최저임금 생활자의 육체가 하나같이 그렇습니다, 바이러스가 어떤 방식으로 확산되는지 말할 수 있는 사람이 없는 것도 아닌데, 이 육체들은 무시되고 있죠. 그런 점이 나를 민망하게 합니다. 십오 년간 사람과 가깝다고 느낀 적 없지만, 지금은 그 사실이 나를 민망하게 합니다. 설명하기는 힘듭니다. 우리가 몰락하고 있는 나라의 구성원이라는 상상 같은 겁니다. 내 나라에 애정을 품고 있다는 사실도 몰랐어요. 마치 애인이 떠나버린 지금, 당신이 집착하며 그녀 이야기를 계속하는 것과 비슷하네요. 내가 자란 프랑스가 사라진 지금, 비로소 프랑스를 사랑했음을 깨닫고 있으니까요.

오스카

봉쇄령이 내렸을 때 파리로 돌아왔습니다. 그때는 이런

상황이 가능할지 전혀 예상하지 못했습니다. 저는 최고의 일상을 보내고 있습니다. 창문 너머로 건너편 이웃이 보이고, 발코니에 의자를 꺼내둔 부부가 보입니다. 그들은 오후 내내 햇볕 아래에서 태닝을 합니다. 매일 저녁 8시에 박수갈채가 나오면 한 남자가 색소폰을 연주하고, 모두가 창가에 머물며 음악을 듣고 박수를 보냅니다. 어제저녁엔 루이스 폰시의 히트곡 '데스파시토'를 연주했고, 저는 혼자서 춤을 췄습니다.

어느 때보다 차분합니다. 침묵 때문인지, 이곳에 살고 나서 처음으로 거리에서 나무 내음을 맡았기 때문인지, 단약 이후 금단증상의 고비를 넘기고 회복하기 시작한 덕분인지 잘 모르겠습니다.

틱톡을 보면서 시간을 보내고 있어요. 봉쇄 상황이 플랫폼 크리에이터에게 결정적 영향을 주고 있습니다. 이 앱만 해도, 안 지 꽤 되었는데 한 번도 빠지진 않았었거든요.

딸과 함께 보낸 주말이었어요. 사촌과 함께 있던 아이 방에서 어마어마한 소음이 들려왔습니다. 미국에서 전화가 왔으니 조용히 해달라고 친절한 목소리로 요청까지 했는데 말이죠. 저는 영어로 통화하는 일을 진짜 싫어합니다. 발화자 얼굴이 안 보이면 기가 막히게도 귀까지 반쯤 틀어막히는 효과가 나거든요. 전화를 끊은 후 소리를 지르면서 방문을 벌컥 열었죠. 네가 나를 존중하지 않는데 왜 나는 널 존중하겠니, 하는 심산으로 일부러 노크도 하지 않았습니다. 게다가 사촌과 있으니 이상한 짓을 하리라고는 생각도 안 했어요. 안에서 들리는 소리로 보아 보통 아이들이 하는 멍청한 장난과 다를 바 없으리라고 생각했죠. 그런데 제가 본 아이들의 모습은 이러했습니다. 턱까지 바람막이를 잠그고 후드를 뒤집어쓴 다음, 침대에 올라가 팔을 옆구리에 일자로 붙이고 앞으로 몸을 던져 떨어지는 겁니다. 그러는 동안 앞에 있는 카메라에 찍힌 영상을 활용해 계속 같은 방식으로 몸이 떨어지는 영상을 만듭니다. 고함을 지르면서 방에 들어갔다가, 아이들이 틱톡에 올리기 위해 근사하게 낙하하는 영상을 실시간으로 만들어내는 장면을 포착한 거죠. 둘은 놀라울 정도로 일사불란하게 가짜로 겁먹은 시선을 주고받았습니다. 클레망틴이 녹화를 멈췄어요. 아이들은 저에게 사과한 다음 바로 폭소를 터뜨렸습니다. 제가 화를 낼수록 더 크게 웃었습니다.

질투가 났습니다. 웃음기가 싹 가시도록 딸 휴대전화를 집어 변기에 던질 수도 있었는데 왜 그러지 않았는지. 그런 일이 처음은 아니었어요. 왠지 울고 싶은 기분이 되어, 아이들에게 멍청한 짓을 그만두라고 하면서 방을 나왔습니다. 우는 게 아니라 약에 완전히 취하고 싶은 기분이었죠. 질투가 났습니다. 그들 세대와 소외되어 있다는 사실에, 아이들의 폭소에, 아이들의 춤에, 내가 한 번도 들어보지 못한 앱에 대해 아이들이 말해서, 그리고 그들의 설렘 섞인 바보짓 때문에요. 더는 그들의 자리에 함께 있을 수 없다는 사실에 질투가 났습니다. 젊음에 질투가 났어요. 그러자 예외적으로 정신이 명철해지더군요. 저는 제가 느낀 것에 대해 스스로를 속이지 않았습니다. 늙은이가 되는 게 지긋지긋했고, 아버지가 되는 게 지긋지긋했으며, 바람막이를 입을 수 없는 것도, 후드를 뒤집어쓸 수 없는 것도, 카메라 앞에서 팔을 몸에 딱 붙이고 그러는 자신이 재미있다며 몸을 던지지 못하는 것도 지긋지긋했습니다. 제가 어렸을 때는 무엇을 하며 낄낄거렸는지 스스로에게 말해줄 수조차 없더군요. 딸 나이였을 때 저는 겁에 질려 있었습니다, 스스로 메스꺼운 자식이라고 확신했고, 좋은 일은 한 번도 경험하지 못했으며, 친구들과 같이 어울려 다니려면 언제나 절절매며 부탁해야 한다는 기분에 시달렸습니다. 딸을 향한 질투를 티 나지 않게 감췄습니다. 나직한 목소리로라도 그걸 인정하는 일은 고통스럽거든요. 아이를 측은히 여기거나 아이의 바보 같은 행동과 낮은 성적을 걱정하는 편이 더 낫습니다. 휴대전화 액정을 보느라 벌써 등이 굽은 이 청소년이 지긋지긋하다는 말입니다. 하지만 최근 몇 달간 저는 틱톡을 보고, 단순하게 결론을 내립니다. '나는 아이의 젊음을 종종 질투한다. 그리고 아이가 삶을 살아가는 방식도.'

조에 카타나

어떤 여자 배우와 친구가 되었습니다. 그분은 영화계 스타예요. 온라인에서 대화를 많이 나눴습니다. 그분이 내 건강이 괜찮은지 안부를 물었어요. 유명인과 친분을 맺는 일에 관심 따위 없다고 한 적이 없었습니다. 나는 쉽게 팬이 되는데, 그 점이 부끄럽지 않습니다. 가까이 지낼 수 없던 사람을 향해 열광하기도 하고 상상 속 친구를 만들기도 합니다. 그들과 머릿속으로 대화를 나눕니다. 그러고 나면 살아가는 데 도움이 됩니다. 가볍고 감상적인 여자들이나 하는 일이라는 걸 알지만 상관없어요. 아침마다 다정한 짧은 메시지를 받고 있습니다. 무척 기쁜 일입니다. 그게 다예요.

집 밖에 외출하는 일이 거의 없고, 사람을 만나지도 않는

데 빌어먹을 코로나에 걸리고 말았습니다. 잔뜩 겁을 먹었죠. 고약할 정도로 열이 올랐고 사지에 찌르는 듯한 통증이 일었거든요. 몸이 제대로 작동하지 않았고, 최악의 독감 수준을 넘어선 고통이 느껴졌습니다. 응급차를 불렀지만 그쪽에서는 체온을 잰 다음 기다리라고 하더군요. 내가 입원할 정도로 충분히 아프지 않기 때문이라나. 주변에 돌봐달라고 부탁할 데도 없는데 상태가 악화되어 손 쓸 수 없어질까 봐 겁이 났습니다. 끈질긴 두통에 구토가 일었습니다. 불길했어요. 오 일째가 되자 래디컬 레즈비언인 친구가 레베카 라테에게 내 전화번호를 알려주었습니다. 헛소리가 아닙니다. 그날 이후로 열이 떨어졌어요. 레베카 라테라고 제대로 말했습니다. 베아트리스 달, 리디아 런치와 함께 삼위일체를 이루는 세 번째 인물이죠. 우리가 어떻게 이성애자로 살아남을 수 있을지 자문을 구할 때 이 세 사람에게 구원을 요청할 수 있죠. (내 리스트에서 한나 아렌트가 네 번째를 차지하긴 하지만, 아렌트의 사진을 침대 머리맡에 걸어두진 않았습니다. 나머지 세 명의 사진은 걸려 있고요.) 대충 이런 문자 메시지를 받았습니다. "근처에 살아요. 당신 문 앞에 식료품을 두고 가도 괜찮겠어요?" 은총을 받은 기분을 느꼈습니다. 그 문장을 수십 번 읽었죠. 좋다고 답장을 했어요. 그리고 창문 앞에 앉았는데, 열이 내리진 않았지만 이미 걱정은 줄어든 후였죠. 그녀를 보았어요. 휴대전화를 보며 내가 알려준 현관 비밀번호를 찾고 있었고, 저는 문구멍으로 그녀를 보고 싶어 안달이 났습니다. 레베카는 초인종 옆쪽의 이름을 보고 있었어요. 나는 소리쳤어요. "여기예요, 문을 열어드릴 수는 없지만 왼쪽이에요." 그녀가 인사했죠. "안녕, 조에." 웃음이 저절로 나왔습니다. 미소 지은 게 정말 오랜만이었습니다. "당신이 제 이름을 안다니 신기해요." 그녀는 문 아래로 코로나가 전염될 수 있는 점을 그리 두려워하지 않는 듯했습니다. 벽에 기대어 선 옆모습이 보였습니다. 그녀가 담배에 불을 붙였고, 나는 놀라서 물었죠. "복도에서 담배를 피우세요?" 그러자 그녀가 내 쪽으로 얼굴을 돌리고 미소를 지었습니다. "코로나에서 나를 지켜주거든요. 신문에서 읽었어요."

그녀가 담배를 피우는 사이 우리는 문을 사이에 두고 대화를 나눴습니다. 그녀의 목소리를 잘 안다고 생각했지만 실제로 들어보니 좀 더 진중하고 강렬했습니다.

"사람하고 이야기하는 게 일주일 만이에요."

"좀 전은 농담이에요. 코로나는 대화할 때 나오는 더러운 미세 분비물을 통해 전파된다고 하더군요."

그녀가 미끄러지듯 바닥에 앉아 벽에 머리를 기댔습니다. 영화 속 모습 그대로였죠. 미소에는 격려의 기운이, 상황을 초월해서 바꾸어버리는 힘이 배어 있었습니다.

"당신과 이야기하니 너무 좋아요. 마음이 안심되네요."

"코린을 알아요? 나한테 당신 번호를 준 사람."

"네, 알고 지내는 사이에요. 초반에는 친해지고 싶지 않았지만요. 힘겨루기를 하려는 듯 저를 지치게 했거든요. 그런데 얼마나 다행인지, 덕분에 당신을 만났네요. 당신과는 어린 시절부터 알고 지내는 사이라고 하더군요."

"꼬맹이 때부터 알고 지냈죠. 내가 오스카를 안다는 얘긴 안 하던가요?"

"아뇨."

"오스카와는 메일로 대화하고 있어요. 당신이 알아야 할 것 같아 말하는 거예요."

"그 사람과 잘 맞으세요?"

"개자식이긴 하죠. 하지만 내 친구이기도 해요. 나에겐 개자식 같은 친구가 아주 많거든요. 나 역시도 그런 사람이라는 방증이기도 하겠네요."

"괜찮아요. 그 사람 이야기만 안 한다면 상관없어요."

오스카 제이야크는 내 삶을 충분히 무너뜨렸죠. 하지만 레베카가 그에게 약간의 흥미를 갖고 있다는 이유로 그녀와의 만남을 포기하지는 않을 겁니다.

레베카가 계단을 내려가는 소리를 듣고 문을 열었습니다. 과일, 빵, 우유, 감자 칩, 타가다 딸기 맛 하리보 젤리가 놓여 있었습니다. 레베카가 나를 위해 사 온 물건이었죠. 침대로 돌아와 누웠고, 깊은 잠에 빠져들었습니다.

레베카

행동을 변명하며 시간을 뺏고 싶지는 않아요. 당신을 모욕할 생각은 없습니다. 조에가 인터넷에 글을 올릴 줄은 예상도 못 했거든요. 어린 친구들의 고질적 문제죠. 크루아상 하나를 가져다주어도 인터넷에 보고하지 않고는 못 배기니까요. 한 번이라도 온기를 보태고 싶어서 그랬어요. 익숙하지 않은 일을 무리해서 한 결과죠.

당신이 일전에 예고한 대로 코린은 나와의 관계를 이어가려고 시도하더군요. 더 유연하고 흥미로운 방식으로요. 이십사 시간 내내 격리되어 있는 상황이니까요. 옛날로 돌아간 듯 은근슬쩍 나를 유혹하기도 했어요. 코린에게는 대담한 구석이 있거든요. 그런 행동이 늘 결과로 이어지는 건 아니니까 그냥 내버려두었습니다. 이제 몇 차례 통화도 합니다. 코린이 조에 이야기를 꺼냈는데, 당신과의 관계를 생각하면 왠지 마음에 걸렸어요. 코린은 이렇게 응수했어요. 그동안 페미니스트로서 지내온 세월을 감안해본다면(코린은 페미니스트 그룹에서 실제로 잘 알려져 있어요. 다행스러운 일임을 잊지 마세요) 젊은 네티즌인 그 친구에게 상징적이나마 자신이 지지하고 있음을 알려줄 의무가 있다고 느낀다고요. 조에가 온라인에서 자행되는 질 나쁜 공격에 시달려왔고, 그런 공격이 수없이 많았을 거라고 확신하더군요. 나는 조에 이야기는 안 했으면 좋겠다고 짧게 부탁했고, 코린은 흔쾌히 그러겠노라고 답했습니다. 하지만 이런 일이 종종 있어서 아는데, 문제없다고 말하는 사람들은 정확히 우리가 요청한 정반대로 행동하거든요. 아무튼, 자가격리 초반이고…… 뒤는 말하지 않아도 알겠지요? 병에 걸린 조에를 방문하지 않고 내버려둘 수는 없었습니다. 나는 태양처럼 어느 정도 공공재에 가깝답니다. 내가 그녀에게 레몬 세 개와 생강을 가져다준다고 해서 당신에게 가는 빛이 줄어들지 않아요. 그 집으로 향하면서 다이애나 왕비를 연기하는 듯한 기분이 들었습니다. 왕자비와 간호사를 오가는, 뭐 그런 사람요.

집으로 돌아오면서 조에의 글을 몇 편 읽었습니다. 문 뒤에서 내게 얘기하던 가련한 사람과, 온라인에서 페미니스트로서 열정적 발키리에 반쯤 빙의한 모습 사이에 괴리를 느꼈습니다. 그런 이분법이 꽤 흥미롭더군요. 민감하게 받아들이라고 요구할 수 없는 건 알지만, 조에가 엄청난 공격을 당하고 있는 건 사실이에요. 실제로 보니 추하네 어쩌네 하는 당신 같은 멍청이의 말에도 이가 갈리는 나로서는, 그녀의 입장이라면 어떻게 대응했을지 모르겠습니다. 세간의 지탄을 받아도 되는 사람은 없습니다. 그녀 역시 의견을 표출할 때마다 날아드는 공격 탓에 동정표도 늘어갑니다. 그다음 날 내가 다정한 문자 메시지를 보내 안부를 물은 것처럼요.

내가 알고 있는 당신이라면 이 사실을 듣고 굉장히 심각하게 과장해서 생각할지도 모르겠습니다. 그렇게 된다면 유감입니다. 당신의 메일을 읽는 건 즐거운 일이었거든요.

오스카

할 수 있는 최대한의 욕설을 퍼붓고 싶네요. 몇 주 동안 메일을 주고받으면서 당신은 저에게 가장 가까운 사람처럼 다가왔습니다. 그런데 뒤에서 누나와 그런 일을 꾸미고, 익살스러운 말투로 누나가 당신을 유혹하도록 내버려두었다고 말하고 있네요. 그리고 제 인생을 망쳐버린 여자를 찾아갔고, 제게 그녀의 안부를 전하면서, 그녀는 무척 힘들지만 당신이 돌봐주고 있다고요? 배신당한 남자처럼 반응할 수밖에요. 당신 말이 맞아요, 나중에 이 시간이 그리워질 겁니다. 당신은 제게 헤아릴 수 없는 고통을 안겨주었습니다. 당신은 내가 항상 불평만 한다고 말하겠지만, 저는 적어도 거짓말을 하지는 않았습니다.

그동안 감사했습니다. 안녕히 계십시오.

레베카

당신의 메일을 받았을 때 생각했어요. 좋아, 꺼져버려. 물론 당신 메일에 익숙해지긴 했어요. 일이 없는 시간을 보낼 때, 진저리를 내기보다는 당신에게 메일을 쓰는 편이 낫겠지요. 당신이 그렇게나 솔직한 걸 좋아하니 조금 말해줄게요. 지금 당신에게 가장 가까운 사람이 나라고 말해줘서 감동했어요. 그리고 그 반대도 사실임을 깨달았습니다. 스스로를 속여서는 안 되죠. 우리는 지독한 친구가 되고 있는 거예요.

오늘 아침 줌 모임에서 당신 이야기를 들었습니다. 당신이 하루를 그런 방식으로 시작한다고 한 말을 기억했죠. 몇몇 모임을 거친 후에야 당신이 참여한 모임을 찾을 수 있었어요. 화면에 얼굴은 거의 비치지 않았지만 당신 이름을 들었어요. 사람들 속에서 당신 목소리를 분간할 수도 있었죠. 당신이 스스로를 소개하거나 책을 읽어줄 때 말이에요. 스토킹한다고 생각하지는 말아요. 내게는 모임에 참석할 당당한 권리

195

가 있으니까요. 내가 항상 딜러에게 전화하는 건 아니니까 말이에요. 내게도 모임에 참석해 당신의 박수를 받을 자격이 있을 거예요. 하지만 가명으로 등록을 해야 하고, 내 비디오는 켜지 않을 겁니다. 모임 참여자가 재미 삼아 화면을 캡처해서 유튜브에 올리는 상황은 원치 않으니까요.

내가 조에를 보러 가서 기분이 상한 건 이해합니다. 파리에 있는 모든 여자 가운데 하필 가장 거부감을 일으킬 상대를 골랐으니까요. 조에를 만나러 간 나를 상상하는 것만으로도 그랬겠죠. "그녀는 아무 짓도 안 했어요, 피해자는 그녀입니다"라고 말하거나 "당신 누나가 나를 조종해서 이 사달을 일으킨 거예요, 우리가 가까운 친구라는 게 그녀를 힘들게 했으니까요"라고 말할 수도 있었겠죠. 혹은 당신에게 그저 눈앞에서 꺼지라고, 사람들은 나를 떠나지도 않고 나에게 화를 내지도 않는데, 당신도 예외일 수 없다고 말할 수도 있었습니다. 하지만 이렇게 말하는 편이 좋겠습니다. 나도 알아요, 내가 다 망쳤어요. 이번에는 좋은 친구가 아니었습니다.

당신 마음이 상한 바로 그날 저녁, 장비를 갖춘 친구에게 전화를 걸었습니다. 그가 오토바이로 데리러 왔고 그의 집에서 이틀간 머물렀어요. 그의 작업실은 호화로운 크랙 하우스로 변해 있었는데 VIP만 입장할 수 있습니다. 그런데 기분이 풀리지 않더군요. 사실 크랙을 흡입해도 기분이 나아지지 않은 지 꽤 되었죠. 그렇다고 안 하는 것도 힘들거든요.

자, 그 정도면 충분해요. 화를 낸 지 열흘이 되어갑니다. 일방적이긴 해도 내가 우리의 화해를 선언했잖아요.

그나저나 NA 모임은 아주 흥미로웠습니다. 그 이야기를 나눌 수 있는 사람이 당신밖에 없네요. 무엇보다 프랑스라는 나의 나라와 연결되었다는 의식이 봉쇄 분위기를 완전히 바꾸어주는 듯합니다. 아주 깊게 연결되었다고 느끼든 그러지 않든, 그 난장판 속에 온갖 부류의 사람이 있었죠. 중독된 사람들의 모임이니 당연한 거 아니냐고 당신은 말하겠죠. 하지만 오히려 나는 중독자 모임임을 의식하지 않아서인지 거기서 유명인은 많이 보지 못했어요. 집착하고 싶진 않지만 딱 두 명을 발견할 수 있었죠. 경건한 분위기에는 거부감이 들긴 했어요. 아침식사 자리에서 하나님 이야기를 하는 걸 별로 좋아하지 않거든요. 하지만 그러고도 매일같이 모임에 출석하는 걸 보면 난장판에 매료된 비평가처럼 굴고 있네요.

평생 아프지 않는 사람이 존재한다고 철석같이 믿는 흐름이 눈에 띄더군요. 우리 모임에서는 건강한 사람을 기대하기 어렵죠. 대다수는 완전히 망가져 있으니까요. 당신도 나도 전부요. 모임원 대부분이 마약을 하는 행위를 자신을 파괴하는 행위와 동일시한다는 사실도 알게 되었습니다. 그런 이야기를 듣는 동안 디즈니 애니메이션 〈피노키오〉에 나오는 두 명의 사기꾼, 여우 '정직한 존'과 고양이 '기드온'이 떠올랐습니다. 모임원들은 자신을 나쁜 두 조언자에게서 도망치는 가런하고 귀여운 꼭두각시 피노키오처럼 보았죠. 그런 생각에 그다지 동의하지 않습니다. 어떤 순간에는 마약을 하는 일이 상식에 벗어나는 행동이 되긴 합니다. 당신의 의지에 반해 계속 마약에 의존하게 된다는 건 자명한 일이죠. 하지만 처음 시작할 때는 우리를 위험에 빠뜨리는 것만큼이나 보호하려는 행동이었죠. 효과 있는 전략이던 겁니다. 솔직히 말해서, 다들 바보가 아니잖아요. 효과가 있지 않고서는 애초에 이 함정에 빠지지도 않았을 겁니다.

그곳 사람들을 세상을 있는 그대로 바라보는 하나의 틀로 적용해보니 모임이 더욱 즐거워졌습니다. 얼마나 잘 작동하던지요. 크랙에 중독된 사람의 시선에서 세상을 바라보면 이런 말이 이해가 됩니다. "크랙 파이프를 내려놓고 다른 걸 시도해야 하지 않겠어요"라고 이야기하면 듣는 쪽은 "맛이 간 거 아니에요? 주차장에서 약을 하는 게 내 성격엔 맞아요"라고 대답할 테지요. 크랙을 "주주 배당금"이라고 바꿔 말해도 통합니다. 이런 경제가 우리를 재앙으로 몰고 가리라는 사실을 모두 알고 있죠. 권력을 가진 사람들은 상태가 심각한 중독자처럼 "재활시설에 가느니 죽고 말겠어요"라고 대답할 수도 있겠죠.

쓰다 보니 잘난 척을 좀 했네요. 주변만 맴돌며 말을 돌리는 중이에요. 어떤 것에 가입하는 일이 어색해서 그렇습니다. 지금껏 회원 가입이란 걸 해보지 않았어요. 특정 모임에는 더더군다나 말도 안 되는 일이죠. 회복이라는 단어만 들어도 창문으로 뛰어내리고 싶은 충동이 인다는 이유만으로요. 또 다른 모임에 참여한 동안 어떤 일이 일어났기에 당신에게 이렇게 메일을 씁니다. 모임에서 나오는 이야기에 관심은 있지만 멀리서 거리를 두고 지켜보고 있었어요. 어떤 여자가 말을 시작했습니다. 눈부신 외모를 가진 그 여자에게 이입했어요. 아무 장비도 없고 화장도 안 했지만 카메라에 놀랍도록 아름답게 잡히더군요. 그 정도까지 환하게 빛날 수가 없을 텐데 말입니다. 그녀는 크랙이라는 단어를 입 밖에 냈어요. 보통은 상품명을 따로 말하지 않는데요. 그녀는 그렇게 했어요. 내가 이 모임에 동지애를 느끼는 점은, 하지 말라고 요청받은 사항을 정확히 하는 데 익숙한 사람들이 모여 있다는 사실이죠. 그렇게 처음부터 크랙이라는 단어를 뱉고는 말을 계속했습니다. "작은 딸 옆에서 크랙을 피웠어요. 약을 하는 도중에 금단증상이 없어서 중독되지 않았다고 믿었죠." 당신이 모임 때마다 목 놓아 울었다고 말한 게 떠올랐습니다. 나는 울지 않았어요. 하지만 내 안에서 무언가 둑이 터진 것 같은 느낌을 받았습니다. 모두가 말하는 '상대를 자신과 동일시한다'라는 말의 뜻을 알게 된 겁니다. 여자 뒤로 벽에 걸린 그림들을 보다가 그것이 의미하는 게 무엇인지 바로 볼 수가 없더군요.

　나도 마찬가지로 크랙을 안 할 때 금단증상이 없어요. 지금처럼 며칠 동안 약을 안 하더라도 거슬리지 않았습니다. 그 여자와 마찬가지로 나는 중독자가 아니야, 날마다 똑같은 약을 하는 건 아니니까, 스스로에게 이렇게 말해온 거죠. 여러 마약을 번갈아 하거든요. 계절별 사람별 도시별로 상황에 따라 다르게요. 그러니 내가 갖고 있는 마약을 잘 사용하고, 통제하고 있다고 결론 내린 거지요. 하지만 아무리 관대하게 봐줘도, 촬영 도중에 결코 마약을 한 적이 없다고 한 것은 거짓말입니다. 시간이 충분하다고 생각하거나 누군가 친절하게 권할 경우 내 트레일러에서 버젓이 약을 했어요. 촬영을 망치거나 편집할 때 감독이 힘들게 고생하더라도 알아서 처리할 거라고, 감히 나에게 이야기를 못 꺼낼 거라 생각했죠. 감히 '크랙'이라는 단어를 입 밖에 낸 여자와 마찬가지로 나도 예쁘장했어요. 그녀의 솔직함에 머릿속이 혼란스러워졌습니다. 우리처럼 외모가 괜찮은 여자들은 아무에게도 빚지지 않습니다. 특히 진실에 있어서는요. 그녀가 단순하게 진실을 이야기했다는 사실이 놀라웠습니다. 그녀도 처음 NA 모임에 참석했을 때는 거짓말을 했다고 했습니다. 그 이야기를 할 때 사용한 모든 단어가, 그 이야기 자체가 나를 위한 것 같은 기분마저 들었습니다.

날마다 당신을 스토킹하려고 컴퓨터를 켭니다. 하지만 당신이 참여하지 않는 비대면 모임에도 들어가서 듣고 있습니다. 사람들이 "약에 대한 집착이 사라졌어요"라고 말하면 신경질이 나고, 유치하고 맥 빠지는 이야기라고 생각합니다.

동시에 나도 그러고 싶다고 생각해요.

그럴 땐 낙담하기도 합니다. 나의 머저리 짓이 어디까지 가야 멈출지 자문하면서요. 처음에는 페미니스트가 되었어요. 그다음에는 봉쇄 기간에도 열심히 노동에 임해야 하는 약한 사람들을 나와 가깝다 여기게 되었죠. 이제 약을 끊은 채로 살기 위해 어떻게 행동해야 하는지 사람들의 이야기를 듣고 있네요. 이런 속도라면 육 개월 후에는 운동화를 사서 러닝을 나가겠어요. 계속 이렇게 나가다간 대중이 내게 실망할까 봐 두렵기도 합니다. 하지만 관객을 즐겁게 하려고 내가 존재하는 건 아니니까요. 살아남고 싶습니다. 해낼 수 있을지 모르겠습니다. 당신이 하고 있는 일이 내가 가장 두려워하는 일입니다. 도달하지 못 할지라도 위험을 무릅쓰는 일이요.

오스카

솔직히 고백할게요. 당신의 메일을 읽고 기분이 좋았습니다. 사실 당신 때문에, 당신이 저를 배신하고 신뢰를 저버린 일 때문에 중독이 재발할 뻔했습니다. 속으로 생각했습니다. 당신은 저와 있을 때 친구이자 반석처럼 행동했으나, 저를 위한 애정의 공간은 없던 거였다고. 늘 그랬던 것처럼 행동할 준비가 되어 있었죠. 종일 기진맥진 누워서 앓으면서,

나에게는 어느 것 하나 쉬운 게 없구나, 인간존재가 응당 받아야 하는 대로 나를 지지해주는 사람은 이 세상에 없어, 이런 생각을 하며 불안에 빠져 있는 것 말입니다.

그러고 나서 작은 사토리*의 연쇄를 경험했습니다. 물론 잭 케루악을 별로 좋아하지 않습니다. 자신을 과대평가하고 자기 천재성에 빠져 살던 개자식 같은 미국 작가죠. 하지만 그 일이 일어났을 때, 어쨌든 케루악의 책에서 용어를 빌려와야 했어요. '작은 사토리'라는 말을요. 매일 참석하는 모임과 첫 단계의 기록을 통해 구원받습니다. 단약 과정의 첫 몇 달간 일어나는 장밋빛 징후인 듯합니다. 원래 그런 거라고 해요.

그 후에 당신에게 메일이 왔습니다. 처음부터 답장하고 싶었지만 여전히 마음이 심하게 상한 상태였습니다. 여러 모임에 참여한 당신을 상상하니 기뻤습니다. 말로 표현하기 힘드네요. NA 모임에는 이상한 점이 있어요. 다른 사람들이 약을 끊는 과정에 대해 열렬한 지지를 보내게 된다는 겁니다. 심지어 알지 못하는 사람들이라도, 그들의 단약 과정이 잘 진행되기를 바라는 거죠. 우리 삶이 거기에 달려 있다는 듯이 말입니다. 어떻게 그런 일이 일어났는지 아직도 잘 이해하지 못합니다. 그것밖에 생각나지 않았고, 그것이 제가 하는 모든 일을 정의하고 있었죠. 저를 끌어당긴 사람들이 제가 세상에 존재할 수

---

*　고유한 여정에서 태어난 경험과 배움.

있는 하나의 방식임을 깨달았습니다. 그 모든 힘이 저에게서 나왔죠. 저 자신을 그렇게 단단한 존재로 느낄 수 있는지 몰랐습니다. 그렇게나 평온하게요. 스스로를 그토록 신뢰하는 일이 당신에게도 일어나기를 얼마나 바랐는지 모릅니다.

"소속되기 위해서는 약을 끊고 싶다는 욕망을 갖는 걸로 충분하다." 이 공식은 경이로워요. 이번만은 제가 거짓말하지 않는지, 가짜를 만들어내는 건 아닌지, 혹은 내가 그럴 만한 사람인지 아닌지 묻지 않습니다. 저는 이 모임에 소속되어 있어요. 모임원이 되려면 약을 끊겠다는 갈망만으로 충분하기 때문입니다. 누구도 다른 전제 조건, 예컨대 현금카드가 필요하다, 다이어트를 해야 한다, 철자를 제대로 써야 한다, 출신지가 여기여야 한다, 진정한 남자임을 증명해야 한다는 말을 덧붙이지 않습니다. 그야말로 '지금 그대로 충분하다'라는 모임이라고 할 수 있습니다. 더 나아지도록 노력하며 그토록 절실하게 여러 방법과 전략을 바꾸는 이들을 이전에는 본 적이 없습니다. 대체로 성공하기까지 아직 갈 길이 멀지만 문제가 되지 않습니다. 중요한 것은 긴장감이에요. 좋은 방향으로 향하는 긴장감. 그런 경험을 다른 곳에서는 한 번도 한 적이 없습니다. 당신이 매일 아침 우리와 함께 줌 화면의 작은 바둑판 하나를 이룬다고 상상하니 무척 기쁩니다.

클레망틴이 그리 잘 지내지 못합니다. 어쩔 줄 모르겠어요. 아이는 지금 우리 집에 머무르는 중이에요. 레오노르에게도 휴식이 필요했거든요. 아이는 힘들어하고, 저는 처음으로 그것이 저에 대한 반항이 아님을 이해하고 있습니다. 제게 죄책감을 느끼게 하거나 비난하려고 하는 행동이 아닙니다. 아이도 사람인 거죠. 제 삶에 딸린 위성이 아니라요. 좀 더 일찍 알았더라면 좋았겠지만 지금까지 그럴 만한 여유가 없던 것 같습니다. 아이에 대한 생각을 애써 회피해왔습니다. 생각하면 죄책감이 너무 심했거든요.

우리 사이는 제 예상보다는 나아지고 있습니다. 오델로 게임*을 같이 합니다. 아이는 저를 무지막지하게 이기는 중입니다. 저는 장난기 없이 전부를 쏟아붓지만 게임을 뒤죽박죽으로 만들 뿐이죠. 무슨 일이 일어나는지 전혀 이해하지 못합니다. 아이는 저를 완전히 뒤집어놓습니다. 아이가 즐거워하는 모습 때문에 오델로 게임을 계속합니다. 게임을 하는 동안 제가 바보 같다는 생각이 드는 동시에, 아이가 기뻐하는 모습을 보며 왠지 모르게 마음이 아픕니다. 그 과정이 저를 아이에게 가까이 다가가도록 만든다고 말할 수는 없습니다. 저는 아이에게 말하고 싶습니다. 네가 이길 때 얼마나 쩨쩨하고 비장한지 알고나 있어? 하지만 저는 표정을 숨기면서 견디지요. 아이가 좋아하는 음악을 들으면서 오델로 게임을 하는데 그때는 조금 가까워지기도 합니다. 빌리 아일리시가 제

---

*   상대방의 말을 뒤집는 놀이.

게 덤벼들었습니다. 그런 후에 라나 델 레이의 공격에도 저를 내맡기고 있죠. 그들의 가사에 대해 어떻게 생각하는지 입 밖에 내지 않았습니다. "내 음부는 펩시콜라 맛이 나^{my pussy tastes like pepsi cola}.*" 영어를 이해하지 못하는 듯이 행동했지만 속으로는 이렇게 생각했어요. 좋아, 누군가 텍스트를 생각하고 지었군. 저는 이런 아이디어를 좋아합니다. 내 음부는 펩시콜라 맛이 나. 딸에게 PNL의 노래를 들려주려 했는데, 아이의 눈은 자기 아빠가 젊은이들의 음악을 듣는 걸 경악스럽게 생각한다고 말하고 있었죠. 어쨌든 노래를 틀었습니다. 우리는 제 요구에 따라 게임을 바꿨고, 트리오미노스 게임 상자를 꺼냈어요. 적어도 그 게임 실력은 비슷하거든요. 이번에는 아이도 PNL을 틀어놓고 게임하는 걸 허락했습니다. 아이가 남성 가수의 음악을 듣지 않는다는 걸 깨달았습니다. 그저 제스처가 아니고 아이가 내린 결정이죠. PNL은 우울감을 표현하는 방식이 상당히 여성적이라서 문제없이 지나간 것 같습니다. 우리는 배드 버니의 음악까지 갔고, 아이의 반응은 비슷했습니다. 처음에는 경악했지만 결국 받아들였죠.

저녁 8시가 되자, 아이는 창문을 열고서 맞은편 사람들과 서로 박수를 치며 즐거워합니다. 아이가 오기 전에는 베란다에 모여 그런 짓을 하는 사람들을 싫어했습니다. 이런 재앙이 일어나기 전엔 간호사들 주장에 관심도 갖지 않았으면서,

---

* 라나 델 레이의 '콜라' 속 가사.

상황이 지나가면 서로 연대하는 사람도 사라질 텐데, 하는 생각을 하며 그런 행동을 불쾌하게 여겼죠. 아이는 박수 소리를 듣자마자 자리에서 일어났는데, 상황을 즐거워하는 게 한눈에 보였습니다. 그래서 저도 아이 옆에 나란히 앉았습니다. 갑작스러운 제 감정 변화에 놀랐습니다. 저녁 8시경 어둠이 깔리고 주변에 아무도 보이지 않았습니다. 그제야 그 행동이 병원과 아무 상관이 없음을 깨달았죠. 사람들은 어둠 속에서 두려움을 쫓아버리기 위해 스스로에게 박수를 치고 있었습니다. 딸에게 그게 바보짓이라고 말하지 않아 다행이었습니다.

저녁마다는 드라마를 시청합니다. 그렇게 하면 무슨 이야기를 할지 고민하지 않아도 되니까요. 텔레비전 앞에서 저녁을 먹으니 그리 이상적인 모습은 아닙니다. 아내가 아이를 데리러 왔을 때 딸이 저녁마다 〈프리티 리틀 라이어스〉를 네 편씩 연달아 봤다고 말하면 아내는 화를 내겠죠. 게다가 아이에게 학교 과제도 최소한만 하라고 가르쳤어요.

때때로 아이와 대화를 나누려고 애를 쓰지만 쉽지 않습니다. NA 모임 후원자가 이렇게 조언해주었습니다. 아빠는 중독자였으니 믿으면 안 된다는 사실을 아이가 잊기까지 조급해해서는 안 된다고, 시간이 필요하다고요.

저는 광고 속 인자한 아버지는 아닙니다. 하지만 클레망틴도 우리가 꿈꾸는 그런 아이는 아니에요. 아이는 다루기 힘든 면이 있습니다. NA 모임에 딸을 생각나게 하는 아이가 있어요. 당신도 본 적 있을 겁니다. 늘 비디오를 켜두고 뚱한 표정을 하고 있죠. 아파 보일 만큼 머리를 뒤로 잡아당겨 묶고요. 발언권을 얻으면 언제나 부정적인 이야기를 꺼내죠. 그아이는 사람들 이야기에 끼어들어 이런 말을 합니다. "그런건 다 헛소리예요. 너무 멍청하고 불성실해요. 진짜 죽고 싶을 만큼 지루하네요."

그런데 그 아이가 마음에 듭니다. 덕분에 간접적으로 딸을 이해했어요. 일관되게 부정적으로 구는 태도가 사실은 방어적 모습임을 받아들이고, 아이에게 애정을 줘야 한다는 생각이 들었죠.

제가 보내는 관심이 클레망틴에게 충분하다고 느껴지기를 간절히 바랍니다. 아이가 싫은 표정을 짓는 걸 볼 때마다 연고를 발라주고 싶은 마음입니다. 아이에게 묻고 싶어요. 넌 아빠를 누구라고 생각하니? 함께하는 부모 중 하나? 우리 관계는 개선되는 중이지만 더욱 속히 이루어지기를 바랍니다. 아이가 저를 열렬히 사랑해주었으면 좋겠습니다, 아빠와 게임을 하다니 진짜 좋다고, 아빠가 약을 끊은 것도, 우리가 함께 박수 친 후에 드라마를 같이 보는 것도 행복하다고 말해주면 좋겠습니다. 하지만 아이의 신경은 늘 다른 데 가 있어요. 아이의 관심을 끄는 일은 전부 휴대전화에서 일어나고, 그 안에서 무슨 일이 일어나는지 아이는 제게 말하고 싶어하지 않습니다.

어떤 깨달음을 얻은 것 같습니다. 당신이 조에를 만나러 가서 진심으로 원망하고 있었습니다. 누나가 당신을 꼬드겨서 그런 행동을 한 것뿐이라고 말한 점도 원망스러웠어요. 그러다가 깨달음을 얻었습니다. 당신은 저를 엿 먹이려고 그런 게 아닙니다. 모욕감을 주거나 고통스럽게 만들려던 것도 아닙니다. 저와의 관계와는 상관없이 일어나는 일이 있는 겁니다. 설사 그 일이 저를 불쾌하게 만들 수는 있지만, 저에게 맞서기 위한 일은 아닌 거죠.

레베카

내 의견을 살짝 더해보자면, 조심하세요. 과도한 흥분이 열광 상태를 사그라들게 하듯 포용적 태도는 당신을 바보처럼 보이게 할 수 있답니다. 나는 아이 낳는 사람들을 절대 이해하지 못할 겁니다. 사람들은 자신이 좋은 부모가 될지 아니면 육아 때문에 고통받을지 아이를 낳기 전에는 고민하지 않는 듯합니다. 남성들은 여전히 부모로서 최소한의 일만 하지요. 하지만 그것조차 당신에게 문제를 불러일으켰네요.

어제 친구가 전기자전거를 빌려줬어요. 친구는 고정기어 자전거인 픽시를 탔습니다. 그의 계획은 매일같이 저녁 8시에 외출해서 '투르드프랑스 우승자라도 된 것처럼' 박수를 받는 것입니다. 보통은 누가 자전거를 타러 가자고 하면 화를 냈을 거예요. 하지만 더는 갇혀 있기 싫어서 같이 나가자고 했습니다. 당신 생각이 나더군요. 아마도 당신 집 창문 아래를 지나칠 것 같았거든요. 사람들이 나를 알아보았고 갈채를 보내주었습니다. 언제나 파리를 사랑했지만 요즘은 새로운 일상 아래 파리를 발견하는 기분이 듭니다. 그 안에 슬픔이 있어요. 한 시대에 작별을 고하는 주문 같은 것이 들어 있음을 깨닫고 있습니다.

레퓌블리크에서 경찰이 이민자들이 점거했던 광장을 치우고 있었습니다. 우리는 반대 방향으로 페달을 밟았습니다. 경찰관에게 나는 꽤 인기가 있어서 언제나 사진 요청을 받거든요. 그날 저녁을 망쳐버렸다고 생각했는데, 페르라세즈 묘지 근처에 이르렀을 때 아이 하나가 전동휠을 타고 있더군요. 열둘이나 열세 살 정도로 보였는데 키가 컸습니다. 바퀴 하나를 타고 벌이는 바보 같은 행동을 보고 있으니 웃음이 터져나왔어요. 그 모습을 아이가 봤고, 우리와 합류해서 셋이서 꽤 오래 달렸습니다. 우리는 묘지를 따라 돌았습니다. 그 동네는 내가 사랑하는 곳이었고, 영화 속 장면처럼 근사했습니다. 내가 살아가는 그 순간이 영화의 한순간이었습니다. 절대적 은총의 순간이었죠.

오늘은 신경이 한껏 예민해요. 이 세상 중대사가 그렇게 진행된다는 걸 알지만, 병원과 학교와 문화가 파괴되는 행태에 분노를 누를 수 없습니다. 트럼프는 이십사 시간 내내 헛소리를 내뱉고, 러시아는 동성애자를 감금하고, 중국은 홍콩 시위를 진압하기 위해 위기 상황을 이용하고, 이곳 프랑스는 이민자를 대놓고 쫓아내려고 경찰을 시켜 담요에 최루탄을 쏘아 사용하지 못하게 만들었다는 말을 들었거든요. 하지만 오늘 내 기분이 엉망이 된 이유, 속이 뒤집어지고 바닥을 치는 진짜 이유는 따로 있습니다. 석 달 전에 입은 바지를 오늘 아침 다시 찾았는데 들어가지 않았어요.

미리 말해두지만, 이 문제에 관해 한마디도 옮기지 마세요. 그러다가 내 손에 죽을지도 몰라요. 문자 그대로 진심입니다. 나는 극도로 분노했어요. 그 사실을 받아들이느니 감옥에서 썩는 게 낫겠다고 생각할 정도의 타격이었습니다. 몇 년 동안 샤워를 마치고 나올 때 거울을 보지 않겠다고 스스로 약속했습니다. 쇼윈도를 지나갈 때도 얼굴을 비춰보지 않아요. 사진을 촬영할 일이 있으면 신속하게 마칩니다. 지금껏 내 얼굴을 볼 때면 늘 마음에 들었어요. 그런 이유로 내가 거리낌 없이 마약에 빠지던 시절이 아쉬운 겁니다. 사람들은 이게 부차적인 문제라고 말합니다. 여자들은 헤로인을 좋아합니다. 헤로인이 우리가 선망하는 완벽한 몸매를 만들어주기 때문입니다. 더 많이 복용할수록 더 예뻐지죠. 누구와 견주어도 뒤떨어지지 않을 외모를 갖는 것, 초반 몇 년은 그걸 목표로 삼습니다. 날마다 코카인을 흡입하는 이유도 그거예요. 우리가 어릴 땐 암페타민이었죠. 살을 찌지 않게 해주는 마약이라서 선호했습니다. 그 과정에서 어떤 일이 일어나는지는 이해하지 못했습니다. 최근 몇 년 동안은 적지 않은 양의 코데인을 복용했는데, 신진대사를 관찰해보니 아무런 효과가 없었습니다. 나이 영향도 있겠지요. 혹은 와플과 샹티이 크림에 대한 강렬한 집착 때문일 수도 있어요. 뭐든 상관없습니다. 뚱뚱해지고 싶지 않았지만 그렇게 되어버렸네요.

아침에 일어나면서 "난 뚱뚱해"라는 생각을 하지는 않습니다. 아침에 눈을 뜨면 '보기 싫은 돼지 같아, 배가 얼마나 툭 튀어나왔는지 알기나 해' 같은 자책을 가장 먼저 하는 여자들을 알고 있습니다. 나는 그런 성격은 아닙니다. 진심으로 그렇게 생각하지 않거든요. 지금 보이는 내 모습을 실제 나와 동일시하지 않고 있습니다. 진짜 모습이 저절로 돌아오기를 기다리고 있어요. 물론 지금보다는 나이가 들었겠죠. 그래도 성형수술은 하지 않을 겁니다. 결과가 좋은 사람을 못 봤거든요. 하지만 날씬은 해야 해요. 나는 항상 마른 몸매에 큰 가슴을 갖고 살아왔어요. 순식간에 몸에 변화가 일어난 게 이해되지 않습니다. 못생긴 사람조차도 살 찌는 건 원하지 않습니다. 그건 내 눈에 광적으로 보였어요. 내가 본 수없이 많은 평범한 여자들은 진지하게 말했습니다. "괜찮아요, 다이어트중이라서." 그들을 보며 속으로 생각했죠. 내가 너처럼 생겼다면 끼니마다 감자튀김을 먹을 텐데. 어차피……. 몸매 관리는 여자들에게 순결에 가깝습니다. 과도하게 중요한 복종의 신호죠. 나는 그동안 몸매에 신경 쓰지 않고 살았어요. 마약을 너무 해서 살이 찔 겨를이 없었죠. 이제 내 몸은 예전과 달라졌고, 그에 대해 사람들이 하는 이야기를 듣고 싶지 않아요. 오늘 아침 체중계에 올라갔어요. 위층에 사는 이웃 여자의 집에 간 김에 말이죠. 내가 욕실에서 뭘 하는지 알지 못하도록 문을 꼭 닫고 있었습니다. 신성모독적 발언이 입에서 튀어나왔죠. 여자 배우가 살이 찌다니 용납할 수 없는 일이에요.

그 일에 그렇게나 타격받은 사실이 부끄럽네요. 스스로 평범한 규정에서 벗어나 있다고 생각해왔는데요. 그런데 이런 집착은 너무도 흔해요. 내가 느낀 우울감은 지극히 진부하죠. 스스로 이해하려고 노력합니다. 어쨌든 나도 나이가 들었다는 생각도 합니다. 만일 살이 찌지 않았다 해도, 어쨌든 늙을 거라는 사실은 변함이 없으니까요. 감자튀김을 먹고 까칠하게 굴지 않는 편이 더 낫습니다. 평정심을 유지하는 사람이고 싶었어요. 여느 남자처럼요. 로버트 드니로가 체중계에 올라가서 눈물을 흘리겠어요? 절대 아닙니다. 토니 소프라노가 자기 세대의 가장 섹시한 남자가 되기 전 너무 뚱뚱하지 않은가 고민했을까요? 결코 아닙니다.

다시 한번 말하지만, 애송이 작가님. 내가 방금 한 이야기를 어디서든 말했다가는 죽을 줄 아세요. 우리가 화해했다고 해서 무슨 행동이든 받아들이는 건 아닙니다.

오스카

당신은 이탈리아 여인처럼 아름다워요. 이런 말을 듣는다고 마음이 놓이진 않겠죠. 하지만 평범한 여자가 되기에는 매력이 차고 넘친다고요.

당신은 외모가 비교할 수 있는 게 아니라고 하겠지만, 저는 외모란 상대적이라고 생각합니다. 자기 몸에 수치심을 느끼는 사람의 입장에서 하는 말이에요. 중요한 차이는 당신이 여자이고 내가 남자인 것이 아닙니다. 태어나서 단 한 번도 거울을 보면서 '좋아, 괜찮군'이라고 생각한 적 없는 사람이라는 게 차이죠. 저는 왜소합니다. 날씬한 것과는 달라요. 우아한 스타일도 아니고, 호리호리하거나 세련된 타입도 아닙니다. 그냥 말랐어요. 가난한 집 아이가 마른 것처럼요. 반박할 수 없을 겁니다. 어깨도 좁고 팔은 가냘프고 피부는 너무 창백합니다. 식스팩이 있는 몸은 상상도 못 했고, 뼈가 드러난 데다 잔근육도 없습니다. 저로 태어난 게 언제나 우울했죠.

그런 제 인생을 구원한 사람은 스눕 독이었어요. 그는 저보다 키가 큽니다. 물론 흑인이고, 미국인이며, 백만장자이기도 합니다. 음악계 판도를 완전히 바꿔버린 앨범을 발표한 뮤지션이죠. 처음으로 저와 같은 몸을 가진 남자를 봤어요. 심하게 마른 몸이었죠. 그런데 전혀 우습지 않았습니다. 괴짜이지만 우스운 사람은 아니거든요. 그에게는 타고난 여유가 있습니다. 그가 누굴 닮았는지 깨달았을 때 경악했죠. 그는 나와 마찬가지로 앙상한 남자였지만 보기 흉하지 않았어요.

당신은 남자들은 외모 말고 다른 부분으로 자신을 규정할 수 있다고 말하겠죠. 한 번도 잘생긴 적이 없었으니, 눈부시게 아름답던 외모가 시드는 게 어떤 느낌인지 모른다고 말할 수도 있을 겁니다. 그건 사실이에요. 어떤 방에 들어갔을 때 외모로 주변을 매혹하는 게 어떤 느낌인지 전혀 알지 못합니다. 그저 아름다운 외모를 지녔다 해서 너도나도 대화하려고 몰려든다니요!

제가 조에와 겪은 일은 다른 여자 사이에서도 수없이 있던 일입니다. 나서서 자신도 그랬었다고 하는 사람이 없는 게 놀라울 정도였습니다. 제가 좋아했지만 사귀지 못한 여자가 한 트럭은 되거든요. 다행스러운 건 언제나 고백은 하지 않았다는 점입니다. 많은 경우 대놓고 관심 없다는 표시를 했으니까요. 사실 이번 비방에서 제가 가장 상처받은 말은 "남자들이 하는 짓은 진짜 혐오스럽고, 끔찍해! 싫다고 했는데도 계속 치근덕대다니" 같은 말이 아니라, 바로 이런 말이었습니다. "어떤 여자도 그 인간을 원하지 않을 거야. 매력적인 데가 전혀 없거든. 남성미도 전혀 느껴지지 않더라. 여자들은 본능적으로 남성성을 감지하는데 그 남자를 원할 리 없지. 메스꺼운 인간이야."

조에와의 사건으로 나둥그라질 정도로 타격을 받은 건

맞습니다. 하지만 저는 열 번 스무 번도 넘게 같은 일을 겪었습니다. 그들과의 관계에서 이런 확신에 빠지는 거죠. 저 여자는 나를 위한 사람이 분명해, 그녀의 작은 몸짓 하나도 소중해, 그녀가 내보이는 모든 행동이 좋아, 우린 분명 우리의 삶과 영감을 공유할 수 있을 거야. 그런데 그쪽은 나를 원하지 않았습니다. 저 대신 아무 머저리에게 끌리더군요. 심지어 그 남자들은 잘생기지도 않았습니다. 하지만 저는 안 되는 거예요. 제게 결함이 있는 것 같았습니다.

사건의 전말을 궁금해하는 이들에게, 조에가 저를 끈질기게 비방하는 이유는 단지 유명세를 얻기 위해서였다고 큰 소리로 떠들어대고 싶습니다. 하지만 알고 있습니다. 조에가 앞선 많은 여자들처럼, 그리고 그 이후의 많은 여자들처럼 저를 거절했다는 사실을요. 제가 이룬 성취 덕분에 몇몇의 눈에는 조금 덜 불쾌한 존재가 되었는지도 모릅니다. 하지만 제가 원하는 여자와 제게 흥미를 보이는 여자는 결코 같지 않습니다.

레베카

남성의 외모가 여성에 비해 중요하지 않다고 말한 기억은 없습니다. 나는 그런 말은 하지 않았어요. 당신이 처한 지독한 상황이 안타깝습니다. 하지만 그에 대해 더 말하고 싶은 생각은 없습니다. 진지한 답변에 고맙다는 말을 전해야겠네요. 위로가 되었습니다. 하지만 서랍 속 줄어든 옷의 미스터리도 더는 듣고 싶지 않습니다. 그 화제로 돌아가는 건 힘에 부칩니다. 그 일은 이제 신경 껐어요. 내겐 훨씬 중요한 일들이 있습니다.

나는 잘 지내요. 요즘은 이웃집 여자 집에 자주 갑니다. 두 층을 올라가는 것만으로도 기분이 전환되거든요. 그녀의 남자친구는 다른 곳에서 자가격리를 한다고 집을 떠난 상태예요. 그들은 그동안 미친 듯이 욕을 하며 싸워댔습니다. 나는 그걸 알 수밖에 없는 위치에 살고 있어요. 우리 집 창문은 열려 있고, 그들이 하는 말이 전부 들렸거든요. 심리주의 미국 드라마를 시청하는 기분을 내내 느꼈습니다. 미친 듯이 신경을 긁는 끝없는 말다툼이었죠.

계단에서 여자와 마주칠 때가 있는데, 그녀는 세련되었고 고루한 부분이 전혀 없는 데다 언제나 완벽하면서도 우아하고 멋진 모습이었어요. 그런데 우리 집의 네 배 정도인 아파트에 들어갔을 때, 말도 못 하게 지저분한 상태라서 정말 놀랐습니다. 그 집 가정부가 더는 일을 못 하겠다고 거부했대요. 남편이 나이가 들어 바이러스가 무섭다고요. 그녀는 가정부가 없는 상황에 제대로 적응하지 못하고 있었습니다. 청결을 강조하는 나를 비난하지는 마세요.

초반에 우리는 함께 어울렸습니다. 그녀는 심각할 정도

로 우울하진 않았습니다. 그녀 말로는 소동은 이미 오래전에 끝이 났다고 했어요. 몇 년 전부터 남자친구와 잠자리도 갖지 않았다고 했습니다. 진작에 이별해야 했었는데 하며 이제는 혼자 있고 싶다는 말도 했어요. 조용히 혼자 술을 마시는 것 외에 아무것도 바라지 않았습니다.

그녀는 예의 바르고 까다롭지 않은 사람이에요. 움직임에는 프리마돈나의 우아함이 배어 있고, 한 줄기 빛이 그녀를 따라다니는 듯한, 그녀에게만 들리는 어떤 멜로디에 따라 몸이 반응하는 듯한 느낌을 받았습니다. 스무 살 시절 사진을 보니 오드리 헵번을 닮았더군요. 지금 그녀는 마흔 정도로 보이는데, 대화를 나누며 관찰한 바로는 내면에 미친 듯한 고통을 느끼는 여인과 소란스러운 소녀의 얼굴이 모두 들어 있었습니다. 두 모습은 얼핏 보기엔 충돌하지 않고 공존하지만, 자세히 지켜보다 보면 그녀가 두 극단 중 어디에 속하는 사람인지 궁금해집니다. 함께 나눌 이야기가 끊이지 않았고, 어렵지 않게 대화가 흘러갔습니다. 그녀가 첫 번째 술병을 땁니다. 나는 술을 즐기지 않습니다. 잔에 손만 가져다 대고 마시지 않는 모습을 본 그녀가 다시 커피 한 잔을 준비해주었습니다. 그러다가, 정확히 어떤 순간에 변화가 일어났는지 알 수 없지만, 내 앞에 갑자기 전혀 다른 여자가 있었습니다. 술에 완전히 취한 여자가요. 서서히 모습을 바꾸는 게 아니라 배우가 역할을 바꾸듯 순식간에 바뀌었습니다. 그녀의 몸짓은 정

217

확하고, 자리에서 일어날 때 비틀거리지도 않고, 초점이 흐려지지도 않았습니다. 동일한 몸에 동일한 얼굴이었습니다만 몸에 내재한 인격은 극적으로 바뀌었죠. 변화를 보자마자 담배를 들고 집으로 내려왔어요. 오후가 시작될 때 나타나는 소녀의 모습은 좋아하지만, 그녀 안의 술 취한 여자는 매번 똑같은 두려움을 늘어놓으면서 진을 빼거든요.

그녀가 말하길 여자는 술을 마시면 비난받는다고 하더군요. 너무 솔직하게 행동하거나 과하게 성욕을 드러낼까 봐 주변에서 두려워한다고요. 그 말이 옳다는 걸 알고 있습니다. 하지만 그녀 내면의 비겁함과 추함과 절망이 갑자기 드러날 때면 나도 벗어날 준비를 합니다.

변화를 겪는 그녀를 위해 이웃집으로 가야 할지 고민하고 있습니다. 봉쇄 시작 이후로 깨끗한 상태를 유지하고 있는 나를 축하하며 말이죠.

오스카

파리에 살면서 코로나 이전의 자동차 소음이나 매연을 그리워하는 사람을 보지 못했습니다. 길을 건너려면 차가 지나가기를 오 분은 기다려야 했던 그때를 그리워하는 사람도 보지 못했어요. 반대로 고요한 파리가 마음에 든다, 너무 평온하다. 난생처음으로 파리의 봄 내음을 맡았다는 말은 적어도 하루에 한 번씩 들은 듯합니다.

그 외엔 각자 살아가는 방식에 따라 다르죠. 어떤 이는 머리가 돌 지경이 되고, 어떤 이는 술을 더 마시고, 어떤 이는 집을 가꾸고, 어떤 이는 헤어지고, 어떤 이는 집에서 아이를 가르치며 어마어마한 것을 배우고, 어떤 이는 두꺼운 책을 쓰고, 어떤 이는 불면을 얻고 어떤 이는 잠을 되찾고, 어떤 이는 격렬한 운동을 하다가 다치고, 어떤 이는 OTT 플랫폼에서 볼 수 있는 한국 드라마를 모조리 봤을 테죠.

하지만 혼잡하게 늘어선 차 사이를 헤치며 길을 건너던 그때를 그리워하는 사람은 한 명도 보지 못했습니다.

인터넷에서 자료를 검색해서 세계보건기구가 내놓은 첫 번째 통계 수치를 가져왔습니다. 매년 전세계 교통사고 사망자 수는 130만 명가량에 이른다고 합니다. 부상자 수는 2000만 명에서 5000만 명에 이릅니다.

130만 명이라니. 교통사고 사망자 수가 십사 년만 누적되어도 제1차 세계대전과 사망자 수와 똑같아집니다. 코로나는 그에 비하면 아무것도 아닙니다. 봉쇄가 없었더라도 전세계에 또 130만 명의 사망자가 생겨나지 않았을까요.

연간 130만 명의 사망자 가운데 많은 수가 청년, 운동선수, 노동자, 아이, 여성, 트럭 운전사, 버스 기사, 배우, 노인이었습니다. 대부분 빈곤층이라는 이유로 그간 눈에 띄지 않고 지나간 겁니다.

제가 스무 살이던 시절, 자동차 광풍이 일었습니다. 장거리 자동차 여행, 커다란 미국 자동차와 프랑스 빈티지 자동차에 대한 매혹……. 열광적 분위기가 형성되었습니다. 우리는 어떤 의문도 없이 열 시간씩 도로를 달렸습니다. 질주하는 게 그저 좋았거든요. 우리는 인간적 삶보다 자동차를 좋아합니다. 그건 산업의 문제이기도 합니다. 석유를 에너지 삼아 돌아가는 경제, 도로 관리를 둘러싼 알력 다툼, 그런 흐름이 변하는 걸 원치 않는 강력한 주주들. 하지만 우리는 우리 행동이 이성적 판단에 의한 거라고 계속 믿고 있어요. 그런 행동은 1퍼센트에 속하는 사람들의 갈망으로만 설명될 수 있습니다. 하지만 우리는 자동차를 신으로 여깁니다. 우리 기술에 스스로 경도된 거죠. 그건 전혀 이성적이지 않습니다. 신의 비위를 맞추거나 분노를 잠재우기 위해 매년 피라미드 꼭대기에서 아이들을 희생시키는 것보다 더 비이성적입니다. 끝도 없이 사망자를 내면서도 책임을 덜 지려고 하는 거죠. 이성을 잃어버린 행태입니다.

우리는 일일이 이름 붙이지 못할 만큼 잔인한 신을 많이 숭배합니다. 자유주의라는 이름하에 시스템의 톱니바퀴를 고안하여, 몇몇의 이익을 위해 모두에게서 일할 기회를 빼앗는 비극적인 잔인성을 행하기도 합니다. 변변찮은 잉여를 생산하기 위해 지구를 훼손하죠.

기술 없이는 우리 육체도 가치가 없다는 신념이 퍼져 있습니다. 우리가 신으로 숭배한 일부 기계 앞에서 우리 종의 무용성을 믿는 겁니다. 바이러스는 우리가 만들어낸 기계가 아니므로, 그로 인해 사람이 죽는 일은 참을 수 없는 겁니다.

팬데믹이 끝나도 이성의 시대로 되돌아가지 못하리라는 걸 모두 알고 있습니다. 우리는 기계 신을 섬기기 때문입니다. 휴대전화 신, 인터넷 신, 핵폭탄 신, 비행기 신…… 이 모든 신은 우리를 무가치하다고 느끼게 합니다. 그들은 자신을 위해 죽는 것에만 가치를 둡니다. 우리는 기계를 통해 진보한 존재가 아닙니다. 기계에 잡아먹힌 존재입니다. 우리가 만든 피조물의 권능에 경악하고 말았습니다. 기계 자체는 문제가 아닙니다. 성경 속 하나님은 믿음을 입증하기 위해 아브라함에게 아들 이삭의 목을 내려치라고 요구했죠. 절대 권력을 숭배함을 입증할 때 우리가 아는 유일한 방법이 바로 그것입니다. 권능을 위해 죽는 것. 바로 그 점이 문제입니다. 우리는 조잡한 바이러스로 죽는 걸 참을 수 없습니다. 하지만 자동차 사고는 멋진 죽음이 되는 겁니다!

레베카

나도 말해볼까요. 조부모 세대에서 "옛날엔 바로 옆 마을에 갈 때도 종일 걸어야 했지. 그때가 더 좋았어"라고 말하는 사람을 보지 못했습니다. 당신은 80년대에 드보르 가문을 맹목적으로 따르던 프랑스 이주민을 떠올리게 하네요. 그들 모두 부르주아였다는 건 자명했지요. 우리 집에선 모두가 춥고 배를 곯던, 텔레비전이 있기 전 시절이 더 좋았다고 유쾌하게 말하는 사람은 없었습니다.

내가 오 분간 자전거를 탔다고 해서 차 없는 도시에 관한 당신의 흥분 어린 상상에 동참하리라 기대하는 건 아니겠죠. 물론 조용하고 좋긴 해요. 하지만 어서 예전으로 돌아가면 좋겠습니다. 식료품 때문에 특히 그래요. 나는 요리를 하지 않아요. 열정적으로 요리하는 사람을 존경스럽게 바라보지만, 나한테는 해당되지 않아요. 아래층 식료품 가게 사장이 아내가 만든 요리를 가져다줍니다. 나를 안됐다고 생각하거든요. 나도 다른 연예인처럼 인스타그램 계정을 열고, 평범한 이들처럼 똑같이 자가격리중임을 알리기 위해 집에서 가장 소박한 방을 배경으로 영상이라도 찍어야 하나 싶어요. 다만 내가 할 말은 오직 하나예요. 배가 너무 고파요. 누군가 먹을 걸 좀 가져다주세요.

사람들이 다시 거리로 나오고 있어요. 보도에 동네 아이 네 명이 작은 무리를 지어 있는데 한 아이는 마스크를 쓰고 있고, 다른 아이는 목 쪽으로 내리고 있고, 두 명은 마스크가 없네요. 아이들은 웃고 있어요.

　그저께 나는 진탕 약에 취했습니다. 참을 수 없었어요. 오래전부터 아는 지인이 오라고 해서, 속으로 '이번 한 번만' 하고 생각했습니다. 괜찮았어요. 하지만 파티가 끝나자 당장 줌에 접속해 모임에 들어가야겠다고 생각했어요. 나는 처음으로 모임에서 발언을 했습니다. 비디오는 꺼둔 상태로요. 심장이 미친 듯이 뛰었어요. 금요일 모임은 게이들 모임이었는데 모두 잘생겼더군요. 초콜릿 상자 같았죠. 줌 화면에서 모자이크처럼 배열된 그들을 보니 감탄이 나올 정도였어요. 캠섹스*와 틴더가 시너지를 내는 바람에 엄청난 피해자가 나왔는데, 그들 모두 마약 문제를 고백하기엔 어린 친구들이란 걸 알 수 있었습니다. 나는 내 안에 게이의 영혼이 깃든 것 같은 느낌을 받았습니다. 그들은 정액 샤워 및 자위행위를 일삼는 격동적인 환각 이야기에서 시작해, 오스트리아의 엘리자베트 황후, 치마를 부풀리기 위해 안에 입는 페티코트, 슈트라우스의 왈츠 같은 소재로 이야기를 자유자재로 전환했습니다. 어떤 중간 단계도 거치지 않고, 아주 부드럽게, 양쪽 주장에서 하나를 선택해야 한다는 압박도 받지 않고서 말입니다. 그 이야기가 나를 온전히 대변해주는 느낌이었습니다. 모임에 참여한 시간이 유익했어요.

　마약이 어떤 것인지 그 정도로 깊게 생각한 적이 없습니

---

*　마약 복용 후 갖는 성관계.

다. 나는 마약을 할 때 어머니가 칭찬하던 방식처럼 나를 대합니다. 일관성 없고 불안하게 스스로에게 보상하는 거죠. 즐거움을 얻을 줄 모르는 사람, 스스로 보호할 줄 모르는 사람, 단순히 기분과 자존심 때문에 잘못을 저지르는 일을 구별할 줄 모르는 사람처럼 말입니다. 슬픔과 분노로부터 무얼 해야 할지 모르는 사람, 화재 초기에 불을 끄듯 그 모든 걸 꺼버려야 한다고 믿는 사람처럼요. 어머니는 우울한 여자의 딸이었죠. 아무것도 아닌 일로 맹목적으로 우리에게 상을 주었습니다. 공허감을 채우기 위해서요. 어머니는 소비하는 걸 좋아했고 나에게 달콤한 것을 사주었습니다. 어머니는 전쟁이 끝났다고 믿던 소녀였죠. 내가 지나온 세상은 그렇게 잔혹함이 흔한 시대였어요. 공포, 박탈, 헤어짐의 연속이었죠. 조부모님은 세 번의 전쟁을 겪었고, 그 사이에서 힘든 노동과, 국가를 향한 신뢰와 충성이 요구되었습니다. 모든 것이 이러한 역설 위에 세워졌다는 게 놀라워요. 사람들은 여성에게 약함과 고통과 섬세함의 속성을 부여한 반면, 여성은 골반이 양쪽으로 갈라지는 출산을 감당하고 폐허가 된 도시에 홀로 남겨져 전쟁에서 살아남습니다. 그렇게 살아남은 우리 할머니를 항상 떠올려요. 첫 전쟁 때 징집된 아버지와 삼촌들을 기차에 실어 보내고, 두 번째로 전쟁이 발발했을 때 남편과 남자 형제들을 실어 보내고, 알제리 전쟁 때 아들을 실어 보내고. 매번 기차에 올랐던 사람은 결코 돌아오지 않는다는 사실을 경험으로 알게 되셨죠. 돌아온다고 할지라도 그사이 모든 것이 바뀌어 있을 터였습니다. 우리 어머니는 그런 부조리한 환경에서 태어났습니다. 그러니 상황이 허락하는 한 되는 대로 상을 주었죠. 불안을 자아내는 공허함을 달래려고요. 이런 분위기 속에서 열세 살에 술과 헤로인과 암페타민과 혼합물과 환각제 LSD와 대마초를 원하게 되었습니다. 나를 파괴할 수 있는 마약은 어떤 것이든요.

　가부장제가 어떻게 그토록 오랜 시간 강화되었는지 의아해하는 페미니스트들 발언을 듣고 있습니다. 그들은 강간에 대한 공포 때문이라고 말합니다. 70년대의 이론으로 오늘날은 매우 논쟁적이지만, 아직까지도 우익 기독교 페미니스트 측에서 강조하는 이론이죠. 어떤 이들은 분리와 단절에 대한 두려움을 언급합니다. 우리가 외부에서 부여받은 역할과 자신을 동일시하길 원한 나머지, 그 역할대로 사는 것이 불가능할지라도 그것을 중요하게 여기는 결과에 이르렀다고요. 그들은 복잡한 설명을 찾고 있습니다. 그런데 전쟁을 자연스럽게 받아들이는 그들이 전쟁의 영향은 진지하게 다룰 가치가 없다는 듯 행동하는 부분은 이해가 가지 않습니다. 그들 중 어떤 이들은, 만일 네가 열세 살에 누군가로부터 추행당했다면 네 인생에는 영원히 수치라는 낙인이 찍힌다는 점도 설명해줍니다. 그들은 전쟁이 수차례 거듭되었음에도, 되풀이되는 전쟁이 가부장제에 내재된 병리성과 어떻게 짝을 맞추어 왔는지 어떤 관련성도 보지 못합니다. '남편에게 설거지할 생각이 있는지 물어볼게요'라고 말하는 것보다 '전쟁에는 어마어마한 피해가 뒤따르니 무기 공장을 폐쇄해야 합니다'라고 말하는 것이 훨씬 야심 찬 소리로 들린다는 건 이해합니다. 하지만 모든 것의 중심에 전쟁이 있습니다. 나는 남성들을 규탄하고 싶습니다. 무언가를 만들어내는 유일한 방식이 무자비하게 피 흘리는 결과를 통해서라니요. 이론을 세우는 건 별게 아니에요. 나도 하나 말해볼까요. 남성들은 아이를 출산하지 못하는 데 절망한 나머지 출산처럼 똥과 피를 분출하는 뭔가를 준비한 겁니다. 아무 짝에 쓸모없는 것을 발생시키기 위해서요. 패배한 나라와 승리한 나라라는 결과 말입니다. 우리가 도착한 곳이 고작 이곳입니다. 하지만 내가 목도하고 있는 것은, 지금 주장을 펼치고 있는 페미니스트들이 전쟁이라는 문제는 덮어둔 채 앞으로도 오래 고민할 것 같다는 점입니다. 그들은 나와 마찬가지로 자신의 남자 형제와 남편과 아들의 가방을 싸주고 그들을 역까지 마중했던 여자의 딸입니다. 그 남자들이 집으로 돌아왔을 때, 그들에게 동등한 임금을 주장할 지도자가 여성 가운데 없었던 사실은 분명합니다. 코로나가 우리를 덮친 풍경은 도시가 폭파되고 두 동강이 난 상황을 상상하게 합니다. 전쟁과 트라우마의 상흔은 너무 깊어서 인간을 결속시킵니다. 골절 후 잘 관리하지 못해 덜컹거리는 뼈처럼 서로 붙어 있어요. 모든 것이 붙어 있으나 호흡은 하지 못하죠. 우리는 독일인, 개신교도, 유대인, 알제리인, 동성애자, 아프가니스탄인, 베트남인, 집시, 반체제 인사 사이에서 살고 있습니다. 견고하게 서 있는 벽은 남성도 아니고, 여성도 아니고, 아무것도 아닙니다. 우리는 남이 아닙니다. 바로 전쟁이, 우리가 남이 아니라는 사실을 상기하는 겁니다.

　내가 환각에 빠져 있었을 때 곁에는 매혹적인 남자와 주거 부정자, 흑인, 창녀, 장관, 대사, 철학자, 화가, 튀니지 난민, 여자 배우 무리가 있었어요. 나는 그 타인 중 하나죠. 우리 뼛속 깊은 곳에는 선조들이 몸소 겪은 전쟁이 있습니다. 전쟁의 기억은 언어나 문화적 유산보다 훨씬 강력하게 전달되어 두려움을 낳습니다. 그럼에도 나는 우리가 물려받은 전쟁에서 벗어나려 애쓰고 있다고 믿습니다.

　내 생각은 이렇습니다. 평생 마약을 했지만 그건 어린 시절 우리 집에서 일어난 일이나 성장한 뒤에 내가 겪은 일과 전혀 상관이 없습니다. 내가 치료해야 하는 문제는 내 안의 전쟁입니다. 나를 보호하기 위해 안간힘을 쓰는 내 안의 부모이고요. 단단한 바탕에 서 있어서 필요가 없는 때에도 자꾸 구명조끼를 던져주는 존재죠. 심지어 나는 구명조끼를 어떻게 사용하는지도 모르는데요. 그러나 내가 쫓아내려는 불안은 내 것이 아닙니다. 오랜 두려움에서 비롯한 것이에요. 우리는 정치적 이유로 마약을 합니다. 우리 이전에 살다간 이들과 대화를 나누려고, 전쟁의 기억에서 벗어나려고 마약을 합니다. 선조들을 관통한 전쟁, 돌아오거나 돌아오지 못한 사람들, 도시에 방치된 여자들의 허기, 우리를 옭아매는 덫과 같은 불안을 잊기 위해 마약을 합니다. 혹은 전쟁과 혼돈 상태와 강렬함을 상기하기 위해, 우리가 아직 살아 있으며 그것이 일상의 기적임을 떠올리기 위해 마약을 합니다. 하지만 우리의 생각은 언제나 전쟁에 머물러 있습니다. 그런 이유로 봉쇄 기간 중에 수많은 이들이 마약을 시작하겠죠. 홀로 있는 게 두렵다거나, 직장을 잃었다거나, 원하는 대로 이유를 지어내기도 할 겁니다. 하지만 우리 안에서 일어난 불안은 몇 년에 걸친 전쟁의 기억입니다.

항상 다른 이와 반대로 행동해야만 마음이 편한 사람으로서, 인정합니다. 잠들어버린 도시의 부조리한 침묵 속에서 내가 비대면 모임이라는 곳까지 이르렀다는 걸요. 마약을 참기 위해 사람들이 어떤 노력을 하는지 줌 화면을 통해 듣고 있어요. 난생처음 이 행위가 어리석지 않다고 생각하고 있습니다.

오스카

매일 줌 모임에 출석합니다. 첫 단계를 기록하는 데 한 시간이 걸려요. 그동안 내가 마약이 가능한 조건을 만들려고 나머지를 전부 희생시켰다는 사실을 깨닫는 중입니다. 모임에 참여한 이후로 계속 조에 카타나와의 스캔들에서 나를 보호할 필요가 있어서 여기 들어온 거라고 허세를 부리고 있었습니다. 다른 사람들 같은 중독자가 아니라는 식으로요.

자신을 속이고 있었습니다. 원하는 대로 행동하고 싶어서, 혹은 사적인 일에 간섭하지 않게 하려고 여자친구에게 거짓말을 일삼았지만 그게 전부가 아니었습니다. 코카인에 코를 들이밀었어요. 다락방에서 말입니다. 우리 집은 주방 문을 통해 옛날에 하녀들이 쓰던 다락방이 있는 층과 연결되는 구조인데, 우연히 관리인으로부터 방이 비었다는 이야기를 듣고 별 고민 없이 계약했어요. 조용히 마약에 취할 공간을 갈망하던 머릿속이 방의 쓸모가 무엇인지 바로 알았던 겁니다. 책과 원고를 쌓아두는 용도라고 말하고 나서 방을 대충 정리했습니다. 그러고는 조엘의 딸이 종일 엉겨 붙은 상태에서는 조용히 글을 쓸 수 없다고 선언했어요. 여섯 살짜리 아이에게 닫힌 방에 있으라고 요구할 수 없으니 제가 다락방으로 올라가는 게 최선이라고 말했죠. 보통 글 쓰는 작업실이 있는 작가는 그곳을 남자들의 용도로 활용합니다. 그곳에서 조용하게 정부를 맞아들이죠. 저는 여자친구의 눈을 피해 마약을 하는 용도로 그 방을 썼어요. 제 정부는 코카인이던 거죠. 그러면서도 한 번도 그렇다는 생각을 하지 못했습니다.

마약중독은 늘 그렇듯 믿음과 관련된 문제입니다. 기적의 불가능성을 확인하려는 행위예요. 똑같은 일을 되풀이하며 이번에는 그 일이 잘되길 원할 때 이러한 믿음이 작동합니다. 무언가 결핍될 때 발현되어, 상황을 강제하거나 폭력을 일으킬지라도 어떻게든 이루어지도록 몰고 가려는 시도입니다.

우리는 기대할 수 있는 일과 기대하는 일을 강제로 일치시키려고 합니다. 마약중독은 언제나 터무니없는 요구와 같습니다. 자신의 의지만을 관철하길 원하는 아주 무례한 요구입니다. 그렇게 행동하면 주변에서는 당신이 자기 가치를 떨어뜨리고 있다고 여깁니다. 하지만 우리의 공격적 모습은 스스로를 향하지 않습니다. 평소 과소평가하던 타인의 성공을 향하지요. 우리의 공격을 촉발하는 그들의 시도, 있는 그대로의 자신을 보며 그들이 느끼는 만족감, 현재까지 축적해온 것에 그들이 느끼는 기쁨. 그것은 전쟁 선포나 마찬가지입니다. 이렇게 외치고 싶죠. "내가 바보 같다고? 너희를 봐. 적어도 나는 가식 떨지는 않아."

조에 카타나

페미니스트 친구 여러분, 여러분이 영화산업 이야기를 나누는 것을 따라가며 다 읽었습니다. 꼭 피해야 하는 강간범 영화감독 세 명을 널리 알리면서, 왜 곤도 마리에처럼 제7의 예술 영화를 정리하려고 드나요. 그보다는 영화판이라는 건축물 자체를 불태워버리는 편이 더 효율적일 텐데요. 강간범의 이름이 공공연하게 알려질 때, 그를 법정에 세우는 일도 중요하지만 집단적으로 책임을 묻는 일이 절실히 필요합니다. 그 일을 목격했지만 아무 말도 하지 않던 사람, 기억하지만 함구하고 있던 사람이 자신이 본 것을 증언하고 사과하고 개선될 수 있도록요. 그리고 가능한 한 빨리 그들을 이 판에서 몰아내야 합니다. 영화판을 '꿈의 공장'이라고 운운하는데 '꿈'이라는 단어를 빼야 합니다. 중요한 것은 '공장'이라는 단어니까요. 밀도 높은 밤을 생산해내는 공장 말입니다. 영화라는 매체는 알려진 것과 달리 공감 능력이 전무합니다. 클로즈업으로 감정을 포착했다며 으스댈 때의 역설을 생각해보세요.

굉장한 배우와 친구가 되었기에 그분의 출연작을 다 찾아봤습니다. 정말 매혹적인 사람이었어요. 지금껏 연기상을 수상하지 못한 점마저 그녀의 작품에 대한 인정이자 천재성의 증거처럼 보였습니다.

비밀번호를 찾은 김에 영화 채널을 계속 구독하기로 결정했습니다. 그러다 제가 영화관에 가지 않는 이유를 깨달았습니다. 영화는 인위적으로 재현된 비양심의 산물이자, 상위 1퍼센트에 속하는 투자자의 요구사항만이 반영된 부속물이기 때문입니다. 영화는 투자를 담당한 재벌을 안심시키기 위해 만들어집니다. 부자들이 만들어내고 싶어하는 현실을 재현한 예술이니까요.

누가 주인인지는 어떻게 정해지는 걸까요? 그는 무엇이 존재하는지 결정합니다. 프레임에 누가 들어올지, 어떤 조건을 형성할지, 소품과 엑스트라로 분류되어 프레임 밖에 있어야 하는 건 누구인지 말이죠. 영화는 주인을 만족시키기 위해 존재합니다. 연속된 굴종의 사슬이죠. 각자 자기 수준의 힘을 확인합니다. 당한 만큼 대갚음하기 위해서요. 선생님들, 당신네 영화판은 변화하지 못하고 있습니다. 당신들이 만든 영화에서는 불행과 복종, 불쾌한 홍보의 냄새가 풍깁니다.

출판사에서 일할 때 원작 각색권이 팔리는 사례를 여럿 보면서 영화란 어떤 것인지 대략 감을 잡았습니다. 하나의 프로젝트에 수십 개의 승인이 뒤따랐습니다. 근데 맞혀보세요. 이 모든 승인은 재력을 갖춘 백인 남성에 의해 진행됩니다. 돈 많은 백인 남성들은 공공연하게 개새끼처럼 굴죠. 불쾌할 만큼 무식한 최악의 프티부르주아들, 지적으로 가장 열등한 백치들, 부패한 상속자들, 멍청한 콤플렉스 덩어리들. 영화가 진행되는 단계마다 승인을 내리는 건 전부 그들입니다. 이런 난장판에서 좋은 아이디어가 하나 나왔다고 칩시다. 그들은 반드시 찾아내어 결국 그 아이디어를 음침하고 멍청한 것으로 변질시킵니다.

대중은 그들이 차려놓은 걸 받아먹습니다. 우리를 소외시킨 풍경을 말이죠. 나이, 신체, 계급, 인종에 따라 그들이 선별 작업을 마친 결과를 기준으로 받아들입니다. 그러면서 우리가 그 기준을 충족하지 못한다는 수치심을 느낍니다. 대형 스크린은 당신을 대변하지 못하는 공간입니다. 우리는 스크린 바깥의 존재입니다.

신경증적 사회는 건강한 반사 행동이 아니라 신경증적 반사 행동을 만들어냅니다. 오래지 않아 영화는 이제 다음과 같은 모습이 되었습니다. 카우보이, 슈퍼히어로, 군인, 전사, 부유한 유혹자 같은 것들요. 빌어먹게 예쁘장한 여자는 목적보어일 뿐 결코 동사는 못 됩니다. 여자들은 행동하지 못하고, 다른 여자와 함께 남자 주인공 이야기만 하며, 대사 분량이 거의 없다시피 합니다. 연령대는 언제나 서른 살 미만이고, 강력한 힘을 가진 위협적인 백인 남자 주인공을 돋보이게 하려고 그저 그 자리에 존재합니다. 그 남자가 단순히 여자들만 모욕했다고 생각하지 마세요. 그렇다면 남자들은 왜 입을 다물고 있을까요? 그들이 자신의 노동 환경을 언급할 경우, 사람들은 영화제에서 활짝 미소를 지으며 찍힌 사진을 들고 와서 이렇게 반문하겠죠. "모욕당했다고 하면서 왜 사진에서는 실실 쪼개고 있죠?" 그들이 실상을 이야기하면 사람들은 그들을 머저리 취급 받는 불쌍한 남자로 보게 될 겁니다. 돈이야 두둑하게 벌지만 머저리 취급 받으며 번 돈이라고요.

70년대 페미니즘을 향해 영화산업은 폭력적인 이념 반응을 보였습니다. 섹슈얼리티를 논하고 싶나요? 이십사 시간 내내 섹슈얼리티만 부각해드리겠습니다. 설거지하는 모습만으로는 매번 당신을 표현하지 못할 테니까, 에로틱한 잠재력을 활용하겠습니다. 당신은 그 용도로만 여기에 있을 거예요. 짧은 옷을 입고 싶다고요? 공격적으로 전시해드리죠. 그런 대우 이후에도 여전히 섹슈얼한 모습을 원할지 두고 봅시다. 당신은 만화영화에서 사냥꾼이 뒤쫓는 아기 사슴 같은 존재가 될 것입니다. 가냘프고 혼자이며 두려움에 떨지만, 가진 거라고는 도망치기 위한 민첩함뿐이죠.

영화는 언제나 여성성을 정의합니다. 관객의 시야와 스

크린에서 특정 여성을 소외시키는 방식으로요. 스크린에는 뚱뚱한 여자, 늙은 여자, 똑똑한 여자가 금지되어 있습니다. 십 년에 한 번 딱 한 편의 영화에나 이런 여자들이 등장합니다. 백인이 아닌 여자, 힘이 세고 잘 싸우는 여자, 유머러스한 여자가요.

80년대부터 영화산업은 여러 해방 운동의 흐름에 가장 억압적이면서도 효율적인 답변을 선언하는 책무를 맡았습니다. 이런 메시지를 내놓았죠. 여성의 용도는 욕망 혹은 강압의 대상이 되는 것, 흑인의 용도는 가사 일을 하거나 춤을 추는 것, 뚱뚱한 사람의 용도는 사람을 웃기는 것, 혁명가의 용도는 처단당하는 것, 가난한 사람의 용도는 배곯아 동정받다가 친절한 부자에 의해 구원받는 것, 외계인의 용도는 제거되는 것 등등.

메시지의 형태는 유혹과 광고의 언어입니다. 그것은 당신의 지성에 호소하지 않습니다. 분별없는 사람들에게 직접 호소합니다. 부자 만세, 권력자 만세, 전쟁 만세.

영화산업에 관해 하고 싶은 말은 이것입니다. 나와 나의 억눌린 섹슈얼리티는 우리가 조용히 입을 다물어야 섹스의 향연이 더 그럴듯해진다는 걸 알지만, 아랑곳하지 않고 입을 열 겁니다. 나는 기생하는 존재가 아니며, 내가 바로 메인 요리입니다. 나는 영화산업이 유효한 목표로 정의한 젊고 날씬하며 힘 없는 존재입니다. 당신이 함께 성적 쾌락을 느끼고 싶어하는 사람이 아니라, 맞서서 오르가슴만 취하기를 원하는 사람입니다. 언제나 반대편 존재이지요. 내 쪽에서도 쾌락을 느낀다면 당신에게는 문제가 될 겁니다. 내가 스스로 창녀임을 인정하는 건 거북한 일이거든요. 내가 쾌락을 느낀다면 상대는 지배력이 줄어 불편해하고, 결국 성욕까지 떨어집니다. 하다못해 다음 날 내가 불편한 기분이라도 느껴야 합니다. 그래야 내가 숨는 동안 우쭐해할 수 있겠죠. 일반적으로 찬양하는 것은 언제나 동일한 쾌락, 즉 당신의 쾌락입니다. 가치를 떨어뜨리고 사람을 죽여 잿더미로 만드는 쾌락. 당신의 왜곡된 정복욕 말입니다.

여성의 몸에 삽입할 때 그 행위가 여성의 것이 아님을 확신하는 게 중요합니다. 여성이 그걸 피할 수 없다 해도, 그건 그들을 위한 행위가 아닙니다. 이 서술에 등장하는 '여성'은 인류로 들어가는 입구에서 제지받고 문 앞에 서 있습니다. 사물조차 될 수 없습니다. 왜냐하면 사람들은 사물의 쓰임을 비난하지 않거든요. 우리 몸을 통과하는 파티임에도 여성은 전권을 누리며 참여해서는 안 됩니다. 사람들은 우리 위에서 춤을 춥니다. 같이 추는 게 아니라요. 우리는 결코 파트너가 아닙니다. 언제나 목표물 아니면 피해자입니다.

폭력에 의한 지배체제에서 아무도 울리지 않는 쾌락이란 존재하지 않습니다. 모든 욕망은 파괴와 연결되어야 합니다. 그러지 않으면 남성적이지 않으니까요. 만일 당신에게 키스했는데 당신이 기뻐만 할 뿐 다음 날에도 불쾌한 기분을 느끼지 않는다면, 남자로서 당신에게 키스하지 않았던 겁니다. 혹은 당신을 소유하고, 당신과 결혼하고 임신시킴으로써 역할에 당신을 가둔 것이겠지요. 중요한 것은 반드시 파괴적이어야 한다는 겁니다. 이성애에 적용되는 말이자, 모든 관계에 적용되는 말입니다. 만일 성적 쾌락을 누린 후 파괴된 부분이 없다면 그것은 남성성이 아닙니다.

영화는 부유한 남성의 권위주의를 실어 나르는 강력한 목소리입니다. 권력을 소유한 백인 남성은 자신의 거만함이 확실한 역할을 담당한다고 믿고 있습니다. 그가 온갖 방법으로 되풀이하는 말은 군대를 찬양하고, 가정이라는 테두리에 들어오지 못한 여성을 죽음으로 내모는 것뿐입니다. 우리 눈에 보이는 것은 울며 도망가는 여성과, 분노에 차 헛소리를 지껄이는 무장한 남성입니다. 한쪽은 먹잇감이 되고 다른 쪽은 사이코패스 약탈자가 되는 겁니다. 이 얼마나 훌륭한 예술인지!

오스카

집 밖에 나갈 수 있게 되자 바로 파리를 떠났습니다. 지금 보주에 있습니다. 사촌과 함께 로컬 바를 돌아다니는 중입니다. 주민이 구백 명인 마을에 술집은 열한 개가 있습니다. 내 사촌들이 그중 세 곳을 소유하고 있습니다. 그들과 꽤 오랜만에 만났습니다. 봉쇄 기간에 삼촌의 장례를 치렀습니다. 코로나로 돌아가신 건 아니었지만, 삼촌이 돌아가시기 전 아무도 마지막 인사를 하지 못했습니다. 삼촌의 무덤에 인사도 드릴 겸 온 거죠.

친척들이 저를 환대해주어 놀랐고, 다시 만나 기쁘기도 했습니다. 저는 가는 곳마다 커피를 주문했어요. 주변 사람이 술을 마시는 건 크게 신경이 쓰이지 않습니다. 여자들이 술을 엄청 마셔대더군요. 당신이 메일에 쓴 말이 떠올랐습니다. 당신 나이대 여자는 전부 알코올의존자라는 말이요. 그들은 조용히 드러나지 않게 가장 많이 마시긴 하더군요. 페리에를 마시듯 샴페인 병을 비우는 모습을 봤습니다. "괜찮습니다, 술은 됐어요"라고 말할 때 강요하지 않는 사람들이 제 눈에 띕니다. 사촌들은 다 적어도 한 번씩은 재활원을 거쳤어요. 제 상황을 알아챈 거죠. 그리고 아무 말도 하지 않습니다. 저녁 식사 동안 이모는 계속 술을 권합니다. "한 잔도 안 하면 정 없는 거야." 제가 잔을 채우지 않아서 이모에게 무안을 준다는 듯이 말입니다. 하지만 뇌샤토에 머문 사흘 동안 여러 바를 다니면서도 편하게 시간을 보낼 수 있었습니다. 오후 5시, 이미 술에 취한 젊은 남자가 정기항로 조종사 총회에라도 온 것처럼 헬리콥터에 관해 굉장히 복잡한 이야기를 늘어놓고 있었습니다. 한쪽은 아니스 향료를 넣은 술을, 다른 쪽은 도수 낮은 화이트와인을 마시고 있습니다. 안쪽에서 카드 게임을 하는 사람들 가운데 육십 정도 된 여자가 맥주와 레드와인을 연신 들이켜고 있습니다. 6시가 되자 한 커플이 들어옵니다. 여자는 목발을 짚고, 백발과 금발의 중간쯤 되는 긴 곱슬 머리였고, 남자는 캐나다 숲에서 막 나온 것처럼 살짝 이상한 모피 사냥꾼의 외양을 하고 있었습니다. 핀볼 기계만 없을 뿐 모든 것이 어릴 때 그대로여서, 그 공간의 주인이 여전히 삼촌처럼 느껴졌습니다.

휴대전화로 수없이 동영상을 찍으면서 녹음된 제 목소리

가 괴상해서 낄낄거리기도 합니다. 우리 아버지가 낄낄거리셨던 것처럼 그렇게요. 어색함을 감추고 태연한 체하려는 행동이죠. 저는 제 목소리를 질색하듯이 웃음소리도 질색합니다. 풋내기에 가까운 갈색 머리의 이십대 여자가 검은 레깅스에 붉은색 헐렁한 블라우스 차림으로 제 테이블로 다가옵니다. 제게 뭔가 말하려고 가까이 다가오니 검은색 브래지어 끈이 눈에 들어왔습니다. 이 지역의 외설적인 인텔리 여자인 거죠. 저는 모른 체합니다. 더는 문제를 만들고 싶지 않습니다. 여자가 말하더군요. 당신 레베카 라테랑 잘 아는 사이 같던데요? 그러더니 프랑스 퀼튀르 방송에 나오는 비평가 말투로 당신 영화에 대해 이야기합니다. 그 순간 술이 간절해지더군요. 술이 있으면 그런 대화도 참을 수 있으니까요. 또 조에 카타나가 쓴 가장 최근 글을 언급하더니, 자기는 그에 동의하지 않을뿐더러 일반적으로 '그런' 페미니즘을 좋아하지 않는다고 합니다. 이야기를 하는 내내 굉장히 우월한 위치에 있다는 듯한 말투를 쓰면서 말이죠. 저는 휴대전화 진동이 울리는 척하면서 꺼낸 뒤 "전화를 받아야 해서요"라고 사과하면서 일어났습니다. 밖으로 나오자 그 사람 따귀를 올려붙이고 싶은 기분이 들었습니다. 왜 나한테 말할 권리가 있다는 듯이 굴지? 나에게 카타나 이야기를 해도 된다는 듯이? 그리고 그녀의 글을 찾아 읽었습니다.

메일을 주고받은 몇 달 동안 당신 앞에서 영화 이야기는 하지 않았습니다. 한마디도 하지 않았죠. 저는 작가입니다. 영화계를 불신하는 법을 익혀왔죠. 작가들이 사소한 성공을 이루고 나면 얼마 안 가 영화계의 관심을 받습니다. 영화는 약간의 욕망은 괜찮다며 적선하는 듯한 태도를 보이는 예쁘장한 여자처럼 작가들 주변을 서성거립니다. 그런 수작에 호의적으로 응할 때마다 나락으로 떨어지는 작가들을 목격했습니다. 이 이야기는 처음 꺼내는 건데, 투자를 받기로 했으나 영화화되지 못한 시나리오가 있었습니다. 무모한 성격의 제작자는 지원하기로 한 자금을 한 번도 제게 주지 않았습니다. 이런 이야기는 공적인 자리에서 말할 수 없습니다. 작가라는 직업이 너무 특수한 데다 수혜를 누리는 점이 많아 그에 대해 이야기하기 곤란합니다. 가령 어떤 이야기를 검토하고, 그걸 세상에 존재하게 만들고, 실물로 구현되어 대중에게 선보일 수 있으리라고 믿었다가, 나중에 서랍에 처박히는 걸 볼 때의 쓸쓸함 같은 이야기는 곤란합니다. 책이나 신문과 거리가 멀고, 전시회에 가거나 음악을 듣지도 않고, 술자리 외에 어떤 축제도 가지 않는 사람들에게 자기 작품을 읽히는 것보다 작가에게 더 모욕적이고 파괴적인 훈련을 저는 알지 못합니다. 심지어 그들이 저의 텍스트에 대해 유식한 척 늘어놓는 의견을 강제로 들어야 하죠. 그런데 당신이 묘사한 일이 똑같이 일어납니다. 그 사람들의 칭찬이 필요하므로 친절하게 답변하는 당혹스러운 광경이죠. 그들은 이 사실을 알고서 상황을 멋대로 악용하고 당신을 옴짝달싹 못 하게 만들죠. 영화계는 작가를 소환할 때 이야기를 구축하거나 대화 장면을 쓸 수 있는지 대신, 고분고분하게 구는 사람인지를 먼저 확인합니다. 굴욕을 감내하면서 영화산업의 무지한 신에게 그들의 노하우를 싼값에 팔아넘길 준비가 되어 있는지 확인하는 겁니다. 그들은 자신의 돈이 상상의 세계에 어떤 위력을 발휘하는지, 거짓 명성을 위해 캐릭터가 얼마나 망가질 수 있는지 확인합니다. 작가를 불러들이는 이유는 악을 포함한 위계질서를 찬양하면서 당신이 침묵을 지키는지 확인하려는 것입니다. 솔직히 말해서 자신을 포기하는 일이죠. 이보다 더 지독한 일이 있을지 모르겠습니다. 시끌벅적한 미투 논쟁이 터졌을 때, 제가 그 냄비 속 희생물임을 아직 모르던 시절, 저는 여자 배우가 불붙인 이 논쟁에 모두가 한마디씩 얹게 되리라고 생각했습니다. 영화산업은 모든 창작자를 굴복시켜 거짓된 스포트라이트 속을 뒹굴도록 방치한 산업이니까요.

레베카

영화산업을 둘러싼 논평에 관해서는 다들 흥분을 좀 가라앉혀야 할 것 같네요. 이미 조에에게도 한마디했어요. 그들 세대는 누군가의 얼굴에 공개적으로 침을 뱉어도 그 사람이 일의 일부라 생각하고 아무렇지 않게 받아들이리라 생각하더군요. 안됐지만 그 일로 조에와 관계를 끊었어요. 영화는 내게 가족입니다. 내가 비판하는 것은 괜찮지만, 업계 밖에서 그러는 건 원하지 않습니다. 당신이 하고 싶은 말을 대충은 이해합니다. 이 산업이 변하는 모습을 나도 지켜봤으니까요. 영화가 하나의 산업이 되어가는 딱 그 모습을 지켜봤죠. 영화가 발휘하던 마법을 전부 잃어가는 모습을 봤다는 말입니다.

나는 옛날 영화만 봅니다. 이전 세기의 영화산업을 진심으로 사랑했어요. 영화 세트장에서 각자의 전문 기술이 빛을 발하는 현장이었죠. 앙상블의 연금술이 아우러지는 곳이었고요. 공동의 노력이 합쳐졌을 때 각자의 작업 총합을 넘어서는 일이 영화에서만큼 뚜렷하게 드러나는 공간도 없을 겁니다. 하지만 십 년 전부터 다른 분야에서와 마찬가지로 영화도 돈이 전부가 되었습니다. 우리가 쥔 게 돈이 아니라는 걸 생각하면 그로테스크합니다. 우리는 동일한 리추얼을 지속하는데 더는 아무짝에도 쓸모가 없는 겁니다. 우리는 이전 영화가 이룬 것을 흉내 내는 연기를 합니다. 자신을 속이면서, 거드름 피우는 텔레비전 방송처럼 변화하고 있어요.

사람들에게 앞으로 그들이 마주할 일을 알려주는 것은 효과가 없지 않습니다. 80년대에 헤로인이 다루기 어려운 마약이라는 사실이 부각되었습니다. 엄청나게 힘든 마약이다,

한번 하면 절대 조절할 수 없다, 다른 어떤 마약보다 앞서 있다 같은 말이었죠. 어떤 얼간이들이 캠페인을 만들었는데, 중요하게 생각하지 않는 척했지만 사람들은 그 말대로 주사기를 돌려쓰지 않았습니다. 우리 모두 그걸 알고 있었어요. 안 그랬다면 지금 내가 이 자리에 살아남아 당신에게 사건의 전모를 들려주지도 못했겠죠. 물론 나를 포함한 몇몇 이들이 헤로인 하는 것 자체를 막지는 못했습니다. 하지만 나는 죽고 싶지는 않았어요. 죽지 않을 만큼만 소량의 헤로인을 하며 방탕하게 즐기고 싶었을 뿐이죠.

또래 대다수는 경계하며 시도조차 삼갔습니다. 그들이 원하는 인생을 성취하지 못할 것 같다는 생각이 들었겠죠. 진짜 중독자가 되기를 원하지 않았으니까요. 아트 페퍼나 찰리 밍거스의 전기를 읽어보면, 캠페인을 접하기 전에는 사람들이 며칠 동안 마약을 하고 집에 돌아가면 끔찍한 독감을 앓는 이유를 몰랐다는 일화가 나옵니다. 그들은 헤로인의 특이성을 전혀 알지도 이해하지도 못한 채로 맹목적으로 복용했어요. 그러니 위험이 있을 때 경고하는 것은 좋은 일입니다. 관광객처럼 대가를 치르고 싶어하지 않는 사람을 말리는 효과가 있습니다.

영화산업에 관해서도 비슷한 종류의 캠페인을 한다면 호의적인 입장을 취할 겁니다. 모두를 위한 것이 아닙니다. 강인하게 견뎌내야 합니다. 헤로인과 마찬가지라고 할 수 있어

244

요. 미리 경고를 받았더라도 나는 어쨌든 시도했을 겁니다. 하지만 서른도 되지 않아 마약 과다복용으로 죽은 이들에게 작별 인사를 하러 여러 차례 묘지에 갔던 것만큼이나, 영화산업이 무너뜨린 젊은 여성들을 숱하게 보았습니다. 열여섯 살에 중요한 배역을 맡은 배우에게 위험을 무릅쓰기 전에 신중히 고민해보라고 조언하는 사람이 이 업계엔 없어요.

봉쇄 기간 동안 줌 모임에서 이따금 옛 친구들의 얼굴을 보았어요. 마약을 같이 하던 친구, 과거를 뉘우친 마약중개인, 파티를 오가며 마주친 여자들이었죠. 그들에게 아는 척을 하지 않았어요. 경계하고 있었거든요. 내가 그곳에 있다는 게 부끄러웠고 그 사실이 알려지지 않기를 간절히 바랐거든요. 그런데 하루는 르두안의 익숙한 얼굴이 화면에 잡힌 걸 보았습니다. 우리는 함께한 역사가 길어요. 범죄 파트너랄까. 그와 공유한 아름다운 추억도 물론 많았어요. 그는 별 볼 일 없는 사람이 아니에요. 주요 인사에 가깝죠. 하드코어 마약계의 위대한 예술가라고 할 수 있어요. 그는 굉장히 빠른 수단으로 마약을 공급했고 한 번도 체포되지 않았습니다. 영리하고, 빠르고, 교활하고, 섹시하고, 범죄를 저지르는 사람치고는 놀랄 정도로 교양을 갖췄죠. 그야말로 밤의 왕자였습니다. 그가 감옥에 들어가는 바람에 서로 멀어졌지만 나쁜 감정은 없었어요. 나에게는 그의 전화번호가 있었고, 바뀌지 않은 듯하길

래 바로 전화를 걸었습니다. 그가 내게 말했죠. 약을 끊은 지 이 년 지났어. 연대 모임에 온 걸 환영하네, 여왕님. 우리는 두 시간 동안 대화했어요. 그리고 알게 되었죠. 이 모임이 그에게 효과가 있었다면 나에게도 그럴 수 있다고. 그저께 그를 따라 대면 모임에도 나갔습니다. 모임에 가기 전 당신이 소심하게 굴었다고 한 말이 생각났습니다. 나는 노래할 줄도 모르면서 올랭피아 극장에서 솔로 공연을 해야 하는 것처럼 긴장했습니다. 배우인 내 얼굴은 모두가 알아볼 테니까요. 그래서 모임이 끝나기 전에 빠져나왔어요. 당신 말이 맞았어요. 사회적 문제 케이스와 성격 장애인들 모임의 놀라운 점은 아무도 당신을 귀찮게 하지 않는다는 겁니다. 그래서 검은 선글라스를 쓰고서 모임을 계속 나가기로 결심했습니다. 언제나 약간 늦게 도착하고 조금 일찍 빠져나오는 거죠. 아무리 익명 모임이라고 해도 나는 전설적인 배우라고요. 어쨌든 그렇게 하는 중입니다.

변화를 기꺼이 받아들이는 중이에요. 갈까 말까 망설였지만, 내가 사는 거리 바로 끝에 있는 교회 옆에서 모임이 열렸거든요. 그걸 하나의 신호로 받아들였어요. 마약을 복용하는 일이 나를 조금 더 흥미로운 존재로 변화시킨다고 늘 생각해왔어요. 약을 끊는다고 해서 그 생각이 달라지지는 않더군요. 장관이 되면 그 타이틀을 평생 간직하는 것과 마찬가지입니다. 모임 중에 젊지도 늙지도 않은, 잘생기지도 추하지도 않은 그야말로 눈에 잘 띄지 않는 남자가 오랜 시간 크랙을 복용한 역사를 털어놓았어요. 그를 보며 생각했어요. '이상하네, 그 모든 일을 겪고도 아무 특징이 없다니.' 마치 내 정신적 나이가 여전히 열넷에 머물러 있는 기분입니다. 환각이 내 면적 삶의 증거이자 강렬함의 증거라고 아직도 믿고 있는 겁니다. 어떤 의미로는 거짓은 아닙니다. 코드 개발자로 보이는 그 사람은 돈은 잘 벌 겁니다. 하지만 그가 살아온 이야기를 토대로 영화를 만든다고 해봅시다. 그의 삶에서 크랙을 제거하면 이야기할 만한 게 뭐라도 있을지 의심스럽습니다. 마약은 전쟁이 한창인 나의 고향과 같습니다. 모두가 그로 인해 고통받고 파괴되지만, 그것을 통해 새로운 일이 생기기도 하니까요.

그것과 별개로 단약 상태인 지금 기운이 넘칩니다. 열세 살 이후로 마약을 하지 않고 이렇게 오랫동안 지낸 건 처음이에요. 참 놀라워요. 기대했던 것보다 훨씬 더 기분이 좋습니다. 환각 상태는 젊은이들의 스포츠인가 봅니다. 진작에 시도했어야 했어요. 비관주의적 사고도 줄고 불안도 줄었습니다. 이런 상쾌한 기분을 느끼다니 놀랍지 뭐예요. 그동안 목발이라고 믿고 있던 것이 내 힘을 쇠퇴시키고 있던 겁니다.

파리를 떠나 여름을 지내려고 합니다. 바르셀로나에 가요. 태양은 싫지만 그 도시를 사랑하거든요. 기차를 탈 건데, 여섯 시간 내내 마스크를 하고 있어야 한다니 침울해지네요.

오스카

모임에서 멀어질까 봐 두렵습니다. 참여하고 싶은 마음도 들지 않고, 과정을 기록하고 싶지도 않습니다. 모든 활동이 그렇게나 즐거웠는데 이제 작위적인 면만 눈에 들어오네요. 제 의지는 여기까지인 것 같습니다. 여섯 번째 단계도 마찬가지 상태입니다. 그것은 자신의 단점 리스트를 작성하는 일에서 시작합니다. DSM*을 살펴보면 저는 건강염려증 환자가 된 것만 같습니다. 성실함도 지겹습니다. 그냥 멍청이가 되고 싶네요. 막돼먹은 정신 상태로 사람들을 경멸하고 업신여기고 싶습니다. 그들이 모든 문제의 원인을 제공한 것처럼 굴면서요. 모임 때 누군가 했던 말들이 떠오르네요. "슬슬 재발하려고 합니다." 몇몇 재앙은 패턴이 있는 모양입니다.

당신이 모임을 시작한 시점에 이러고 있으니 아이러니합니다. 당신을 위해 기뻐하고 싶습니다. 하지만 중독자의 다행증은 전부 사라져버렸습니다. 그저 혼자인 것 같고, 짓눌리는 기분만 느끼고 있어요. 당신의 첫 NA 모임에 동행한 사람이 제가 아니라는 사실도 씁쓸합니다. 저와 함께 있는 모습을 보이기를 특히 꺼렸을 거라는 확신이 들어서요. 당신이 옳을 겁니다. 이제 포기하고 싶습니다. NA 모임에서 어떤 여자가 오더니 제 책을 읽었다고 말했습니다. 예전에요. 제 작품

---

*   정신장애 진단통계 매뉴얼.

을 얼마나 좋아했는지 모른다고 하더군요. 예전에요. 그러니까 진짜 제 모습을 알기 전에 말입니다. 스토커 같은 놈, 개새끼. 저는 미소를 지으며 상관없다고 답했어요. 문학 이야기를 하려고 여기 온 게 아니었으니까요. 하지만 그 일로 무너지고 말았습니다. 저는 사랑받고 싶습니다. 제게 침이나 뱉으라고 글을 쓰는 게 아닙니다. 묘하게도 저는 조에 생각을 하고 있습니다. 조에는 인터넷에서 엄청난 타격을 입고 있죠. 우리는 서로 다른 대중에게 주어진 두 개의 펀칭볼 같습니다. 그녀가 자신을 변호해주는 사람들에게 애정을 가진 점을 제외하면 말이죠. 그녀는 자신을 이해하고 인정해주는 사람들을 향해 목소리를 냅니다. 그 여자의 말을 들은 후 곁에 있던 남자 둘이 격려의 말을 해주자 수치심이 저를 지배했습니다. 남성들의 연대가 원망스러운 건 아닙니다. 그저 지금의 제가 아닌 다른 사람이 되고 싶을 뿐입니다.

레베카

당신 진짜 짜증 나는 사람이네요. 나는 열심히 앞가림을 하는 중인데 당신은 주저앉으려고 하고 있잖아요. 동일한 감정으로 공감해줄 수는 없어요. 당신에게 일어난 일을 글로 쓰세요. 술 마시러 가는 것보다 그쪽이 더 유익할 겁니다.

나는 배우예요. 내 자의식이 날 먹고살게 해주죠. 감독이
원하게 하고, 제작자에게 인정받고, 평론가를 놀래키고, 신스
틸러가 되고, 대사 한 줄 한 줄을 소화하고, 사진 한 장을 촬
영하기 위해 팀을 꾸리고, 스캔들을 관리하고…… 겸손한
존재가 되라고 돈을 받지 않습니다. 내 가치를 의심하는 것
도 내 일이 아니죠. 배우란 어떤 장면이든 어떤 세트장에서든
내레이션에 자신의 리듬을 부여하는 존재입니다. 어떤 의미
에서는 자의식으로만 쌓아가는 시간인 셈이에요. 나는 거짓
말도 안 하고, 겸손한 척도 안 합니다. 다른 사람이 나와 똑같
이 한다고 해도 불쾌하지 않아요. 하지만 당신은 유명세를 너
무 의식하고 자의식을 제대로 관리하지 못하고 있어요. 당신
의 명성, 당신의 작품, 당신 이름에 가해진 모욕…… 당신은
50년대 시골 마을에 사는 여자 교사처럼 살고 있습니다. 이
웃 사이의 소문, 일요일 교회에서 속삭이는 이야기, 교구 행
사 초대 여부 따위의 고민에 빠져 있는 거예요. 하지만 이봐
요, 우리는 세 번째 밀레니엄을 맞이했어요. 그런 건 다 옛날
옛적 일이라고요. 당신은 책을 쓰는 작가죠? 그럼 다음 책을
구상해요. 문학계의 닥터 드레가 되려는 생각은 버려요. 이미
너무 나이를 먹었어요. 카사노바의 전철을 따르기만 하면 됩
니다. 그는 가장 중요한 작품을 너무 늦은 나이에 쓴 나머지,
수백 년 뒤 어떤 평가를 받을지도 모르고 사망했습니다. 그게
당신네 작가들이 유리한 점이에요. 나이 드는 일이 완전히 결

점이 아닌 거죠. 장차 히트곡을 하나 만들어낸다고 가정하면 말이죠. 당신이 '해피'라는 곡을 내놓으면 퍼렐 윌리엄스가 되는 거예요. 천재적인 예술가요. 돈, 기회, 명성, 당신에게 부여될 엄청난 권위. 그런 일이 일어나면 기분이 좋아요. 일어날 때마다 생각하겠죠. "굉장한 하루야, 얼마나 운이 좋은지, 엄청난 사건이야." 무슨 말을 하고 있는지 나도 알고 있어요. 그런 행운은 다른 모든 일처럼 손가락 사이로 빠져나갑니다. 신성불가침의 영역은 어디에도 없어요. 사람들은 명성이 필수품인 양 우리에게 추천했죠. 우리는 "한 조각 더 원해요, 내가 호평받는 사람이라고 인정받고 싶어요" 하고 말하며 양 떼처럼 모여들었죠. 나 역시 명성이라면 꽤 누려봤다고 자랑할 수 있죠. 내 의견을 내밀 정도의 자격은 있어요. 명성은 3-MMC 마약에 비견되죠. 영성이라곤 전혀 없는 의존성 강한 마약 말입니다. 아주 순식간에 그리고 아주 강력하게, 세포 하나하나를 끌어 모아 가장 꼭대기로 올라가려는 충동. 그건 소비지상주의적 엑스터시입니다. 멈출 수 없지만, 끝은 텅 비어 있죠. 그러고 나면 추락의 감각이 몰려옵니다. 아무것도 남지 않습니다. 부서진 신경조직, 방향감 상실, 극도의 과민함, 비참한 기분만 남죠. 그리고 다시 하고 싶다는 유일한 집착이 따라옵니다.

오스카

제대로 보았네요. 인정욕구가 저를 압도하는 방식은 마약과 같습니다. 처음으로 인정받았을 때, 그러니까 소설이 성공을 거두리라는 걸 처음 깨달았던 그때 똑똑히 알았습니다. 인정은 또 다른 저를 존재하게 만든다는 걸, 영감이 다 말라서 표현할 수 없는 제 안의 무언가를 가능하게 만든다는 걸요. 즐거운 계시였습니다. 술보다 조금 더 우려되긴 했습니다. 술을 마실 때는 '이것만 마시면 충분해'라는 생각이 들고, 술은 실제로 어디에나 널려 있으니까요. 반면 인정은 외부로 찾아다니고 발견하고 유지해야 했거든요. 좀 더 복잡한 불꽃이었지만, 저는 제 안에 즉시 과감한 군대를 소집했습니다. 인정을 얻기 위해 헤매고 다녔어요. 어쨌든 해낼 수 있으리라 믿고 싶었어요. 아무런 노력이나 대가 없이 모든 것이 당연히 주어진다고 생각하는 젊은 부르주아는 아니었으니까요. 제가 할 수 있는 방법 내에서 전투를 강구했습니다. 수십 년 동안 마약은 좋은 결과물을 도출해냈고, 명성을 쌓는 일 역시 마찬가지였어요. 그러고 나서 공회전을 하기 시작했습니다. 결코 충분할 수 없었거든요. 사람들이 좋아할 만한 것을 쓰고, 인정받기 위해 쓰고, 더 강력하고 더 구속에서 벗어나고 더 남성적이고 덜 비참한 나를 창조하기 위해 썼습니다. 그러다가 가수 모비의 자서전 《그러다 무너져내렸다 Then it fell apart》를 읽고 같은 깨달음을 얻었습니다. 이제 정말 그만두어야 하는 상황임을 납득합니다. 막 심장 수술을 받은 친구가 하나 있어요. 의사가 술과 마약을 전부 끊어야 한다고 경고했대요. 그런데 친구는 이렇게 말합니다. "의사들은 늘 그렇게 말하지만, 제대로 이해하는 사람은 하나도 없어. 내가 밤마다 작업하는 것도 이해하지 못하지. 술과 마약만이 유일한 해방구이자 기쁨인데 완전히 끊을 수는 없어. 그것 없이 살 수는 없다고. 있어야만 편안함을 느끼니까. 이건 공정의 문제야." 마치 아이가 소리 지르는 것 같죠. 난 그것밖에 없는데, 그걸 제외하고는 아무것도 없는데, 어떻게 내게서 그걸 금지할 수 있느냐는 거죠. 친구의 절규를 들으며 속으로 생각합니다. 너는 통제하지 못해. 알고 있잖아. 만일 그럴 수 있었다면 수술실을 빠져나오자마자 마약 딜러에게 전화하거나, 독한 술병을 꺼내는 일은 없었겠지. 정말 통제한다면, 다른 방식으로 즐기고 살아갈 수 있는 적지 않은 능력이 너에게 있음을 알았겠지. 너는 통제하지 못하는 거야. 저는 친구에게 말합니다. 혹시라도 이 문제에 관해서 이야기하고 싶으면, 정말 혹시 말이야, 언제든 전화해도 돼. 그렇게 말하면서 알았습니다. 제가 우리 사이의 협정을 위반하고 있다고요. 인정에 관해서는 저도 마찬가지인 셈입니다. 제 안의 누군가가 말합니다. 깨끗이 포기할 수 없다고, 존재 가치를 증명할 유일한 방법이 이것뿐이라고요.

레베카

혹은 나약한 추론일 수도 있겠지요. 겁쟁이의 추론이자 잘못된 추론이라는 말입니다. 인간은 종종 그런 추론에 기계적으로 동조하며 자신을 끼워 맞추거나, 우리가 순수하고 정당하게 이루어진 존재라는 생각에 애써 부합하기 위해 생각을 뒤집기도 합니다.

사회적 명성은 당연한 것이 아닙니다. 아주 커다란 격차에서 발생한 산물이에요. 자기 마을이나 계층에서 이름을 얻는 그런 문제가 더는 아닙니다. 19세기 초 세공 장인의 명성이 어떤 것이었는지 잘 모르지만, 아마도 당시에는 가치가 있었을 겁니다. 어떤 영역에서 노력을 제공하고 그 분야에서 재능을 가지고 있었겠죠. 최선을 다해 윤리적 방식으로 작업하면, 주변 사람에게서 존경과 애정이 보상으로 따라왔을 테고요. 사실 그에 대해 잘 모릅니다. 내가 아는 범위는 20세기입니다. 미디어로 전파되는 명성이죠. 어떤 계층이 선택한 개인에게, 그를 바라보는 이들보다 훨씬 더 중요한 권리가 부여되었습니다. 대형 스크린 앞 관객은 눈앞에서 펼쳐지는 연기가 어떠하든 변화시킬 수 없고, 절대적으로 수동적인 위치에 머물러요. 영화는 전개될 것이라고 예고한 대로 전개됩니다. 텔레비전 방송이 방영될 때도 마찬가지죠. 브라운관 앞에서 무슨 짓을 하든지 상관 없어요. 그 과정에서는 어떤 충격도 없었습니다. 그런데 인터넷이 도입되면서 상황이 바뀌었어요. 사람들이 개입하게 된 거죠. 개입에 가장 효과적인 방식이 모욕임을 다들 바로 이해했습니다.

배우는 무한히 재현 가능한, 자연보다 더 위대한 인류였습니다. 이상화된 모습에 다가가고자 식견을 갖추거나 자신을 꾸미는 살아 있는 조각상이었어요. 입에 무적의 언어를 담고 신중하게 몸짓을 선택하는, 변하지 않는 존재였습니다. 그것이 바로 영화였죠. 오늘날은 배우를 무시하며 하찮은 재능을 가진 만만한 존재, 창녀 같은 직업이라고 여기는 시대가 돌아온 것 같습니다.

20세기 말에도 스타 배우가 탄생한 데는 뮤지션의 공이 큽니다. 음악이 허락하는 영적인 교감을 기계를 통해 재현할 수 있다는 가능성 덕분이었겠지요.

명성은 하드코어 마약이나 마찬가지입니다. 명성에서 위안을 구하는 일은 당신을 파괴하는 것에서 위안을 찾는 일이나 마찬가지입니다. 자신을 팔아넘기는 거지요. 나는 한 번도 몸을 팔지 않았어요. 내 솔직한 욕망 없이는 아무것도 하지 않았어요. 그럴 이유도 없었습니다. 내 욕망을 접거나, 그것을 무언가 다른 것과 강제로 일치시키려고 할 필요도 없었죠. 명성은 당신을 스스로에게서 빼앗아요. 명성은 특권이죠. 그리고 어떤 특권이든 보통은 과도한 대가를 치러야 행사하는 법입니다.

오스카

미친 듯한 우울감에 시달립니다. 존재하지 않던 무언가를 잘라낸 기분입니다. 꿈꾸는 평온함을 잃어버렸습니다. 당신 말을 듣고서 술에 관한 글을 쓰기로 결심했는데요, 번민에 휩싸이고 말았습니다. 자전소설을 쓰겠다고 했지만 틀린 것 같습니다. 일인칭으로 NA 모임에 대해 쓸 수 없거든요. 술이 너무 간절합니다. 큰 소리로 말을 내뱉자 욕구가 지나갑니다. 오 분이 흘러요. 다시 욕구가 치밀어 오릅니다. 어떤 목소리가 속삭입니다. 딱 한 잔만, 마신 지 오래되었잖아, 넌 변했어, 다른 사람과 다르다고, 그 사람들이야 절대적인 금주론자들이지, 너처럼 마실 줄을 모르거든, 넌 알잖아. 목소리는 제 의식보다 열 수 앞을 내다보는 체스 선수 같습니다. 인내력 있고 정교한 전략을 갖고 있으며 나를 속속들이 알고 있어요. 내 안에서 정교하게 다듬어진 목소리인 거죠.

낭시의 고향 친구들을 만난 자리에서 금주하려고 애쓰던 한 친구의 소식을 묻습니다. 그녀는 술에 취하면 우울해지는 버릇이 있다고 자주 이야기했습니다. 친구들은 말했죠. "상담의가 그랬대. 스스로 충분히 벌을 주었다 생각하느냐 물으면서, 양을 조절하면서 다시 마셔보라고 말이지." 내 안의 일부는 분노하는 중입니다. 자칭 치료자라는 인간이 금주가 의지의 문제이며, 중독자가 되지 않기 위해서는 음주량을 조절하면 충분하다고 생각하다니요. 하지만 술을 마시고 싶어하는 저의 일부가 이 문장을 낚아챕니다. "양을 조절하면서." 저는 그 야자나무에 올라가서 거세게 나뭇가지를 흔듭니다. 만일 내가 그럴 수 있다면? 나는 나를 벌주기 위해 금주했나? 내게 덤벼든 증오의 파도와 비겁하게 협정을 맺고서, 스스로 훌륭한 교정을 받을 만한 가치가 있다고 믿었나? 너는 더러운 놈이야, 구역질 나는 놈이야. 더는 즐거운 일이 없을 거야. 아무것도.

절제해서 마시면 되지. 다른 사람들처럼. 이따금 한 잔씩만. 살짝 취기가 오르면 내일 해야 하는 일을 생각하며, 절제하는 사람들처럼, 충분히 마셨으니까 이제 그만할게 하고 일어나면 되지.

자제하며 마시는 사람이나 백수건달이나 애호가들이 하는 것처럼. 하지만 빌어먹을 와인 전문가가 될 생각은 추호도 없습니다. 절제해가며 마시고 싶은 생각은 없다고요.

인생이 제게 보내는 신호를 봅니다. 항상 술을 마시는 것이 문제입니다. 시나리오 작가 친구와 다시 어울리는 중이에요. 오래전 함께 장편영화 시나리오를 쓴 적이 있어요. 영화는 촬영까지 가지는 못했습니다. 우리는 어떤 젊은 제작자 밑에서 공동 작업을 했는데, 매력적이고 교양 있는 제작자라고 생각했는데 알고 보니 완전히 사이코 같은 인간이라 매번 계약만 논의하고 작업료는 한 푼도 받지 못했습니다.

그 친구와 좋은 사이로 지내다가 하루는 거리에서 우연히 마주쳤어요. 이야기나 나눌 겸 카페에 들어가 바 자리에 앉았습니다. 그러고는 커피를 여러 잔 주문하면서 열렬히 대화를 나누었죠. 술 마시는 사람들처럼요. 이 이야기를 하다 보니 떠오르네요. 그의 집 벽에는 젊은 시절 친구들과 함께 찍은 흑백사진이 걸려 있습니다. 지금보다 30킬로그램이 더 나가던 때의 사진인 데다 젊음이 지닌 날것의 태도 때문에 처음엔 알아보기 힘들었습니다. 지금 그는 금주 덕에 놀라울 정도로 젊음을 유지하고 있습니다. 커피를 여러 잔 들이켜는 우리의 모습을 보면 둘 다 예전에 알코올의존증이던 것을 알 수 있죠. 사별 후 위로를 구할 곳 없는 남자처럼, 이제는 사라져버린 우리의 파티 몸짓을 여전히 취하는 중입니다.

이따금 이전의 저로 돌아가버립니다. 어떻게든 되겠지 하고 항복하고 싶습니다. 항복. 단어만으로도 아름다워요. 뒤로 넘어지다, 의식을 잃다, 바닥에 쓰러지다, 바를 따라 미끄러지다, 도랑에 빠지다, 구토하다, 정신을 잃다……. 술을 사랑하는 것은 담배를 사랑하는 것이고, 격렬한 사랑을 사랑하는 것이고, 불행으로 인도할지라도 돈을 많이 벌어다 주는 일을 사랑하는 것입니다. 결국 자신보다 더 강력한 것을 사랑하는 겁니다.

일전에 다시 한번 위기가 왔습니다. 시내로 점심을 먹으러 나갈 일이 있었습니다. 동료 작가들과 아무도 들어보지 못한 작은 문학상 수상을 논의하려요.

각자 확고한 생각을 갖고 있었죠. 아니면 그런 척했거나. 그들은 문학을 열정적으로 사랑하며, 자신들이 무엇을 이야기하는지 잘 알고 있는 척합니다. 결국 상은 누구에게든 수여하기로 결론이 났습니다만, 심사하는 내내 다들 다른 사람 이야기를 듣지 않고 자신의 의견만 표출했습니다. 친구에게 표를 주거나, 자기 출판사에 표를 주거나, 자기 마음에 든 책에 표를 주거나, 마음에 들지 않던 작가를 반대하는 식입니다.

심사 후 이어진 점심식사 동안, 아직 못 읽어본 윌리엄 스타이런의 책을 둘러싸고 공방이 벌어집니다. 《소피의 선택》이 좋은 책인지 아닌지에 대해서는 번역의 문제가 있으나, 그의 초기작들은 더할 나위 없이 훌륭하다는 데 모두 동의했습니다. 그러고 나서 술 이야기가 나왔어요. "스타이런은 하루아침에 술을 끊었고, 이십 년간 우울증을 앓다가 죽었어. 하지만 결코 술을 다시 입에 대지 않았대."

집에 돌아오는 길에 서점에 들렀습니다. 그가 경험한 우울증을 담은 회고록 《보이는 어둠》을 샀어요. 그가 알코올 문제도 겪었을 거라고 생각했습니다. 그 주제에 대해 그가 말하고자 하는 바는 몇 줄로 요약됩니다.

"1985년 12월에 나를 덮쳐 병원으로 끌고 간 그 폭풍은 처음엔 그보다 앞선 6월, 와인잔보다 살짝 더 큰 구름으로 발현되었다. 그 구름, 명확히 드러난 징후는 술과 관련이 있었는데, 술이야말로 사십 년 동안 쉬지 않고 내가 남용해온 물질이었다. 허다한 다른 미국 작가들(술에 대한 그들의 사랑은 전설적이었으므로 그에 관한 연구와 책이 나올 정도였다)을 본받아, 가상의 세계, 도취의 세계, 상상의 고양으로 인도하는 마법의 길이라는 듯 술에 의존했다. 나를 진정시켜준 이 물질에 의존한 일을 후회하고 유감으로 생각해봤자 무슨 소용 있겠는가. 늘 내 작품에 상당히 공헌한, 가끔은 매혹적이기까지 한 물질이었는데 말이다. 술이 절대적으로 지배하는 가운데 단 한 줄도 쓰지 못할지라도 나는 그걸 다양한 방식으로 활용하고 있었다. 음악과 병용하기도 했고, 술의 영감을 받지 못한 뇌는 결코 도달하지 못할 이미지를 떠오르게 하는 방식으로도 활용했다. 술은 날마다 내가 의지하던 친구이자, 언제나 내 지성을 넘어서는 평가 불가한 협력자였으며, 이제 보니 정신의 지하 감옥에 오랫동안 은닉해둔 태생적 두려움과 불안을 잠재우기 위한 수단이기도 하다. 문제는 올여름 초 내가 배신을 당한 것이다. 완전히 느닷없이, 거의 갑자기라고 할 수 있을 정도로 나를 난타했다. 더는 술을 마실 수 없었다. 육체와 정신이 동시에 반기를 들고, 영혼이 일상적으로 술에 잠기는 걸 거부하려는 음모를 꾸민 듯했다. 그렇게 오랫동안 뜨겁게 환대를 보낸 뒤에, 끝내 의존하게 된 뒤에 말이다."

내가 술을 끊으려는 시도를 너무 일찍 한 것은 아닐까 하는 결론에 도달했습니다. 몸이 그만 마시라고 말할 때까지 기다렸다면 이런 현상에 그토록 중요한 의미를 부여하지 않았을 겁니다. 전혀 다른 세계로 가는 문을 간절히 바라는 만큼 술을 마시고 싶습니다. 하지만 스타이런은 이미 지나간 시대에 대해 쓰고 있어요. 그땐 아무도 사람들을 그들의 행실로 비난하지 않았습니다. 다시 술을 마시는 걸 포기합니다. 일시적이라도요.

레베카

바르셀로나에서 아파트를 장기 임대했습니다. 해가 들어오지 않는 방이에요. 파리를 벗어나니 기분이 좋습니다. 라발 지구를 지날 때마다 늘 같은 젊은 흑인 남자와 마주치는데, 굉장한 미남이에요. 장발에 낡은 선글라스를 쓰고 반바지에 샌들을 신었는데 신비할 만큼 우아합니다. 그의 자전거는 타이어가 없고, 변속장치 옆으로 체인이 늘어져 있고, 안장도 없습니다. 그는 자전거에 바로 앉아 있어요. 같은 자전거를 타고 달리는 그를 두 달이나 보고서도 그 장면이 말이 안 됨을 깨닫기까지 시간이 걸렸어요. 그의 모습이 너무도 엄숙하고 자신감 넘쳐서 자전거와 운전자에게 핵심 부품이 빠져 있다는 사실을 자각하기까지 시간이 걸린 겁니다.

해변에서 갈색 머리 남자가 검은색 구찌 대형 종이 가방을 든 채 어슬렁거리고 있었어요. 상점에서 나온 것처럼 보였죠. 멀리서 보기에 평범한 부르주아 젊은이처럼 보였어요. 그런데 그가 그늘 아래서 잠을 청하려고 바닥에 깔 두꺼운 종이를 꺼내는 모습이 보였습니다. 그제야 얼굴을 자세히 봤어요. 청소년이었어요, 많아야 열다섯 살 됐을까요. 어린 노숙자였고, 몸집에 비해 커다란 낡은 주황색 반바지를 입고 있었죠. 이 게이들의 해변에서 잠재 고객 혹은 돈 뜯을 남자를 찾으면서 어슬렁거리고 있음을 깨닫기까지 시간이 걸렸습니다. 전혀 알 수 없는 거죠. 매춘에서 가장 기피하는 일이 그것입니다. 너무 눈에 띄는 것.

모두 마스크를 착용하고 있습니다. 몇 주 전부터 현기증이 날 정도의 폭염이 시작되어 마스크 속에 땀방울이 맺힙니다. 숨을 쉬기 힘들죠. 하지만 어쩔 수 없습니다. 모두 마스크를 쓰고 있고, 모든 일은 외부에서 벌어지며, 식사 자리에서 음식이 나오지 않는 한 마스크를 한 채로 이야기를 나누니까요. 다들 최선을 다합니다. 효과가 있는지 편안한지 의심하지 않습니다. 또 다른 봉쇄를 피하기 위해 노력하는 거죠.

나 역시 삶이 무언가를 말해주거나 신호를 보내고 있다고 느낍니다. 어려움에 봉착하거나, 상처받거나, 명확한 방향이 보이지 않는 것 같다고 느끼면 그것과 흡사한 세계를 내게 보여주죠. 그냥 흘러가는 대로요.

요점만 간단히 말할게요. 당신은 중독이 재발하기를 바라고 있어요. 나는 반대예요. 여기 도착해서 처음 한 일이 NA 모임을 찾는 것이었어요. 모임원들이 쓰는 언어도 이해하지 못하면서, 마스크 때문에 누가 발언하는지도 모르면서요. 그렇지만 모임에 가는 게 좋아요. 국경을 넘고 쓰는 언어가 달라진 사실이 위안이 됩니다. 이곳에 NA 모임이 있다는 사실도요. 이곳 사람들은 나를 전혀 알아보지 못합니다. 그게 썩 좋지는 않지만요. 다행히도 내 나이대 프랑스 여자 하나가 있었어요. 나가려는데 내게 다가와서 함께 커피를 마시러 갔어요. 나는 사람들이 내게 주목하고 속삭이는 데 익숙합니다. 위대한 배우 앞에 선 피라냐 떼처럼 내 시간이나 관심을 아주 조금이라도 얻으려고 애쓰는 데 익숙하다는 말이지요. 반면 그 여자가 내게 이야기하는 방식은 익숙하지 않습니다. 그러니까 누굴 통하지 않고 직접, 핵심으로 들어가는 것 말이죠.

어쨌든 당신 덕에 NA 모임의 신봉자가 되었는데 그런 내가 무색해진 상황이네요. 나는 아무것도 바라지 않았는데 그 모임이 나에게 잘 맞았고, 당신은 재발하려고 하네요. 바보짓 그만하고 정신 차리세요. 이 말을 도대체 어떤 톤으로 해야 할까요? 당신은 이제 스무 살이 아니에요. 그 시절은 끝났어요. 그게 전부예요. 그러니 핑계 좀 그만 대요. 당신의 청춘은 지나갔어요. 이미 그걸 겪었잖아요. 당신이 찾는 것, 그건 술에서도 마약에서도 결코 발견하지 못할 겁니다. 열렬히 사랑하던 옛 애인과 다시 잠을 잤는데 이전 같지 않은 것과 마찬가지예요. 심지어 그때보다도 못 하겠죠. 그야말로 골칫거리, 성가신 일이 되는 겁니다.

나 역시 감상적인 태도로 첫 만취 경험을 미화해서 들려줄 수 있어요. 햇살이 좋던 봄이었죠. 플라스틱 물병에 든 브랜디를 마시며 방되브르의 청년문화센터에서 연극을 연습하고 있었습니다. 나는 운디네 역할을 맡았어요. 우리는 사회복지사들을 조롱하고 손바닥만 한 르노4를 몰면서도 유쾌한 그 집단의 거지 같은 분위기를 비웃었지만, 그럼에도 언제나 청년문화센터에 죽치고 있었어요. 연극을 사랑했지만 사랑도 나를 막지는 못해서, 연습 내내 팔을 쭉 뻗고 바닥에 누워 있었습니다. 아무도 나와 함께 술 마실 생각을 하지 않았습니다. 여자아이들은 감히 무언가를 할 생각을 못 했어요. 우리 시절에는 여자들이 모든 것을 두려워했으니까요. 반면 나는 위스키를 병째 마시는 열네 살이 되고 있었죠. 나의 롤 모델은 애니메이션 〈우주 해적 캡틴 하록〉에 나오는 파란색 머리의 미메였어요. 알코올이 주식인 캐릭터로, 눈은 텅 빈 듯한 노란색이고 하프를 연주하죠. 크리스티아네 F.*는 말할 것도 없어요. 나는 그럭저럭 잘 지냈어요. 나보다 나이 든 사람들

---

* 십대 시절 마약 경험을 기록한 《크리스티아네 F.Christiane F.》라는 책과 이를 원작으로 한 영화로 유명한 독일 여자 배우이자 음악가.

과 청소년 시절 이야기를 할 때면 같은 추억이나 경험을 공유하고 있지 않더군요. 그 당시가 아름다운 시절이었다고 설명하기는 힘들어요. 나는 진홍색 음료를 사서는 소형 카세트테이프를 가지고 혼자서 주차장 안쪽으로 내려가서, 퀸의 〈플래시 고든〉 앨범이나 조이 디비전의 음악을 들으면서 마약을 흡입하곤 했어요. 알뒤리브르 서점에서 음반을 훔치기도 했습니다. 그 기억을 상기시켜 준 건 당신이에요. 그동안 잊고 있었거든요. 테니스 가방을 들고 서점으로 들어가서, 작은 더미를 집어서 가방에 집어넣고 빠져나왔습니다. 나는 굉장히 대담한 아이였고, 백화점에서 물건 훔치는 걸 즐기기도 했어요. 나중에 유명해진 다음 더는 할 수 없어서 안타까운 일 리스트에 추가할 수 있을 정도입니다. 물론 뉴욕이나 도쿄 등 나를 모르는 곳에서 물건을 훔칠 수 있긴 하지만, 돈을 지불할 수 있는 상황에서 아드레날린 방출을 위해 대책 없이 물건을 훔치는 건 얼간이처럼 느껴집니다. 어렸을 때 간절히 원하던 물건을 훔쳤을 때의 기쁨과 동일하지 않아요. 오히려 무언가를 되찾는 느낌이에요.

　당신이 청춘 시절에 대해 느끼는 그리움을 이해해요. 하지만 그 시기는 끝났고, 우리는 이제 열네 살짜리 아이가 아니에요. 행복한 재발이라는 건 없습니다. 그걸 알아보려고 다시 돌아갈 필요는 없습니다. 나는 늘 중독자와 어울리며 지냈는데, 그중 누구도 "다시 시작하니까 얼마나 행복하던지!"라고 고백하지 않았어요. 이제 기행을 멈추고 땅으로 내려와요. 운동을 새로 시작하거나 휴가를 떠나봐요.

오스카

거실에 초록 식물을 하나 키우고 있습니다. 꽃을 피울 시기가 되니 와인 빛깔을 띠는 커다란 꽃이 포도송이처럼 피어났죠. 그런데 오늘 아침 잎에 구멍이 나고 조금 갉아 먹힌 걸 발견했어요. 들여다보니 조그만 초록색 애벌레들이 솜털 고치에 매달려 있는 게 아니겠어요. 서른 개 정도나 제거를 했는데도 시시각각 번식중인 듯했습니다. 식물을 살펴볼 때마다 알을 새로 발견합니다. 식물이 잎을 둥그렇게 마는 것이 애벌레를 보고 움츠러드는 것처럼 보입니다. 하얀색 흔적이 생기고 끈적거리는 껍질이 있는 곳에서 애벌레를 찾을 수 있습니다. 애벌레와 잎 색깔이 같아서, 갈색 껍질에서 탈피하려고 몸을 꿈틀거리지 않는 이상 애벌레의 공격에서 식물을 보호하는 것은 힘든 일입니다. 우리가 사랑할 때 당사자로서 겪는 일이 정확히 똑같습니다. 몇 분마다 새로 생겨나는 빽빽한 고치는 끈적거리고 포근하며 비단처럼 부드럽지만 투과할 수 없습니다. 내부에서 우리는 아무것도 볼 수 없어요. 우리는 그저 느끼고, 이야기의 살갗에 붙어 있으면서 그곳에서 멍하

266

게 살아갑니다. 삶이라는 식물이 뜯어 먹히고 황폐해져도 소용없습니다. 우리는 그 재앙에서 양분을 얻을 뿐, 그걸 뚫고 나가지 않습니다.

클레망틴을 버스 정류장까지 걸어서 데려다주었습니다. 가는 길에 검은 개 한 마리와 마주쳤어요. 다리가 짧고 귀가 쫑긋 선, 아주 활발한 친구로 이름은 볼트였어요. 볼트의 주인이 좁은 술집의 바 자리에 앉아 있었는데, 밖은 해가 쨍쨍 내리쬐는데 술집 내부는 아늑한 동굴처럼 보였습니다. 마티니 종류로 보이는 진한 붉은 색 술 한 잔이 주인 앞에 있었습니다. 지나가다가 그를 보고서 지금 저에게 가장 결핍된 것이 술임을 깨달았습니다. 술집은 여전히 우리 집처럼 느껴지더군요. 바 좌석은 저를 환대하는 피난처의 가능성을 품고 있었고요. 가게 문이 닫힌 후 커튼이 내려진 시간, 단골들 사이에 머무르다가 쪽문으로 빠져나와서 밤새 크루아상을 사러 열린 빵집을 찾아다니는 것. 묘하게도 술에 취한 순간이 똑똑히 기억나거나 진지하게 그립지는 않습니다. 같은 짓을 열 번씩 반복하면서 크게 소리치는 행동이 그리울 리가요. 사람들이 식전주를 마시는 순간 변모하는 걸 봅니다. 몸이 이완되어 퍼지고 술기운이 올라오죠. 저녁식사 후에는 서로를 만지고 속내를 털어놓습니다. 제 몸에 느껴지는 술의 효과가 그립습니다. 위스키의 목 넘김, 목구멍에 번지는 타는 듯한 감각, 관절 마디마디가 따뜻해지는 느낌. 무엇보다도 술집이 그립습니다.

바텐더와 인사를 나누는 일, 환대받는다는 감각. 집이 아니면서도 집처럼 느껴지는 위안이 말이죠.

술은 안정성을 의미했어요. 술을 알기 전이나 술과 함께 살던 시기나 술을 끊은 이후를 통틀어도 그러한 안정감을 경험하지 못했습니다. 친구, 사랑, 부모, 땅, 신선한 공기, 그리고 포근함.

주기적으로, 이따금은 시큰둥하게 자살을 생각합니다. 금주한 뒤로 언제나 똑같은 성찰로 끝이 납니다. 세상을 떠나기 전 제가 즐길 수 있는 유일한 것은 한 잔의 와인입니다. 그 중에서도 화이트와인, 단맛이 없는 화이트와인, 한 잔 더 한다면 달콤한 와인, 그다음엔 샴페인 한 잔, 그리고 레드와인 한 잔, 생조제프 브랜드로. 그리고 위스키 한 잔. 얼음 넣지 않고. 어떤 위스키라도.

그러고 나서 생각하죠. 만일 한 잔을 마시고, 그다음 한 잔을 마시며 그간 놓친 모든 시간을 따라잡는다면 어떨까. 지금 함께하지도, 나를 지탱하지도, 즐거움을 주지도 못한 그 모든 잔을 마셔버린다면. 술에 취하는 편을 택하면 더는 죽고 싶다는 유혹에 시달리지 않을 겁니다. 생각 자체를 잊겠죠. 술을 마신다는 생각밖에 하지 않을 겁니다.

의외의 것들이 간절히 그립습니다. 심지어 맥주도 그립습니다. 맥주를 전혀 좋아하지 않았지만 이제 맥주에 대한 향수에 시달리네요. 그 청량함이, 테라스가, 맥주의 빛깔이 그리워요. 손에 잔을 쥐었을 때의 감각도 그립습니다. 맥주를 마시면 화장실에 자주 가고 싶죠. 방광을 비우러 가려고 자리에서 일어났을 때야 비로소 얼마만큼 취했는지 깨닫습니다. 자리에서 일어나려다가 늘 넘어지고, 화장실에 앉아 있는 자신을 발견하던 허다한 기억들!

글을 쓰지 못하는 건 술을 마시지 않기 때문일 겁니다. 제가 겪는 문제는 제가 충분할 정도로 술을 마시지 않았던 탓이 아닐까 생각하기도 합니다. 맬컴 라우리, 스콧 피츠제럴드, 마르그리트 뒤라스, 레이먼드 챈들러, 트루먼 카포티, 스티븐 킹, 대실 해밋, 도러시 파커, 존 스타인벡, 진 리스, 퍼트리샤 하이스미스, 어니스트 헤밍웨이, 엘리자베스 비숍, 레이먼드 카버, 조르주 심농……. 술은 백인들의 기벽인 듯합니다. 흑인 재즈 음악가과 헤로인, 흑인 뮤지션과 온갖 마약, 흑인 운동선수 및 배우와 마약중독. 하지만 흑인 작가, 그러니까 미국인이든 아이티인이든 프랑스인이든 혹은 케냐인이든 그들은 창작의 난관에 봉착해 실패한 일이 없습니다. 위대한 흑인 작가에게 알코올의존증의 전통은 없습니다. 이제 마음을 다시 가다듬습니다. 제임스 볼드윈이 술 마실 필요가 없었다면 위대한 작가가 되는 데 술은 필수적이지 않다고 말이죠.

레베카

　허튼소리 작작해요. 실패를 대비하는 당신 모습이 어떤 줄 알아요? 오두막을 짓는다면서 다른 이들에게 아무 작대기나 주워 오라고 강요하는 것 같아요. 나는 그런 식으로 오두막을 지은 적이 없지만, 사람들은 그런 식의 행동을 하더군요. 당신처럼요. 당신을 위해 우리가 손쓸 수 없는 일에 집중하면서, 우리더러 도와달라고 소리치고 있잖아요.

　이해는 합니다. 나도 결코 잘될 수 없는 남자와 다시 시작하고 싶은 마음이 컸기에, 모두를 대표하는 과부라도 되는 양 슬픔을 애지중지한 적이 있었어요. 헤어진 애인에 대한 슬픔을 소중히 품고 지냈고, 가능한 시점이 오면 슬프거나 나쁘게 끝난 관계 혹은 나를 파괴했던 사건으로 바로 뛰어들었으니 당신에게 닥친 상황을 이해해요. 하지만 우리는 같은 과는 아니에요. 나는 누구보다 오래 살아남았어요. 모든 위기에서 가까스로 살아난 겁니다. 나는 결코 연약한 사람이 아니거든요.

　당신을 욕망에서 구해내기 위해 내가 할 수 있는 일은 없습니다. 단약을 하면 열정 과다 상태인 경찰이나 20세기 초의 게이처럼 행동하게 되는 것 같아요. 아주 작은 신호를 파악해 그 사람에게 다가가도 안전할지 추측하게 되더군요. 직감이 발달하고 육감과 예기치 않은 경계심이 발동합니다. 누가 무엇을 복용했는지 말하기도 전에 피부, 냄새, 걸음걸이로 알아차릴 수 있습니다. 이제 당신이 도취 상태로 돌아가는 모습을 보고 있네요. 사랑하는 애인을 향한 도취인 듯하지만, 그 애인은 실체 없고 심지어 인간도 아닌 멍청이입니다. 모든 걸 내팽개치려고 하는 특별한 쾌감인 동시에 오랜 악마를 다시 만나려고 하는 특별한 쾌감입니다. 붕괴의 쾌락은 분명 존재합니다. 당신은 그걸 준비하고 있네요. 미리 음미하고 있다고요.

당신을 가둘 수도 없고 당신 대신 살아줄 수도 없어요. 만나지도 못한 당신 딸을 생각합니다. 그 아이는 어쩌면 일 년 넘게 이 순간을 기다려왔겠죠, 나보다 당신을 더 잘 아는 사람이니까요. 사람들이 당신을 신뢰하지 않는다는 것도 알고 있죠. 당신이 원망스럽네요. 나도 원망스럽고요. '조심해'라고 말하는 게 아무짝에도 쓸모없다는 걸 알아요. 당신을 벽으로 밀어붙인 뒤 따귀를 날릴 수도 있고, 한 달 내내 사우나에 격리해 비타민C와 마그네슘으로 배출시킬 수도 있겠죠. 스무 살이 안 된 색정증 여자 다섯이 당신을 덮치게 해서 다른 일을 생각하지 못하게 할 수도 있겠고요. 최면을 걸어서 강제로 잠들게 만들거나, 우즈베키스탄의 산에 당신을 데려가거나, 캄보디아의 사찰을 보게 하거나, 루르드*나 스위스의 클리닉에 데려갈 수도……

하지만 아무짝에도 쓸모가 없을 겁니다.

---

* 불치병을 치료한다는 샘물이 있는 프랑스의 작은 마을.

다시 넘어지고 싶어하는 친구를 위해 무얼 할 수 있을까요? 뒷감당하라고 요구할까요? 나쁜 남자를 만나는 친구를 위해 무얼 할 수 있을까요? 그녀가 큰 타격을 받으리라는 게 빤히 보이는데 말이죠. 피해를 당하기 전에는 그 남자에게서 벗어날 수 없다는 걸 알지만, 그녀는 이미 홀딱 빠졌기에 우리의 경고는 소용없습니다.

늘 같은 실수를 반복하느라 지친 친구를 위해 무얼 할 수 있을까요? 우리에게는 그게 재미있다고 말한다면요. 우리가 무얼 할 수 있죠? 그저 기다릴 뿐입니다. 그 친구의 문자 메시지에는 과할 정도로 빨리 답장하고, 너를 얼마나 좋아하는지 과할 정도로 자주 말해줍니다. 그만두면 어떻겠냐고, 전략을 바꿔보자고 제안도 합니다. 하지만 친구는 당신에게 자기 일에 개입해달라고 요청한 적 없어요. 겉으로는 잘 지내는 듯 보여도 무너질 자기 모습을 상상하는 친구를 위해 무얼 할 수 있을까요?

목숨을 내팽개치는 사람도 있습니다. 우리가 할 수 있는 일은 없어요. 그저 내버려둘 뿐. 혹은 불안에 시달리는 이들과 친구 하는 것을 애초에 피해야 합니다. 내 주변의 목숨을 끊은 이들은 아무도 신경 쓰지 않거나 돌보지 않는 사람이 아닙니다. 오히려 사랑받는 사람이죠. 그건 자기를 둘러싼 사람들에게 말하는 하나의 방식이에요. 당신은 아무 쓸모도 없어요. 그것 봐요, 당신은 내게 어떤 유익도 끼칠 수 없잖아요.

나는 홀로 싸우는 사람들과 항상 뜻을 같이하고 있습니다. 그가 마주할 최악의 상황을 두려워한다면 그 친구를 위해 무얼 할 수 있을까요? 아무것도 할 수 없어요. 그저 문자 메시지를 보내 탁구나 치러 가자, 테라스에서 만나자라는 말뿐이에요. 그저 지나가기를 바라는 거예요. 그리고 거기 있어주는 거죠. 우리의 친구에게 여전히 다음이 있기를 기도하면서 말이죠. 때를 기다리면서요. 그럼 이만 줄일게요.

오스카

나의 친구, 당신의 편지에 감동했습니다. 이제 재발하지 않을 겁니다. 우선 모임의 후원자를 다른 사람으로 바꾸려고 해요. 지금으로서는 그 사람에게 전화하고 싶지 않아서 그렇습니다. 게다가 샤론 거리의 NA 모임에서 항상 만나던 사람이 줌 모임에도 온다는 걸 알게 되었어요. 그가 어떤 사람인지 잘 아는데, 존경스럽거든요.

놀라운 일이 있었습니다. 레오노르가 충격을 받아서 전화했더군요. 그녀는 지금 리옹 근교의 친구 집에 클레망틴과 머물고 있습니다. 그런데 남자아이들과 놀러 나갔던 클레망틴이 대마초를 피우다가 경찰에게 체포되었다고 합니다. 봉쇄 이후 경찰이 청소년들을 집요하게 들볶는 일에 익숙해진 듯합니다. 레오노르가 제 단약 상태를 진지하게 생각하고 있다는 사실을 깨달았어요. 클레망틴이 알려줬대요. 제가 줌 모임에 참가하는 걸 아이가 알 거라고 전혀 생각하지 못했는데 말이죠. 아이가 있을 때면 방에서 문을 잠근 뒤 모임에 참석했고, 캡을 눌러쓴 채 따로 발언하지도 않았거든요. 그동안 레오노르와는 이런 진지한 대화를 한 적이 없습니다. 이번이 처음이죠. 제가 스스로를 요령 좋은 중독자라고 생각할 때마다, 그렇게 생각하는 건 저 혼자였다고 현실이 일깨워주는 느낌입니다. 레오노르가 이혼 이야기를 꺼냈을 때 저를 굉장히 원망하고 있다고 생각했지만, 그녀가 질책한 부분은 무엇보다도 마약 문제였거든요. 내 노력을 진지하게 생각해줘서 고마웠습니다. 술이나 마약을 하지 않았더라도 행동이 확연히 달랐을지 스스로 확신은 없어요. 그녀가 말하는 동안 가만히 있었습니다. 그녀는 최근 제 선택이 훌륭하다며 칭찬을 쏟아내더니, 변화된 모습이 놀라울 정도로 확연히 보인다며 이제 저를 믿겠다고 말했습니다. 단약을 유지한 후로 딸 돌보는 날을 한 번도 잊어버리지 않은 것은 사실입니다. 그녀의 말을 들으면서 당신 메일을 떠올렸습니다. 저를 걱정하는 여자들을 떠올리니 그래도 기분이 좋아졌죠.

그녀는 제가 클레망틴과 이야기했으면 좋겠다고 했습니다. 마약을 끊으려고 노력하는 세상 물정을 아는 어른으로서 말이죠. 그리고 아빠의 자격으로 말입니다. 제 말이 꼬이며 뒤죽박죽이 되리라는 걸 직감으로 알았어요. 딸에게 대마초가 너를 더러운 매춘이나 팔에 주사기를 꽂는 상황으로 끌고 갈 거라고 말하다가 관계가 틀어지는 상상을 했어요. 하지만 레오노르는 몇 년 전부터 그런 부탁을 한 적이 없었어요. 저는 알겠으니 아이를 보내라고, 간단히 뭘 먹으며 이야기해보겠다고 대답했습니다.

피카르에서 출시된 타르트 타탱을 사러 갔습니다. 아이가 무척 좋아하거든요. 아이와 얼굴을 마주한 시간은 생각처럼 제대로 흘러가지 않았습니다. 저는 말했어요. "네가 어른이라고 생각하고 말할게. 너도 곧 성인이 되니까. 아빠가 이미 대마초를 피워본 거 알겠지. 아빠 말은 이거야. 특별한 경우에 일 년에 두어 번 정도만 피운다면 의존성이 강하지 않아. 그런데 매주 피운다면, 사람들이 말하는 것보다 어마어마하게 위험할 거야. 대마초를 주기적으로 피우면 집중력과 창의력, 유머, 삶의 즐거움, 지능, 수면, 호기심이 줄어들 테고……." 아이는 한숨을 쉬었습니다. 제 말에 이미 지루함을 느낀 거죠. 저는 퉁명스럽게 말했습니다. 창피했어요. 불편하기도 했고요. 다른 방식으로 접근해야 했다고 속으로 생각했습니다. 대마초로 뭘 하려고 했는지 직접 말하게 해야 했어요. 아내가 당신을 믿는다고 해서 테이블 모퉁이에서 그런 식으로 딸과 좋은 관계를 만들어낼 수는 없는 겁니다. 순식간에 아이를 거만하고 멍청한 꼬맹이 취급을 해버린 거죠. 그렇게 거칠게 놀고 머저리처럼 굴면 앞으로 살면서 심한 모욕을 당할 거라는 식이었습니다. 정확히 그런 단어를 쓰진 않았으나 내용은 그랬습니다.

아이는 자리를 뜨려 일어났고, 저는 문까지 따라가서 아이를 억지로 다시 데려오려고 손목을 붙잡았습니다. 그때 아이가 "때리지 마"라고 소리를 질렀습니다. 두려움에 질린 모습이라기보다는 오히려 제 앞에서 폭주할 것 같은 표정이었습니다. 저도 소리를 쳤습니다. 아이를 잡고 살짝 흔들었고 아이는 계단으로 급히 내려갔어요. 바보처럼 문을 쾅 닫고 열쇠도 없이 따라가서 길가에서 아이를 따라잡았습니다. 클레망틴은 저에게 말을 하려고 하지 않았습니다.

모든 노력에도 불구하고 일이 잘못될 조짐이 보였습니다. 거리에 서서 아이가 말했습니다. 훈계하지 마, 아빠가 어떤 사람인지 다 알아, 다시 마약 할 거잖아, 나를 도와줄 수 있는 마지막 사람이 아빠면서 말이야. 그 말에 저는 경악했고 얼어붙었습니다. 그 분노가 저를 잘못된 방향으로 탈선시킨 것 같습니다. 어리석은 말을 하는 대신 저는 물었습니다. "왜 아빠를 중독자 취급하지? 마약 하는 걸 보기라도 했어?" 아이의 얼굴이 일그러지더니, 혐오와 불신에 가득 차 입을 비죽거렸습니다. 전혀 어울리지 않는 표정이었죠. 이에 대해선 덧붙여 설명하는 게 좋겠네요. 아이는 화를 기막히게 잘 냅니다. 제게서 물려받은 건 아닙니다. 저는 분노가 치솟을 때면 우스꽝스러워지고, 억지웃음을 지으며 목소리가 갈라지는 경향이 있습니다. 우리 아버지도 마찬가지였어요. 아버지가 화내는 상황을 우리가 비웃지 않을 수 있던 것은 오로지 그가 우리에게 폭력을 휘두르기 때문이었습니다. 딸이 엄마를 닮은 것도 아닙니다. 레오노르는 화가 나면 울고 말을 더듬고 당황하면서 난리가 나거든요. 반면 클레망틴은 거친 구석이 있고, 체념하는 표정이 제법 멋들어진 편입니다. 우리 둘의 관계가 앞으로 좋아지면 남자 이야기를 할 필요가 있겠다는 생각이 들었습니다. 아이가 그 방식을 집이 아니라 또래 남자 아이들에게 배웠다고 생각했거든요. 마지막으로 하나 덧붙이자면, 혐오감으로 찡그린 아이의 표정은 끔찍이도 추했습니다. 그런데 솔직히 저는 깜짝 놀라고 말았습니다. 재차 물었어요. "아빠가 마약 하는 걸 본 적이 있어, 클레망틴?" 아이가 대답하더군요. "농담해? 이제 좀 한가한가 봐, 그러길 바라, 왜냐하면 내가 기억하는 아빠 모습은 전부 환각 상태와 관련이 있으니까."

딸이 청소년기에 접어든 후 제게 중요한 얘기나 솔직한 말을 한 게 처음입니다. 당신도 알겠지만 그런 순간이 있잖아요. 워쇼스키 감독의 영화 언어로 얘기해보자면, 그 인물을 둘러싼 모든 것이 정지된 몇 초 동안 그가 상황을 벗어나서 자신에게 적합한 공간으로 이동하는 그런 순간 말이죠. 마법 같은 순간 말입니다. 목덜미에 차가운 기운과 나를 붙잡는 손

하나가 느껴졌는데, 그 순간 이전으로 절대 돌아갈 수 없으리라는 사실을 깨달았습니다. 사랑의 열정이라는 비유를 들면 더 뚜렷이 이해하겠네요. 꼭 이렇게 느꼈던 겁니다. 다른 여자와 살기 위해 떠날 결심을 하는 당신에게 아내가 어떤 말을 합니다. 당신이 결코 떠나지 못할 거라고 깨닫게 하는 어떤 말을. 이미 가방도 쌌고 결정도 내렸는데, 보이지 않는 손하나가 바닥으로 당신을 밀어붙입니다. 이 잔을 마시지 않을 것이다, 코카인을 흡입하지 않을 것이다, 이전으로 돌아가지 않을 것이다. 바로 그 순간에 포기해야 한다는 데 절망하면서도, 육지에 발을 디딘 난파당한 사람처럼 안도의 한숨을 쉬었습니다. 스스로가 멋지게 느껴졌고 자긍심에 마음이 벅차올랐어요. 이렇게 희생했단 말이지! 굉장한 아버지 아닌가! 저라는 사람이 폭풍 가운데 바위처럼, 딸을 안심시키기 위해 모든 노력을 기울일 준비가 된 아버지로 보였습니다. 제가 자신을 좋아하는 일은 극히 드뭅니다. 이번에 제대로 그 기회를 활용했습니다.

아이에게 커피를 마시러 가자고 했습니다. 바에 도착해서는 아는 사람을 만나 상황을 설명해야 했죠. 지갑을 집에 두고 왔는데 열쇠도 깜빡했다고요. 그러자 아이가 웃음을 터뜨리더군요. "큰일 났네, 아빠." 아이는 환타를 주문했어요. 그 음료가 아직도 나오는지 모르고 있었습니다. 말을 꺼내기 어려웠겠지만 아이는 이야기를 시작했습니다. 결국 열쇠 수

리점까지 저를 따라왔고, 함께 집 앞으로 돌아와 수리공이 오기 전까지 오후 내내 계단에 앉아 기다렸습니다. 아이는 쉬지 않고 말했습니다. 저는 적잖이 놀랐습니다. 제가 이미 잊어버린 일들을, 해주겠노라고 약속한 일들을 아이는 전부 기억하고 있었어요. 그걸 기억하기엔 너무 어린 시절이었는데도요. 아이는 제가 자기를 저버린 모든 순간을 기억하고 있었습니다. 크리스마스 저녁 몰래 가져온 코카인을 복용한 기억, 만취해서 전 여자친구들과 말다툼을 벌인 일, 자기를 재우고서 친구들과 포커 게임을 하던 밤, 일어났을 때도 술과 담배 냄새를 풍기며 여전히 자리에서 한심한 말을 지껄이던 일, 그러면서 머저리처럼 아이 머리카락을 헝클어뜨리던 순간. 제가 지키지 못한 수백 개의 약속, 전날 밤 한바탕 파티를 치르느라 아무것도 아닌 일로 말싸움했던 일, 아이가 집에 왔을 때 들은 탁한 목소리, 텔레비전 앞에 쌓여 있던 대마초, 아빠가 앞에 있는데도 혼자처럼 느껴졌던 순간, 여자친구와 화장실에 가 있는 동안 술집에서 아이 혼자 기다리게 만든 일, 아이가 서재를 뒤질 거라고는 생각 못 했기에 무신경하게 다락방에 놓아둔 마약들. 아이는 전부 기억하고 있었습니다. 경찰이 따로 없죠.

열쇠 수리공은 양심적인 사람이었습니다. 집 문을 교체한다며 3000유로를 청구하지 않고, 카드 한 장을 꺼내서 삼십 초 만에 문을 열어주었습니다. 우리는 집으로 돌아와 타르트 타탱을 마저 먹었습니다. 클레망틴에게 화를 내서 미안하다고 사과하자, 아이가 대답했습니다. "아빠가 다시 약을 할 거라고 말해서 미안해. 아빠가 변한 걸 알아. 진심이야. 멋지다고 생각해. 지금 같은 모습을 본 적이 없어."

아이는 자고 가겠다고 우리 집에 머물렀어요. 그날 저녁 누나에게 전화했어요. 이제 화해를 할 때가 되었으니까요. 누나는 언제나 클레망틴과 어떤 식으로 대화해야 하는지 알고 있었죠. 저는 방어적으로 "아이가 대마초를 하네"라고 말했어요. 누나는 웃지도 않고 "그럴 때야"라고 대답했죠. 그러고는 적절한 질문을 던지더군요. "매일 하는 거야?" 누나는 사건을 심각하게 부풀리거나 가볍게 넘기지 않았어요. 대신 자기 집에 와서 아이랑 며칠 머물다 가라고 초대했습니다.

"이웃집이 열쇠를 맡겨놓았어. 그 집에 수영장도 있어."

"레오노르에게 괜찮은지 물어볼게. 간다면 둘이서 기차로 내려갈 거야. 나도 가면 좋을 것 같아. 다시 약에 손을 대려다가 그만두기로 결심했거든."

"넌 아직도 개자식처럼 구는구나. 그래도 확실히 예전보단 덜 개자식 같아."

그 말을 곡해할 뻔했는데 결국 반대로 받아들였어요. 누나의 말을 칭찬으로 여겼죠. 칭찬이었다고 믿습니다.

레베카

당신과 부성애라, 확실히 당신 장기는 아니잖아요……. 그런데 당신 딸은 사람이에요, 당신의 버팀목이 아니라. 단약을 하는 과정이 딸에게 좌우되어서는 안 된다고 생각해요. 물론 당신은 아랑곳하지 않는다고 그러겠죠. 여기서 중요한 점은 당신이 정신을 차렸다는 거예요. 메일을 읽고 기뻤어요. 길게 쓸 수는 없어요. 현재 영화를 찍고 있거든요. 좀 이따가 사람들이 데리러 올 거예요. 호텔에서 지내는 건 더할 나위없이 좋아요. 아침식사를 방으로 올려주는 룸서비스라니! 실은 이 영화를 하고 싶지 않았답니다. 하지만 돈이 너무 필요했어요. 시나리오는 낡았고 캐스팅은 엉망이었죠. 그런데 생각보다는 잘되어가고 있어요. 연출을 맡은 여자 감독이 일에 아주 능숙해요. 몇몇 장면은 꽤 제대로 해내고 있는 것 같아요. 흥행작은 못 되더라도, 영화제 화제작은 될 것 같아요. 촬영감독은 내 팬이래요. 나를 빛나게 잡아주려고 몇 시간씩 분투중이죠. 모니터를 하는데 모습이 제법 괜찮더군요. 오랜만에 보는 모습이었어요. 마약을 끊은 건 정말 잘한 일이에요. 그만 줄일게요. 당신 딸과 코린에게 안부 전해주세요. 당신이 코린 집에 간다는 소식을 들었어요. 코린이 자꾸 전화를 하거든요. 이제 나 없이 지내기 힘든 모양이에요. 그럼 안녕히.

오스카

　누나와 함께 있을 때 클레망틴의 모습을 지켜봅니다. 아이는 평소만큼 다정하게 굴지 않습니다. 도착해서 예의 바르게 인사하더니, 곧바로 자리를 뜬 다음 휴대전화를 꺼내 들고 몸을 둥그렇게 말고 있습니다. 제 모습과 똑같아요. 아이는 방에 있으면서도 있지 않은 상태입니다.

　누나는 저와 달리 그에 대해 반응을 하지 않아요. 그 차이를 만드는 건 누나예요. 뻣뻣하게 굴지 않고, 윽박지르지도 않아요. 누나는 아이의 아빠가 아니라서, 이 관계가 어떠해야 한다며 앞서 나가는 생각 자체를 하지 않습니다. 누나는 아이에게 시선을 줄 때, 우리 남매가 아버지와 겪은 일을 얼굴에 드러내는 법이 없습니다. 그냥 흘러가게 두다가도 이따금 대화나 집안일에 기탄없이 아이를 끼어들게 합니다. "일어나서 과일 좀 사 오자, 장작 좀 나르게 도와줘." 누나는 아이에게 무슨 일을 시킬 때 수동공격성을 보이지 않는데, 그런 모습에서 아이를 어떻게 대해야 하는지 깨닫습니다. 누나가 고구마 껍질 벗기는 걸 도와달라고 할 때 어떤 다른 뉘앙스도 들어 있지 않습니다. 예컨대 휴대전화 좀 내려놓지, 그런 식으로 행동하지 마, 내 생각을 좀 해줘, 나를 고려해줘, 내가 필요한 걸 좀 줘, 그런 뉘앙스 말이죠. 그녀는 껍질 벗긴 고구마를 원하고, 딱 거기서 멈춥니다. 모든 상황에서 제가 스트레스를 더 가중하고 있었음을 깨달아요. 나의 스트레스, 나의 고통, 나의 부정적 사고, 나의 죄책감. 나, 나, 나. 그제야 아이에게 제 불행을 알아달라고 강요하면서 시간을 보냈음을 깨달았죠. 결코 직접적으로 말하지는 않았지만요.

누나는 열정이 넘치는 사람이에요. 말하기를 "네 나이대 여자아이들을 보니까 극우파들이 설치고 다닐 때 어려움이 많을 것 같더라. 우리 시대 여자들에겐 통했지만 너희 세대에겐 어려울 거란 말이지……" 그 얘기에 클레망틴이 깔깔거립니다. 저는 그런 이야기를 생각해낼 능력이 없어요. 식탁에서는 더더욱 그런 말을 입 밖에 내기 힘들죠. 클레망틴의 인생을 상상할 때면 저는 불안하기만 합니다. 아이의 머리 위로 끝없이 슬픔의 직물을 짜고 다른 건 상상도 안 됩니다.

창문을 등지고 놓인 주황색 낡은 안락의자에 앉아 있습니다. 책에서 눈을 들면 정원이 보입니다. 누나가 서재라고 부르는 난장판 같은 복도에서 가르시아 로르카의《집시 로만세》옛날 판본을 발견했습니다. 처음부터 끝까지 여러 번 읽었어요. 두 사람이 함께 있는 모습을 지켜보고 있습니다. 딸은 유리로 된 저장 용기를 열려고 손바닥으로 탁탁 치고 있고, 누나는 한숨을 내쉽니다. "이성애자 치료법이 없어서 유감이네, 너는 특별한 레즈비언이 될 텐데 말이야." 클레망틴이 반색합니다.

"강낭콩 병을 단번에 열었다는 이유로요? 고모 머리가

좀 이상한 거 아니에요?"

"네가 힘이 넘치니까 하는 말이지. 넌 이성애자 여자아이처럼 감정이 풍부한 면도 없잖아."

그러자 클레망틴의 얼굴이 환해졌습니다. 분명 근사한 칭찬이라고 여긴 겁니다. 아이는 레즈비언 틱톡에 대한 화제로 넘어가더니, 누나에게 뭔가 보여주려고 누나의 휴대전화를 낚아챕니다. 누나는 곧바로 휴대전화를 빼앗아옵니다.

"대박, 큰일 날 뻔했네!"

"뭐예요, 그런 단어는 우리 또래나 쓰는 거예요. 고모는 그렇게 말하면 안 되죠!"

"달리 뭐라 말해, 그럼. 깜짝이야, 대박."

그 장면에서 몇 미터 떨어져서 그들을 바라봅니다. 제 안에서 일어나는 감정을 관찰하면서요. 화와 슬픔이 뒤섞인, 뒤틀린 기분입니다. 그 안에는 질투, 소외되었다는 분노, 대화에 끼어들 수 없다는 무력한 슬픔이 섞여 있습니다. 만일 둘의 대화에 끼어들었다가는 균형이 깨어질 테고, 저는 가벼운 체하는 형편없는 배우 아버지가 될 테니까요. 혼란스러운 감정이 기이한 마그마처럼 흘러내리면서, 그 흐름 속 어딘가에서 어떤 선명한 선이 보입니다. 하늘에 나타난 푸른색 줄무늬가 십오 분 정도 햇빛이 비칠 걸 예고하던 브르타뉴의 하늘처럼요. 새롭게 호흡하는 무언가가 존재하고, 새롭게 해체되는 무언가가 존재합니다. 클레망틴 곁에 어른들의 번민에서 벗어나게 해주는 어른이 있다는 점이 만족스럽습니다. 마찬가지로 아이와 잘 지내는 게 그리 거창한 일이 아니라는 것도 깨닫습니다.

어떤 사건을 온몸으로 겪어내기. 도망가는 대신에 감정을 느끼기. 진심으로 그러고 싶습니다. 어떻게 해야 할까요? 어떻게 시작하죠? 걸어야 하나요? 걸음걸이는 어때야 하죠? 음악을 들으면서, 음악 없이? 앉아야 할까요? 등을 꼿꼿이 세우고? 복식 호흡을 하면서? 바닥에 늘어져서 눕기? 팔을 좌우로 벌리며 눕기? 하품하면서? 배 속에 갱도를 뚫는 기생충 같은 생각을 방치하고서?

헛소리입니다. 감정은 오존층에 뚫린 구멍이고 기후변화이며 변함없는 화산 용암이자 바이러스의 폭격입니다. 공장이나 극장이 아니라 통제할 수 없습니다. 그런 이유로 감정을 기쁘게 맞이할 수 없습니다. 감정은 당신을 복종시키기도 합니다. 늘 미소를 띠다가도, 겁을 집어먹을 수도 있어요. 감정은 당신을 뒤죽박죽으로 휘저어 놓습니다. 감정은 세상을 바라보는 시선에 따라 다듬을 수 있는 수공예품이나 개인의 창작물이 아닙니다. 감정은 도자기 그릇이 아니니까요. 우리 세대에 급격히 퍼진 감정은 절망입니다. 집단적으로 퍼져 있어요. 지구 중심에 요란하게 상륙했습니다. 우리 모두를 봉기시킨 것은 바로 그 감정입니다. 각자 사소한 메시지, 자신만의 공식을 가지고 돌진할 수 있지만 아무것도 변화시키지 못합니다. 당신이 세계의 지도자이든 대양의 중심을 떠다니는 표류물이든 상관없이 감정은 동일합니다. 우리는 감정에 구애받습니다. 그것은 다른 무엇도 대적할 수 없는 화음이며, 무슨 일이 발생하든 울려 퍼질 것입니다.

당신의 절망을 파괴하는 유일한 기술은 희망입니다. 무척 간단한 문제죠. 희망은 절망을 지우는 단 하나의 해독제입니다. 그런데 우리가 압수당한 것 또한 희망입니다. 디스토피아가 이성적으로 생각할 수 있는 유일한 지평선이 되어버린 겁니다. 미래가 더 나은 방향으로 개선되리라 믿는 건 머저리라는 방증입니다. 그것은 승리한 전체주의입니다. 획일화된 신념이 우리 상상의 세계를 빼앗은 셈이죠. 대안은 존재하지 않습니다. 희망은 멍청이들에게나 유익한 것입니다.

딸이 식사하러 나오라네요. 제 배를 할퀴고 지나간 불안의 마그마에 정확한 설명 몇 마디를 얹고 싶다는 욕망을 누르고, 자리에서 일어나 두 사람이 있는 식탁에 앉습니다. 그들에게 저의 소외감을 알리지 않으려고, 억지로 웃지도 않고 교양 있는 말이나 불쾌할 수 있는 말을 하는 것도 삼갑니다. 자, 그렇게 그들과 함께 자리에 앉았습니다. 가르시아 로르카의 책을 펼쳐보는 것도 진짜 오랜만이네 하고 말합니다. 그러자 누나는 "나도 오랫동안 읽지 않았어. 그 책을 준 여자는 지금 호주에 살고 있는데. 뭐 하고 살지 궁금하네" 하고 답합니다. 클레망틴은 그 말에 아랑곳하지 않고 고모가 디저트로 딸기 타르트를 만들었다고 말합니다. 아이가 이런 세계를 다시 찾아 기쁩니다. 이 안에서 아이는 지표가 될 것을 찾고, 모든 것은 아주 명료합니다. 몇 분 동안 저는 아주 낯설고 기이한 감각을 느낍니다. 저는 제자리에 있고, 모든 것이 괜찮다는 느낌이 듭니다. 머릿속으로 골몰하지 않습니다. 저를 최고의 아빠, 믿음직한 남동생, 뭐가 되었든 특별한 사람으로 만들기 위해 무슨 말을 하려고 애쓰지도 않습니다. 저는 이 장면에 속해 있습니다. 잘 있기 위해 할 일이 특별히 없습니다. 오늘은 그저 어제보다 제가 덜 개자식처럼 느껴집니다.

레베카

진짜 괜찮은 거 맞아요? 좀 흥분한 거 같은데.

요즘은 저녁마다 메일을 씁니다. 오후는 아무것도 하지 않으면서 보내려고 해요. 바르셀로나는 텅 비어 있습니다. 정서에 좋은 광경이지만 경제에는 반대로 치명적이죠. 어쨌든 이런 작용은 문제로 떠올랐습니다.

보통 지금 같은 계절에 거리는 사람으로 가득합니다. 그런데 십 년 만에 도시 중심부는 주민 80퍼센트를 잃고 말았어요. 사람이 살던 집은 에어비앤비로 변하고, 코로나 기간 동안 마리화나 온실로까지 변해버렸습니다. 관광객을 대상으로 한 고급 상점 대부분도 그러합니다. 거리 전체가 셔터가 내려진 모습이에요. 빵집도 서점도 미용실도 남아 있지 않습니다. 조악한 기념품을 팔던 상점들도요. 다시 열 날을 기다리면서 전부 문을 닫았습니다. 그와 비교하면 80년대 말의 프랑스 롱위가 더 번성했겠어요. 모든 것을 악화시킨 이 열광적 바이러스가 가는 곳마다 초토화를 하고 있네요. 세계가 흘러가는 모습을 지켜보면 어안이 벙벙해질 지경이에요.

당신은 딸 문제로 고민한다는 이야기를 자주 하는데요. 그 문제로 불안해하지 않는다면 그야말로 형편없는 사람일 거예요. 그런 상황에선 몹시 당황하는 것이 상식적인 사람이라는 증거랍니다.

우리 모두 미쳐가고 있습니다. 집단 현상이에요. 십 년간 알아온 사람들이 백신에 대한 상대방 의견이 마음에 들지 않는다며 격렬히 싸우고 있습니다. 이 얘기를 하는 건, 내가 그런 상황이라서입니다. 처음에는 그들을 붙잡아서 강제로 백신을 주사하고 싶었습니다. DNA에 관한 말도 안 되는 소리를 그만 닥치라고 말해주고 싶었거든요. 빌어먹을 당신 유전자가 뭐라도 된다고 생각하세요? 피카소? 하지만 그런 생각을 하자마자 이런 말이 튀어나오죠. 내가 어떤 사람이 된 거

288

지? 머릿속을 조종하는 이 사람 대체 누구야? 지금껏 친구들 백신 접종 여부에 관심이나 가졌던가?

세상은 냉정함을 잃어가는 중입니다. 그로 인해 나 역시 너덜너덜해졌고요. 내가 할 수 있는 말이라고는 견뎌야 한다는 것밖에 없네요. 나는 다행스럽게도 아이가 없지만, 당신은 이제 아버지로서 자리를 잡아가는 것 같습니다. 늦더라도 안 하는 것보다는 좋은 일이죠.

오스카

줌 모임이 끝날 무렵 처음 보는 남자를 발견했어요. 다른 사람들이 인사하는 걸로 봐서는 꽤 오래전부터 모임에 참여하던 모양이에요. 그는 코로나에 걸렸고 자연광이 전혀 들지 않는 방에 격리되어 있었습니다. 그의 뒤로 보이는 배경이 너무 어수선해서 화면에서는 동굴에 들어 앉은 것처럼 보입니다. 그는 "우리 어머니는 저를 사랑하지 않았어요. 그걸 견뎌야 해요"라는 말을 열두 번도 더 반복했습니다. 마치 장황한 기도문처럼요. 그는 "거절을 견디는 건 제게 불가능해요"라고 덧붙이며 자기가 되뇌이던 말에 스스로 질식한 것처럼 보였습니다. 그의 이야기를 들으며 속으로 생각합니다. '그래, 차라리 다 토해내고 익숙해져, 어머니는 이제 좀 내버려두고.' 그는 어른입니다. 제 나이대로 보였어요. 자, 어머니가 너를 사랑하지 않았어. 그렇다고 엇나간 어린 시절을 지겹게 되풀이하며 평생을 살 수는 없어. 익숙해지라고. 진저리나는 행동은 그만두고. 그는 제 신경을 긁습니다. 그와 저를 동일시하고 싶지 않습니다. 그의 자리에 저를 대입하고, 뒤섞고, 갈피를 잡지 못합니다. 그 남자 같은 사람이 되기 싫습니다. 그가 자신의 슬픔을 주무르듯 펼쳐놓을 때면 듣고 싶지 않아 칼같이 거부합니다. 그를 혐오스럽다고 느낍니다. 어떻게도 연결되고 싶지 않습니다. 동일시라는 것은 우아한 용어입니다. 거울에 자신을 비춰보며 인정하고, 지나가면서 아는 체를 하는 것입니다. 거기에는 거리가 존재합니다. 진행되고 있는 사안에 생각을 추가할 수 있죠. 제가 그에게 갖는 거부감은 본질적인 것입니다. 아주 격렬한 혐오를 느낍니다. 마치 자신의 똥 밭에서 수영하는 것처럼 말입니다.

그러자 불안이 저를 잠식합니다. 몇 달 전부터 인지하지 못한 것이죠. 외적으로 어떤 신호를 포착했는지 모르겠지만 누나가 저의 동요를 눈치챘습니다. 하지만 이번에도 저를 쓰러뜨릴 기회로 삼지 않습니다. 그녀는 제 안락의자 바로 옆에 뜨거운 커피 한 잔을 놓아주었습니다. 누나가 주의를 기울여 제가 좋아하는 잔을 골라줬음을 알아챕니다. 가장자리가 두꺼운 검은색 작은 잔이죠. 평소에는 제가 이런 식의 불안 어린 태도를 보이거나, 선호하는 찻잔이 있어서 날마다 그 잔에 커피를 마시고 싶어하면 누나는 짜증을 냅니다. 그녀는 어떤 물건이든 의식이든 사소한 바보 같은 세팅이든 아랑곳하지 않는 사람이라서, 대부분은 제가 좋아하는 찻잔을 쓰지 않으려고 신경을 쓰죠. 제가 자리에서 일어나 찻잔을 바꾸러 가면, 누나는 저와 저의 '오래된 기벽'을 빈정거립니다. 그런데 이번에는 싸움을 걸지 않습니다. 자리에 바로 앉지도 않고 주변에 있다가 말합니다. "지나가다 들었어. 일부러 들은 건 아니야. 바로 그 순간에 네 방 창문을 지나가고 있었거든. 어떤 남자가 자기 어머니 이야기를 하는 게 들리더라." 저는 대답할 틈이 없었습니다. NA 모임을 엿듣는 건 몰상식한 폭력이라고 생각하면서도, 가만 안 둘 거라고 말할 틈이 없었어요. 제가 무슨 생각을 하는지도 몰랐습니다. 누나는 제 뒤쪽을 응시하더니 덧붙였습니다. "우린 그 사람을 원망할 수 없다는 걸 아주 잘 알지. 하지만 자기 어린 시절과 화해하지 않고 나이 드는 일은 힘든 법이야." 저는 방어적인 자세를 취하고 대답할 말을 찾습니다. 누나와 함께 심리 상담을 할 마음이 전혀 없다고 알려주고 싶었습니다. 그러는 대신 이렇게 말합니다. "시간이 지나면 고통도 줄어드니까 용서할 수도 있지. 만회하려고 애를 쓸 수 있어. 화해를 할 수도 있고. 하지만 우리에게 저지른 악을 용서하는 것은 넘을 수 없는 벽이야." 그러자 누나가 곁에 와서 앉습니다. 제가 도착한 후로 그렇게 대화를 나눈 적이 없었습니다. 내일 떠나기 전에 대화를 나눌 수 있어 다행입니다. 코린이 말합니다.

"이런 생각이 들어. 우리가 못된 아이가 아니었다면 우리 부모도 나쁜 부모가 되지 않았을 것 같아. 그 사람들이 우리에게 가한 최고의 악은 항상 책임이 우리에게 있다고 생각하게 만든 거야. 우리가 다른 방식으로 행동했더라면 달라지지 않았을까. 우리가 착한 아이들이었다면 그렇게 살지 않았을 텐데 하고. 학대 피해자는 언제나 일이 벌어지게 내버려두고, 그러기를 허용하고, 다른 방식을 생각해내지 못해 가해자를 남을 괴롭히는 일에서 구하지 못한 사람이야. 그러니까, 피해자는 항상 자신이 일을 그르쳤다고 믿는 사람이지."

저는 어깨를 으쓱해 보입니다.

"과장하지 마. 그런 공식은 한심하지 않아? 누나가 그 레퍼토리를 되풀이한다면, 나는 전혀 모르겠지만 무슨 의미든 생기겠지. 하지만 아무런 가치도 없는 말이야. 그 사람들은 나를 고통스럽게 한 적이 없으니까. 누나도 마찬가지고."

"내가 널 꼼짝 못 하게 때리던 거 기억해? 널 마주칠 때마다 생각했어. 쟤는 무슨 쓸모가 있지? 널 아무짝에도 쓸모없는 아이로 여겼거든. 다른 가족의 경우엔 첫째가 왕처럼 대접받던 유일한 자리를 뺏겼다는 이유로 막내를 미워하지. 우리 집에선 반대였어. 넌 나보다 다른 사람의 관심을 받을 줄 모르는 아이였으니까. 우리 집 곳곳에 스며든 불안한 기운을 너는 처리할 줄 몰랐어. 문 아래로 불안이 흘러들어와 날마다 수면이 올라갔지."

"그때 누난 나보다 서너 배는 덩치가 컸는데, 틈만 나면 날 때렸잖아."

"진짜 그렇게 생각해, 동생아? 다 잊어버렸어? 네가 딱 두 가지 일에 집착하고 다른 건 신경도 안 썼잖아. 나를 꼬집고 내 물건을 훔치는 일에만 몰두했어. 학교에 내다 팔기 위해 가끔 훔치는 수준이 아니라, 자리를 비우는 족족 훔쳐 버렸잖아. 주방 쓰레기통도 아니고 냅다 뛰어서 버스 정류장 쓰레기통에 버렸지. 넌 진짜 머저리였어. 그저 날 골탕 먹이려고. 네가 작은 자전거를 타고 돌아다니던 모습이 생생하네. 그때 여덟 살쯤이었지. 그래서 널 때린 거야. 같이 사는 게 그야말로 지옥이었어."

"난 하나도 기억 안 나."

누나의 말에 저는 당황하고 맙니다. '꼬집꼬집놀이'가 기억났죠. 누나가 지어낸 말이 아닙니다. 그때 일을 이후로 한 번도 떠올리지 않았습니다. 어느 오후 한때 일어난 일이라고 느끼며, 누나가 보복한다고 저를 때린 일만 기억하고 있었습니다. 그 일이 아주 오랫동안 반복되었을 수 있겠다는 생각이 든 것은, 다양한 물건으로 놀이를 했기 때문입니다. 압정, 포크, 못 등으로 놀이를 했어요. 수요일 단 하루의 일이 되기에는 너무 많은 물건을 가지고 놀았습니다.

"내가 꼬집던 버릇이 오래갔어?"

"적어도 이 년은 그랬어. 참을 수 없었다고. 너랑 집에 있는 것만으로도 끔찍했어. 넌 이따금 바보짓을 한 게 아니라 한순간도 나를 가만 놔두지 않았어. 피가 날 때까지 꼬집으면서 괴롭혔지. 꼬집은 손을 놓게 하려고 일부러 안 아픈 표정을 지으면 사이코패스 같은 표정을 지으면서 살점이 떨어져 나갈 때까지 같은 곳을 꼬집었어."

"난 순한 양처럼 지냈다고 생각했는데."

"따귀 맞은 건 기억하면서 원인 제공을 네가 한 건 잊어버렸구나? 난 열다섯 살이었어, 오스카. 맹세하건대, 네가 내 방에 와서 매일같이 날 괴롭히지 않았다면 널 찾으러 네 방에 들어가지도 않았을 거야."

"난 어렸어. 누나가 날 함부로 대한 건 잊지 않았지. 내가 누나에게 시비를 걸었다니, 아닌 것 같은데."

"넌 내 일상을 지긋지긋하게 만들었으니까. 죄책감을 느끼진 않지만 부인하지 않을게. 아마 너에게는 더 힘들었겠지. 적어도 나는 이렇게 말할 수 있었어. 여자를 좋아하니까 부모님이 나를 거부하는 게 당연해, 매일 가출하니까 거부하는 게 당연해, 결혼해서 가족도 꾸리지 못하고 정규직도 아니니까, 모든 면에서 실망스러울 테니까 내게 냉담한 건 당연하다고. 그런데 너는 네게 일어난 일을 정당화할 게 하나도 없잖아. 너는 '그럴 만한 짓'을 하지 않았으니까. 아들로 태어

낳고, 우수한 학생이었고, 명성 있는 직업도 구했고, 남 부러울 것 없는 은퇴 생활을 자랑하고 싶어하는 부모님에게 손녀도 안겨드렸어. 그런데도 애정을 얻는 일에서만큼은 나보다 서툴렀지. 그래서 물어본 거야. 내가 널 꼼짝 못 하게 때리던 걸 기억하느냐고. 부모님이 집에 있었을 때 무슨 일이 벌어졌지? 나는 실컷 한소리를 들었어. 내 방까지 와서 비난과 협박을 퍼부었지. 그런데 그러고 나서, 부모님이 널 한 번이라도 품에 안고 위로해주었던가. 그런 모습을 본 적이 없어. 네가 얼마나 서럽게 울었는지 아무도 모를 거야. 그런데 네 눈물을 그치게 하려고 품에 안고서 '괜찮아, 내가 있잖아' 같은 말을 한 어른이 떠오르지 않아. 그에 대해 나는 아무도 원망할 수 없어. 그런 건 상점에서 사 올 수 있는 게 아니라는 걸 아니까. 그게 다야. 귀염둥이 막내에 모두가 기다리던 남자아이라서 너를 싫어한 게 아니었어. 네가 나보다도 애처롭게 실패했기에 너를 싫어한 거야. 한 사람이라도 가까이 다가가서 널 안아줘야 했는데, 우리 집에선 아무도 그러지 않았지. 부모님이 네게 상처를 주고 잘못했다는 사실은 바뀌지 않아. 부당한 일이지만 어쩔 수 없지. 넌 언제나 사람들이 네게 상처를 주도록 가만히 있었고, 나쁘게 대해도 마땅하다는 듯이 받아들였어. 이 불행한 어리석음에서 어떻게 빠져나가야 하는지 우리는 여전히 모르고 있어."

레베카

파리로 돌아왔어요. 그새 술집이 다시 문을 닫았네요. 마스크 때문에 귀 뒤가 아픕니다.

이번 메일도 꽤 길군요. 지금 내가 불안한 상태라서 그런지 모르겠지만 당신의 글이 나를 뒤흔듭니다. 모든 걸 두려워하고 있습니다. 라디오를 듣는 일도 두렵고, 텔레비전에서 듣는 소식도 두렵고, 멩겔레*의 이름을 인용한 트위터 글을 마주할 때도 두렵고, 헝가리인이 난민 머리 위로 스프레이 페인트를 뿌리는 걸 보는 것도, 활동가 아사 트라오레를 둘러싼 시위에서 최루탄을 살포하는 경찰을 보는 것도 두렵고, 위구르인 사진을 보기만 해도 두렵고, 올해 재벌들이 얼마나 많은 돈을 쓸어 담을지 보는 것도 두렵습니다.

중독이 재발하기에 완벽한 조선의 하루를 보냈습니다. 다른 때와 비슷하게 쉬운 한 주가 아니었죠. 드라마 시리즈에서 맡고 싶은 역할이 있었는데 조금 전 다른 배우에게 돌아갔다는 소식을 들었어요. 뛰어난 여자 배우에게요. 그러니 부당하거나 말도 안 되는 선택이라고 할 수도 없어요. 스스로 만족하지 못한 채로 다른 사람을 위해 즐거워해야 하는 건 고된 일이죠. 내게 익숙한 감정은 아닙니다. 선택받지 못해서 생기는 고통을 극도로 싫어합니다. 그런 경험이 내 안에 불러일으

---

* 제2차 세계대전 중 각종 인체 실험을 자행한 나치 독일의 내과 의사이자 대위.

키는 시시한 감정도 싫어해요. 그로 인해 억지로 강요되는 약한 자라는 위치도 싫습니다. 상처받았다고 에이전트에게 솔직히 말하지 않았습니다. 아깝네, 그 돈이 간절히 필요한 상황인데, 정도만 말하고 화제를 바꾸었어요.

정오에는 오래전 촬영했으나 이제야 개봉하는 영화 홍보를 위해 벨기에 텔레비전과 짧은 인터뷰를 한 후에, 샤론 거리에서 열리는 NA 모임에 늦지 않으려고 지하철로 냅다 달려갔어요.

스무 살 이후로 지하철을 타지 않았기에 지하철 탑승은 나로선 과감한 시도입니다. 이미 기분이 좋아졌어요. 언제나 나를 알아보는 사람이 있고, 그들은 극도로 상냥한 태도를 보이거든요. 많은 사람이 셀카 한 장을 찍자고 나를 기다리고 있으면 짜증이 날 수도 있을 텐데, 지하철이라는 장소는 그럴 만한 공간이 아니에요, 지하철에서 내리기 전에 진짜 팬이라고 말하거나, 플랫폼에서 잠깐 말을 거는 정도이지, 나를 독점할 수 있다고 여기는 그런 장소가 아니더군요. 지하철에서 만난 대중들의 행동에 굉장히 흐뭇함을 느낍니다. 좀 더 일찍 알았더라면 예전부터 지하철을 이용했을 거예요. 동시에 이게 내 명성이 추락되었음을 암시하는 반박할 수 없는 신호로 느껴져 불안해 죽을 지경이기도 합니다. 80년대에 지하철을 탈 생각을 할 정도로 마약에 충분히 취했더라면, 과장이 아니라 그날 엄청난 교통 체증을 일으켰을 겁니다. 오늘날 적어도 대중은 내 존재를 편안하게 받아들입니다. 친구 중에 나처럼 배우로 일하는 사람이 있어요. 얼마 전 이런 일화를 들려주었습니다. 레스토랑 테라스 자리에 앉아 있는데, 거리에 있는 사람이 친구 사진을 찍었대요. 알아차렸으나 아무 말 하지 않았죠. 그런데 바로 옆 테이블에 있던 남자가 벌떡 일어나더니 화를 내며 당장 지우라고 명령하더랍니다. 옆 테이블 사람들이 자기를 찍는다고 착각했나 보다 생각했는데, 남자 옆에 있던 아이가 반복해서 말했답니다. 그가 팔로워가 백만 명도 넘는 인플루언서라고요. 친구는 그 장면이 우스꽝스럽다고 생각했어요. 분명 아무도 그 사람을 알아보지 못할 테니까요. 제 친구는 당신이 상상할 수 있는 모든 거물급 잡지 표지를 장식했고, 쓰레기를 버리러 내려가는 것보다 더 자주 저녁 8시 뉴스에 등장하는데, 사람들이 사진 찍는 건 그 남자라니요. 그런데 실제로 사진을 찍힌 건 백만 팔로워를 가진 그쪽이었어요. 그들이 옳았던 거죠. 그는 결국 사진을 지우게 만들지는 못했어요. 사진을 찍은 여자는 친구에게 "그쪽을 찍던 게 아니었어요" 하는 변명도 하지 않았습니다. 심지어 친구를 알아보지도 못한 거예요.

그래서 이제 지하철을 타고 다녀요. 택시보다 훨씬 빠르기도 하고요. 나는 지하철에 일등칸을 조성해야 한다고, 일등칸은 좀 덜 걷게 만들고 곳곳에 승강기도 설치하는 게 맞지 않나 생각합니다. 안 그러면 환승 통로에서 달리다가 시간을 다 허비할 테니 말입니다. 그게 이 대중교통에서 유일하게 단점이라고 생각되는 부분이에요. 나는 정시에 모임에 도착했고, 핼러윈 분장을 하고 있는 친구 바로 옆에 자리를 잡았습니다. 큰 소리로 텍스트를 읽었고, 사람들의 얘기를 들었어요. 손을 들고 싶은 마음이 간절했지만 조용히 다른 이들의 이야기를 들은 시간이 나를 변화시켰다는 걸 생각했죠.

그래도 얼마 전 주중에 겪은 일을 간절히 말하고 싶어졌습니다. 오랜 지인이 우리 집에 들렀을 때, 요즘 마리화나를 피운다고 말하더군요. 나는 즉시 전부 끊었노라고 대답했어요. 그러자 그녀가 말했습니다. "마침 잘됐네. 아버지가 돌아가신 후로 너무 피워서 나도 줄이려고 노력중이야."

그 문제로 그녀가 별 영향을 받지 않은 걸 보니 어안이 벙벙했어요. 굉장히 실망할 거라고 생각했거든요. 이제 마리화나를 할 상황이라고 예상하며 말을 꺼냈을 테니까요. 하지만 안 하겠다고 답하니 오히려 안도한 듯 보였습니다. 얼마나 바보 같았는지. 함께 마약에 취해야 한다는 불문율 같은 강박이 있었는데, 둘 다 상대를 실망시키지 않으려고 그랬던 겁니다. 그 이야기를 좀 더 빨리 했더라면 어쩌면 상대를 실망시키지 않으려고 딜러에게 전화를 거는 일이 몇 년 동안 없었을지도 모르겠어요.

그 순간 내가 그녀를 부러워하지 않는다는 사실을 깨달았습니다. 약을 끊는 게 그 정도로 수월하다는 사실이 놀랍긴 했지만요. 저렇게 되고 싶다, 저렇게 쉽게 약을 끊으면 좋겠다, 필요할 땐 약에 취해 즐기면서도 큰 문제를 일으키지 않는 사람이 되고 싶다, 그런 생각을 할 수도 있었겠지요. 그렇지만 이게 진짜 내 모습입니다. 해시시를 단 한 모금만 빨아도, 위스키를 병째 비우고 해시시를 연달아 1그램이나 흡입하게 되겠죠. 좋아하지도 않는 사람과 어울리면서요. 가서 즐겁게 놀지도 못하고 그저 진을 빼고 올 겁니다. 나는 중도를 지킬 수 있는 사람이 아니에요. 그런 내 모습이 괜찮습니다.

신기한 것은 내가 아주 진지하게 임하고 있다는 거예요. 모임에 갈 때마다 길모퉁이에서 나를 기다려주는 친구가 있어요. 그 사람을 만나는 게 즐겁고, 단둘이 걸으면서 잡다한 이야기를 나눕니다. 완선히 이해할 수 없지만 그 사람과 함께하는 시간은 전혀 지루하지 않습니다. 평소에는 사람들과 같이 있으면 쉽게 지루함을 느끼는데도요.

이 모든 이야기를 모임에서 쏟아내고 싶었지만, 다른 이들의 이야기를 듣는 것만으로도 좋았습니다. 긍정적인 사람들의 이야기를 듣는 게 좋으면서도 별거 아닌 일에 호들갑을 떠는 사람이 되고 싶진 않습니다. 어떤 여자는 모임 때마다 이 자리에 있는 것만으로 기쁘다고 하더군요. 하지만 과장은 금물이에요. 나는 전설로 남아 있을래요.

오스카

최근에 가까워진 여자에게 말했습니다. 우리 집에 와서 저녁 먹고 가요, 나중에 차로 데려다줄게요, 가는 길에 경찰을 만나면 영리하게 따돌려볼게요, 곤경에 처한 커플인데 지금 당신을 데려다주는 중이라고 하면 되죠……. 그녀가 말했어요. 그런 식으로 벌금을 물리면 경찰은 곧 구찌에서 나온 제복을 입고 모자에 작은 다이아몬드도 달고 다니겠어요. 그리고 이렇게 덧붙였어요. 어쨌든 날 데려다줄 필요는 없을 것 같네요, 당신 집에서 자고 가고 싶으니까. 제가 반한 이 여자는 저보다 열 살이나 어린데, 저녁마다 노숙자들에게 식사 나눠주는 일을 합니다. 야간 통행금지를 십 분만 위반해도 경찰이 체포하러 온다고, 그들은 공격적이고 멍청하다고 하면서 '아카브acab'가 되기 직전이라고 하더군요. 그게 무슨 의미인지 물어보니 '경찰관은 모두 개자식All Cops Are Bastard'이라고 생각하는 사람이라고 하네요. 눈앞의 이 여자는 온갖 당황스러운 상황에 '불편하다'라는 표현을 쓰고, '구려'라는 말도 자주 써서 저도 따라 씁니다. 난생처음 그런 말을 쓰면서 이런 표현을 내뱉기엔 너무 늦은 것 아닌지, 어려 보이려고 애쓰는 사람 같지는 않을지 자문해봅니다. 하지만 그녀가 쓰는 말이 이미 입에 붙었어요. 그녀의 이름은 클라라예요. 종일 그녀와 함께 있고 싶습니다.

야간 통행금지가 없었다면 초대할 용기를 내지도 못했을 겁니다. 저녁 초대엔 섹스를 할 거라는 암시가 깔려 있으니까요. 낮에 왓츠앱으로 그런 대화를 주고받은 덕분에 서로 훨씬 편한 사이가 되었으니, 야간 통행금지가 제 연애 생활을 도와준 셈입니다. 그녀는 이미 저와 자고 싶다고 밝혔는데, 당황스럽진 않았습니다. 상황을 볼 때 그건 집에 당장 들어와서 같이 살자고 말하는 미친 여자의 고백이 아니었거든요.

클라라는 개 한 마리를 키웁니다. 개가 아이보다 훨씬 나은 점이 있어요. 여기엔 어떤 비난의 의도도 없습니다. 과거로 되돌아갈 수 있다면 나는 개를 키울 겁니다. 부부 사이를 갈라놓고 로맨틱한 시간을 끝내버리는 아이와 달리, 개는 두 사람의 거리를 좁혀주거든요. 개를 극진히 위하는 모습을 보여주는 건 그리 어렵지 않습니다. 반면 아이들은 가장 일진 사나운 날의 당신을 드러내고, 모든 결점을 두드러져 보이게 합니다. 반대로 개는 인내와 애정 같은 장점을 극대화해주죠. 그녀의 개는 나를 더 다정한 사람으로 보이게 합니다. 개 덕분에 우리는 집 주변 1킬로미터를 산책할 수 있어요, 심지어 아주 밤늦은 시각에도 말이죠. 우리는 밤 9시에 산책을 나가며 안도의 한숨을 내쉽니다. 순찰차들은 우리를 보고도 속도를 늦춰 따라오지 않습니다. 만약 그들이 멈춰 선 다음, 왜 두 명이 같이 다니느냐고 물어본다고 해도 대답은 아주 간단합니다. 클라라가 여자이고, 개를 데리고 산책을 가는데 여자친구 혼자 나가게 할 수 없었다고 하는 거죠. 어떤 경찰관도 이 대답에 딴지를 걸지 않을 겁니다.

'딜리버루'의 택배 배달원이 스피커로 드레이크의 음악을 크게 튼 채 도로 한복판을 자전거로 천천히 달리고 있었습니다. 십 분 전부터 거리에는 우리 둘밖에 없었고, 우리는 여전히 마스크를 착용하고 있었어요. 우리는 자전거를 탄 남자가 비틀거리듯 멀어지는 모습을 바라보았습니다. 그가 물 위를 나아가는 것 같다고 생각하면서 클라라에게 다가가 마스크를 내렸어요. 그녀도 슬쩍 마스크를 내린 순간, 우리는 처음으로 키스했습니다. 그때 개가 똥을 눴어요. 클라라는 깔깔거리며 말했습니다. 이런 게 인생이죠, 어떻게든 당황스러운 일이 생기네요. 그것이 저에게는 가장 로맨틱한 첫 키스였다고 말하지 않았습니다. 이제 막 알게 된 예쁜 여자와 술을 마시지 않고 키스한 경험이 없었습니다. 갑자기 소년이 된 것만 같았죠. 황홀할 정도로 좋았습니다.

오늘 참석한 NA 모임에서 코로나가 모든 걸 망가뜨리기 직전에 단약을 시도한 점이 정말 다행스럽다고 말했습니다. 옛날 같으면 밤 10시에 시행되는 야간 통행금지를 정오부터 마음껏 취할 정당한 이유라고 생각했을 겁니다. 그런데 이제 전혀 다른 이야기를 하고 있잖아요. 유혹의 페이지를 넘긴 셈이죠. NA 모임에서 한 남자가 말했습니다. "누군가 내일을 이야기하면 저는 이미 어제, 그제, 그리고 내일모레까지 생각하고 있어요. 머릿속이 난장판입니다. 말도 못 해요. 그러다가 흔적도 없이 지나가버립니다." 또 다른 남자는 열네 살에 겪은 성적 학대에 관해 털어놓았습니다. 여기에서는 이런 종류의 이야기를 자주 털어놓습니다. 아이일 때나 청소년 시절 겪은 일화들을요. 여자들에게는 그런 일이 빈번하다는 것을 알죠. 그런데 남자의 경우, NA 모임에 오지 않았다면 그런 일을 털어놓는 남자들을 결코 보지 못했을 겁니다.

어제 클라라와 왕가위 감독의 영화를 봤어요. 사실 영화를 본 시간은 얼마 안 됩니다. 섹스를 한 지 너무 오래되었거든요. 미투 사건이 벌어진 뒤로는 여자와 로맨틱한 관계가 되리라고는 상상할 수 없었어요. 실망스러울 수 있겠다고 생각했어요. 연애 초기 첫 섹스를 하는 것에 환상이 없거든요. 물론 연인과 첫 섹스라는 개념은 좋아합니다. 간절히 원하던 대로 일이 흘러가리라는 걸 알게 되면 행복하죠. 잘 모르는 여자와 자게 되면, 처음에는 섹스를 한다는 생각 자체가 좋습니다. 그러고는 여자처럼 행동하게 됩니다. 제가 정말 추구하는 것은 부드러움이라고 생각하죠. 불편함을 느끼거나, 가로막혀 있다고 느끼지 않는 것이요. 환각 상태가 언제나 도움이 되었죠. 새로운 사람과 침대에서 벗고 뒹굴 때 한 번도 맨정신인 적이 없었으니까요.

레베카

NA 모임에서 적지 않은 남성이 강간당한 경험을 털어놓았어요. 그 문제로 이미 꽤 고민한 적이 있습니다. 근친상간이나 소아성애에 대해서요. 미투 논쟁이 일어나는 동안 그런 남자들의 고백이 왜 들리지 않는지 이해할 수 없었어요. 피해자인 여성들에게 발언권을 넘겨주려는 배려였다고는 생각하지 않습니다. 오히려 그 일을 공개적으로 말한 뒤에 엄청난 대가가 따른다는 걸 알고 있어서였겠지요. 나는 피해자가 느낀 수치를 설명하지 못합니다. 추측만 할 뿐 이해하지 못해요. 수치는 분노와 함께 온다고들 하더군요. 그건 잘못된 말이에요. 나는 결코 수치심을 느낀 적이 없어요. 그들을 죽이고 싶은 마음뿐이에요. 그건 다른 얘기입니다.

내가 열한 살 때, 아버지가 자기 친구들 앞에서 나를 식탁에 세웠어요. 치마를 살짝 들추고선 넌 다리가 예뻐, 여자한테 가장 중요한 건 그거야 하고 말했죠. 하지만 나는 수치스럽지 않았어요. 아버지의 그런 목소리와 시선을 한 번도 본 적이 없었죠. 심지어 아버지가 부끄럽지도 않았어요. 그게 비정상적이라는 걸 알았어요. 위험한 일인 것도 알고 있었어요. 그 뒤로 다시는 아버지를 보러 집에 가지 않았어요. 아버지도 스스로 이상한 내리막길로 접어들었음을 직감했는지 날 붙잡지 않았습니다. 그는 그 일이 최악으로 끝나리라는 걸 나보다 더 잘 알고 있었어요. 하지만 나는 수치스럽지 않았어요. 제정신이 아닌 건 아버지라고 생각했으니까. 그게 다입니다. 보통은 술 취한 친구들 앞에서 딸을 식탁에 눕히고 다리를 보여주지 않잖아요. 그걸 깨닫기 위해 정신분석을 받을 필요조차 느끼지 않았어요. 아버지는 놀라울 정도로 미남이었어요. 알랭 들롱 과였죠. 어머니는 우생학적 관점에서 뛰어난 유전자를 가진 그를 선택한 뒤 내내 충실했는데, 얼마나 꽉 막힌 사람인가요! 아버지는 신이 선사한 아름다움을 소유하고도 자신에게 뇌가 있음을 망각한 사람이었어요. 그러니 자기 친구들 앞에서 내 다리를 보여주려고 치마를 올렸겠죠. "여자에게 제일 중요한 게 뭐냐, 그저 예쁘면 장땡이야, 넌 끝내주는 다리를 가졌어." 그때 그게 얼마나 몰상식한 일인지, 얼마나 위험한 일인지 알 정도로 충분히 자라 있었어요. 하지만 나에 대해 수치심을 갖지 않았습니다. 미친 건 아버지라고 생각했거든요. 그들 모두가 죽어버리면 좋겠다고 간절히 바랐죠.

나는 열네 살에 강간당한 사실이 수치스럽지 않습니다. 길거리에서 나를 따라와 덮친 그 거대한 남자, 나보다 두 배는 무거웠던 그 남자가 개자식인 걸 알았으니까요. 나는 수치스럽지 않았어요. 그 이후로 몇몇 여자들로부터 내가 당연히 수치를 느끼지만 인정하지 않는 것뿐이라는 이야기를 들었습니다. 내가 느껴야 하는 감정을 타인이 단정하듯 알려주는 게 끔찍이 싫었습니다. 나는 수치스럽지 않았어요. 그를 죽이고

싶긴 했고, 그걸 실행하기에 내가 육체적으로 약한 점이 화가
나긴 했지만요. 그런데 수치심이라고요? 말도 안 됩니다! 수
치를 느껴야 하는 건 그 남자잖아요. 그 일이 발생했을 때 이
미 그걸 알고 있었단 말입니다.

　　최근 들어 가끔씩 그 일을 다시 떠올립니다. 강간을 다
시 문제 삼지 말자고 하는 소리를 들을 때마다 생각에 잠깁
니다. 가장 최근 작업한 영화에서 무대의상 담당자와 그 문
제로 얘기를 나눈 적이 있어요. 그 여자는 내 또래로, 매력적
이고 커다란 푸른색 눈과 어려 보이는 얼굴을 가지고 있습니
다. 그녀가 내게 섹스를 좋아하냐고 물었고, 나는 특별히 좋
아하진 않는다고 답했어요. 남자들과 처음 관계를 가질 때 나
를 만족시켜주는 섹스는 좋아하죠. 남자와 격렬하게 한바탕
했을 때, 앞으로 다시는 이런 섹스는 없을 것 같다는 확신이
들 때, 하고 나서 또다시 불붙었는데 힘이 월등한 남자가 당
신을 벽으로 밀어붙이고 서서 할 때. 그런가 하면 둘이 오 년
만에 함께하게 되었는데 그 관계에 완전히 소속되었다는 느
낌이 들 때. 그럴 땐 섹스가 좋기도 합니다. 하지만 보통은 솔
직히 어찌 됐든 상관없어요. 그렇다고 아주 싫어하는 편은 아
니에요. 하지만 젊은이들이 생각하듯이, 이왕이면 잠자리 기
술이 훌륭해야 좋지 않느냐는 사고방식은 언제나 기가 막힐
뿐입니다. 당신은 이미 멋지고 괜찮아요, 그걸로 충분합니다.
다음 단계는 그럼 뭐가 되나요? 공주처럼 입고 집에 진열되

어, 코르셋을 차고 주방을 청소하는 것? 무대의상 담당자가 대답했어요. 당신이 섹스를 즐기지 못하는 건 아마 강간당한 기억 때문 아닐까요. 그녀에게 이렇게 답하진 않았습니다. 섹스가 종일 할 만한 게 아니라서 그래요. 정확히 어느 순간에 섹스가 꼭 해야만 하는 일이 되었을까요? 나는 그런 일에 관심을 두지 않았습니다. 잠깐 그 문제를 생각한 적도 있었지만 이제 지긋지긋해졌거든요. 이미 '강간'이라는 말은 하등의 의미도 없습니다. 푸른색을 지칭하는 단어만 해도 뉘앙스에 따라 마흔다섯 가지나 있는데, 강간을 지칭하는 단어는 딱 하나밖에 없습니다. 여성 사상가들이 조금 더 진보적이기를 기대하고 있습니다. 무엇보다, 어떤 주제에 관해서라도 내가 느낀 그대로를 느끼고 말할 수 있기를 기대합니다. 자, 누군가 강간당했다는 이야기를 꺼내면, 자기 말만 옳다고 믿는 사람들이 우후죽순 나타나서 그 사건은 결코 극복할 수 없을 거라고 말합니다. 어떤 정신과 의사는 나에게 분열 상태를 거론했습니다. 강간당한 여성은 눈으로 관찰할 수 있는 신체 증상처럼 자기분열을 겪는다고요. 그 이야기를 듣고 나는 이렇게 말했습니다. "선생님, 나는 여자예요. 어떻게 내가 분열되지 않은 존재이길 바라세요?" 나는 어릴 때부터 내 몸의 주인은 다른 이들의 시선이며, 순전히 나의 아름다움과 매력에 달려 있다는 이야기를 들으며 자랐어요. 매력이라는 것은 나를 분열시킵니다. 그러지 않을 방법이 있을까요. 살찌는 것을 걱정하지 않으면서 음식을 먹는 여자를 본 적이 없습니다. 식욕과 자신이 당연히 분열되는데, 다른 것이라고 크게 다를까요? 나도 당연히 자기분열을 겪습니다. 나는 배우잖아요. 정신과 의사는 내 이야기를 경청했습니다. 제법 흥미로운 저녁식사 자리였어요. 하지만 강간의 의미에 대해 그 의사가 나보다 더 잘 알고 있다는 생각이 계속 들었습니다. 자신이 믿고 있는 불합리한 생각이 옳다는 것을 내게 확인하려 들더군요. 내 말은 어떤 중요성도 띠지 않았습니다. 내 경험을 평가할 권한이 내게 없었어요. 그녀가 이미 앗아갔으니까요.

조에 카타나

정신과 의사들에게 별다른 기대를 하지 않습니다. 주변 다른 환자에게도 크게 기대하는 바가 없습니다. 모두 이곳에 있을 만한 명분이 있겠죠. 우리 대부분은 누군가 이곳에 오게 된 이유를 물으면 거짓말을 합니다. 외부의 모든 자극에 흥미를 잃고 혼잣말하고 있으니 스스로도 납득할 수밖에 없는 거죠. 복도 끝에 보이는 귀여운 남자는 아내가 딸을 보여주지 않아서 우울증에 걸렸다고 합니다. 당신은 그를 불쌍히 여기며 이야기를 듣겠지만, 잘 들어보면 그는 어린 딸 앞에서 아내를 죽이겠다고 협박한 폭력적인 남자에 불과합니다. 딸 앞에서 엄마에게 욕설을 퍼부은 인간일 뿐인 거죠. 래디컬 페미니스트인 내가 혐오해야 마땅한 폭력성이 다분한 사람. 그런데 너무 늦어버렸어요. 그와 이미 친해져서, 그가 거짓말쟁이에 폭력적인 남자임을 알게 되었어도 윤리를 들이대기에는 너무 늦은 거죠. 맑은 눈을 가진 여자의 방 바로 맞은편에 내 방이 있어요. 그녀는 자기는 아프지 않다고, 질병에 걸린 건 사회라고, 자신이 스스로를 병원에 감금한 것이 제정신이라는 증거라고 말합니다. 그녀는 머리에서 커다란 나사가 빠진 듯 정신이 나가 있어요. 처음 병원에 왔을 때 심각한 편집 증적 망상에 빠져 있었습니다. 치료받고 조금은 진정되었지만 여전히 라디오 방송국이 합세해서 자신과 맞서고 있다고 굳게 믿어요. 자기가 인스타그램에 중요한 비밀을 폭로했기 때문이라나. 처음엔 진지하게 듣다가 곧바로 깨달았어요. 라디오 방송국 복도에서 프로그램 편성표를 통해 누군가를 위기로 몰아넣는 음모가 진행중이다? 말도 안 되죠. 그리고 종일 독서를 하며 시간을 보내는 온화한 노신사가 또 한 명 있어요. 그는 자신이 오랜 우울감으로 치료를 받고 있다고 했는데, 간호사들이 알려준 바로는 이십 년 전부터 도박벽이 있었다고 합니다. 카지노에 열광하며 끊임없이 돈을 잃다가 자녀 명의로까지 돈을 빌렸다고요. 채무 집행관이 집에 방문해서야 자식들이 그 사실을 알았대요. 한 번도 들어본 적 없는 회사가 파산했고 자식들에게 보증인으로서 채무를 상환하라는 요청이 오자, 그는 분노에 휩싸여 총을 꺼내 모두 죽여버리겠다며 협박했다고 해요. 이곳에 있는 사람들은 전부 치료가 필요합니다. 그런데 우리를 받아준 이들은 자신이 무얼 해야 하는지 전혀 모르고 있죠. 그들은 우리 시대 전형적인 공무원입니다. 사람 좋고 귀 기울여 듣고 최선을 다하지만 그게 다예요. 공격적이거나 지배적인 성향의 사이코패스도 몇몇 있긴한데 일반적이지는 않아요. 간호사와 의사와 심리치료사가 의지하는 유일한 수단은 수면제입니다. 그걸 제외하면 키보드에 분자식을 더듬더듬 치는 수준이에요. 환자에게 무슨 일이 일어났는지, 우리를 옭아매는 진창에서 어떻게 꺼내줄 것인지는 생각도 하지 않는 듯합니다. 그들에게 결핍된 것은 간절함이 아닙니다. 문제 환자에게 헌신할 준비를 할 시간도 아닙니다. 몇몇 문명들에 전해 내려오는 전설을 떠올립니다. 사람들은 밤마다 침대로 슬그머니 들어와 희생자를 괴롭힌다는 서큐버스*의 존재를 믿었죠. 차라리 그런 접근이 더 나을 지경이에요. 나는 내가 느끼고 있는 바를 전혀 이해하지 못하는 사람들에게 증상을 설명해요. 내 케이스가 그들도 갈피를 잡지 못하는 복잡한 경우여서가 아닙니다. 그들이 그저 길을 알지 못할 뿐이죠.

정신과 의사들의 형식적인 진료를 싫어하는 게 아니에요. 나는 자신에 대해 이야기하는 걸 좋아하거든요. 문제는 그들이 내 말을 듣고 응답할 때 일어납니다. 앞서 이야기한 어떤 민감한 단어를 그들이 전혀 듣지 않고 넘긴 걸 바로 알게 되거든요. 내 케이스를 보면, 예컨대 집요한 괴롭힘은 심

---

* 잠든 남자와 정을 통한다는 악령.

각한 사안에 포함되지 않습니다. 내가 어렸을 때 부적절한 방식으로 삼촌에게 추행당했다면, 의료진은 그 말을 주의 깊게 들을 겁니다. 나한테 바로 일어나지 않아도 된다고 할 테고, 나는 몇 시간이고 그 이야기를 할 수 있을 거예요. 하지만 인터넷에서 페미니스트 블로그를 운영한다는 이유로 집요한 사이버불링의 대상이 되는 것만으로는 충분치 않습니다. 그들은 계속 다른 문제가 있는지 찾습니다. 나의 나약함을 정당화할 만한 어린 시절의 일을요. 내 케이스에서는 아무리 어린 시절을 들여다봐도 별다른 게 없습니다. 깊이 파고들어야 하는 문제는 정치적인 것입니다. 나를 치료하는 척하는 이들은 아버지가 내 숙제를 잘 도와줬는지 묻습니다. 그건 격리실로 보내져 춥고 배고프다고 말하는 정치범에게 그의 어머니가 그에게 스카프를 둘러주었는지 묻는 것과 다르지 않습니다. 나는 폭발했고, 이성이 요동칩니다. 내가 겪고 있는 사이버불링은 나를 제거하는 게 목적입니다. 그들이 활용하는 도구 덕분에 이것이 가능해지고 있습니다. 트위터는 유죄입니다. 페이스북은 유죄입니다. 유튜브도 유죄입니다. 인스타그램도 유죄입니다. 우리 아버지나 어머니나 증조할아버지나 증조할머니는 나를 위해 할 수 있는 게 없습니다. 남성주의자들은 온라인에서 페미니스트에게 전쟁을 선포했고, 자신들의 전략이 잘 작동하며 자신들이 점거한 온라인의 암묵적 동조에 기댈 수 있다는 사실을 알고 있습니다. 나에게 일어난 일은 정치적입니다. 그런데 정신과 의사들은 정치에 신경 쓰지 않은 채로 환자를 치료할 수 있다고 상상합니다. 휴대전화 화면에 자살하라는 메시지나 죽음을 바라는 메시지가 끊임없이 뜬다면, 꼼짝없이 이전에 없던 새로운 형태의 고문을 받는 것입니다. 결국 나의 인지 회로는 끊어지게 되겠죠. 그런 목적으로 자행되는 일이에요. 내게 '영원히 입 다물고 있어요, 포기하세요, 사라지세요, 글 올리는 걸 멈추세요' 같은 조언 말고 다른 말을 해주는 의사를 만나고 싶습니다. 사람들이 당신에게 '사회적 공간에서 자리를 만들려고 하지 말고, 부엌 창가에서 초록 식물을 키우는 일에만 집중하세요'라고 말한다면 어떻겠어요?

정신분석은 여기 아닌 다른 데를 보라는 조언을 토대로 만들어진 것 같습니다. 한 건 크게 터뜨리고 싶나요? 당신 어머니를 생각해요. 정상적 보호 기능이 있는 가정 교육 같은 게 존재한다는 걸 믿으라는 겁니다. 우리는 세 번째 밀레니엄 초반을 살고 있는데 말입니다.

오스카

여덟 번째 단계에서는 마약중독으로 피해를 준 사람 이름을 총망라한 리스트를 작성하라고 요구합니다. 이 리스트에 조에의 이름이 등장해야 했을까요? 지난주까지는 명확히 그렇다고 생각했었는데, 지금은 확실히 아닙니다. 원망의 리스트라면 가장 첫머리에 그녀가 올라갈 겁니다. 하지만 저는 그녀에게 피해를 주지 않았어요. 그녀 스스로 말한 사건일 뿐이죠.

슈투트가르트에서 열리는 낭독회 행사에 다른 프랑스 작가들과 초청받았습니다. 이런 종류의 행사는 독일 측에서 경비를 담당하므로 당연히 참석하러 갔습니다. 기차에서 주최자에게 팟캐스트 방송 녹음에 참여하겠느냐는 문자 메시지를 받았습니다. 파니라는 여자가 제작하는 팟캐스트인데, 프랑스와 독일의 수교에 힘을 쓰고 있다고 합니다. 하지 않겠다고 답했어요. 온라인 법정에 순순히 올 생각은 없거든요. 남자는 끈질기게 요구했어요. 그 팟캐스트는 동인지 같은 성격이라 크게 중요하지 않으니 부담 없이 하라며, 파니가 나의 행보를 무척 좋아한다고요. 그 말이 내 신경을 긁었습니다. 동인지는 이제 존재하지 않습니다. 요즘 같은 세상에서는 부엌에서 여자아이의 질문 세 가지에 답하면 주간지 〈파리 마치〉에 말한 것처럼 온라인에 확산될 겁니다. 사람들이 그릇되게 해석할 수 있는 문장이 하나만 있어도 충분하죠. 그들에게 다시 먹잇감을 제공하는 꼴이 될 거예요. 철 지난 유머를 섞어보자면, 시몬 베유의 무덤에 오줌을 눈 것 같은 대국민 스캔들 취급을 받을 겁니다. 주최 측의 끈질긴 요구가 성가셨습니다. 사람들은 작가에게 팟캐스트 녹음을 위해 한 시간, 대학가를 위해 한 시간, 다큐멘터리를 위해 한 시간, 학교를 위해 한 시간, 이런 식으로 끊이지 않고 요구하거든요. 하지만 그건 제 일이 아닙니다. 그리 중요하지도 않은 인터뷰를 하느라 시간을 버리고 싶지 않았고, 그런 식으로 여기저기 다니는 걸 이미 꽤 불편하게 생각하고 있었습니다.

현장에 도착해서 다른 작가들과 함께 낭독회 차례를 기다리고 있었습니다. 작은 테이블에 커피와 헤이즐넛과 아몬드가 놓여 있었어요. 제가 고른 낭독회 본문을 확인하고 있었습니다. 그때 한 여자가 저를 만나려고 다가왔습니다. 크게 신경 쓰지 않았죠. 그녀는 마스크를 쓰고 있었고 짧은 금발 머리였어요. 그녀가 봉투 하나를 내밀었습니다. 마스크 때문에 그녀가 실망한 표정을 짓고 있는지 몰랐습니다. 동료 하나와 이야기를 나누다가 그 봉투를 열었어요. 알고 보니 그 사람은 팟캐스트를 요청한 파니였죠. 손으로 쓴 장문의 편지에서 그녀는 제 작품의 열렬한 팬임을 밝히고는, 저를 만나서 황홀할 정도로 기쁘며, 제가 허락했다면 인터뷰에서 물어보려고 한 질문을 열거해두었습니다. 자신은 저를 원망하지 않는다는 말로 편지는 끝이 났죠. 그러면서도 실망감에 대해서는 다시 언급했고요.

가방에 봉투를 밀어 넣고 다시 생각하지 않았습니다. 낭독회가 진행되는 동안 그 여자가 강렬한 시선으로 저를 뚫어져라 봤는데, 걱정스러울 정도로 노골적이었습니다. 그리고 작가들과 지하에서 함께 저녁식사를 할 때 그녀가 주변을 배회하는 모습을 보았죠. 그녀는 경멸을 담은 시선으로 저를 보고는 멀어졌다가 다시 근처로 왔습니다. 동료 한 사람에게 상황을 설명했고 우리는 서둘러 자리에서 일어났어요. 그 여자는 저를 겁먹게 만들었습니다. 호텔로 걸어가면서 위가 딱딱하게 굳는 증상을 느꼈습니다. 흔히 있는 일이긴 하고 심각한 상태는 아니었지만, 그로 인해 굉장히 불편했습니다.

호텔 바에서 그녀의 편지를 동료에게 읽어주었습니다. 우리는 스티븐 킹의 《미저리》에 대해 이야기하고, 광적인 여성 독자 일화를 주고받았습니다. 방으로 올라와서 클라라와 오 분 정도 통화한 뒤부터 잠을 이루지 못했습니다. 헤드폰으로 프린스의 음악을 들으며 침대에 누워 담배를 피웠습니다.

그 여자 생각이 머리를 떠나지 않았습니다. 머릿속에서 그녀를 쫓아버리기란 불가능했어요. 그러다 불현듯 깨닫고 말았습니다. 내가 파니구나. 바로 그런 이유로 조에가 그토록 힘들어한 거야. 내가 파니인 거야. 저는 조에를 떠올렸으며, 식사 자리가 끝나기도 전 조에가 사라지던 방식을 떠올렸습니다. 저에게서 멀리 떨어져 있으려고 한 것도요. 그 사실을 알고 있었습니다. 조에에게 방향을 안내해주는 나침반이나 되는 양 굴면서 그녀가 어디 있었는지, 무얼 했는지 끊임없이 물었거든요. 저를 피한다는 사실도 알고 있었어요. 그런데 그걸 문제 삼지 않았습니다. 그녀에게 편지를 보내기도 했습니다. 그녀는 답장하지 않았고요. 그러면 다시 편지 쓰기를 반복했죠. 그러니까 제가 파니였던 겁니다. 그것도 술에 취하고 마약에 취한 파니, 감히 끈질기게 요청할 권리를 가진 파니였죠. 남자라는 이유로, 주방에서 아내를 계속 돕지 않아도 되는 입장이라서, 요청을 계속할 권한을 가진 어느 정도 중요한 작가라는 이유로 말입니다. 그런 것에서 벗어날 수 있는 사람은 없습니다.

이런 생각을 명확히 자각하고 나니, 지금까지 매 순간 그 사실을 무시하기 위해 어떤 행동을 해왔는지 자문하게 되었습니다. 파니의 편지를 가져와서 다시 한번 읽었습니다. 그녀는 저를 진심으로 불편하게 만들었죠. 낭독회가 열린 홀과 저녁식사 자리에 다시 나타나 아무 말도 없이 내 주변을 돌아다니고 있었어요. 그 순간 머릿속에 떠오르는 게 있었습니다. 저의 확신이었죠. 제가 느낀 탐욕스러운 욕망을 조에에게도 강요할 수 있다고 생각한 확신 말입니다. 그녀가 거기에 굴복하리라고 생각한 확신. 그녀가 불편하게 느껴도 당황스럽지 않았습니다. 고려조차 안 했거든요. 그녀에게 느낀 절대적인 욕구 외에 저는 아무것도 생각하지 않았습니다. 제가 품은 절대적 욕망 말입니다.

그 편지를 찢어버렸어요. 누군가 저를 공격하는 기분이 들었거든요. 그다음 날 그곳을 떠나면서 이제 다시는 그 여자를 보지 않아도 된다는 사실이 다행스러웠습니다.

돌아오는 기차에서 조에가 인터넷에 올린 글을 보려고 들어갔습니다. 굉장히 오랜만에 읽는 글이었어요. 당신이 아직도 조에에게 연락을 하는지 궁금합니다. 제가 저지른 일에 대해 미안한 기분이 듭니다. 이제 그 사실을 인정하기 시작했어요. 고백하지 않았을 뿐 사실 항상 알고 있었어요. 무엇보다 먼저 저를 변호하는 일을 그만두려고 합니다. 슈투트가르트의 파니가 그동안 듣고 싶어하지 않던 사실을 어렴풋이 깨닫게 해주었습니다. 전혀 기대하지 않던 사람의 욕망의 대상이 되는 것은 참을 수 없는 일이었습니다. 거절할 선택권이 없는 상황에서 그러한 요구를 받는 것은 더더욱 참을 수 없는 일이고요.

레베카

조에는 정신병원에 입원해 있어요. 벌써 좀 됐어요. 조에 가 요청한 일이에요. 자신도 어찌할 바를 몰랐던 거죠. 요즘 젊은이들이 많이 겪는 일 같습니다. 대화를 나누던 중에 '시 그널'이라는 모바일 메신저 이야기가 나왔어요. 조에는 다른 건 조심해야 한다고, 경찰이 서버 내부에 접근해 남성주의자 들과 공모하고 있다고 했죠. 말도 안 되는 헛소리라고 생각해 서 그건 망상이라고, 네가 병원에 입원하고 싶으면 그럴 수 있다고 말해줬어요. 조에는 사이버불링을 견딜 수 없어 했어 요. 몇 주 내내 아무도 만나지 않고 집에 틀어박혀 인터넷에 올라온 글을 전부 찾아 읽었대요.

19구에 있는 정신병원에 그녀를 만나러 갔습니다. 가까 운 친구 하나가 여름에 그 병원에 입원한 적이 있어서, 그곳 을 방문한 지 그리 오래되지 않았습니다. 접수대 여자 직원이 나를 알아보았어요. 신분증을 제출하고 기다려야 했는데, 조 금 있으니 간호사 하나가 나를 승강기로 데려갔습니다.

나는 그 공간이 익숙해요. 공용 홀이나 그곳을 지배하는 분위기가 더는 특별할 것 없었죠. 대가족 모임과, 그로테스크한 영화 장면 사이의 느낌이었습니다. 복도를 따라 걸으며 양옆으로 늘어선 문 열린 방에서 무슨 일이 일어나는지 지켜보았습니다. 푸른색 환자복을 입은 한 사람이 장식이 많은 방에서 편안한 자세로 독서를 하고 있었습니다. 또 다른 남자가 나를 가로막더니, 우리가 아는 사이라고 말하며 미소를 지었습니다. 내가 기억 못 한다고 하자, 그는 내가 한 번도 들어본 적 없는 사람들 이야기를 하더군요. 조에는 평상복 차림이었고, 내겐 그 점이 좋은 신호로 받아들여졌습니다. 혹은 단순히 병상이 부족해서 그녀가 오랫동안 입원할 수 없다는 신호일 수도 있고요. 심각한 치료를 받는 상태는 아닙니다. 그녀는 이미 나와 있었는데 나를 보더니 반가워했어요. 오프라인에서 만난 게 처음이었거든요. 한 여자아이가 우리를 가로막았는데 머리카락이 매우 길고 기묘한 에너지를 가지고 있었습니다. 아이는 민감한 정보를 말하면서 자신이 권력자들이 물에 집어넣은 불소 광석을 갖고 있다고 했습니다.

그 층의 입원 환자는 대부분 조용했어요. 조에처럼 사회에 혼자 있기 힘들어하지만 보살핌을 받기만 하면 바로 안정되는 환자들이던 거죠. 조에와 나는 카페에서 만난 것처럼 대화를 나누었는데, 그녀가 이곳에 방치된 건 아닌가 생각이 들더군요. 팔에 남은 자해 흔적을 제외하고서라도요. 요즘은 젊은이들이 자해를 자주 하는 것 같습니다. 그때 한 여자가 우리를 방해했어요. 그녀는 영어를 중얼거리면서 우리에게 다가왔고, 들어보니 자신이 비욘세인 것처럼 행동하면서 가상의 인터뷰에 대답하고 있었습니다. 그녀와 시선이 마주쳤을 때 그녀가 나를 알아보지 못했음을 알아차렸어요. 자꾸 그녀를 관찰하고 싶어 애를 먹었습니다. 사람들 중 특별한 뭔가를 더 가진 이들이 있어요. 그 특별함 때문에 우리는 그들을 주목하고 싶은 열망을 느낍니다. 조에가 여자를 친절히 방에 데려다주더니, 돌아와서 깔깔거렸습니다. "자신이 당신 같은 연예인이라고 생각하는 모양이에요." 그 사람의 외양으로 볼 때 진짜 그런 일이 일어날 수도 있었다는 생각이 듭니다. 병원보다는 칸 영화제에서 훨씬 더 행복할 수 있는 사람이었거든요.

병원에 오래 머물진 않았습니다. 특별히 할 이야기가 많지도 않았어요. 내 말에 조에는 웃기도 했습니다. 평소처럼 실없는 소리를 했거든요. 이따금 조에는 대담함과 흥분이 섞인 시선으로 눈을 빤히 바라볼 때가 있습니다. 그녀에게 질문을 하진 않았어요. 조에는 내게 죽음의 위협을 당했다고 말했고, 아무도 자신을 보호해주지 않는다고 이야기했습니다. 며칠 동안 오르락내리락했던 모양이에요. 자신의 현실이 솜으로 만들어진 것 같은 기분이 든다고 했어요. 조에의 표현 그대로입니다. 의사들은 그걸 현실감 상실이라고 부른다고 합니다. 조에 말로는 사람들이 집에 침입해 자신을 죽일 것이고, 아무도 자신의 죽음을 거론하지 않을 거라더군요. 여성 살해는 상대적으로 특별한 일로 여겨지지 않기 때문이라고요. 그걸 이야기해봤자 크게 중요하지 않다고도 했어요. 조에는 구체적으로 누군가 팔다리를 자를까 봐 두려워하고 있다고 말했습니다. 집으로 온 우편물에는 똥 부스러기가 들어 있었대요. 처음엔 신경 쓰지 않았지만 겁먹기 시작하니까 그 일이 굉장히 크게 다가왔다고 하더군요. 그걸 보낸 게 경찰이라고 믿으면서 자기 집 주소가 인터넷에서 돌아다니고 있다고 덧붙였습니다. 아무도 없어야 할 집에 사람들이 있는 걸 보고서 아파트에서 혼자 비명을 지르기도 했대요. "집에 아무도 없었다는 걸 믿을 수가 없어요. 하지만 그게 사실이죠. 그런데도 제 방에 있던 남자들이 기억나니까 너무 이상한 거예요. 그들을 봤어요. 망상에 시달린다는 걸 알지만 그들을 봤다고요. 사람이 미치는 건 그런 거예요. 목소리를 듣고 뭔가를 보고, 그게 거짓인 줄 알면서도 생생하게 떠올라요." 그런 발작의 순간 무엇을 했느냐고 물었어요. 그녀는 잠들기 위해 수면제와 진정제를 먹었다고 답했고, 나는 어쩌면 두 가지 약이 뒤섞여 그런 영향을 미친 건지도 모른다고 말했어요. 조에는 웃었어요. "여기서 내게 먹이는 모든 걸 생각하면, 그 정도는 약도 아니라고 생각하는데요……."

오스카

어떤 사람이 가식적인 행동을 하고 있다고 믿었는데, 돌이켜보니 그가 진심이었다는 걸 깨달을 때가 있습니다. 제가 조에에게 무슨 짓을 했는지 이제 막 이해한다고 했을 때 다분히 위선적이었던 것 같습니다. 좋은 사람인 척했지만 실은 그렇지 않던 겁니다. 그럼에도 진실을 말했던 건 맞습니다.

특별한 변화는 없습니다. 그게 무엇이든 계시를 하겠다며 저를 산꼭대기로 불러들인 초자연적 목소리도 없었습니다. 하지만 제 관점이 확장되었습니다. 사소한 사실을 받아들입니다.

돈 후안이 되지 못한 걸 얼마나 분하게 여기는지 모릅니다. 마음을 준 여자가 제가 보는 앞에서 다른 남자를 선택하는 모습을 지켜보며 얼마나 많이 고통을 삼켰는지요. 여자가 만취한 경우에만 선택하는 남자가 되거나, 남자친구에게 복수하고 싶을 때 이용하는 남자가 되거나, 거절이란 걸 할 줄 모르는 여자들이 선택하는 남자가 된 적이 얼마나 많았는지 모릅니다. 그런 취급을 받은 데 대한 분노를 온몸으로 느끼면서도, 다른 남자들을 향한 분노는 별거 아닌 것으로 여겼습니다. 자신이 원하는 바를 소유하는 남자들. 그들에겐 훨씬 더 간단한 일이죠. 처신을 잘하는 그들, 반면 미숙하기만 한 저. 그들은 능수능란하게 할 줄 아는 일을 내보임으로써 제가 결함 있는 사람처럼 느껴지게 했습니다. 저의 부끄러움과 분노를 알면서도, 다른 남자에게 공포심을 품었다는 사실은 의식하지 못했습니다. 그들이 저를 판단할까 봐 공포를 느꼈고, 소외될까 봐 공포를 느꼈습니다. 그들을 너무 두려워한 나머지, 다른 감정에 집중하는 편을 택한 겁니다. 종일 랩을 들으면서 가사를 저에게 주입하려고 애썼습니다. 결국 공포가 옅어졌죠. 저를 고통스럽게 만든 사람에게 바로 덤빌 수 없음을 깨닫고, 다른 데다 대갚음하고 있어요. 다른 데다 발산하고 있습니다.

육체적 폭력을 저지르진 않았습니다. 그럴 힘이 없었거든요. 하지만 지내는 내내 행패를 부렸고, 조에를 공포에 떨게 만들었습니다. 그녀를 떠올립니다. 그녀가 맞습니다. 제가 보인 집착에서 조에는 피할 수 없었어요. 조에에 관한 모든 사실 중 그저 미미한 한 가지에만 관심이 있었습니다. 그 사람이 제 접근을 거절한 여자라는 점.

이제 생각났습니다. 그땐 망각하고 있었으므로 거짓말한 건 아니었습니다. 그간 어떤 장면은 가려지고 지워져 있었습니다. 조에의 음성사서함은 언제나 가득 차 있었습니다. 제가 매일같이 전화를 걸었거든요. 조에가 제 영역 안에 있었고, 충분히 취약한 입장이었기에 그녀를 선택한 겁니다. 마약에 취해서 집으로 돌아온 후에도 쉬지 않고 코카인을 흡입하면서 쉴 새 없이 메일을 보냈습니다. 저는 사랑에 빠진 사람,

절망적인 사람, 모욕을 내뱉는 사람이었습니다. 매일 아침 눈을 뜨면 수십 통의 메일이 도착했겠죠. 사실 제 생각은 이랬습니다. 저 사람은 그렇게 예쁜 축에 들지 않고, 그렇게 명석하지도 않고, 파리에서 가장 아름다운 여자도 아니니까, 자신을 간절히 원하는 이 욕망을 감사히 받아들여야 한다. 내 시선이 당신을 특별한 사람으로 만들어주는 거니까. 저의 시선이라니, 그건 아무것도 아닌데 말이죠. 저는 노란색과 파란색이 섞인 둥근 형태의 오래된 휴대전화를 쓰고 있었어요. 아이 장난감을 닮은 모양이었습니다. 문자 메시지를 보내려면 자판을 세 번 정도 눌러서 알파벳을 찾아야 했는데, 그걸로 조에게 소설을 써 보냈습니다. 그러는 동안 살해나 자살 같은 위협적인 내용을 보내거나, 돌연 우리 친구니까 다 문제없지, 하는 식으로 농담도 던졌죠. 그녀에게 남긴 문자 메시지, 제가 쓴 문장은 탈선한 기차처럼 횡설수설 갈피를 못 잡았습니다. 그렇게 퍼붓는 행위에서 기묘한 쾌락을 느꼈죠. 열광적으로 저를 파괴하는 방식이자 그녀 안의 취약점을 찾는 방식이었습니다. 제가 흘린 눈물을 억지로 처박으며 제 감정을 그녀도 똑같이 느끼게 만들려고 했습니다. 비참한 쾌락을 느끼면서요. 강간범의 쾌락이 그러하리라고 생각합니다. 혹은 직장 내 괴롭힘의 쾌락도 그러하겠죠. 회사 고위 간부는 자신의 행동이 어떠하든지 상대가 자신을 피할 수 없으리라는 걸 알고 있으니까요. 조에는 거절 의사를 밝혔습니다. 제가 고통받던 것 이상으로 더욱 고통받고 있던 게 분명합니다. 그 행위가 조에에게 어떤 영향을 미쳤을지 그간 한 번도 생각해보지 않았습니다. 그저 제가 비열한 존재, 가치 없는 자, 절대 거기 있으면 안 되는 존재가 될까 봐 겁에 질려 있었어요. 그저 그런 작자가 아니라고 부인하던 거죠. 하지만 서서히 깨닫는 중입니다. 저는 그런 작자가 맞습니다. 그녀를 울린 날을 기억합니다. 그것도 여러 차례 기억하고 있습니다.

레베카

당신은 나아지고 있는 것 같네요, 오스카. 그럴 수 있다고 누가 생각이나 했을까요. 그런데 미온적 태도를 추종하지는 말되, 중용을 지키는 게 좋을 때도 있어요. "나는 가장 정직한 남자이고, 페미니즘의 희생자입니다"와 "스스로가 강간범이라고 느껴집니다" 사이의 중간노선도 있으니까요. 당신은 개자식처럼 행동했어요. 요즘 전형적으로 보이는 유형이죠. 권력을 행사하면서도 평등하게 대하는 척하는 사람 말입니다. 어른으로서, 온전히 홀로 상황을 종합적으로 검토해보길 바랍니다. 가장 어려운 일이 남았습니다. 어떻게 회복시킬 것인지 찾는 일이죠.

독일과 광고 계약을 맺고 촬영을 마쳐서 광고비가 막 입

금되었어요. 현금카드를 새로 발급받았죠. 얼마나 기쁜지 몰라요. 폴란드 거장 사진가와 촬영을 했는데, 세트장에 도착한 그 남자를 보자마자 침대에서 함께 뒹굴고 싶다고 느꼈어요. 오십대 후반에 꽤 후줄근한 차림이지만, 여전히 실력이 뛰어났습니다. 사진가와 자고 싶다는 욕망을 느끼는 건 정상적인 일이에요. 그런 욕망이 그런 행동을 할 거라는 의미는 아니지만 좋은 신호죠. 나는 만사를 비관적으로 받아들이고 있었어요. 광고 세트장이 준비되는 동안 그 누구도 '몸무게'라는 단어를 입 밖에 내지 않았지만, 그들은 브리핑을 받은 상태였죠. 나는 그야말로 방 안의 코끼리* 같은 존재였어요. 촬영 콘셉트는 나와 같은 육체를 어떻게 돋보이게 만들 것인가였어요.

그런데 촬영된 결과물을 보니 믿을 수 없을 정도로 잘해 냈더군요. 나도 그랬고요. 사진 속 나는 눈부시게 빛나고 있어요. 난약은 정말 천재적인 생각이있어요. 리프딩을 세 번 받고 해수 요법을 열다섯 차례 받은 사람처럼 싱싱해 보였습니다. 폭발적인 카리스마가 넘쳤죠. 아름다운 얼굴과 별개로 시선을 사로잡을 내 무기는 가슴인데, 기념비적인 건축물처럼 사진이 잘 포착하고 있었죠. 백 년 후에도 사람들이 언급할 만한 고딕 성당을 연상시켰어요. 그냥 클리비지룩이 아니라 신의 존재를 증명하는 듯한 모습이었죠.

현금카드를 새로 발급받아서 거리에서 콧노래를 부르고

---

* 논의를 꺼리는 어려운 상황이나 문제를 뜻하는 관용어.

싶을 정도로 기분이 좋아요. 단약을 하니 경제적으로도 좋은 것 같아요. 이제 급히 돈을 빌릴 필요도 없습니다. 당신 친구 조에를 위해 책을 구입하러 서점에 들렀어요. 그녀에게 스웨터를 사주긴 힘들어요. 그녀가 옷을 입는 방식을 나로선 전혀 이해할 수 없거든요. 형광색 립스틱을 발라야 한다고 집착하는 괴상한 습관도 그렇고요. 나를 위한 선물로는 당신의 책을 샀어요. 오디오북인데, 시디플레이어를 갖고 있지 않아서 에이전트에게 가져다 달라고 전화했죠. 오디오북을 들으며 박력 있는 전개에 놀랐습니다. 당신이 내게 쓴 메일을 읽을 땐 괴로움에 몸부림치는 공주처럼 여겨졌는데, 작가로서의 당신은 멋진 남자로 느껴집니다. 현실의 당신이 굉장히 연약한 심성을 가진 걸 알면 모두 무척 놀라겠죠. 조에도 마찬가지입니다. 당신에게는 두 가지 진정성이 있어요. 하나는 책을 쓸 때, 다른 하나는 당신이 있는 그대로 존재할 때예요. 당신 소설이 상당히 좋았어요. 진짜로 그랬습니다.

각국 정부가 우리에게 적용한 몹쓸 신규 프로젝트가 있죠. 주말 야간 통행금지요. 평일에 일하고 주말엔 집에 틀어박혀 입 닥치고 있으라는 거죠. 그럴 때 인간은 경제적 기계를 작동시키는 것 외에 다른 쓸모는 없는 거예요. 그 밖의 나머지, 그러니까 우리 인생, 우리 삶의 균형, 우리와 가까운 사람들, 영화 같은 건 아무도 신경 쓰지 않아요. 이렇게 살아가는 게 참 신기해요. 속으로 감내하는 일이 매번 이전보다 훨씬 더 어렵게 느껴집니다. 하지만 우리는 감내합니다. 억압이 증폭되어 가련한 이들에게 행사됩니다. 가난한 이들을 통제합니다. 교외 지역 주민들은 앞으로도 계속해서 고통 속에 살게 됩니다. 경찰과 감옥과 교통 위반 딱지, 그것이 정부가 혜택받지 못한 계층과 나누는 유일한 소통이 되겠죠. 모르모트가 된 기분입니다. 거대 기업의 돈을 받은 학자들이 우리를 감시하고 있어요. 우리의 불안정성에 감탄하고, 우리가 자신의 존엄을 지키는 경우가 얼마나 희박한지 놀라며 말입니다.

다행스럽게도 지금 나는 아무것도 거슬리지 않습니다. 광고 속 나는 아름다워요. 현금카드도 새로 발급받았어요. 날씨가 화창합니다. 벨기에 영화감독이 미팅을 제안했습니다. 서서히 삶이 제자리를 찾는 중이에요.

오스카

부바의 음악을 들으며 워드 자료를 한데 모으는 중이에요. 하나의 주제에 대해 연속 오 분 이상 글을 쓰려고 안간힘을 쓰고 있습니다. "이봐, 의심이 들 때 우린 아무것도 하지 않지." 프랑스 랩 가사 같은 책을 간절히 쓰고 싶어요. 중심 주제 없이 선언으로 이루어진 펀치라인을 쓰는 거죠. 폭력적인 면과 취약한 면을 차례차례 드러내되 같은 문장 안에서 일관성을 추구하지 않으면서요.

릴 나스 엑스가 출연한 〈새터데이 나이트 라이브〉를 보고 있습니다. 신곡 홍보 때 인간의 피 한 방울이 들어간 운동화를 만들어 나이키에게 소송당한 미국 래퍼죠. 처음 그 이야기를 들었을 때는 그가 어떻게 생긴지 몰랐습니다. 막연히 XXX텐타시온처럼 생겼을 거라고 상상했어요. 얼굴이 타투로 엉망진창이고, 다크서클이 짙고, 젊은 세대를 위한 힙합을 하고, 코데인처럼 감미롭고 부드럽지만 동시에 대책 없이 망가지고 불안하고 풋내기 같은 매력이 섞여 있는 모습으로요. 이것도 사실 오 년 전 기억이에요. 소식이 늦은 편이거든요. 그 결과로 이제야 릴 나스 엑스를 봤습니다. 잠시 생각할 시간이 필요했어요. 이 앳된 인간은 누구지? 에디 드 프레토를 처음 봤을 때가 생각났습니다. 에디 드 프레토의 노래는 좋아했지만, 그를 보는 건 조금 꺼림칙했어요. 가느다란 다리를 보면 신체적으로 바로 저를 동일시할 수 있거든요. 하지만 동시에 그가 몸을 움직이는 방식이 좋았습니다. 그가 게이라는 사실은 전혀 문제되지 않지만 아무 정보가 없었다면 더 좋았을 뻔했어요. 그래야 그의 괴짜 같은 면이 마음에 들었다며 그의 모던함에 점수를 줄 수 있으니까요. 잘 모르겠어요. 릴 나스 엑스는 아주 다른 경우였어요. 잠깐 진정하고 생각해보니 잘생겼다는 생각 외에 달리 떠오르는 게 없었어요. 그렇게 아름다운 남자는 본 적이 없어요. 프린스도 그에 비하면 작은 물고기처럼 보였을 겁니다.

릴 나스 엑스는 우리의 NA 모임이 지향하는 바와 맥을 같이하더군요. 정직함과 취약함이 한데 섞여 있고, 길을 가로막는 대신 느끼는 그대로 감정을 인정하는 법을 배워가는 모습이요. 일 년 전의 저였다면 그가 나오는 즉시 채널을 돌렸을 겁니다. 그리고 성적 지향성을 이용해 주목받으려고 하는, 퇴폐적 가수들이 상징하는 새로운 시대에 격분하며 글을 끼적거렸을 겁니다. 지금은 그저 그가 섹시하다고 생각합니다. 그는 스물두 살이에요. 그가 허리를 흔들며 걷는 장면을 봤어요. 난생처음 보는 광경이었죠. 그가 댄서들과 같이 스트리퍼처럼 춤추는 걸 지켜봤는데, 그저 성행위만 연상될 뿐 스트리퍼의 페이소스는 느낄 수 없었어요. 만일 지금 제가 열여섯 살이라면, 그 모든 것에 대해 무슨 생각을 할지 감도 안 옵니다. 당신도 이렇게 말할 겁니다. 만일 지금 제가 열여섯 살이라면 못생겼을 것이고 실제로 그때도 못생겼었으니까, 그리고 저 같은 남자가 그런 남자와 가까워질 어떤 가능성도 없다고 하겠죠. 하지만 저는 저에게 그 질문을 던질 겁니다. 게이가 되고 싶은지 아닌지를 알아보는 질문을요.

이건 누구에게도 말한 적 없는 이야기입니다. 그 일이 일어난 뒤로 한 번도 떠올리지 않았거든요.

그 사람을 처음 만났을 때 단연코 사랑의 감정은 아니었습니다. 하지만 저는 그에게 사로잡혔어요. 새하얀 옷차림에,

키는 작았지만 몸이 탄탄했어요. 비율 좋은 몸매였죠. 제가 갖고 싶던 몸을 갖고 있었습니다. 혼란스럽지는 않았습니다. 그는 아름다웠어요. 빈틈없는 미남이었죠. 패션 감각도 있었어요. 연습실을 새로 페인트칠하는 친구를 도와주러 왔었죠. 그 친구들과 한 시간을 같이 놀다가 먼저 자리에서 일어났는데, 악수하려고 손을 내민 순간 그가 올려다보던 시선이 떠오릅니다. 그의 이름은 사미르였어요. 당시에는 게이로 사는 삶은 선택지가 아니었습니다. 특히 거친 이미지의 남자에겐 더욱 그랬죠. 실제로 우리 누나처럼 레즈비언인 사람도 있었지만, 저는 몇 년의 시간이 흐른 뒤에야 그걸 이해할 수 있었죠. 사미르는 또 보자고 인사하면서 제 눈을 뚫어지게 바라보았습니다. 그 즉시 그 일이 저를 뒤흔들어놓았다는 걸 느꼈습니다. 하지만 특별하게 생각하지 않았어요. 그의 아름다움과 강렬함이 다였죠. 여름이 끝나갈 때 우리는 바에서 다시 마주쳤어요. 당구 게임을 같이 했는데, 사미르가 벽화를 그린다고 해서 그의 아지트로 따라갔습니다. 저는 해시시를 말았고, 카세트테이프를 바꾸어 틀었습니다. 날이 밝아 아침이 되었죠. 우리는 친구가 되었습니다. 그는 무슬림 신자였고, 통조림을 열기 전에는 하나하나 꼼꼼히 살펴보았습니다. 그와 함께 다닐 때는 돼지고기를 입에 대지 않았고, 해시시를 피웠고, 맥주를 마시지 않았어요. 특별히 같이 하는 일은 없었습니다. 그런데 어느 날 사미르가 술을 마시는 겁니다. 이유를 알지 못했지만 여자친구와 문제가 있는 것 같다고 생각했어요. 술에 취한 그를 보니 무척 흥분되었습니다. 그렇게나 자유롭게, 그렇게나 환하게 웃을 수 있었는지. 그리고 춤을 추었죠. 그가 춤추는 모습을 처음 봤는데, 슈퍼스타 같았어요. 그날 밤 새벽 3시에 그가 집에 찾아왔어요. 제 방 덧창에 돌멩이를 던졌죠. 아직 부모님 집에 살던 시기였거든요. 저는 아무 소리도 내지 않고 그를 방으로 들였습니다. 우리는 노토리어스 비아이지의 음반을 볼륨을 낮게 해서 들었어요. 그가 스웨터를 벗었고, 저는 제 몸과 그의 몸을 비교했어요. 완벽히 균형 잡힌 그의 몸과 제 몸을요. 적절하고 유연한 몸매, 다부진 어깨, 빚은 듯한 근육. 그러고 나서 그가 말했습니다. "한동안 네가 나오는 꿈을 꿨어." 제가 뭘 원하는지 알고, 자신 역시 그걸 원한다고 말했죠. 하지만 저는 그가 무슨 말을 하고 있는지 전혀 이해하지 못했어요. 사미르가 저에게 키스했습니다. 그를 밀어내지 않았어요. 이런 행동을 하는 걸로 봐서 저를 무척이나 원한다고 생각했기에 그럴 수 없었습니다. 그 키스는 어떤 여자들이 하는 것처럼, 아주 갈망하진 않지만 기대하는 건 그것밖에 없음을 인정하고 시작하는 그런 키스였습니다. 그가 저를 만지지 않기를 바랐습니다. 저는 저에 대해서만큼이나 그에 대해서도 어색했거든요. 하지만 그의 피부에 즉시 길들여졌어요. 오늘날 여자들이 종종 그러듯 자신에게서 분리되는 느낌을 받았습니다. 머릿속으로 하고 싶다고 생각한

334

것과 완전히 다른 걸 하고 있었죠. 그의 피부를 애무하는 게 금방 좋아졌거든요. 두 남자아이가 나눈 애무에 저는 당황하고 말았고, 그가 그렇게 쉽게 무얼 해야 할지 아는 것도 당황스러웠습니다. 그는 곧바로 돌아갔어요. 그리고 여자친구를 다시 만나서 화해한 것처럼 보였습니다. 저는 길을 잃고 말았습니다. 전혀 즐겁지 않았어요. 어디로 가야 할지 모르는 혼란에 시달렸습니다. 그리고 어느 저녁, 또 다른 친구의 집에서 사미르를 마주쳤습니다. 그가 불편한 기색을 보일 거라 생각했지만, 오히려 이전보다 제게 아주 조금 더 친근함을 보이는 정도였습니다. 외부에서 보면 아무 문제도 없었어요. 전보다 제가 모임에 왔는지 찾아보려는 기색은 보였지만, 다른 친구들이 보기에 전혀 눈치채지 못하거나 이상하게 여기지 않을 수준이었습니다. 우리는 다들 함께 모여 머저리 같은 이야기를 나누면서 갱 스타의 음악을 들었습니다. 그날 저녁, 그의 시선이 어디로 향하는지 찾고 있다는 사실을 깨달았습니다. 제가 그의 눈에 들어온 유일한 존재임을 증명할 수 있는 아주 사소한 증거라도 찾으려고요. 다른 남자에게 욕망의 대상이 된 적이 없었기에, 그의 관심을 즐긴 거죠. 그는 제게 없는 모든 걸 가지고 있었습니다. 방에 있을 때, 서 있을 때, 대답할 때, 미소 지을 때, 단언할 때 드러나는 날쌔고 동물적인 태도가 있었어요. 옷도 세련되게 입었고, 명확한 은어를 썼고, 간결한 표현으로 의사를 전했죠. 그날 그가 저를 붙들지 않고 먼저 모임을 떠나는 걸 보고 속으로 실망하는 자신을 발견했습니다. 사미르는 이틀이 지나서 전화했어요. 예전에 그를 따라갔던 방되브르 벽에 그림을 그리고 있다고 하더군요. 오후 늦은 시간이라는 것만 제외하면 모든 것이 전과 같이 흘러갔고, 그는 제가 스프레이 마개를 못 여는 모습을 지켜보더니 웃으면서 "너 진짜 귀엽다"라고 했어요. 전혀 기분 나쁘게 들리지 않았죠. 그는 단번에 스프레이를 열었고, 벽에 작업을 하면서 계속 웃었습니다. 우리는 주기적으로 같이 잠을 자기 시작했습니다. 저는 곧바로 익숙해졌어요. 아무에게도 이야기하진 않았습니다. 우리 사이에서도, 다른 누구에게도 말이죠. 영화에서 흔히 보던 장면처럼, 그가 쾌남의 이미지를 잃을까 두려워서 누구에게든 말한다면 저를 죽일 거라고 협박하는 일은 없었습니다. 저는 점차 이런 일이 그에게는 종종 친구 사이에서 벌어졌다는 걸 알았습니다. 우리가 아무 이야기도 하지 않은 만큼 아무런 일도 존재하지 않았으니, 어떤 문제도 일으키지 않을 터였죠. 마치 우리가 현실 아래로 미끄러져 들어간 느낌이었어요. 그는 다정했어요. 섹스를 하는 동안에도 그랬고, 마친 후에도 그랬죠. 제게 사랑을 이야기해준 유일한 사람이 그였습니다. 저를 특별한 사람으로 만들고, 제게 상상을 초월하는 자격을 부여해주었죠. 그는 제게 대담무쌍한 세상을 드러내주었어요. 그 세상에서 사람들은 아무도 그들을 주시하지 않을 때 키스하는 것부터 시작해 자신이 원하는 걸 과감히 시도합니다. 제가 남자의 세계에 대해 전혀 알지 못하고 있었음을 깨달았습니다. 흔히 보이는 것은 표면에 불과하다는 걸 말이죠. 입문자가 된 기분이었어요. 그렇게 그를 사랑하게 되었죠. 그 사실을 그 관계가 끝나고 나서야 깨달았습니다. 어느 날 사미르는 탈렙*의 집에 갔다가 미몽에서 깨어났습니다. 질투에 미친 이웃이 독을 넣은 빵 조각을 먹고 토해낸 일이 있었거든요. 그렇게 끝이 났습니다. 어떤 논쟁도 없었습니다. 그저 강렬함을 상실한 거죠. 그는 저를 피하지 않았습니다. 하지만 이제 날마다 우리 집에 전화하지 않았습니다. 마치 언제 그랬냐는 듯요.

세월이 흘렀죠. 이따금 그를 다시 떠올립니다. 아마도 제가 경험한 가장 로맨틱한 일이겠지요. 그가 어떻게 변했는지는 모릅니다. 그 뒤로 한 번도 만나지 않았거든요.

레베카

그거 알아요, 친구? 당신이 릴 나스 엑스에 대한 판타지에 젖어서 자기 노래를 들은 걸 알면 제일 실망할 사람이 부바라는 걸. 어쨌든 그런 상황을 맞닥뜨린 건 당신 혼자가 아니에요. 코린에게 그 이야기를 들려주세요. 동생이 반은 게이

*   아랍어로 '추구하는 자'라는 뜻으로, 이슬람교의 영적 권위자 혹은 지도자를 의미함.

라는 사실을 알면 적잖이 위로받을 테니까요. 솔직히 말해서 당신을 이해합니다. 그 시대의 쾌남들은 범접할 수 없는 매력의 소유자들이었으니까요. 그런 이를 만난 경험이 없는 사람들은 무슨 이야기인지 이해하지 못할 겁니다. 그들을 만들어냄으로써, 그 세계는 여성들에게 선물을 주었죠. 내가 당신을 제대로 이해한 거라면, 남자들에게도 그러했고요. 그런 남자들은 우리를 바보로 만들죠. 우리는 어떤 사람의 성별 때문에 사랑에 빠지는 건 아닙니다. 그저 사랑에 빠지고, 그게 다입니다. 내가 여자와 연애를 하지 않은 것은 단지 남자들을 만나느라 나를 위한 시간이 전혀 없었기 때문이에요. 하지만 인생이 이대로 끝나지 않을 테니, 모든 가능성에 몸을 던질 준비가 되어 있습니다.

NA 모임에 지속적으로 참여하고 있어요. 모임을 통해 꽤 많은 친구를 알게 되었습니다. 당신을 한 번도 만나지 않은 사실이 놀라워요. 하지만 우리는 같은 동네에 살지 않으니까요. 초반에 사람들이 거의 매일 모임에 나와야 한다고 했을 때, 그건 말도 안 되는 일이라고 생각했어요. 봉쇄가 끝나고 나면 일상적으로 관례를 따르는 사람들의 장광설을 들을 필요가 없다고 생각했거든요. 그렇지만 내가 모임에 출석하지 않으면 의심이 올라옵니다. 그래서 출석합니다. 새로운 생각을 갖게 되었습니다. 놀랄 만한 일이에요. 머릿속으로 이국적인 고장을 여행하는 기분입니다.

한번은 친구 파브리스를 만났어요. 최근 그의 상태가 엉망이라는 걸 즉시 알아챘죠. 이전에는 개처럼 킁킁대며 냄새를 맡지 않았죠. 뭘 먹었는지, 뭘 피웠는지, 어떤 주사를 맞았는지, 구토를 했는지 궁금하지 않았습니다. 타인은 그의 인생을, 나는 내 인생을 사는 거니 아무 신경도 쓰지 않았죠. 그런데 이제 자동적으로 반응합니다. 사람들의 얼굴로 상태를 포착하고, 전화기 너머로 목소리를 들을 때조차 포착합니다. 성가신 일이에요. 이제는 미적으로까지 한탄스럽습니다. 칙칙한 베일 같은 더러움의 표지. 그 상태는 더는 도덕적 판단의 단계가 아니라, 완전한 미관의 단계로 넘어갔어요. 추한 일이에요.

오늘 그런 사람 두 명을 목격했어요. 매주 월요일마다 오는 남자가 있어요. 그는 혼란스러워 보였습니다. 빠른 속도로 자기 이야기를 했어요. 거짓말을 하진 않았지만, 그렇다고 대뜸 말을 꺼낸 것도 아닙니다. 조심스럽게 토요일에 술을 마셨다고 털어놓았죠. 중독이 재발했다거나 이번에도 무너지고 말았어요 하고 말하는 대신 이렇게 했습니다. "새로운 친구를 만나면 좋죠. 하지만 그들은 저에게 결코 전화하는 법이 없습니다. 그런데 나와 함께 술을 마시던 남자의 아내는 전화해서 자기 집으로 절 초대한단 말입니다. 그 집으로 가는 동안 이미 술 생각이 간절했습니다. 그래도 괜찮았어요." 그런데 그는 평소보다 즐거운 얼굴입니다. 그는 정확히 이런 유형으로 보입니다. 사람들 모임에서는 전 여자친구와의 관계를 그렇게나 토로하고는, 나중에 전 여자친구와 다시 만났어요, 라고 말하며 행복해하는 그런 사람 말입니다. 이 순간을 기다리고 있던 거죠. "버스가 터져나갈 정도로 승객이 가득 차 있었어요." 그는 잠깐 다른 이야기를 하다가 말을 이었습니다. "결국 잘 참아냈습니다." 그는 위기를 잘 넘겼다고 생각했습니다. 딱 두 잔밖에 안 마셨다면서요. 그러고 나서 집으로 돌아갔답니다. 그는 자신을 위협한 한바탕 파란을 이야기합니다. 새벽 한 시에 잠에서 깼고 몸이 아팠는데, 자신이 치러야 할 대가임을 잘 알고 있다고 말했죠. 그가 대가를 또 치를 준비가 되어 있음이 느껴집니다. 우리는 그가 자신의 변화를 설명하고, 앞으로 절제할 것이라는 이야기를 하는 동안 경청합니다. 몇 달 동안의 금주 후인데도 그의 얼굴엔 여전히 알코올의 흔적이 남아 있습니다. 그는 흥분했고, 자신이 다시 시작해야 한다는 걸 알고 있습니다. 그래도 어쨌든 모임에 출석합니다.

또 다른 사람은 말합니다. "화가 치밀어 오를 때가 많은데, 화를 내면 사람들이 멀어집니다. 그게 두렵습니다. 어린 시절 학습한 패턴을 그대로 반복하고 있어요. 그 외의 방법은 모르거든요." 그가 자신이 타인에게 준 고통에는 관심이 없다는 사실이 느껴집니다. 사람들이 멀어지는 이유는 그가 화날 때마다 그들을 공포에 떨게 만들기 때문인데도요. 그는 오직 사람들의 외면으로 자신이 고통스럽다는 점만 신경 씁니다. 그것이 더는 효과적인 전략이 아니라는 점도요.

그들은 끊었던 중독을 다시 저지르는 사람입니다.

그 외에도 또 다른 오랜 유형이 있습니다. 태양의 기운을 가진 공상적인 사람들……. 그들은 모두가 보는 앞에서 눈물을 흘리며 말합니다. "저는 스스로 두려움을 쌓았고, 부끄러움을 쌓았고, 분노를 쌓으며 살았습니다. 이제는 기쁨을 쌓고 있고 기쁨으로 걸어 들어갑니다. 저는 살아 있어요. 지랄 맞게도 죽지 않고 살아 있단 말입니다."

그리고 나무랄 데 없는 옷차림을 한 여자가 있어요. 그 귀여운 아가씨를 여러 차례 봤습니다만, 여동생에게 근친상간을 저지른 아버지 이야기를 듣는 건 처음이었습니다.

신뢰가 가지 않는 달변가도 있습니다. 그는 결코 자기 이야기는 하는 법이 없고 늘 프로그램에 관해 얘기합니다. 그는 이십 년 넘게 단약을 시도중이고, 피할 수 없는 펀치라인의 소유자입니다. 모두와 욕하며 싸우고 매번 이렇게 말하죠. "이래서 내가 치료받고 있는 겁니다."

이 사람들이 나의 친구들입니다. 나만큼이나 바보짓을 하는 사람들을 보며 감동받아요. 온 세상이 극도의 혼란으로 미끄러져가는 와중에 우리는 서로 모여 저녁식사 자리나 SNS에서 사람들이 하는 것과 정반대의 행동을 합니다. 자신이 패배자이자 나약한 사람임을 고백하고, 가장 망가진 사람에 속한다는 걸 드러냅니다.

나는 꽤 변했답니다. 머릿속에 약을 하고 싶다는 생각이 떠오르긴 해요. 반사적 행동이 남아 있는 거죠. 좋은 소식을 축하하려고, 노력한 나에게 보상을 주려고, 어두운 생각을 쫓아내려고, 힘든 날엔 나를 위로하려고, 지루한 게 싫어서, 집중할 게 필요해서, 애인을 즐겁게 해주려고 딜러에게 전화했습니다. 방에 들어갈 때 전등 스위치를 켜는 것처럼 자연스럽게 전화했죠. 따로 생각할 필요도 없어요. 그 버릇이 남아 있어요. 어떤 일이 일어나면, 텅 빈 부분이 열리는 걸 느낍니다. 딜러에게 전화를 걸려고 한 발 앞으로 내딛지만 이제 아무것도 남아 있지 않습니다. 공허함 속으로 걸어 들어갑니다.

나와 한 약속을 저버리기엔 자존심이 허락하지 않습니다. 지금껏 절제하는 삶을 훌륭하다고 생각한 적이 없지만 이제 바뀌었어요. 그런 삶을 벗지다고 생각하기로 했어요. 그러니 약속을 저버리기엔 내 자존심이 허락하지 않는 거죠. 할 수 있습니다. 찌릿한 통증과 현기증이 있더라도 할 만합니다.

오스카

기차가 승객으로 꽉 차 있습니다. 공기 순환만 잘 되면 된다고, 아무 문제 없을 거라고 하네요. 사회적 거리두기가 중요하다고 일 년째 들어왔는데 결국 이렇게 만원 기차를 탑니다. 주변 사람들의 호흡을 의식하고 있어요. 창문은 닫혀 있고 실내는 상대적으로 협소하죠. 다들 방패처럼 마스크를 착용하고 있습니다. 약국에서 한 장당 1유로에 마스크를 샀는데 일회용 마스크보다 훨씬 착용감이 좋습니다. 마스크를 벗고 싶으면서도 쓰지 않고는 공포에 질릴 테죠. 지금 만나는 여자는 마스크를 버릴 때 귀 부분 끈을 자르고 버립니다. 우리의 행위가 하찮게 느껴지는 대목이죠. 일 년 만에 수십억 개의 마스크를 투기해 지구를 오염시키면서, 물고기나 새를 보호한답시고 작은 고무줄을 뜯어서 버리는 겁니다. 저 같은 남자와 만나기엔 그녀가 과분하게 세련되었다는 생각도 듭니다. 몇 차례 낭독회 일정이 있어서 며칠 독일에 가는데, 그녀에게 동행할지 물었습니다. 좋다고 하더군요. 어깨를 으쓱하며 이런 말도 덧붙였어요. "파리에 남아 있으면 당신에게 연락이 왔는지 확인하려고 휴대전화에서 눈을 떼지 못할 거야." 그녀의 모습이 너무도 선선해서 그만 녹아내리고 말았습니다.

기차역에서 반려견 동반 기차표를 겨우 구입했어요. 유럽 간 이동이더라도 국경을 건너는 경우에는 인터넷으로 구입할 수 없더군요. 저는 자주 기차를 이용합니다. SNCF*의

* 프랑스 국유철도.

변천사를 두 눈으로 목격하는 중이죠. 굉장히 잘 작동하는 부분이 있는 반면, 가혹할 정도로 끔찍하게 엉망인 부분도 있습니다.

기차역 매표소에 도착하니 우체국 같은 다른 공공기관과 마찬가지로 입구에서 응대하는 사람이 있습니다. 발매기로 처리하지 못한 일은 그에게 문의하라는 거죠. 직원에게 어떻게 해야 하는지 물으니 그분이 발매기 앞으로 저를 데려갑니다. 기계 사용법을 모를 정도로 늙지 않았다고 말하고 싶었지만 그냥 말을 따릅니다.

하지만 직원도 발매기에서 반려견 동반 기차표 구매 옵션을 찾지 못합니다. 그는 사람이 있는 창구로 저를 다시 인도합니다. 한계에 다다른 기분이 들었습니다. 드디어 창구 직원과 말을 할 수 있습니다. 십 분이 채 걸리지 않았어요. 운이 좋았다고 생각합니다. 마스크 때문에 표정이 보이지 않아, 눈매만 봐서는 그녀가 미소를 짓고 있는지 기진맥진한 얼굴인지 알 수 없었습니다. 잘 생각해보세요, 제 요청이 특별한 게 아닙니다. 우리가 개를 데리고 기차를 타는 유일한 커플이 아니잖아요. 하지만 그녀는 코드를 발견하지 못합니다. 그녀는 그때까지 나서지 않던 또 다른 직원에게 요청을 합니다. 그녀가 ChPO QHeS 비슷한 코드, 기계 언어에 부합하는 일련의 알파벳 코드를 제안합니다. 시한이 만료된 코드인지 기계는 말을 듣지 않습니다. 그때 그동안 나서지 않았던 세 번째 직원이 돕기 위해 등장합니다. 그때부터 이십 분이 넘도록 세 사람이 기계에 적용되는 코드를 찾더군요. 그중 두 사람은 휴대전화로, 세 번째 사람은 자판을 두드리면서요. 저는 친절한 태도로 기차에 타서 검표원에게 직접 구매하겠다고, 간단한 확인 문서만 적어달라고 제안합니다. 그들은 그렇게는 안 된다며 나중에 벌금을 내야 할 거라고 대답합니다. 저보다 젊은 사람들인데도, 매표소 직원이 간단한 몇 마디로 검표원과 소통할 수 없는 상황이 비합리적이라고는 전혀 생각하지 못하는 모양입니다. 그들은 다양한 코드를 계속 시도하면서 '이것도 먹통이네'라고 말하고 있습니다. 그들은 시종 순응적이며 기계의 고압적 태도에 놀라지 않는 듯 보입니다. 종일 기계의 환심을 사려고 애를 쓰고, 기계 수준으로 생각하려고 노력하는 것도 이 기업에서 관리하는 리스크인가 봅니다. 그들은 제가 역에 한 시간 일찍 왔다는 사실에 놀라지 않습니다. 반려견 동반 기차표를 사려면 최소 그 정도는 해야 한다고 여기는 모양입니다.

정신착란을 일으키는 의식이나 심령술보다 구체적이지 못한 의식을 행하고 있는 기분이 듭니다. 기계가 받아들일 수 있는 단어를 찾아, 인간의 요구를 기계의 지능으로 번역하는 의식 말이죠. 공공서비스를 담당하는 기계에 추상적 언어로 설명할 수는 없습니다. 법이나 과학의 언어보다 훨씬 복잡해요. 그곳에서는 단순한 언어로 단순한 요청을 설명할 가능성이라도 있지만, 이곳에서는 아닌 것 같습니다. 올바른 순서로 된 정확한 일련 문자가 아니고서는 아무것도 작동하지 않습니다. 이 세 직원이 정보가 부족한 것 같지도 않습니다. 끊임없이 새로운 번호로 전화를 걸어 확인하는 것으로 보아, 기업에서 진정한 네트워크를 가지고 있는 듯 보입니다. 여유로운 태도의 남자가 여자 직원들이 모인 곳에 합류하더니 자기 의견을 내지만, 그의 남성성도 기계에 인상을 남기지 못합니다. 기계는 계속 문제가 되는 부분을 먹통 상태로 유지하고 있습니다. 코드 하나를 찾는 네 명의 월급쟁이. 중요한 것은 그들 모두 미소 짓고 있으며 만족한 듯한 표정을 잃지 않았다는 것입니다. 그중 하나가 드디어 동굴을 열어줄 주문을 발견합니다. 그녀가 기차표를 주면서 조심스럽게 보관하라고 조언합니다. 제대로 된 코드가 그 안에 등록되어 있다고 하면서 말이죠. 그런 일이 다음에도 일어날 수 있겠죠.

여자친구가 있는 곳으로 돌아왔을 때, 그녀는 자신이 늘 마지막 기차역까지 기차표를 소지하는 버릇이 있고, 한 번도 표 때문에 문제가 생긴 적 없다고 말합니다. 그녀는 저보다 더 젊은데도, 이 간단한 문제를 해결하려고 네 사람이 모인 상황이 그리 유난스럽게 느껴지지 않은 듯 보입니다.

기차표를 둘러싼 끝날 줄 모르는 의식 내내 저는 미소를 짓고 있었습니다. 매일매일 전보다 바보 같은 행동을 하지 않겠다고 노력중입니다. 벌컥 화를 내는 게 저의 결점 중 하나이기 때문이죠. 기차를 놓칠지도 모른다며 개자식처럼 소리를 쳐서는 혼란만 가중될 것임을 알아서이기도 했고요. 하지만 그러는 내내 굴욕당한 기분이 들었습니다. 어느 휴대전화를 가져와도 그것이 가장 똑똑한 인간보다 월등히 똑똑하다는 건 인류 역사상 처음 있는 일입니다. 그 어떤 휴대전화라도 저장능력도 월등하고, 지식도 월등하고, 훨씬 빠르고, 계산도 더 잘하고, 언어능력도 탁월하며, 가장 똑똑한 인간보다 더 똑똑한 겁니다. 차라리 지능의 영역이 다르다고 해야 할까요. 그것은 우리 지능을 쓸모없게 만드는 지능을 가진 거죠. 인간은 이제 이 세계를 지배하기 위해 어떤 정당성도 갖고 있지 않아요. 그게 아마도 올바른 선택일 겁니다.

실제로 우리에겐 남은 게 없습니다. 우리가 인터넷에 퍼뜨리는 소음을 제외하면요. 그런 이유로 이 소음에서 가장 중요한 것은 우리가 자신을 표현하도록 해주는 앱이라는 점에 동의하게 됩니다. 의미를 담으려는 우리의 노력은 완벽히 부차적인 것으로 밀려났죠. 지금에 이르기까지 우리 인류는 경제적 가치로 환산되어왔어요. 어떻게 수요를 창출하는가, 어떻게 불필요한 상품 재고를 흘려보낼 것인가, 어떻게 이익 순환을 위해 모든 시간을 바칠 것인가. 기계 앞에 선 인간의 굴욕은 다음 단계인 겁니다. 경제학자들은 굳이 설명할 위험을 무릅쓰지 않습니다. 그들은 아무 쓸모없는 것을 고민하니까요. 우리는 기계와 더불어 수행하는 법을 배우기 위해 훨씬 더 큰 노력을 쏟아붓습니다. 지금껏 어떤 언어를 배우기 위해서도 이와 같은 노력을 들인 적 없죠. 동물을 규제한 지도 오래되었습니다. 함께 살기 위해 방법을 모색할 노력도 기울이지 않고, 그들의 목숨을 가장 효율적으로 앗아가는 방법을 연구하고 있습니다. 적어도 그 정도는 알고 있으니까요. 살아 있는 생물에게서 어떻게 최대한의 이득을 뽑아낼 것인가, 생물을 어떻게 사유화할 것인가. 인간 사이에서도 동일한 일이 순식간에 이루어졌습니다. 적군에게 최대한의 폭력을 행사하는 엄청난 무기를 가지는 일에 몰두했죠. 미치광이들은 그들이 제조하는 것의 실체를 알아야겠다는 생각을 포기한 지 오래되었습니다. 그들은 그저 어리석은 치료법을 적용하는 모르모트로서만 유용합니다. 하지만 기계를 보세요. 거기에 필요한 건 코드입니다. 이제 사람들은 지식에 대해, 규칙의 이해에 대해, 윤리적 통합에 대해, 문화에 대해, 수학적이거나 철학적인 추론에 대해 말하지 않습니다. 우리 공동의 삶을 평화로운 시간으로 만든 것 중 어느 것도 더는 중요하지 않습니다. 두 번의 전쟁을 거쳐 겨우 자리 잡은 문명에 대해선 말할 것도 없죠……. 그 후로 다 코드인 겁니다. 당신에게 필요한 것을 기계가 제공해줄 수 있는 코드를 찾는 것 말이죠.

우리는 기차표를 소지하고 플랫폼으로 갑니다. 아무도 그걸 검사하지 않겠죠. 저보다 열 살은 더 먹어 보이는 한 남자가 신경질적으로 스캐너에 기차표를 찍습니다. 가까이 가자 그가 떨고 있는 게 보입니다. 아마도 SNCF에서 평생을 보냈겠죠. 어떤 순간에는 자신이 해야 할 일을 정확히 알고 있는 확신에 찬 직원이었을 겁니다. 하지만 그는 레이저 스캐너에 대해선 전혀 확신을 갖지 못합니다. 때때로 기차표 읽는 걸 거부하는 그 기계에 대해선 말입니다. 줄지어 밀려드는 승객에 의해 코로나에 감염될까 봐 두려워할 시간조차 없습니다. 기차표 중 몇 장은 인간의 눈에는 전혀 오류가 없음에도 갑자기 스캔되지 않을 때가 있기에 그는 떨고 있습니다. 매번 꼭 남자 승객이 올 때 그런 일이 발생합니다. 그는 스캐너에게 뭐라고 해야 할지 모릅니다. 괜찮아, 이분은 지나가도 돼, 라고 말하는 법을 몰라요. 오류가 뜬 스캐너 때문에 한없이 승객을 제지할 수는 없는 노릇이지만요.

제가 휴대전화를 제시하면 코드가 작동합니다. 저는 인간의 시선을 찾습니다. 그에게 미소를 보내지만 마스크 때문에 알아차리지 못합니다. 우리는 인간 사이에 있되, 동일한 기계에 의해 모욕을 받습니다. 플랫폼에서 사람들은 서로 시선을 마주치지 않습니다. 그는 기차표만을 응시하며 다음 난관을 기다립니다. 그 순간 그는 자신이 수행해야 하는 노동과 기계의 놀라운 엄격함 사이에서 궁지에 몰려 머저리 같은 존재가 됩니다. 기계가 그에게 인간의 무능함을 직시시켜주는 것이죠.

조에 카타나

퇴원했습니다. 병원은 침상이 부족한 상황이에요. 봉쇄 이후로 이런 상황이 계속 이어지고 있어요. 나 같은 사람들은 머릿속에서 계속 선을 넘나들어요. 내 선은 "기분이 미칠 듯이 우울해요"와 "방에 남자들이 보여요"였죠. 어떤 의사가 나를 안내해주었습니다. 치료가 잘되어 집으로 돌아가 푹 쉬면 된다고요. 이전에 본 적 없는 의사였는데, 입원 수속 때 나를 돌봐준 여자 선생님과 이야기하고 싶다는 말은 감히 입 밖에 내지 못했습니다. 소지품을 챙겨 병원을 나왔습니다.

친구 하나가 나를 데려다주었어요. 그녀는 내가 어느 때든 나를 배반할지 모른다는 눈초리로 집 안 물건을 노려보는 모습을 목격했었죠. 벽이 넘어진다거나, 바닥이 꺼진다거나, 방이 적대적 목소리로 가득 찬다거나 하는 가능성 말이에

350

요. 친구가 첫날은 같이 있자고 제안했어요. 좋다고 했죠. 일상으로 돌아오니 묘한 기분이 드는 데다, 나 자신으로 돌아가고 싶지 않았거든요. 무엇보다 컴퓨터를 켜거나 계정에 접속하는 건 금물이었죠. 그걸 계정compte이라고 부르는 것도 이상한 느낌이 들었습니다. 은행 계좌compte bancaire나 '설명하다rendre des comptes'라는 표현, 그리고 '어림수compte rond'라는 단어에도 그 단어가 쓰이는 것이 낯설게 느껴졌습니다.

친구는 우리 집에 얼마간 머물려고 짐을 챙겨 왔어요. 복싱 코치와 같이 사는 기분이었습니다. 하루 중 언제라도 바닥에 뻗어 있는 나를 보면 곁에 무릎을 꿇고 귓가에 이렇게 속삭일 것 같았거든요. 다 괜찮아질 거야, 회복할 수 있어, 그럴 수 있어, 넌 챔피언이야, 자, 자리에서 일어나봐. 그리고 그건 효과를 발휘합니다. 의사 말이 맞습니다. 치료가 효과를 내고 있습니다. 그건 점차 견고한 생각으로 자리 잡았습니다. 그러던 어느 날 아주 지배적인 평온이 찾아왔습니다. 찾으려고 노력하지도 않았는데 저절로 찾아왔습니다. 불안은 그렇게 끝이 났습니다. 친구에게 계정 비밀번호를 알려주었습니다. 온라인 메시지함에 나를 놀라게 할 만한 나쁜 내용이 있지 않은지 대신 확인해주었죠. 친구는 이상한 메시지 일부를 지움으로써 나를 안심시켰습니다. 계정에 접속했어요. 활동을 재개한 거죠. 그리고 철야 날이 왔습니다. 사이버불링 감시 그룹이 운영하는 캠페인 날이었죠.

한 여자가 내게 메시지를 보냈어요. 사이버불링 피해자 였습니다. 불안이 다시 나를 잠식하지 않을지 걱정할 새도 없었어요. 나는 곧바로 응대했고, 강인한 태도로 집중해서 들었습니다. 일을 하려면 자신을 분리해서 생각해야 합니다. 내게서 감정을 따로 떼어놓고, 기묘한 요소처럼 바라보는 거죠. 그녀의 메시지를 받았을 때, 베란다 밖으로 비둘기가 보였습니다. 언제나 같은 비둘기, 다른 아이들보다 더 날씬하고, 목부근에 검은 무늬가 있는 회색 비둘기였죠. 창문에 막 내려앉은 녀석은 포근한 바람에 깃털이 살짝 들리자 예민한 태도로목 주변을 가다듬었습니다. 그러는 동안 내내 내 쪽을 쳐다보고 있었죠. 녀석이 내가 틀어둔 음악을 좋아하는지 궁금했어요. 티나 터너의 노래였죠. 나는 그런 것 같다고 중얼거렸어요. 그녀의 목소리를 녀석이 주의를 기울여 듣는 것처럼 보였거든요. 그러더니 집 안쪽으로 조심스럽게 몇 발자국을 떼어들어왔습니다.

내게 메시지를 보낸 여자에게 곧바로 전화했습니다. 그녀는 공포에 휩싸여 울고 있었죠. 내 삶을 완전히 바꾸어놓을 일이 일어날 거라는 걸 그때는 몰랐습니다. 그녀는 특별히 호감 가는 타입은 아니었습니다. 막 성인이 된 틱톡 사용자로, 대상이 되기 전에 거의 드러나지도 않았었죠. 밤색 머리카락과 맑은 눈을 가졌고, 고딕 스타일을 좋아하는 평범하고 착한 아이였어요. 친구 다섯 명과 팬 세 명이 그녀의 틱톡을 보는 전부였죠. 페미니스트 콘텐츠를 올리지도 않았고, 과체중인 것도 아니고, 겨드랑이에 털이 난 것도 아니고, 흑인이나 아랍인에 대해 언급한 적도 없고, 교황에 반대하는 시위를 하지도 않았고, 낙태 찬성 선언을 한 적도 없었습니다. 파시스트 웹사이트에서 직접적인 도발로 받아들이는 대부분의 신호가 그녀에겐 하나도 해당되지 않았습니다. 어느 화창한 아침, 자신이 양성애자라고 고백한 사실을 제외하면요. 그녀는 여자 친구도 없습니다. 남자친구는 물론이고요. 그저 자신이 양성애자라고 느낀 그 사실 자체를 말하고 싶던 거죠. 차라리 제왕나비의 이동에 대해 말하는 편이 나았을 텐데 말입니다. 소심하게 몇 개의 모욕적인 댓글과 진부한 댓글이 달린 게 시작이었죠. 너랑 섹스하면 구역질 날 듯, 더러운 돼지라서 바이라고 하겠지, 너 같은 앤 죽는 게 낫겠다, 그런 추한 외모로는 자살해야 하지 않나 등등. 전형적인 댓글들. 그에 대한 그녀의 순진한 대응이 문제였습니다. 이런 글을 올린 겁니다. "이성애자 천국인 틱톡에서 공격받는 중. 도와주세요." 그 시점부터 그녀를 표적으로 한 공격이 쏟아졌다고 그녀가 울면서 말했습니다. 시간당 백여 통의 메시지가 오기 시작했습니다. 그러다 말 거라고 생각했지만 그다음 날도 그날 이후로도 계속되었습니다. 보통 공격은 이십사 시간 동안 지속되고, 처벌 대상의 방향 전환이 일어납니다. 자신들이 동의하지 않는 새로운 콘텐츠가 더는 안 올라오면 그들은 버릇을 고쳐주고 싶은 또 다른 여자에게 옮겨갑니다. 그녀의 경우엔 공격이 멈추지 않았습니다. 아마 그녀가 말하지 않은 내용 중에, 공격자들의 신경과민적 행동을 불러일으킬 만한 행동이 있었을 것입니다. 결국 그중 하나가 그녀 어머니의 전화번호를 알아냈고, 당신 딸이 SNS에서 부끄러운 줄도 모르고 지껄이고 다니는 걸레라고 알렸습니다. 어머니는 딸을 이해하려 하지 않고 돌아섰습니다.

그러면 안 된다는 걸 알면서도 내가 겪은 지옥을, 우리 수백 명이 겪은 결코 끝나지 않는 주기적인 괴롭힘을, 그녀의 일주일과 비교합니다. 힘든 한 주를 보냈다는 그녀의 말에 무감각해지고 있습니다. 병원 치료 덕분이겠죠. 기계적으로 그녀를 지지하고 있어요. 불안의 파도에 삼켜지지 않고 일을 계속하는 자신을 보며 안도감을 느낍니다. 나는 그녀에게 댓글을 읽지 말라고 말하고, 필요한 경우 증거로 사용하기 위해 화면을 캡처해두겠다고 합니다. 아니면 폭풍우가 지나간 뒤 그녀가 읽기 원할 때를 대비해서 말입니다. 친구에게 악질적인 글을 지워달라고, 얼마 동안은 댓글도 차단해달라고 요청할 수 있을까요? 나는 이렇게 조언합니다. 휴대전화 전원을 꺼요, 집에 있지 말고 외출해요, 뭐든 하고 싶은 일을 해요. 또 이렇게 묻습니다. 밖으로 나가는 게 두렵나요? 안전하지 않을까 봐 무서워요? 그녀는 친구를 만나러 나가보겠다고 답합니다. 나는 반복해서 조언합니다. SNS에 접속하지 마세요,

특히 밤늦게요, 그것 말고 다른 일을 해요, 자신을 보호하세요, 비밀번호를 알려줄 수 있나요, 나중에 다시 바꾸세요.

나는 그녀의 계정에 들어갑니다. 반복되는 모든 상황과 부조리함에 지긋지긋해하면서요. 정치성도 없고 페미니스트도 아닌, 함께 공감을 나눌 수 없는 사람을 지지하느라 시간을 소모하는 일에 염증을 느끼면서요. 그런데 한편에는 이 일을 할 수 있어 다행이라고 안심하는 마음이 있습니다. 이전보다 더 회복된 상태인 것 같습니다. 구역질을 일으키거나 환청을 듣지 않고, 자살 충동도 느끼지 않고 있습니다. 우려되는 콘텐츠, 예컨대 그녀의 학교 주소나 어머니 집 주소나 막내 여동생의 전화번호 같은 정보가 올라와 있지 않은지 확인하기 위해 댓글을 살펴보고서 그녀 이름으로 폴더를 생성합니다. 조심스럽게 화면 캡처를 실행합니다. 그것이 절차입니다. 남성주의 조직을 자세히 알지는 못하지만, 한 주 내내 '형제'에게 복수하는 건 그들의 습관이 아닙니다.

그때 불현듯 내가 나의 감정을 밀어내지 않았다는 걸 깨닫습니다. 나는 기계적인 안내인이 아닙니다. 연민을 느끼고 있었어요. 우리, 즉 구조적 타깃으로 몰린 피해자에게 느끼는 연민이 아닙니다. 내 인생 처음으로 (의학적 치료에 영광을) 그들에게 연민을 느끼는 중이에요. 욕설을 쏟아내는 자, 위협하는 자, 공격하는 자. 그들은 이 여자의 계정에 수천 개의 댓글을 달았습니다. 그녀를 몰아세워 타격을 입히려고 애를 쓰면서, 끝도 없이 그러고 있었죠.

그들은 조직도에 따라 움직입니다. 조직은 자발적으로 계정들을 수집한 뒤 그들에게 그날의 희생양에 관한 정보를 줍니다. 지원자들은 자기 선에서 접촉한 이들에게 다시 지시를 내리고, 그다음은 마찬가지로 진행됩니다. 익명의 증오를 양분 삼은 효과적인 사슬이죠. 십 년 전 그 일이 시작되었을 때 사람들은 경악했죠. 그런 일은 전혀 익숙하지 않았고, 그들이 조직적으로 극단적 폭력을 양산하는 방식에 놀랐습니다. 그러나 온라인 메시지 유포는 사법부의 처벌을 받지 않았고, 그들의 폭력성에는 어떤 제한이나 한계도 없었습니다.

오늘날, 그들은 훨씬 신중하게 활동합니다. 그들의 계정은 실제로 존재하고, 드러내놓고 행동하는 사람도 있기에 그들이 누구인지 빨리 찾을 수 있습니다. 그중 전형적인 프로필은 없습니다. 우리가 찾으려고 예상하는 사람은 여자를 만나본 적 없는 도태된 남자나 못생긴 남자들이지만, 그 밖에도 수많은 가정의 아버지, 노인, 모든 분야의 모든 사람이 있습니다. 그들은 도시에 살기도 하고 시골에 살기도 하며, 문맹인 경우도 있으나 대학교수인 경우도 있습니다. 그들은 어떠한 보복도 받지 않으리라는 걸 알고 있고 온라인에서 원하는 대로 자행합니다. 페미니스트를 괴롭힌 남성주의자가 강제 입원 명령을 받은 사례는 들어본 적도 없습니다. 모욕적인 답변을 받기라도 하면 그들은 몇 달 동안 항의합니다. 무리 지어 공격할 때는《시계태엽 오렌지》의 인물처럼 거칠지만, 우리 중 누군가가 맞설 답을 생각해내면 엄지공주처럼 쪼그라듭니다. 그들은 일말의 방해도 용인하지 못하며 자신의 영역을 사수합니다. 온라인에서 자신들의 취지에 맞는 콘텐츠만 양산하길 원하며 어떤 반대 의견도 참지 못합니다.

그러나 우리는 그보다 관대합니다. 남자들에 대해, 우리는 낙태를 시키지 않을 것이며, 교육받을 권리를 빼앗지도 않을 것이며, 장작더미 위에서 화형시키지도 않으며, 거리에서 죽이지 않을 것이며, 조깅할 때 죽이지 않을 것이며, 숲속에서 죽이거나 집으로 데려와 죽이지도 않을 것이며, 그들의 태생적 성별을 들어 수치를 주지 않을 것이며, 허기지게 만들지 않을 것이며, 강간하지 않을 것이며, 테이블 아래로 더듬지 않을 것이며, 섹스하고 싶어한다 해서 비난하지 않을 것이며, 공공장소에 나가지 못하게 금하지도 않을 것이며, 권력의 서클에서 배제하지 않을 것이며, 신체 일부를 난도질하지 않을 것이며, 원하는 대로 옷 입는 걸 금지하지 않을 것이며, 아이를 낳으라고 강요하지 않을 것이며, 열정을 품고 집을 떠날 때 죄책감을 심어주지 않을 것이며, 좋은 배우자 역할을 못한다고 미친 사람 취급하지 않을 것이며, 성생활을 빼앗지 않을 것이며, 우리 소유인 양 모든 행적과 선언을 감시하지 않을 것이며, 머리모양 좀 신경 쓰라고 요구하지 않을 것이며, 순종하지 않을 때 치욕을 주지 않을 것입니다. 평등을 언급할

357

때 우리는 이런 평등을 주장하지는 않을 것입니다. 그런 걸 주장했다면 우리의 욕구가 불러일으킨 분노를 이해하기에 아주 유리한 위치를 선점했겠죠. 하지만 그들은 너무 나약합니다. 자기를 방어하는 데 익숙하죠. 백인 남성 미뉘스퀼리스트minusculiste*들은 나름의 저항 전략을 갖고 있습니다.

그런데 그들이 더는 나를 두렵게 만들지 못하리라는 사실을 깨닫습니다. 신의 강림만큼이나 나를 뒤흔든 깨달음입니다. 그들을 간파한 거죠. 그들은 온라인에 글을 쓰라는 지시를 받고 글을 씁니다. 그들은 숫자를 중요하게 생각합니다. 일 년 또 일 년이 지난 뒤 그들의 메시지는 힘이 떨어지고, 무기력하며 반복됩니다. 나는 주의를 기울여 댓글을 읽습니다. 사이버불링을 당한 여자의 어머니에게 연락한 남자에 대해 "그 사람 천재 아냐"라는 댓글이 수백 번 달렸고, "여자들에게 한 수 가르쳐줄 필요가 있다"라는 댓글이 수백 번 달렸으며, "내키진 않지만 강간하겠다, 너랑 하면 구역질 날 거다, 돼지 같은 페미니스트"라는 댓글이 수백 번 나옵니다. 그들이 불쌍해졌습니다. 비참함, 그들은 비참함 자체입니다. 빈곤하고 보잘것없습니다. 그들은 자신의 권리를 강력히 주장합니다. 그들의 상상력은 그야말로 무기력 그 자체입니다. 기쁨

---

*   남성우월주의자를 의미하는 '매스큘리스트masculiste'라는 단어를 패러디하여 작가가 만들어낸 용어.

과 우정과 연대에 대한 그로테스크한 시뮬레이션이지만, 무엇보다도 가장 굳건한 비참함의 표현입니다. "그년은 교정될 필요가 있어, 여자들은 모든 게 허용된 것처럼 믿고 있지, 그년 엄마가 다시 기강을 잡아야 할 텐데, 암 덩어리 같은 부르주아, 분명 집에서 지원받고 있겠지, 그 돈 다 끊으면 바로 창녀가 될 거야, 그러니까 이 새끼가 진짜 천재야, 천재 맞아." 좆만 한 남성주의 자경단들. 미뉘스퀼리스트들.

욕지기가 나진 않습니다. 두렵지도 않습니다. 그보다 고통스럽습니다. 공허하고 아무것도 아닌, 익명의 작은 힘들의 전시를 보는 게 말입니다. 날것 상태의 인간적 고통인 거죠. 그들은 의식하고 있어요. 자신들이 아무것도 아님을 알고 있습니다. 어떤 흐름에도 몸을 맡기지 못한다는 것을, 바퀴벌레처럼 죽어도 싸다는 것을 말이죠. 자신이 어떤 존재인지 알고 겁을 집어먹고 있어요. 아무짝에도 쓸모없는 존재임을, 어둠속에서 벽에 몸을 부딪치며 행군하고 있다는 걸 알고 있습니다. 구역질 나는 더러운 똥덩어리. 저는 처음으로 그들이 선언한 것을 똑바로 읽고 있습니다. 그들은 알고 있어요, 자신들이 뒈질 거라는 사실을요.

오스카

　오늘 아침 제 책의 인세 명세표를 수령했습니다. 잭팟이 터졌어요. 전해에 비해 세 배 넘게 팔렸더군요. 당신이 그런 말을 했었죠. 어떤 형태로든 주목받는 건 좋은 일이라고요. 하지만 이 정도일 줄은 예상하지 못했어요. 조에 카타나에게 축복이 있기를. 테러리스트에 가깝던 그녀가 제 팬을 결집시켰어요. 적어도 고통이 헛되진 않았네요. 출판사 담당 편집자의 기분이 좋은 걸로 봐서 판매가 나쁘진 않다는 정도는 눈치채고 있었어요. 하지만 그들에게 전화하기엔 압박이 너무 심했고 수치심이 들었죠. 그러는 동안 책 판매가 치솟았습니다. 제 책을 사는 행위가 페미니스트의 공격에 대한 저항의 제스처로 자리 잡은 듯합니다. 제가 수많은 지지의 편지를 받은 걸 깨닫고 있습니다. 굳건한 남성 독자만이 아니었어요. 몇몇 여성들 역시 제 편에 섰습니다. 어리석은 이들의 지지를 받는 건 맥 빠지는 일입니다. 하지만 제가 받게 될 인세 총액을 보면서 기쁨을 누르기는 불가능했어요.

조에 카타나의 글을 읽고 나서 잠시나마 부끄러움을 느꼈습니다. 그녀가 어떤 나날을 보냈을지 상상이 되거든요. 전화도 멀리하고, 이를 악물며 사람들이 보내는 동정의 눈길을 참아왔겠죠. 언제나 씁쓸한 뒷맛을 남기는 동정을요. 저를 측은히 여기는 친구의 메시지를 받아봐서 잘 압니다. 네 자리에 자기가 있지 않아서 솔직히 다행스럽다는 속뜻이 담긴 메시지이죠. 그러면서도 다 잘 해결될 거야, 이미 지나갔잖아, 다 이겨낼 정도로 충분히 강해, 같은 말을 스스로에게 던지는 강박도 이해할 수 있습니다.

제 인생을 공중분해 시킨 후, 그녀 역시 난생처음으로 엄청난 공격을 받았음을 깨닫는 중입니다. 그땐 제 슬픔에 몰두한 나머지 그녀 입장에서 어떤 일이 벌어졌는지 이해하려는 노력조차 하지 못했거든요. 그런데 그녀가 글에서 언급한 여자의 이야기를 읽다가 우리 딸이 떠올랐습니다. 그 일이 우리 아이에게 일어날 수 있으며, 온라인의 어떤 여자에게도 일어날 수 있음을 깨달은 거죠. 그리고 아이를 보호하기 위해 제가 아무것도 할 수 없으리라는 사실도 말입니다.

조에의 글을 읽고, 이제 제 이야기가 나오지 않는다는 사실에 무척이나 안도했습니다. 그리고 온라인에 올라온 그녀의 이야기를 하나씩 듣기 시작했습니다. 생각해보니 영향을 준 작가 리스트에서 한 번도 여성 작가를 언급하지 않았네요. 그에 대해 아무도 성찰을 권하지도 않았어요. 여성 작가를 언급하지 않는 건, 그게 제 가치를 떨어뜨리는 일로 이어질 수 있다고 생각했기 때문입니다. 실제로 그러지는 않았지만요. 저는 뒤라스의 문장을 풍부하게 인용할 수 있어요. 뒤라스의 소설《고통》은 젊은 시절 제가 가장 강렬하게 기억하는 독서 체험이니까요. 그녀의 과대망상이 마음에 듭니다. 그리고 앤 라이스를 인용할 수 있겠네요. 그녀의 삼부작을 여러 번 읽었습니다. 그런데 그녀를 언급하지 않은 건 본능적인 감입니다. 스티븐 킹은 결코 빠뜨리지 않겠지만《뱀파이어와의 인터뷰》는 건너뛰는 거죠. 남성 작가로서 제가 여자들과 어떤 관계를 맺고 있는지 감시당하고 있다는 걸 알기 때문입니다.

아주 멀리 가서 그 이유를 호르몬에 관련된 깃이거나, 콤플렉스 때문이라고 우겨서는 안 됩니다. 초등학교에서 볼 수 있는 장면 하나가 있어요. 우리 모두 익숙한 장면이죠. 남자인 당신이 여자아이들과 놀아요, 그냥 친구들이니까요. 그런데 심술궂은 아이가 복도에서 당신을 붙잡더니, 귀를 잡아당긴 후 바닥에 내동댕이칩니다. 그 아이는 씩씩거리면서 당신을 바닥에 쓰러뜨린 채 둡니다. "이 호모 새끼 좀 봐, 고무줄 놀이도 하겠다." 아이들은 일제히 웃음을 터트립니다. 여자 같은 남자아이. 모두가 심술궂은 아이의 허튼소리에 깔깔거립니다. 모든 학교에는 그런 악당이 있고, 다른 아이들에게 어떻게 일이 진행되어야 하는지 설명해주죠. 아이들이 다닥다닥 붙어 노는 운동장에서는 누군가에게 폭력을 휘두르는 일이 늘 일어납니다. 멀리서 그 모습을 지켜보는 아이들 모두 관중이 되고, 그런 일이 심심풀이로 일어납니다. 그렇게 요약되는 거죠. 이런 일을 겪고 나면 당신은 조심하면서 생각합니다. 여자아이들이 놀자고 하면 귀찮다면서 쫓아내야지. 그 아이와의 우정 때문에 욕을 먹을 수 있으니까요. 그 아이 집에 가려고 한다면 몰래 다녀와야 합니다. 당신은 악당의 주목을 끄는 주인공이 되고 싶지 않습니다. 다른 아이들과 더불어, 학대받는 아이에 대해 낄낄거리는 편에 있고 싶죠. 그런데 어렸을 때 몸이 약하고 무르고 휴식 시간에 하던 게임 규칙을 잘 이해하지 못하던 아이들이 성인이 된 후, 그들을 괴롭히던 사람의 열광과 찬사를 얻는 모습을 목격합니다. 예컨대 책을 통해서요. 논쟁을 일삼는 작가의 얼굴에서, 구슬치기를 하던 어린 시절 괴롭힘당한 아이의 모습이 보입니다. 그는 괴롭히는 상대에게 원하는 것을 주면서 그들 무리에 소속되려고 무엇이든 할 태세를 취합니다.

틱톡에 들어가니 콜롬비아 젊은이들이 정부의 시위 탄압을 고발하기 위해 눈길을 끌 만한 제스처를 밈으로 만들어 올리고 있습니다. 그런가 하면 저 멀리 한 미국인은 이런 영상을 올립니다. "오늘 어떤 사람의 꿈을 망가뜨리고 말았어, 회사에서 사람을 뽑기 전 이력서 검토하는 일을 담당하는데, 그 자리에 완벽하게 적합한 어떤 여자가 있었어. 완벽했지, 인터넷 이력도 깨끗했어. 하지만 어떤 동영상이 나온 거야. 사람들이 이미 지우긴 했는데 오늘날 흔적 없이 지워지는 일은 불가능하잖아." 그 영상에 대해 자세히 말하진 않았지만 포르노 영상입니다. 그녀는 이 영상을 업로드한 적 없지만, 완벽하게 사라지는 영상이란 존재하지 않기에 그녀 이름을 찾은 겁니다. 그가 말합니다. "정말 유감스러워, 하지만 다른 기업에서도 그렇게 할 거야, 요즘 모든 대기업이 이력 추적을 하니까. 그녀를 채용하지 않은 건 당연해, 그건 중요한 자리거든, 이 영상은 언제든 수면 위로 다시 올라올 수 있어." 무슨 말을 할지 머릿속에 떠오르지 않던 걸까요. 그게 무슨 대수죠. 그냥 섹스 영상인데요. 영상에서 그녀가 난민을 고문한 것도 아니고, 노숙자에게 불을 붙인 것도 아니고, 죽어가는 아시아 커뮤니티를 협박한 것도 아니고, 히죽거리면서 나치식 경례를 한 것도 아닌데요. 아마 페니스를 빨거나 애무를 받고 있었거나겠지요. 혹은 만난 지 얼마 안 된 남자 네 명과 호텔에서 엑스터시를 하고 환희에 가득 찬 밤을 보내고 있었거나요. 동의에 의한 섹스를 한 거죠. 뭔가 제대로 작동하지 않고 있어요. 저는 제가 남자임을, 백인 남자임을 실감합니다. 다시 말해, 문제의 일원이 되지 않고 그걸 해결하는 방법을 상상할 수 없다는 말입니다.

레베카

조에가 온라인에서 자칭 '활동'이라 부르는 그 일을 계속하고 있다는 걸 알고선 깜짝 놀랐습니다. 젊은 여성 세대가 자신에게 그토록 적대적인 공간에서 스스로를 표현해야 한다니, 말도 안 되는 짓입니다. 인터넷 공간은 구조적으로 적대성을 띠는 가혹한 곳입니다. 페이스북, 트위터, 구글, 아마존, 마이크로소프트, 애플, 백인 남성이 판을 치잖아요. 인터넷 공간을 바꾸는 것은 그들의 관심사가 아니에요. 내가 나이를 먹은 것이, 그래서 인터넷에 내 계정을 만들어야 한다는 압박 없이 지금껏 살아온 것이 특권 같습니다. 젊은 여자 배우에게 일어나는 일들, 그들이 등장할 때마다 여론의 포화를 맞는 모습을 지켜보는데, 나라면 견디지 못했을 거예요.

평소 나는 그릇된 행동을 크게 신경 쓰지 않는 사람이니 안심해도 됩니다. 그런데 당신네 출판사가 성공적인 책 판매를 축하해주었다는 소식은 참기 힘드네요. 조에가 정신병원을 막 퇴원한 시점이었잖아요.

나는 딜러에게 전화하고 싶은 유혹에 시달리지 않고 잘 지냅니다. 이제 신용에 관한 문제가 되었거든요. 많은 사람이 내가 그리 오래 버티지 못하리라고 확신하고 있습니다. 그 점이 내 자존심을 건드립니다. 나는 이 상태를 유지할 것이며, 그들이 나에 대해 아무것도 알지 못한다는 걸, 입 다물고 있는 편이 낫다는 걸 보여주고 싶습니다. 그런가 하면 내가 마약을 끊은 뒤로 덜 재미있어졌다고 불평을 일삼는 친구들이 있어요. 나를 자신을 재밌게 해주는 사람 정도로 여긴다는 걸 알았죠. 알아맞혀보세요. 그들을 엿 먹이고 싶어요.

　마약을 다시 하고 싶지는 않지만, 가끔은 나를 녹초가 되게 할 만한 무언가를 복용하고 싶어요. 평온함을 느끼고 싶어서요. 제대로 돌아가지 않는 건 내가 아니에요. 세상이죠.

　환각 상태를 잃어버린 건 그렇게 고통스럽지 않아요. 회복하기까지 꽤 고생스럽거든요. 어떤 일을 제대로 만들기 위해서는 끊임없이 노력이 들어가잖아요. 바보짓을 하고 싶거든요. 예를 들면, 나한테 같이 영화를 찍자고 제안한 젊은 감독을 당황시키는 일 같은 거요. 꽤 괜찮은 출연료를 대가로 그가 나에게 힘을 행사하는데 욕설을 퍼붓고 싶은 욕구에 시달립니다. 그가 짜증 니는 사람이라서, 혹은 변덕이 심한 아이 같으면서도 자비로운 위대한 예술가 취급을 받기를 요구해서일 수도 있어요. 그의 영화는 고루해요. 하지만 투자와 지원이 넘쳐나니까 주변에서는 모두 그에게 친절하죠. 그의 따귀를 올려붙이고 싶어요, 그냥 재미로요.

　이렇게 오락가락하는 거죠. 지금은 짜증스러운 상태지만 또 다른 순간에는 잘해냅니다. 파리 창문의 임시 발코니가 여기저기 꽃으로 장식된 걸 보고 있어요. 해가 오 분만 나와도 사람들은 즉시 발코니에 나와 함께 술을 마시며 웃음꽃을 피웁니다. 이 도시를 사랑한다는 걸 깨닫습니다. 파리는 인라인 스케이트와 스쿠터와 딜리버루 오토바이와 온갖 종류의 자전거와 근사한 검은색 VTC*자동차로 북적입니다. 파리의 전 구역에서 도시를 흉하게 만드는 공사가 진행되는 중이지만요. 기분이 좋을 땐 도시를 걸어요. 이 도시의 구석구석을 샅샅이 훑는 거죠. 첫 번째 봉쇄부터 이 도시와 재미난 관계가 되었죠. 내가 이곳을 사랑한다는 사실을 끊임없이 떠올립니다. 이 아름다움을 언제든 잃을 수 있음을 깨달은 뒤부터요.

오스카

당신에게 답장을 쓰면서, 평온함을 얻고 싶을 때 마약을 하고 싶은 마음을 가벼이 여기지 말라고 조언하려고 했어요. 재발의 조짐이 보이기 시작할 즈음 당신이 저를 걱정했는데 이번에는 당신이 정말로 괜찮은지 궁금하네요. 요즘 조에에게 짧게라도 감정을 이입하는 순간이 늘고 있다는 것도 말하고 싶었어요. 숨겨져 있던 죄책감이 나를 지배하는 걸까요. 그런데 누나가 아픕니다. 지금 입원해 있어요. 누나가 파리에 올라와서 지낸다는 것도 사실 모르고 있었습니다. 제게 알리지 않았거든요. 어느 날 저녁, 코린은 장딴지가 저린 걸 느꼈

---

* 우버나 리프트 등. 전통적 택시가 아닌 개인 차량으로 이루어지는 승객 운송 서비스.

고, 그날 밤 옆에서 자고 있던 친구를 깨웠다고 합니다. 오른쪽 다리를 전혀 움직일 수 없었고, 이어서 팔이 마비되는 느낌이 왔다고 해요. 응급실에서 의료들이 달라붙어 조치를 취할 때에야 상황이 심각하단 걸 알았대요.

제게 전화를 건 사람은 누나의 약혼녀인 마르셀입니다. 코린은 망트라졸리에 있는 프랑수아-케네 병원으로 옮겨졌어요. 발작이 온 거죠. 몸의 우측에 마비가 일어난 겁니다. 마르셀은 중학교 체육 교사인데, 월요일엔 병실을 지키기 힘들다고 했습니다. 그 앞에서 저는 바보처럼 굴었습니다. 이번 주는 끔찍하게 일이 많다는 변명을 늘어놓으면서 최대한 빨리 가기 위해 노력하겠다고 약속한 거죠. 전화를 끊고 나서야 대안이 없으니 월요일이 되자마자 가야 한다는 걸 깨달았어요. 제가 취소해야 하는 모든 일정을 생각하고 있었지만, 실은 누나의 상태가 진짜 심각할까 봐 겁이 났습니다. 병원에 가는 일도 두려웠고, 고통스러워하는 누나를 지켜보기도 두려웠습니다.

병원이 너무 멀어서 거기까지 가는 것도 성가시긴 했습니다. 그런데 예상하는 병원과 전혀 달랐습니다. 건물은 굉장히 넓고 극도로 고요했어요. 제가 어릴 때 우리가 살던 훨씬 풍족한 나라, 공공서비스에 대해 사람들이 두려워하지 않던 그 시절이 떠올랐습니다. 맨 꼭대기층의 누나 병실을 쉽게 찾았습니다. 염려한 만큼 심각하게 아파 보이지 않았습니다. 누나는 대수롭지 않은 표정을 짓고서 웬디 들로름의 《불의 시대가 도래하리라 *Viendra le temps du feu*》를 읽는 중이었어요. 말하는 방식이 좀 이상했는데 얼굴 일부가 마비된 상태였습니다. 누나가 처음 꺼낸 말은 "오늘 널 볼 줄은 몰랐는데"였어요. 우리는 약간 이상한 유대감을 형성했고, 예상하지 못한 분위기에 어색한 나머지 "누나가 파리에 있는지도 몰랐어. 가능한 한 빨리 온 거야"라고 대답했습니다. 누나가 발작을 겪은 지 얼마 안 되어서 그렇게 이상한 표정을 짓는지도 몰랐어요. 불편해하는 걸 느끼지 못했습니다. 마르셀이 누나가 담배를 피우러 내려갈 수 있도록 휠체어에 타는 걸 도와주라고 미리 알려줬어요. 누나에게 같이 한 바퀴 돌고 오자고 제안했습니다. 그런데 뭔가 말하려다가 주저하는 누나를 보고서야, 바깥 공기를 쐬러 나가고 싶은 욕구를 누를 정도로 육체적 피로가 심하구나 생각했습니다. 누나 옆 침대에 있는 부인은 소리를 최대로 키운 채 휴대전화 게임을 하고 있었고, 저는 상냥하게 소리를 낮춰달라고 부탁했어요. 그녀는 순한 표정을 지었지만 약간 정신이 나가 있어서 소리 버튼을 찾지 못했고, 결국 제가 도와주었습니다. 병실을 조용히 만들었다는 데 만족하며 누나의 침대 쪽으로 돌아왔을 때, 병실 문가에 있는 조에가 보였습니다. 코린이 "오늘 널 볼 줄은 몰랐는데"라는 소리를 또 했습니다. 보통 저는 제 안의 감정과 연결이 부족하다고 툴툴대는 사람인데, 이번에는 완전히 감정에 압도되었습니다. 몇 초 만에 두려움, 부끄러움, 분노, 불안, 비겁함 등 온갖 감정이 한데 뒤섞여 군무를 추기 시작했어요. 졸지에 어린 꼬마가 되어 모순적이고 폭력적이며 통제되지 않는 감정의 공격을 받던 때로 되돌아갔습니다.

조에가 여전히 예쁠 거라고 생각했습니다. 그 정도 겨를은 있었습니다. 하지만 조에를 떠올리던 그 많은 순간에도, 그렇게나 단숨에 나이 들어버렸을 거라고는 상상하지 못했습니다. 순간적으로 이렇게 생각했습니다. 열 살은 더 들어 보이지만 나름대로 잘 어울리네. 조에는 꼼짝도 하지 않고 선 채로, 온 힘을 다해 증오의 말을 퍼부으려고 준비하고 있었습니다. 단 한 번의 시선에도 응어리가 쌓인 몇 년의 시간이 드러났습니다. 단 한마디도 하지 않았으나, 동공이 모든 걸 말해주었습니다.

누나는 우리의 주의를 끌려고 마비되지 않은 왼쪽 손을 들어 올리더니, 침대에서 몸을 뒤틀면서 선언했습니다. "좋아, 상황이 귀찮게 됐지만, 둘을 중재하기엔 내가 지금 너무 힘이 없는 거 알지." 그러자 입을 다물고 있던 조에가 복도로 나가더니 휠체어를 가져왔고, 침대로 다가가 누나가 편안하게 탈 수 있도록 도와주었습니다. 그들을 지켜보면서 조에가 전에도 방문했다는 사실을 알 수 있었습니다. 누나를 어떻게 도와야 할지 알고 있었죠.

저는 자리에서 일어났습니다. 다리에 힘이 풀렸습니다.

우리 셋은 커다란 승강기를 탔습니다. 누나는 이 상황이 그만 하면 괜찮다고 생각했는지, 자기가 뭘 할지 결단을 내린 후 설명했습니다. "그 일이 일어났을 때 조에의 집에서 지내고 있었어. 그래서 파리에 있다는 걸 너한테 알리지 않은 거야. 마르셀에게도 내가 어디 있었는지 말하지 않았어. 분명 이상한 상상을 할 거라서……."

마르셀과 누나는 몇 년 동안 사귀고 있습니다. 누나가 그녀에게 충실한 여자친구인지 모르겠어요. 아마 아닐 거예요. 하지만 그녀는 거짓말을 할 필요가 있어요. 몇십 년 동안 제가 여자친구에게 마약 문제를 숨기려고 사용한 동일한 방법으로 누나는 비밀을 숨기고 있었던 거죠. 친밀함의 거리가 너무 좁혀지면 우리 둘 다 똑같이 겁을 집어먹고서 그걸 피하려고 타협안을 만들어내는 거죠.

누나는 여전히 담배를 많이 피웠습니다. 조에에게 가지 말고 있으라고 끈질기게 말하고 나서, 제게 카페에서 물과 도넛을 사다달라고 부탁하더군요. 두 사람은 햇볕이 드는 벤치에 앉았습니다. 두 손 가득 생수병과 지방 덩어리 빵이 담긴 봉투를 들고 돌아가면서, 이런 만남을 수백 번도 더 꿈꿨다는 사실을 떠올렸어요. 만남에는 수없이 여러 버전이 있었습니다. 조에의 따귀를 올려붙인다, 그동안 내 관점이 어떻게 변화했는지 설명한다, 당신의 글 때문에 겪은 긴 시련을 들려주고 조에는 울음을 터뜨린다, 어쨌든 예전에 우리는 잘 통했는데 당신이 나를 배신했음을 상기시킨다, 아니면 용서를 구하고 조에는 내게 안겨 울면서 자기도 이런 순간을 아주 오랫동안 기다렸다고 말한다. 그러나 현실은 전혀 예상대로 흘러가지 않았습니다. 인생은 언제나 그런 식입니다. 우리가 어떤 장면을 상상하지만, 막상 그 일이 벌어지면 기대하던 미학과는 거리가 멀죠. 그런 이유로 제가 책을 쓰는 걸 좋아하는지도 모릅니다.

조에는 혼란스러워 보이지 않았어요. 그녀는 제가 안 보이는 것처럼 행동했습니다. 저와 시선을 마주치지 않았어요. 둘은 두서없이 이야기를 나누었습니다. 저는 담배를 말았지만 자리에 앉지는 않았습니다. 저 역시 그녀가 거기 없는 것처럼 행동했습니다. 그들은 그 자리에서 트랜스 배제적 래디컬 페미니스트*에 대해 이야기했는데, 저는 집에 돌아오며 그 의미가 무엇인지 인터넷에서 검색한 뒤에야 이해했습니다.

누나는 마비되어 비뚤어진 입술로 온 신경을 집중해서 말했습니다. "극우파의 전형적인 수법이야, 소수자 그룹에 낙인찍는 거 말이지. 그들은 사람들의 행동보다 그들의 존재 자체에 낙인을 찍는다고. 그들을 강간범으로 만드는 것도 전형적이야. 흑인, 아랍인, 집시, 극빈층, 그리고 이제 트랜스젠더까지 말이지. 존중받을 만한 백인 여성, 하나님이 원하는 대로 살아온 여성을 향해 그들이 언제든 강간범이 된다고 말

---

* 트랜스젠더를 포용하기 위한 사회·정치적 정책을 반대하는 페미니스트.

하지." 조에가 그 말에 동의했습니다. 그들의 동맹을 눈앞에서 목격하니 괴로운 심정이었습니다. 하지만 의연하고 세련되게 행동했습니다. 세계가 자신을 중심으로 돌아가지 않음을 이해하는 사람처럼요. 이곳에서 중요한 인물은 제가 아니라 누나였으니까요. 누나는 계속 말을 이었습니다. "그들의 존재는 페미니즘 역사에서 항구적인 역사성을 가지지. 소저너 트루스가 한 말도 있잖아. '몇 번이고 되풀이해서, 나는 여자가 아닌가Again and again, ain't I a woman?'" 조에가 그 말에 이렇게 응수했습니다. "하지만 그들이 겪은 괴롭힘도 내가 표적이 된 사이버불링만큼이나 용인할 수 없어요. 우리는 적의 방법을 사용해서는 안 되고, 다른 결과에 다다를 수 있다는 걸 믿어야 해요." 누나는 고개를 흔들었어요. "그 사람들은 죽어도 싸." "코린이 SNS를 경험하지 못해서 그렇게 말하는 거예요. 무슨 일이 벌어지는지 이해 못 하잖아요, 진짜 거긴 다들 미쳐 있어요." 페미니스트 사이에서 일어나는 논쟁의 복합성을 알지 못하는 저로서는 지나가지 않는 버스를 기다리는 사람처럼 침묵의 순간을 기다렸습니다. 그 틈을 타 자리를 떠나려고 했죠. 쓸데없이 대중교통을 한 시간이나 타고 이곳에 왔고, 돌아가기 위해 동일한 여정을 거쳐야 했습니다. 어쨌든 누나는 심각한 상태가 아니었어요. 날씨는 화창했고, 안심할 수 있는 환경에서 누나는 놀라울 정도로 잘 회복하고 있었습니다. 자리에서 일어나 누나에게 그만 가겠다고 말하고 나서 이렇게 덧붙였습니다. "이제 방문 전에 미리 말하고 올게."
그러고 나서 그만 실수를 하고 말았습니다. 고개를 돌려 조에에게 미소를 지은 겁니다. 그녀는 제 행동을 예상하지 못했기에 시선을 피할 틈도 없었습니다.

커피를 한 잔 마시고 출발하려고 카페에 다시 갔습니다. 악의가 전혀 없었으므로 제 행동이 조에를 도발하는 걸로 여겨지리라고는 꿈에도 상상하지 못했습니다. 둘이 저 멀리 떨어진 벤치에 앉아 있었으니 그들 앞을 어슬렁거렸다고 비난받을 이유도 없었습니다. 에스프레소 한 잔을 주문했고 직원이 바에 커피를 내려놓았을 때 조에가 불시에 나타났습니다. 그야말로 이성을 잃고 격분한 상태였습니다. 당신에게만하는 말이지만, 그녀의 치료가 잘 되지 않았던 게 분명합니다. 오 분 전 누나에게 말하던 차분하고 호감 가던 여자와 지금 눈앞에 있는 격분한 여자 사이의 간극은 당황스러울 정도였습니다. 그녀는 소리를 지르지 않았습니다. 그저 이를 갈고 있었어요. 그러더니 제지할 수 없을 정도로 무차별적인 일제 사격이 쏟아졌습니다. "또 시작이에요? 그만 돌아간다더니 눈을 들기만 했는데도 여기서 어슬렁거리는 게 보이네요. 뭘 기다리는 거예요? 단둘이 대화라도 할 수 있을까 봐요? 십 년이 지나도 아무도 없을 때 당신이 내게 어떤 미친 짓을 할지 두려워서 속이 뒤틀릴 거예요. 그만 꺼져, 오스카 제이야크. 그 면상을 다시는 보고 싶지 않으니. 내 말 알아듣겠어요? 그 빈정거리는 미소가 쏙 들어가게 해볼까요?"

평정을 유지하려고 했습니다. 그러지 않았어야 했는데. 설명을 하려고 했습니다. "더 신경 안 써도 됩니다. 빈정거리는 미소는 오래전에 삼켰어요. 당신이 말한 대로……."

그냥 닥치고 있었어야 했어요. 그런데 자리를 지키며 저를 뚫어지게 응시하는 조에를 보니 무언가 더 말을 해야 한다는 생각이, 사과를 하기에 지금이 최적의 순간이라는 생각이 든 거죠.

"미안해요, 조에. 그동안 벌어진 일을 찬찬히 생각해봤어요. 그 사건에 대한 당신 관점의 이야기가 온라인에 올라왔을 때 정말 끔찍한 시간을 보냈고, 이제야 이해할 수 있게 되었어요. 정말로 당신을 힘들게 했습니다. 제 행동이 그런 영향을 미치리라고는 생각도 못 했어요. 진심으로 후회하고 있습니다. 사과드립니다."

대략 이런 말을 한 것 같은데, 말하는 동시에 바로 후회했습니다. "사과드립니다"라고 말했을 때, 누군가는 이렇게 표현할 수도 있어요. 그녀가 제가 성기를 꺼내 외투에 문지른 것처럼 받아들였다고 말입니다. 조에는 화들짝 놀라 뒤로 물러섰어요. 얼굴이 납빛이 되었고, 말을 더듬거리더군요. "빌어먹을 사과 따윈 필요 없어요. 아직도 거리낄 거 없이 궁지를 벗어날 수 있다고 믿나 봐요? 당신이 내 삶을 망가뜨리기 전으로 어떻게 되돌려놓을 수 있죠? 우울증으로 보낸 몇 년

375

을 누가 돌려줄 수 있어요? 사과드린다고? 그따위 사과는 당신한테나 쑤셔 넣어, 파렴치한 새끼 같으니."

가까이 다가온 그녀 몸에서 열기 오른 체취가 끼쳐오는가 싶더니, 병원 카페 바 앞에서 그녀는 제 얼굴에 침을 뱉었습니다.

저 멀리, 쨍쨍 내리쬐는 햇볕 아래 벤치에 앉아 있던 누나는 우리에게서 등을 돌리고 통화를 하는 중이었고요.

조에가 멀어졌습니다. 바에 있던 종이 냅킨을 집었습니다. 종업원은 문자 메시지를 보내던 중이었는데 저를 보며 미소를 지었습니다. 그가 뭘 이해한 건지 모르겠지만 흥미로웠다는 기색이 역력했습니다. 커피값을 지불하자, 그는 제 책의 열혈 팬이라고 말하더군요. 그가 저를 알아봤다는 사실에 짜증이 치밀어올랐습니다. 얼굴에 누군가 침을 뱉는 장면은 익명 상태로 벌어졌어야 했는데 말입니다.

레베카

조에를 다시 만났습니다. 첫 봉쇄 기간 이후로 집에 방문한 건 처음이었습니다. 가는 길에 그때와 똑같은 가게에 들러서, 과일과 감자칩과 코카콜라를 샀습니다. 그녀가 문을 열어주었을 때 얼리샤 키스가 제이지와 함께 '뉴욕 뉴욕'을 부르는 노랫소리가 흘러나오고 있었죠. 그녀의 좁은 아파트가 눈앞에 드러났습니다. 난장판에 가까운 그 공간이 꽤 마음에 들었는데, 우리 집과 비슷한 분위기였거든요. 거실로 한 줄기 빛이 들어왔어요. 무척 편안한 느낌을 받았습니다.

그녀는 당황해서 안절부절못하는 상태였습니다. 눈앞의 이 여자에게 애착을 느꼈고, 동요하는 그녀를 보는 것만으로도 마음이 괴로웠지만, 진정시키는 방법은 몰랐습니다. 이런 종류의 위기에 기적을 일으킬 해결책으로 나는 마약밖에 모르거든요.

무슨 일이 벌어졌는지 세세히 파악하지는 못했습니다. 조에와 당신의 사진이 인터넷에 올라가 있는 것만 봤죠. 당신이 병원에 방문한 날 찍힌 사진이라는 걸 알 수 있었어요. 그러니까 멀리서 누군가 담배를 피우다가 당신들을 보고서, 이야기를 나누고 있다고 생각한 겁니다. 카페에서 서로 밀착해 있는 걸 보고서 말싸움을 벌이고 있다고 생각하지 않았을 테죠. 그보다는 몸을 웅크리고 키스하기 직전이라고 생각한 거죠. 공격적인 댓글이 양념처럼 가미되어, 거짓말쟁이와 개자식, 이 허언증 환자 둘이 온라인 세상을 평정하기 위해 하나에서 열까지 곡예와 같은 야단법석을 벌였다 등등 온갖 글이 올라와 있었죠.

조에는 트위터에서 설전을 벌이며 밤을 새웠습니다. 페미니스트 내에서도 다른 파에 속하는 사람들과 특히 격렬히 싸웠습니다. 거기에 대해서 고백하자면, 나는 페미니즘의 세부적인 갈래를 다 이해하려는 노력을 포기했습니다. 내 의견을 묻는다면, 페미니스트가 너무 과하게 세분되어 페미니즘 운동을 약화시키는 것 같다고 말할 수밖에요. 내가 본 바로는 서부극 그 자체입니다. 완전히 망가진 조에를 발견했으니까요. 인터넷에 그녀가 올린 답변을 읽는다면 전쟁과 파괴의 여신을 방불케 한다고 생각할 거예요. 반면 현실에서 그녀를 본다면, 완전히 소진된 여자, 위협을 받으며 무너지기 직전에 있는 그녀를 보게 되겠죠.

조에의 기분을 풀어주고 위로해주려 애를 썼어요. 하지만 솔직히 말할게요. 나는 영화계 스타예요. 일반적으로 사람들이 내 앞에서 달콤한 말을 속삭이며 집중하는 데 익숙하지, 반대는 말 안 해도 알겠죠. 어떻게 행동해야 할지 모르겠더라고요. 코린과 셋이서 줌으로 만났어요. 병원 침상에 앉아 있는, 얼굴 반쪽이 마비된 그녀를 정말 오랜만에 봤는데, 그런 발작을 겪은 후인데도 평범한 오십대보다 난관을 돌파하는 힘이 더 세다는 생각을 했습니다.

불가피하게 당신 이야기가 나올 수밖에 없었어요. 두 사람이 찍힌 사진이 인터넷에 돌기 시작했을 때 당신이 조에에게 디엠을 보내서 다시 한번 사과했다는 이야기를 하더군요.

이제 사과는 그만해요, 친구. 당신답지 않아요. 조에 같은 젊은이에게는 우리가 이야기한 회복, 용서, 평온함 같은 이야기에 관심이 가지 않아요. 게다가 객관적으로…… 그녀는 모순되는 이야기를 해요. 당신 머리에 총알을 박아넣고 싶다고 했다가, 곧바로 말을 바꿔 그런 일이 실제로 일어났고, 자신이 거짓말하지 않았고, 이야기를 지어내지 않았다는 걸 당신이 인정해준 덕분에 마음이 안정되었다고 하죠. 조에가 이야기하는 안정이 대체 뭘지 생각해봐야겠지만요. 그런 다음에는 당신이 업데이트 불가능한 윈도즈95 같다고 하다가, 다시 폭발해서 용기만 있으면 당신 집에 찾아가서 당신을 칼로 난도질할 거라고 합니다.

그나저나 조에가 블로그에 글을 쓰기 전에 당신에게 알려야 할 이야기가 있어요. 사적인 일기장을 생중계하듯 아무것도 거르지 않음을 고려해보면 이 이야기도 분명히 쓸 거라는 생각이 들거든요. 내가 조에에게 조언했어요. 당신에게 돈을 받아내라고요. 감히 사과 운운하는 당신에게 분노하다가 방전되어버린 모습을 봤거든요.

"미국인처럼 굴어요. 당신이 늘 언급하는 밸러리 솔라나스처럼요. 그녀라면 돈을 요구했을 거예요. 책 인세 절반을 요구해요. 누가 뭐라 해도 그 책 홍보의 공은 당신에게 있으니까요."

코린이 단호하게 나왔어요. "인세를 전부 달라고 요구해. 그게 최소한이야."

나는 말했죠. "작가들이 얼마나 버는데? 그것밖에 안 된

단 말이야? 서점에서 베스트셀러라고 부르는 책이 그 정도라고? 코린 말이 맞아요. 인세 100퍼센트를 요구해요."

위로금은 괜찮은 방식이라고 생각했어요. 어떤 사안을 수학적으로 비교하는 건 항상 유용하거든요. 그게 얼마나 가치 있는지, 당신이 그녀에게 얼마나 빚지고 있는지 따져봐야 해요. 그 빚을 갚으려고 그렇게나 마음을 썼잖아요. 그런데 조에와 코린은 돈에 대해 다소 모호한 개념을 갖고 있더군요. 조에는 돈을 받는 행위로 인해 자신이 힘없는 여성으로 간주될까 봐 두려워합니다.

"그 아이디어가 마음에 들긴 해요. 턱밑까지 압박할 수 있으니까요. 남자들은 돈 생각밖에 안 해요. 그들에게 중요한 건 돈밖에 없으니까요. 저도 돈이 필요하긴 하고요. 하지만 그가 주는 돈은 날 망가뜨릴 거예요. 악취 나는 돈이니까. 마치 그가 돈을 주고 나를 산 것처럼요. 그는 면제된 기분을 느낄 테고, 저는 제가 더럽다고 생각할 거예요."

내 의견을 고집하지 않았습니다. 당신이 그 정도 인세가 들어온 것을 보며 잭팟이라고 한 걸 생각해보니, 그 돈을 빼앗을 수 없음을 깨달은 거죠. 당신도 그다지 부유하지 않으니까요. 당신네 문학계는…… 소박하더군요. 조에 말이 맞아요. 그런 위로금으로 타협하지 않겠다는 생각 말입니다. 나는 다른 제안을 했어요. "그 사람에게 공개 사과를 하라고 해요. 공개적인 사과, 좋을 것 같은데. 그건 치욕적이기도 하고요."

"사과 따윈 신경도 안 써요. 사과를 하고 나서 다음 날 똑같은 행동을 반복할걸요. 그러기에 너무 쉬운……."

그러자 바보짓이라면 뒤지지 않는 당신 누나가 깜짝 놀랄 만한 의견을 냈어요. "손가락 하나를 요구해. 하나 잘라달라고." 우리는 뭐라 답해야 할지 몰랐죠. 코린이 자세히 살을 덧붙였어요. "오스카가 너의 존엄을 빼앗은 셈이잖아. 그러면 너도 뭔가를 빼앗아야지. 너를 훼손했다며? 그럼 자신도 훼손하라고 해. 손을 볼 때마다 다시 생각날 거야."

당신 누나는 정의와 어머니, 둘 중 하나를 고르는 선택을 해야 한다면 조금도 망설이지 않고 어머니의 목을 요구할 겁니다. 그녀를 보면서 혈연관계란 참 신성한 거라고 느낍니다. 처음으로 조에가 웃음을 터뜨렸어요. "차라리 신장을 요구할래요. 신장은 언제나 누군가에게 유용하니까요."

당신 신체와 관련된 얘기를 이런 식으로 전해서 미안하지만 그 대화 덕에 분위기가 누그러졌어요. 이야기가 더 진전되지는 못했어도 당신에게 요구할 수 있는 온갖 자상의 형태를 하나하나 점검했어요. 당신 페니스는 언급하지 않았습니다, 절대로. 우리 중 아무도 스스로 성기를 자르는 당신 모습을 상상하고 싶지 않았다는 걸 믿어주세요. 그 밖의 나머지는 전부 참고했습니다.

결국 우리가 제안한 모든 방식 중 조에가 마음에 들어한 것은 중국 속담으로 추정되는 이 문장입니다. "강가에 앉아서 적의 시체가 떠내려가기를 기다려라." 그 말이 그녀에게 위안을 준 듯했습니다. 기다릴 거라고 그녀가 말하더군요.

이 이야기에서 내가 당신 편을 들지 않고 노선을 확실히 하지 않은 것 같을 텐데, 그게 사실입니다. 의자 두 개에 걸터 앉아 있는 거죠. 이런 상태에 빠진 조에를 보는 게 힘들어요. 마음이 많이 쓰이는 데다 그녀를 보면 웃을 수 있으니까요. 조에가 원한을 품은 대상이 당신이긴 하지만, 가장 고통스러운 사실은 이번에 또다시 인터넷 속 과도한 논쟁의 표적이 된 겁니다. 마치 모든 걸 다 안다는 듯이 일제히 자기 생각을 쏟아내는 끝도 없는 그 목소리가 도저히 인간처럼 느껴지지 않습니다. 내 머리로는 그걸 따라갈 수 없어요. 하지만 그녀가 집중하고 있는 사람은 당신입니다. 한편으로는, 과거 행동의 대가로 당신이 손가락 하나를 잘라야 한다는 생각이 나를 전혀 기쁘게 하지 않습니다. 솔직히 말하자면 나는 당신을 아끼니까요. 그리고 머릿속으로 내게 손가락을 요구할 권리가 있을 만한 사람이 몇이나 되는지 세어봅니다. 자신의 실수를 면밀히 인정하는 면에서는 나 역시 자유롭지 않으니까요.

우리는 컴퓨터 전원을 끈 다음 잠시 그 자리에서 카디비와 라 디가, 케이트 템페스트의 음악을 들었어요. 조에가 자신은 여자 뮤지션이 아니면 듣지 않는다고 말했고, 그럴 것 같았다고 대답했죠. 우리는 당신 이야기를 더는 꺼내지 않았습니다. 사실 내가 대화의 지분을 거의 차지했어요. 그렇게 애를 써야 그녀가 당신 생각이나, 인터넷에서 싸우던 여자들이나, 웹에서 자신을 모욕한 쉰내 나는 늙은 남자들 생각을 하지 않을 것 같았거든요. 하지만 내 등 뒤에서 문이 닫히자마자 그녀가 분노의 불씨를 지피기 위해 키보드 앞 전쟁을 시작하리라는 걸 알았습니다.

걸어서 집에 돌아왔어요 발코니와 거리마다 사람이 북적이는 풍경에 기분이 유쾌해졌습니다. 도시가 혼란에서 벗어나고 있어요. 조에에게 이야기하지 않은 게 하나 있습니다. 조에와 당신의 사건에서 내가 충격을 받은 부분은 당신의 행동이 지닌 폭력성이 아니었습니다. 당신은 전형적인 개자식처럼 처신했죠. 방어 수단이 없는 사람을 표적으로 발견한 뒤 그들의 좌절감을 이용했으니까요. 내가 충격받은 건 조에가 그 자리에서 당장 손을 떼지 못한 겁니다. 당장 그만둘 수 있었음에도 그러지 못했죠. 당신은 그녀가 마음에 들었고, 그걸 그녀에게 말했어요. 조에는 그건 상호적 감정이 아니라고 대답했죠. 다음 날 당신은 또다시 시작했고, 그녀는 결국 직장을 바꿉니다. 그러다가 어느 날 저녁 그녀 집 문 앞에 당신이 찾아갔을 때 마침내 폭발하고 맙니다. 나는 직장생활을 하지 않고 살 수 있는 걸 굉장한 특권으로 생각합니다. 그런 이야기를 들을 때마다 참담함을 느끼거든요. 촬영장에서 나 역시 그런 더러운 일을 당했습니다. 하지만 나는 당신과 같은 입장입니다. 그 일을 걸고넘어지면 제거되는 건 다른 사람들입니다. 중요한 여자 배우를 교체하지는 않습니다. 감독을 교체하고 말죠. 그게 바로 특권이라는 겁니다. 그런 이유로, 나는 스무 살의 여성이 손목을 긋고 싶을 정도로 괴로워하다가 직장을 떠났을 때 느낀 고통을 결코 체감하지 못할 겁니다. 그저 그녀에게 말하고 싶어요. 거기 가는 걸 멈추라고 말이죠.

조에 카타나

밸러리 솔라나스가 살아 돌아온다면 남자들을 제거하는 계획을 집어치웠을 겁니다. 그건 환상에 불과해요. 상대적으로 실현하기도 어렵고(남성들을 조직적으로 유산시키거나, 양심 조항을 제정하거나, 임신중절을 진작 존재해야 했던 윤리적 관행으로 변화시킨다 할지라도 말이죠) 지지하기도 미묘하죠. 남자가 제거된 세계라는 개념은 솔깃한 만큼이나, 실제로 적용하다 보면 사실상 가부장적 문화를 재소환하게 될 테니 말입니다. 죽음과 권위의 문화가, 사람이 타인을 죽일 권리를 가진 사람과 죽어가는 사람 두 부류로 뚜렷이 나뉜다는 믿음을 가진 문화가 되풀이될 거예요.

솔라나스가 살아 돌아온다면, 자신의 선언 이후 육십 년이 지난 이 시점에 인간의 존엄성이라는 환상 자체를 포기했을 거예요. 솔라나스가 살아 돌아온다면 모두 뒈져버리라고 말했을 겁니다. 서로 마약에 취하고, 서로 분열되고, 판단하고, 감염시키고, 얕잡아보고, 이 모든 지랄 맞은 것과 안녕을 고하라고 말이죠. 그렇게 모두 나가 뒈지라고.

솔라나스가 살아 돌아온다면, 여전히 여성 동지의 사기를 북돋우려고 관심을 쏟았을까요? 부르주아 페미니스트 연례 회의에 참가해 터무니없이 경력을 높이 쌓아 올린 고위 간부에게 그로테스크한 박수를 보내면서 "여성 만세"를 외치는 그녀를 상상하기는 어렵습니다. 혁명을 망각한 리버럴 페미니즘의 곡예는 또 어떻게 생각할지 모르겠습니다. 리버럴 페미니즘은 자기 진영에 맞서는 걸 공격성의 핵심(이 얼마나 반전인지!)으로 삼고 있으니 말입니다.

나는 페미니즘이라는 꿈을 위해 평온한 생활을 희생했어요. 오늘에 이르러 솔직하게 행동하기로 마음먹습니다. 그런데 내가 그토록 신뢰한 이 혁명의 승리자는 바로 이런 사람들이군요. 무기를 팔고 다니는 페미니스트. 이성애 질서에 목을 매는 페미니스트. 지도자의 중요성을 확신하는 페미니스트. 승진과 보상과 성공과 사회적 인정을 탐욕스럽게 갈구하는 페미니스트. 경찰 친화적, 사법부 친화적, 사회계층에 따른 차별을 행하는 페미니스트. 동일성에 집착하는 페미니스트. 자칭 도덕군자 페미니스트. 다시 말해, 존경받는 사람과 깨끗한 사람과 감시하는 사람과 교훈을 주는 사람을 위한 페미니즘이 되었습니다.

자매 여러분, 우리는 더 분발해야 합니다. 남자들이 저지른 것만큼이나 우리도 이미 멍청한 짓을 저지르고 있습니다. 다만 권력이 없죠. 우리는 남자들의 어리석은 회동을 따라 합니다. 거짓된 분노를 따라 하고, 감옥 같은 폭력을 따라 하고, 권위를 향한 사랑을 따라 합니다. 우리 말을 들어준다는 명분 하에 아버지를 향해 열렬한 구애를 보내며 그의 정의를 따릅니다. 원한다면 그를 어머니라고 불러보세요. 그러면 금방 벗어나게 될 것입니다. 같은 게임이에요. 남자를 용서하지 않는 것만큼이나 당신들이 내게 한 일을 용서할 의향이 없습니다. 덜하거나 더하지도 않은 똑같이 좆같은 상황입니다. 오랜 시간 겪어보니 알아차리게 되더군요.

당신들 일부는 미뉘스퀼리스트를 언급한 내 글을 읽자마자 나를 공격하더군요. 내가 너무 관용적이라면서요. 당신들 핸드백에 넣기 좋은 글을 재단한 게 아니었는데 불평하고 공격하기 시작했죠. 남자들처럼요. 당신들은 비판하지 않았죠. 토론을 시작하지도 않았어요. 사고를 교류하는 관점에서 나를 수신자로 여기지도 않았어요. 그저 공격했을 뿐입니다. 당신들의 방법론은 훨씬 초보적이고 유기적이지도 않으며, 당신들 집단은 시대에 뒤떨어집니다. 하지만 공격성은 똑같아요. 그저 다른 의견을 무효화하려고 노력할 뿐 아무것도 듣고 싶어하지 않습니다. 가장 강력한 자의 목소리가 다른 모두의 입을 다물게 만들죠. 당신들은 그 텍스트가 왜 그토록 회자되고, 사람들에게 인용되는지 알려고 애쓰지도 않습니다. 출처가 극우파인지 아닌지 신경도 쓰지 않고 달리는 기차를 잡아탔어요. 기차가 지나갈 때 악착같이 따라가서는요. 그렇게 나의 고난과 나의 축제가 시작되었습니다.

나와 오스카 제이야크가 같이 사진 찍혔더군요. 이번에는, 그래요, 때리기 전에 손을 살짝 씻었네요. 당신들 중 많은 이들이 사진을 찍고 인터넷에 게시한 자와 자신은 다르다고 말했죠. 하지만 어쨌든 그 사건에 대한 의견을 냈습니다. 사건에 관해 전혀 알지 못하면서 말입니다.

그에게 훨씬 더 가혹한 폭력적인 반응이 쏟아졌다는 사실을 내가 즐길 수도 있었겠죠. 사람들은 내 앞에서보다 그의 면전에서 훨씬 더 빈정거리더군요. 당신들 모두, 남자든 여자든 결국 종착지는 같습니다. 가장 비열한 곳으로 가죠. 그것이 극우파입니다. 진흙탕에서 살아가며 멸시받는 것을 즐기죠. 그 사람들에게는 금기가 없습니다. 실용적이죠. 그저 권력만을 원합니다. 그것 외에는 다른 것은 생각하지 않습니다. 아주 조금의 권력 말고는요. 그들과 함께 무언가를 때리기 전에 손을 씻을 수 있다고 생각하겠죠, 여성분들. 하지만 그들의 똥이 당신을 이미 완전히 뒤덮고 있습니다.

요즘 들어 망각하고 있던 감각을 되찾고 있습니다. 내가 가는 곳마다 추적당하며 위험이 어디에서든 도사리고 있다는 점이죠. 나는 꽤나 위험을 찾아다녔어요. 그들에 대해 글을 쓰고 있었거든요. 그들은 미뉴스퀼리스트를 언급한 나의 짧은 칼럼을 오독했습니다. 그들의 욱하기 쉬운 성격은 이제 익숙합니다. 댓글을 삭제했죠. 디엠을 열지 않고 있어요. 그러자 그들은 대상을 옮겨서, 글에 좋아요를 누르거나 내 글을 제게시한 모든 사람에게 욕설을 퍼붓고 위협하고 괴롭혔습니다. 아주 치밀한 작업이었죠. 그들은 복수에 능한 사람들입니다. 효율적이고 숙련되어 있으며 예상 가능한 방식으로, 죽음처럼 성가시게.

  놀랍게도, 이번에 복병은 페미니스트들이었어요. 그리고 스스로 페미니스트라고 밝히지는 않았으되 자신도 관련되어 있다고 느낀 여성들도요. 그녀들은 옳아요. 우리는 모두 페미니스트입니다. 그 사실이 우리 마음에 들지 않을 때조차, 그 사실이 우리와 관련이 없기를 간절히 원할 때조차. 여성성은 감옥이며, 우리는 종신형을 받은 겁니다.
  그녀들은 뭔가 이야기하고 싶어했습니다. 그 칼럼과 사진에 대해서요. 내가 정신병원에서 갓 나왔다는 사실 따위는 생각하지 않았어요. 내가 한계에 다다른 상황이고, 정신적으로 완전히 피폐하며, 언쟁에서 상처 입고 취약한 상태라는 것을요. 우리의 적이 같은 대상임을 그녀들은 생각하지 못했습니다. 그러나 우리가 공유하는 유일한 것이 바로 공통의 적입니다. 그 외에 대해서는, 우리는 너무 많은 개체를 보유한 인간종이기에 동질적인 집단을 형성하기 힘듭니다. 적들은 우리를 관찰합니다. 우리를 파악합니다. 뿌리가 같은 우리 저격수 그룹이 서로 총질할 때 그들은 즐거워합니다. 나는 오늘 이 싸움에 합류합니다. 활동가라는 이유와 우리의 약속을 존중한다는 이유로 아무 말도 안 하고 당신들의 공격을 견딘 것도 벌써 몇 개월째입니다. 침묵은 누구도 구원하지 못했습니다. 당신들에 대해 내가 생각한 바를 말하려고 왔어요. 앞으로는 당신들을 피할 겁니다. 내가 우리 친구인 남성을 피하듯 말입니다.

당신들이 보낸 메시지는 나를 괴롭히는 이들의 것과 섞여 있습니다. 일부는 친구, 지인, 시위 현장에서 마주친 여자들이었습니다. 모두 오스카 제이야크와 나의 우정이라고 추정되는 사진에 대해 한마디씩 언급하고 있습니다. 그중 극소수만 개인적으로 나에게 연락을 하는 수고를 했습니다. 오스카 제이야크의 누나를 병문안한 일에 대해 공개적으로 의견이 퍼졌습니다. 사진상으로 보이는 그와 나의 친밀함에 대해서도요. 내 바보 같은 칼럼에 대해서도요. 나는 갑자기 모두가 노리는 표적이 되었습니다. 당신들은 독창성을 겨루지 않았어요. 중요한 것은 자기 의견을 내보이는 것이었죠. 다시 말하자면 대부분 시간을 나를 굴복시키는 데 쏟고 있었죠. 일부는 나를 옹호했습니다. 그 이름들을 기억할 겁니다. 큰 용기를 내준 사람들을요. 수많은 이들이 그걸 이상하다고 생각했죠. 마침내 가면이 벗겨지고 내 앞에 진실이 밝혀졌습니다. 변덕쟁이, 무기력한 사람, 최약체, 언제든 쉽게 태도를 바꾸는 사람. 물론, 새파란 창녀라는 표현도 빠지면 안 되죠. 항상 결론은 어린 창녀라는 말이니까요. 판단의 소용돌이가 춤추듯 시작되었어요. 나라는 존재 자체, 그곳에서 내가 한 일, 내가 대변하는 것, 내가 쓰는 글에 대한 판단. 기쁨의 화염이 치솟더군요, 자매님들. 미묘한 차이를 더하면 증오와 경멸에 휩싸인 불인 거죠. 물론 즐길 거리이기도 하고요. 낄낄거리기에 얼마나 최적의 기회인가요! 그것이 한 여자가 강간당하는 동안 카메라를 쥐고 있는 남자의 즐거움입니다. 오해하지 마세요. 그건 같은 즐거움이니까요. 근원은 같으니까요. 당신들은 자신의 무의식이라는 축축한 땅, 독으로 오염된 땅의 어둠 가운데에서 자신을 찾고 있던 겁니다. 당신들은 내가 막 건너온 일을 알고 있었어요. 내가 덫에 걸려들었다는 것도 알고 있었고요. 그것이 거짓이라는 것도 알고 있었습니다. 내가 그 사람을 다시 만나지 않았고, 내가 그와 친구 사이가 아니라는 것도요. 당신은 다 알고 있으면서도, 그게 중요한 문제가 아니었던 거죠. 이러한 곡예 가운데 나를 무참히 무너뜨린 사실은, 내가 당신들 중 많은 이에게 존경이나 애정을, 혹은 두 가지 감정을 다 가졌다는 사실입니다.

그 뒤로 지랄 같은 입장에 놓여 있습니다. 그러는 와중에 오스카 제이야크가 전화를 걸어 이렇게 말했습니다. "당신이 찍힌 사진을 봤습니다, 너무 비열하네요." 그러더니 그 기회를 빌려 다시 형편없는 사과를 덧붙입니다. 지금 우리는 엉망진창의 시기를 공유하는 중입니다. 그러나 여전히 그의 사과를 원하지 않습니다.

어떤 답변을 내놓든지 상관없이 나는 덫에 걸렸습니다. 그 사건 이전으로 돌아갈 수 없습니다. 우리 몸을 죄고 있는 덫을 찢을 수도 없고요. 그는 후회와 양심의 소리에서 나온 고루한 훈계를 늘어놓았습니다. 나는 그에게 말했죠. "당신 말을 듣고 있으면 토할 것 같아요." 관용적인 표현이 아닙니다. 그에 대한 두려움이 각성되고 있었죠. 전부 다시 시작될 것 같은 두려움. 모든 게 그런 식으로 시작되었기 때문입니다. 내가 뭘 하든지 간에 나는 인터넷에 양분을 주고, 동시에 그곳은 내 숨통을 막습니다. 내가 의견을 표명하면 증오를 촉발시킵니다. 입을 다물고 있으면 질식할 것만 같습니다. 이제 내가 글을 쓰면 그 글을 통해 더욱 내밀한 방식으로 그와 연결되고 맙니다. 내가 원하는 것은 그를 잊는 것인데 말이죠. 그도 마찬가지로 나를 잊었으면 좋겠고요. 페미니스트 동지 여러분, 그리고 페미니스트라고 공표하지는 않았지만 이 문제와 가깝다고 여기는 여러분. 이 문제에 관해 의견을 표명하고 싶겠죠. 여러분의 증오가 내 위로 달려들 것이라 예상합니다. 여러분은 이미 내 머릿속에 들어와 있어요. 글을 쓸 때마다 여러분의 증오가 나를 지긋지긋하게 마비시킵니다. 나의 고유한 목소리에서 스스로를 소외시키고 잘라냅니다. 이건 위협의 게임입니다. 이야기와 발화가 불가능한 상황에서, 이야기와 발화가 불가능한 또 다른 상황으로 넘어간 거예요. 결과적으로 우리는 언제나 같은 질식으로 죽어갑니다. 우리 사이의 내벽은 성질만 달려졌을 뿐 공간은 늘 마찬가지로 제한되어 있습니다.

내가 피해 경험을 고백하겠다고 마음먹었을 때, 다시 말해 수천 명의 다른 여성들의 경험에 내 이야기를 더하기로 결심했을 때 이런 생각을 했습니다. 중요한 것은 공간을 창조하는 가능성이라고. 우리는 서로의 이야기를 듣는 법을 배울 수 있으리라고 확신했습니다. 입 밖에 내뱉은 적 없는 말을 듣고, 이 목소리로 무엇을 할지 궁금했습니다. 스스로 이야기하지 못하던 경험으로 무엇을 할 수 있을지 궁금했습니다.

내가 품은 질문을 적어봅니다. 괴롭힘의 매커니즘은 무엇인가? 그것은 나의 어떤 부분을 망가뜨리는가? 사람들이 내게 알려주지 못한, 지칭할 단어조차 없는 이 두려움은 무엇인가, 매일 하루를 시작할 때마다 어느 순간에 유혹이나 욕설이나 원치 않는 칭찬이나 숨겨진 위협이 닥칠지 자문하면서 두려움이 커져만 갈 때 그것은 어떤 결과를 낳는가? 어느 순간에 나는 두려움을 느끼는가? 내 존재의 모든 것을 압도

하는 괴롭힘은 어떤 순간에 생기는가? 그 행위로 인해 내 존재의 모든 것이 오염될까? 주변 사람들과 슬픔을 나누는 일이 불가능함을 깨닫고 스스로 무기력하게 정체될 순간은 언제인가? 우리는 무엇을 할 수 있었나? 어떤 순간에 가해자가 처벌받지 않았다는 사실이 나를 완전히 방치된 기분으로 몰고 갈 것인가? 어느 순간에 나쁜 결정을 하게 될까? 지속적 파괴 행위가 일상적으로 일어나는 것은 어떤 의미인가? 자칫 체계적인 질문 같아 보일지라도 이것은 나를 끝내고 싶어하는 욕망과 관련한 것입니다. 이런 질문은 일상을 끈질기게 파고들어 끊임없이 약점을 찾아냅니다. 아무 말도 할 수 없었습니다. 괴롭힘을 당하다 보면 내가 무엇을 하든 최악의 상황이 도래하리라는 느낌을 갖게 됩니다. 내게 요구되는 것은 오로지 침묵뿐임을 본능적으로 알게 됩니다. 그래서 침묵했습니다. 몇 년 동안요. 그렇게 시간이 흘렀습니다.

그런데 말이죠, 내가 입을 열었을 때 사람들이 내 이야기를 듣는다는 느낌을 받았습니다. "나도 그래요"라든지 "그건 내 이야기인데요" 같은 말이 들려왔고, "당신은 혼자가 아니에요"라는 말이 들려왔으며, "당신을 믿어요" 같이 수많은 치유와 강력한 유대가 만들어지는 말을 수신했습니다.

하지만 동시에 내 말을 나를 모함하는 사람이 사용했을 때, 그 말이 몰수당하고 도구로 여겨지는 느낌을 받았습니다. 그 말은 내 것이기도 하고 다른 사람의 것이기도 했어요. 우리는 같은 적을 가지고 있어서 함께 맞서야 했는데 그러지 못했습니다. 나는 아무 말도 하지 않았습니다. 공개적인 구경거리가 될 수는 없었으니까요. 이제 침묵을 끝내기로 했습니다. 그러므로 여러분에게 한 남자의 말을 인용하겠습니다. 내가 싫습니까? 나 역시 당신이 싫습니다.

그렇다고 해서 여러분에게 페미니즘이라는 단어를 남기고 가지는 않을 겁니다. 페미니즘은 모든 여성의 집이에요. 같은 적을 공유하고 있는 우리 모두의 집. 동일한 고문자, 동일한 학살자, 동일한 강간범. 그들 편에서 보호받는 동일한 스토커와 대항하는 곳.

그것은 나의 집이기도 합니다. 당신들이 집 열쇠를 압수하려고 쑤셔댄다는 이유로 집을 떠나지는 않을 겁니다. 열쇠는 문에 꽂혀 있고, 계속 거기 남아 있을 거예요.

여러분이 페미니즘의 비호를 받으면서 원하는 만큼 난장판을 만들도록 내버려두겠습니다. 지원금이든 책임감이든 영광스러운 자리든 당신의 몫을 회수하도록 말이죠. 페미니즘의 여러 진영은 각기 자기 입장을 고수한 채로, 이웃 진영들이 어느 정도나 상호 교차성을 인정하는지 감시중입니다. 관리 차원에서 실용주의 노선을 택한 당신들의 방침은 당신의 욕망, 자칭 정의의 욕망을 충족시키는 데에 관해서 어떤 금기도 없습니다. 쓰레기 같은 것들을 팔기 위해, 권력의 자리를 보전하기 위해 똑같은 가게에 머물러 있고 싶으세요? 좋으실 대로 하세요, 행운을 빌 테니. 다만 나를 귀찮게 하지는 마시길.

　나는 페미니즘의 집 모퉁이를 찾으러 가보겠습니다. 그곳에서는 타인의 말이 뒤집히고 균열이 생기고 악습과 충돌이 일어날 때까지 듣는 법을 배우기를 갈망합니다. 나는 다른 이들의 존재를 받아들이려고 합니다. 그들이 어떤 상태에 있든 말이죠. 나의 경력을 위해 그들의 약점을 이용하려고 애쓰지 않습니다. 그들을 돌볼 수 있는지 아닌지 알아보고, 후자라면 스스로 쓸모없다고 느껴지겠지만 그것마저 용인하려고요. 그렇게 만난 이웃에게 전폭적인 애정을 줄 생각이에요. 무슨 대가를 치르더라도, 그 사람이 어떤 사람이더라도 다정히 입 맞출 생각입니다. 그게 바로 나의 페미니즘이 될 테니까요.

　당신들 집단을 떠납니다. 페미니즘의 집에서 내게 어울리는 장소에 자리를 잡을게요. 더러운 쓰레기와 불결한 쥐와 다른 나쁜 여성들과 함께, 짐을 비우겠습니다.

오스카

알알이 빛나는 개미집 같은 도시. 러시아워에 파리에 도착했는데, 대낮인데도 밤의 적막이 내려 있습니다. 파리 외곽 순환도로에 들어서니 왼편에는 백색광의 고리가 줄을 잇고, 앞쪽에는 붉은빛 자동차 물결이 끝이 없네요. 프린스 라킴의 음악을 듣고 있습니다. 다른 차에서 운전대를 잡은 사람들을 보면서 그 차 내부에서 흘러나오는 소리를 듣는 상상을 합니다. 라디오방송, 축구 해설, 전화 통화, 쉴 새 없이 쏟아지는 정보, 오페라, 오래된 히트곡, 불안 섞인 침묵, 콜레주 드 프랑스의 강의, 업무 관련 논의, 오디오북에서 흘러나오는《잃어버린 시간을 찾아서》, 백신 패스에 대한 논쟁까지. 획일적인 우리의 모습 가운데 숨겨진 다양성의 모자이크가 빛의 물결에서 가시적으로 드러납니다. 모두 같은 시간에 각자의 가정으로 돌아가는 중입니다. 영원할 것이라 믿었던 삶이 신음조차 내지 못한 채 질식하고 있는데 우리는 복종합니다. 다른 선택지가 없다고 스스로를 설득하는 일은 어렵지 않습니다.

그 일과는 별개로 모두 괜찮습니다. 인터넷에서 흠씬 두들겨 맞는 중이긴 하지만요. 그 악마 같은 카페 사장이 병원에서 저와 조에의 사진을 찍어서 올렸거든요. 그리고 제가 조에에게 사과한 걸 공개적으로 밝히기도 했죠. 이 남자의 쓸데없는 꼼꼼함을 뭐라고 봐야 할까요…… 남자들의 연대란 그들에게 충실히 소속되어 있는 한 무척 활발히 진행됩니다. 하지만 그로부터 한 발만 벗어나도 그들이 손을 털고 떠난다는 걸 알 겁니다. 그들은 저를 대차게 공격하고 있습니다. 어쨌든 괜찮아요. 우리 누나는 저더러 손가락 하나를 자르라고 권하고, 그 옆에서 절친한 친구는 제 돈을 몰수하라고 말하지만요. 저는 괜찮습니다. 아직 잘 버티고 있어요.

그런데 정말 사실입니다. 잘 지낸다는 말이요. 도취증도 거부감도 없습니다. 다 지나가리라는 걸 알고 있어요. 중요한 건 누나가 회복하는 거예요. 제가 술과 마약을 다시 하지 않는 거고요. 또 당신이 잘 지내는 겁니다. 알아요, 제가 많이 나아진 걸 저도 느낍니다. 이전보다 불평도 확실히 줄었고요.

클레망틴과 오 일간 휴가를 다녀왔어요. 부끄러운 아버지 증후군에 시달리는 것 같아요. 아이와 함께 있을 때 불편하고 지루하거든요. 봉쇄 기간에 아이와 마음을 털어놓고 지내겠다는 계획은 흐지부지되었어요. 함께 있는 시간이 싫은 건 아니지만 같이 나눌 이야기가 없더군요. 아이는 주말 내내 휴대전화에 붙어 지냈습니다. 그 나이대의 전형적인 모습이 죠. 누군가 뭘 좋아한다고 하자마자, 최신 트렌드를 알기 위해 휴대전화를 손에 쥐어야 하는 겁니다. 그리고 쉬지 않고 셀카를 찍어대는데, 그때가 아이의 생기 있는 얼굴을 볼 수 있는 유일한 순간이에요. 한번은 세관원에게 가는 길에 아이가 한 장 찍어달라고 부탁했어요. 결국 사진을 잘 찍지 못했습니다. 예전에 제가 찍은 꼴불견 사진에 얽힌 우스꽝스러운 추억을 말해주려고 했는데, 정면 포즈를 피하라고 말하는 순간 아이가 움츠러들더군요. 늙다리 바보가 된 기분이었고, 아이와는 재미있게 할 수 있는 게 하나도 없다는 생각이 들자 괜히 아이가 원망스럽기도 했습니다. 제가 아이를 감당하지 못하는 겁니다. 노력하고 싶은 기분조차 들지 않아서 제가 얼마나 자책하고 있는지 상상도 못 할 겁니다.

클라라가 개를 데리고 종종 놀러옵니다. 그들과 함께 있을 땐 편안합니다. 그녀는 자주 늦어요. 그녀를 차차 알아가고 있습니다. 그녀는 강박이 있습니다. 지하철에서 내려서, 혼비백산해서 맞은편 플랫폼으로 달려가 집으로 간 적도 있는데 고데기 전원을 잘 껐는지 확인해야 해서 그랬던 거죠. 휴대전화에는 외출할 때 문 잠그는 모습을 찍은 영상 폴더가 있어요. 자기가 그걸 했다는 걸 증명하기 위해서죠. 하지만 헛수고에 불과합니다. 안심하려고 영상을 보다가 다시 자신에게 되묻거든요. 저렇게 한 다음 되돌아가서 문을 다시 열었다가 도로 잠그는 걸 까먹지 않았나. 다른 영상을 보면 전자기기의 전원을 끄거나 창문을 닫고 있습니다. 그녀는 이렇게 말합니다. "증거가 의지보다 강하다니까. 이상하다고 생각하는 거 알아. 그래서 항상 약속 시간보다 한 시간 먼저 출발하는 거야. 내 강박을 고려해서. 그런데 세 정류장 정도 가면 영상만으로는 부족하고 다시 가서 확인하고 싶은 충동이 들어. 뭔가를 꺼내려고 문을 다시 열지 않았나 의심하는 거야. 지하철의 다른 승객들은 그런 생각을 안 하겠지. 설령 정말로 전열 기구를 안 끄고 나왔다고 해서 그렇게까지 영향받지 않을 거야. 나도 알아. 그런데 나는 확인하고 또 확인해야 해. 이 문제 때문에 직장을 관둔 적도 있어. 지각이 잦고, 확인하려고 집에 되돌아가지 않은 날이면 계속해서 불안해하니까. 나도 너무 힘들어." 그녀의 이런 점이 좋습니다. 생각을 이성적으로 통제하지 못한다는 게 어떤 느낌인지 안다는 점이요. 그녀가 힘들어할 때 옆에서 돕는 제 모습을 상상합니다. 물론 저에게도 그녀에게도 짜증나는 일이 되겠지만, 아무 판단을 내리지 않을 겁니다. 그녀가 그 이상을 가진 사람임을 알고 있으니까요. 제가 저를 결함밖에 없는 존재라고 생각하지 않는 것처럼요. 그녀의 별난 구석 때문에 주말에 함께 여행을 떠나기는 힘듭니다. 그런가 하면 천재적인 면도 갖고 있는

데, 영화나 다큐멘터리를 같이 볼 때면 강박적 집착과는 전혀 다른 지적인 모습을 보여주어 늘 놀랍니다. 그녀의 분석은 정치학적인 문화론에 단단히 기반을 두고 있고, 그런 지식이 전무한 저는 그녀 없이는 논의를 펼칠 수도 없습니다. 누군가와 이 정도로 평온하게 지내는 경험이 처음입니다.

클라라는 모든 영화 속 당신의 모습을 좋아합니다. 제가 당신을 안다는 점이 매력 중 하나가 될 정도죠. 당신이 곧 어느 거장 감독의 영화를 찍을 예정이라는 소식을 어디선가 읽었다고 하더군요. 당신이 한바탕 욕을 퍼붓고 싶었다고 한 그 감독인지 궁금하네요. 그 영화가 촬영이 무산될 뻔해서 욕을 하고 싶던 건지도요. 당신과 대화를 나누고 싶은 주제가 무궁무진합니다. 우리가 주고받는 이 편지 속 공간이 다소 좁게 느껴집니다.

클라라는 당신의 영화를 전부 좋아하고, 조에 카타나의 포스팅도 좋아합니다. 변화된 시대에 맞게 살아가야 합니다. 이전에 여자들이 패션위크와 다이어트를 다루는 여성잡지를 읽었다면, 지금의 여성들은 페미니스트 계정을 구독합니다.

레베카

코린에게 전화했어요. 잘 지내고 있더군요. 은근하지만

직접적으로 나를 유혹하기도 했구요. 코린은 깔끔한 말을 잘 던지는 센스가 있는데, 이번에도 기분 좋은 칭찬을 해주었습니다. 나는 그냥 듣고 있었어요. 몇 주 전부터 자신이 폴리아모리*를 한다고 알려주더군요. 모든 허튼짓에 열려 있다는 의미로 받아들였어요. 병문안을 가겠다고 하자 "그렇게 해주면 기쁘지"라고 답하더군요. 사흘 후 나는 파리에서 한 시간 떨어진 그 시골 마을을 방문했습니다. 아주 멀었어요. 그녀의 애인인 마르셀이 함께 있었어요. 그런데 이 사람은 도대체 어디서 튀어나왔죠? 그녀를 보는 순간, 우리가 말을 주고받기도 전에 내가 더는 이성애자가 아니라는 사실을 깨달았습니다. 이 정도로 성적 매력을 느끼는 단계에선 이성애니 동성애니 그런 건 중요하지 않거든요. 그녀는 그 모든 범주를 넘어서 존재하니까요. 코린은 안락의자에 여왕처럼 앉아 있었는데 환한 매력을 발산하고 있었습니다. 레즈비언이 이성애자보다 훨씬 아름답게 나이 드는 이유는 그들이 이성애자에 비해 덜 불행해서라는 말을 종종 들었어요. 그녀는 정말 꽤 잘 나이 들고 있더군요. 마르셀을 보니 사람들 말이 거짓말이 아니라는 생각이 들었습니다. 그 이야긴 나중에 다시 하기로 해요. 당신 누나에게서 애인을 빼앗기에 적절한 순간은 아니라고 생각하니까요. 하지만 진짜 생각해보려고 해요.

조에는 내 앞에서 더는 당신 이야기를 하지 않아요. 그녀

---

* 상대를 독점하지 않는 관계 맺기.

도 많이 회복된 것 같습니다. 또래 여자 몇 명과 온라인 매거진을 창간했던데, 시골에 내려가 정착할 예정이라고 했습니다. 그녀의 연락은 예전에 비해 뜸해졌고, 이제 당신 누나를 보러 가지도 않습니다. 잘된 거죠. 우리를 보면 나쁜 기억이 떠오를 테니까요.

저녁에 〈더 크라운〉이라는 시리즈를 시청했어요. 밤새도록 연달아 여러 에피소드를 시청하면서 눈물을 흘렸습니다. 이제 나는 다시는 그런 공주를 연기하지 못하겠죠.

죽을 만큼 우울했지만, 딜러의 전화번호를 찾는 반응까지는 가지 않았습니다.

기차에서 이탈한 객차가 된 기분입니다. 마약이라는 부품이 작동을 멈췄어요. 고통스러운 감정에 젖어 아무것도 하지 못했습니다.

오십 년 넘게 살면서 몇 달째 마약을 하지 않은 건 열세 살 이후로 처음이에요. 뿌연 안개 속을 벗어났는데, 분명히 모습을 드러내는 것들은 어느 것 하나 나를 기쁘게 하지 못하네요. 내가 어떤 인간인지 알고 있어요. 내 의자에서 내려오지 않을 겁니다. 그런데 나의 나약함, 기분이 오르락내리락하는 진폭, 외로움, 노화, 그리고 죽음에 대한 두려움 때문에 어느 것에서도 기쁨을 느끼지 못하고 있습니다. 각각의 문제에 대해 어떤 해결책도 찾지 못하고 있어요. NA 모임에서 들은 기도문을 떠올립니다. 내가 변화시킬 수 없는 것을 받아들일 수 있도록 평온함을 구하는 기도였죠. 그 기도문의 모든 단어가 이해됩니다. 어떤 부르짖음 같은 것에 주의를 기울이고 있어요.

봉쇄 기간 덕분에 단약을 유지할 수 있었습니다. 지구의 모든 걸 초토화할 예정이던 코로나가 우리를 도와주는 결과가 되었네요. 이 모든 것에 익숙해졌습니다. 놓치면 안 되는 저녁식사 자리에는 언제나 술이 흘러넘쳤습니다. 사람들의 고조된 목소리, 술잔 가득 담긴 와인과 황금빛 거품, 아무것도 아닌 일에 낄낄거리고 열광적으로 대화를 나누는 사람들이 있었죠. 한창 열기를 더해가는 파티에는 또 이런 게 있었습니다. 구석에서 풍기던 대마초 냄새, 늦은 오후에 마시는 맥주, 영화 개봉을 축하하며 딴 샴페인 뚜껑이 천장에 부딪히는 소리, 흥분 섞인 외침, 건배할 때 잔에서 나는 쨍그랑 소리. 이곳저곳 돌아다니면서 아는 체를 하는 딜러들도 언제나 있습니다. 잘 아는 딜러나 쉽게 찾을 수 있는 딜러, 솜씨 좋은 딜러, 연락처를 건네며 도와줄 준비가 된 딜러. 촬영 현장에서는 트레일러를 대여해주는 남자가 늘 무언가를 가지고 있었습니다. 기나긴 대기 시간을 채워야 하니까요. 중독자 남자친구를 둔 메이크업 아티스트도 도움이 되었고, 친해지고 싶다면서 필요한 건 뭐든 말하라는 제작자도 있었죠. 콘서트에 가면 친구들이 연주하는 동안 백스테이지에서 기다렸죠. 모든 게 빙글빙글 돌아가는 그곳에 녹아드는 방법은 너무도 간단합니다. 취하기만 하면 돼요. 그런데 이 모든 것들이 우리에게서 사라졌습니다. 문을 연 바도 없고, 줄을 선 화장실도, 트레일러도, 백스테이지도, 처리해야 할 걱정도, 리허설도, 신속하게 이루어지는 유혹도 다 사라진 거죠. 이 모든 순간을 당신과 내가 함께 겪었죠. 인생이 참으로 웃기지 않나요. 우리가 처음 메일을 주고받았던 때를 생각하면 당신이 내 인생을 바꾸리라고는 상상도 못 했는데요. 당신은 당신의 인생도 바꾸고 있어요.

얼마 전에 깨달은 게 하나 있어요. 누구도 내 인생을 앗아갈 수 없다는 사실을요. 노화로 인한 건망증이 내 감각을 흐리게 만들면 몰라도요. 그건 계시 같은 깨달음이었어요. 어떤 일이 일어났고, 다시는 이전으로 돌아갈 수 없죠. 그때 나는 비행기 좌석에 앉아 있었습니다. 원창으로 구름과 주황색 광선이 고요하게 빛나는 모습을 보다가, 의식의 특정 지점에 도달한 것처럼 불현듯 비행기에서 보낸 수백 번의 순간이 동시에 떠올랐습니다. 모두 기분 좋은 기억이었어요. 나는 늘 비행을 좋아했거든요. 그때 일제히 내 삶의 모든 순간이 눈앞에 그려졌어요. 어떤 관점에서 보아도 아름다운 순간, 내가 성취한 욕망, 때로 균열을 일으키고 때로 나를 채운 열정, 부드러운 충돌 같은 만남과 호기심. 그 모든 순간이 내 안에 존재합니다. 그것은 실재하고, 이루어졌고, 그대로 남아 있습니다. 슬픔만큼이나 단단하게 내 안에 새겨넣어 붙잡는 한 말이죠. 향수와는 전혀 다른 것입니다. 일어난 일은 언제까지나 그 자리에 있으니 말이죠. 그리고 아무도 내게서 빼앗을 수 없습니다. 나는 그 과거에 해당하며, 그건 내게 아주 소중합니다.

집에 돌아왔어요. 파리는 북적이는 모습을 되찾았지만 특유의 거만함은 아직 돌아오지 않았습니다. 도시는 다시 제 모습을 찾을 거예요. 견고한 힘을 지녔으니까요. 여전히 약을 하지 않습니다. 조에는 필요할 땐 내게 전화할 테고, 코린도 전화할 수 있겠죠. 마르셀 역시 전화할 순 있겠지만 여전히 용기를 못 내고 있네요. 그리고 당신도 내게 전화해도 돼요. 내게 기대도 됩니다. 그래요, 우리 언제 만나요. 당신 말이 맞아요. 편지 속이 좁다는 생각이 들기 시작했어요.

Cher connard

SNS 시대의 상처를 껴안다

《친애하는 개자식에게》라는 도발적 제목의 이 작품은 펑크 페미니스트 소설가 비르지니 데팡트의 신작이다. 출간 당시 25만 부의 판매고를 자랑하며 베스트셀러 1위를 차지했다. 출판사의 의뢰로 이 소설을 검토하던 순간이 지금도 선명하게 떠오른다. '나와 동시대를 살아가는 인물들을 만날 수 있는 지적인 작품'이라고 엄지손가락을 번쩍 들 정도의 작품은 흔치 않기에 그렇다. 프랑스 현지에서만 좋아할 법한 작품이 있는가 하면, 국내 독자에게 꼭 소개하고 싶은 작품이 있는데 이 작품은 단연 후자였다. 사십대 후반을 향하고 있는 번역가로서 나는 이 작품의 어떤 면에 그토록 공명한 것일까.

'밤의서점'이라는 공간을 십 년째 운영하고 있다. 그곳에서 이십대에서 오십대까지 다양한 나이대의 독자를 만나게 된다. 그들은 다분히 예술과 페미니즘과 환경에 관심이 높으며, 북토크나 북클럽에도 활발히 참여한다. 한 권의 책에 대해 더불어 토론하다 보면 서로의 관심사와 정치사회적 성향까지 드러나기도 한다. 그럼에도 책을 매개로 조심스럽게 서로를 이해하고 연결되는 순간을 맞는다. 하지만 우리가 서점을 벗어난 세계에서 만났다면 과연 그럴 수 있었을까?

페미니즘 책을 열심히 따라 읽는 이십대 여성과, 페미니즘을 자신에 대한 공격으로 받아들이는 젊은 남성들, 페미니즘의 수혜를 받지 못한 중년 여성들, '미투 논쟁'은 다가갈 여지를 주거나 도발적인 옷차림을 한 상대 여성에게도 책임이 있다고 생각하는 나이 든 남성들, 이들이 과연 서로 입장을 이해하고 하나로 연결될 수 있을까. 세대 갈등과 남녀 분열이 극심해진 대한민국을 살아가면서 우리의 머릿속에 자연스럽게 떠오르는 질문일 것이다.

그런데 《친애하는 개자식에게》가 그 야심 찬 시도를 해낸다. 먼저 책을 이끌어가는 세 주인공의 면면을 들여다보자.

오스카: 사십삼 세의 인기 소설가. 홍상수 감독의 영화에서 자주 볼 법한 지질함을 갖추고 있다. 어린 시절부터 선망하던 배우의 외모를 폄하하는 말을 인스타그램에 올렸다가 그 배우로부터 '친애하는 개자식에게'라는 답장을 받는다. 자기 책의 홍보담당자에게 미투 고발을 당한 상황이며, 알코올과 마약 등 온갖 중독에서 자유롭지 못하다.

레베카: 남성들의 벽을 장식한 포스터에 가장 많이 등장했던 배우이자 스타. 오십대에 접어들면서 나이로 인해 맡을 수 있는 배역이 제한되자 심각한 위기의식을 느낀다. 이십대 여성 조에의 글을 접하면서 자신이 몰랐던 여성이 처한 현실과 여성의 언어를 자각한다.

조에: 페미니즘 블로그를 운영하며 SNS를 통한 교류에 집중한다. 온라인의 무차별적인 공격으로 인해 자신의 가치를 잃고 강박적 불안에 시달리게 된다.

오늘날 일상적 소통을 담당하는 SNS와 이메일, 블로그 형식이 두루 등장하는 가운데 이 책의 주된 장치인 편지는 인물들의 근원적 고독을 드러내는 데 탁월한 효과를 발휘한다. 오스카와 레베카, 조에는 나이도 성별도 다르지만 각자 자신의 위치에서 살아남기 위해 분투하는 중이며, 어딘가에 누군가에게 가닿고 싶어서 발버둥 치는 가운데 서로 교감하게 된다. 거기에 코로나로 인한 봉쇄, 마약과 알코올의 중독 문제, 나이 듦과 혐오 논쟁, SNS와 공격적인 온라인 환경 등이 진지하게 다루어진다. 개인적으로, 중독자들을 위한 NA 모임이 코로나로 인해 비대면으로 이루어질 때, 격자무늬 화면 뒤에서 각자의 방어막이 깨지고 타인의 입장에 서게 되는 장면들이 무척이나 아름다웠다. SNS 시대에 상처를 안으로만 삭

혀온 현대인들을 껴안는 듯한 눈부신 장치로 읽혔다. 〈르몽드〉가 이 작품을 "아이디어가 폭발하는 찬란한 소설"이라고 평한 것이 이해되는 지점이다.

오스카와 레베카가 중독 문제와 예술가로서의 삶을 매개로 서로 교감한다면, 이십대 조에의 삶에는 작가 비르지니 데팡트의 녹록지 않은 인생이 녹아 있다.

1969년 프랑스 낭시에서 노동 계급의 딸로 태어난 그녀는 주류에서 소외된 이들의 목소리를 대변하는 작가로서 프랑스 문단의 중요한 위치를 차지하게 된다. 그의 데뷔작 《베즈 무아》는 남성들의 전유물이던 포르노그래피와 폭력의 문제를 정면으로 다루었으며, 2006년 출간된 《킹콩걸》은 열일곱 살에 히치하이킹을 하다가 집단강간을 당하고 성 노동자로 일한 경험 등을 다룬 논픽션으로, 현시대 최고의 페미니즘 책이라는 찬사를 들었다. 가장 최근 작품인 파리 삼부작 '베르농 수부텍스Vernon Subutex' 시리즈의 첫 권은 부커상 후보에 오르기도 했다.

번역 원고를 꼼꼼하게 교정해준 비채 편집부에 감사드린다. 이 책이 한국 독자들에게 나이와 성별을 뛰어넘어 타인을 이해하기 위한 한 판의 격렬한 토론이 되어주기를 바란다.

2025년 2월
김미정

친애하는 개자식에게

1판 1쇄 발행 2025년 3월 14일 **1판 2쇄 발행** 2025년 4월 10일

지은이 비르지니 데팡트
옮긴이 김미정

발행인 박강휘
편집 백경현 박정선 **디자인** 조은아
마케팅 이헌영 박유진 **홍보** 박상연 이수빈

발행처 김영사
주소 경기도 파주시 문발로 197(문발동) 우편번호10881
등록 1979년 5월 17일(제406-2003-036호)
주문 및 문의 전화 031)955-3200 **팩스** 031)955-3111
편집부 전화 02)3668-3289 **팩스** 02)745-4827 **전자우편** literature@gimmyoung.com
비채 블로그 blog.naver.com/viche_books
인스타그램 @drviche @viche_editors **트위터** @vichebook
ISBN 979-11-7332-057-6 03860
책값은 뒤표지에 있습니다.

비채는 김영사의 문학 브랜드입니다.